La Planète interdite

Laure-Marie Lapouge

La Planète interdite

wiz
Albin Michel

Laure-Marie Lapouge est journaliste et écrivain. Elle est notamment l'auteur de l'épopée historique *Moi, Ghisla, sœur de Charlemagne*, parue aux Éditions Albin Michel.

À Gaël et Yann

Prologue

An 345 AE (Après l'Effondrement)

Tara Castaneda était épuisée. Cela faisait près de quinze heures qu'elle classait les informations que leur envoyaient les sondes lâchées trois jours auparavant sur la planète. Le faux-jour avait succédé au vrai-jour, mais cela n'avait en rien affecté sa concentration, pas plus que le remue-ménage du changement d'équipe ou les bips stridents annonçant les services successifs au réfectoire. On mangera plus tard, avait distraitement jeté Justin Mac Lir, rappelant à Castaneda, qui s'imaginait déjà privée de dîner, qu'elle bénéficiait, avec son compagnon, d'un statut particulier : comme les puissants de la station spatiale, ils pouvaient se faire servir à n'importe quelle heure. Tout le monde, ici, considérait les deux spécialistes de la planète comme des énergumènes farfelus mais essentiels. Cela leur valait des privilèges, mais également des commentaires parfois agaçants. Passer des années à apprendre des langages dont personne ne savait si quelqu'un les parlait, cela avait de quoi surprendre les techniciens, ouvriers, pilotes, informaticiens et autres navigateurs qui se bousculaient sur la station en chantier.

Longtemps après que l'atmosphère feutrée et silencieuse du faux-jour ait chassé toute animation des coursives, Mac Lir leva le nez des données qu'il scrutait avec attention pour marmonner quelques mots indistincts d'une voix enrouée. Tara, que la lassitude faisait tanguer devant ses consoles, éclata d'un rire nerveux. Justin Mac Lir était plutôt beau gosse, mais ce soir, les joues hâves envahies par une repousse de barbe indisciplinée, les yeux cernés par la fatigue, il avait perdu de son allure. Ses cheveux blonds, qu'il portait mi-longs plus par paresse que par conviction, collaient à ses tempes et sa chemise bleue bâillait, à demi ouverte sur sa poitrine, laissant voir le tour de cou doré qu'il portait en permanence.

– Tu fais une de ces têtes, lâcha Castaneda, on dirait un vieux chien devant un os géant, tout tremblant et baveux !

Mac Lir s'extirpa vivement de son siège. Fort vivement. Tara Castaneda eut un mouvement de recul et maudit sa langue trop bien pendue. L'homme pouvait être dangereux, tout le monde le savait. On racontait qu'il avait un jour assommé d'un coup de poing un assistant qui avait bidonné un rapport sur les mœurs d'une tribu poilue nichée sur une planète que personne n'irait jamais explorer. Tara se méfiait de son collègue : si l'on avait engagé Mac Lir pour cette mission, c'était pour ses compétences, pas pour son heureux caractère.

Justin Mac Lir ne remarqua pas son geste. Il leva les bras en l'air et s'étira longuement en faisant la grimace.

– Tu ferais mieux de te regarder dans un miroir, répliqua-t-il dans une ébauche de sourire. Tu as l'air d'un hérisson. Et cette mèche rouge n'arrange rien.

Il se pencha sur sa console pour vérifier une dernière information avant d'enchaîner :

– Viens, allons nous restaurer.

C'était la première fois, depuis leur arrivée sur la station une semaine auparavant, que son supérieur lui proposait de partager un repas. Tara se sentit flattée. Le grand Justin Mac Lir, expert dans les contacts avec les mondes inconnus, le meilleur spécialiste de la planète, la traitait en égale, elle qui, du haut de ses vingt-quatre ans, ne baragouinait que trois des sept langues répertoriées par de précédentes missions de reconnaissance, et encore, fort péniblement. Elle passa une main dans sa tignasse rousse taillée en brosse, s'attardant un instant sans y penser sur la mèche un peu plus longue et teinte en rouge vif qui lui retombait sur le front, puis rajusta sa courte veste en faux cuir.

– Je vous suis, maître, dit-elle.

Déambuler jusqu'au réfectoire à la remorque de Mac Lir et de ses longues jambes lui demanda un effort de concentration. Elle titubait de fatigue et avait du mal à accommoder. Les rampes et les escaliers en acier s'enchevêtraient en un labyrinthe inextricable et les lumières, tour à tour trop vives, trop bleues ou trop faibles, lui fatiguaient les yeux. Les sas de décompression provisoires lui semblaient prêts à se désintégrer au moindre souffle. Les grillages sans rampe tenant lieu de ponts au-dessus de futures salles de réunion dans lesquelles des panneaux lumineux déroulaient d'obscurs messages accompagnés de bips discordants, oscillaient dangereusement sous ses pieds. Tout, ici, était à faire, cela se sentait à chaque pas. Lointaine était un projet à peine sorti du cocon, qui avait dû coûter les yeux de la tête à ces décideurs dont Tara confondait les visages et les noms, mais un projet, pour l'heure, encore à l'état d'ébauche.

Elle relâcha son souffle lorsqu'ils arrivèrent au réfectoire, une vaste salle où tout semblait trop neuf et trop blanc. *Il faudra t'habituer*, se sermonna-t-elle. *C'est ici que tu vas vivre pendant des années. Demain, tu laisses Mac Lir se dépatouiller tout seul pendant quelques heures, et tu pars en reconnaissance. C'est chez toi, ici, tu ne dois pas avoir peur de te perdre à chaque pas.*

Le réfectoire était vide. Seuls quelques officiels étaient attablés, au fond à gauche, près d'un de ces panneaux occupés par un immense écran de contrôle montrant la planète. Comme à chaque fois qu'elle tombait sur une de ces baies vidéo donnant l'impression de voir réellement ce qui se passait hors de la station, Tara Castaneda marqua instinctivement un temps d'arrêt.

La planète. Son rêve. Son rêve, depuis qu'à huit ans, au détour d'une visite dans un muséum sur son monde natal, à vingt années-lumière de la mythique Terre d'origine, elle était tombée sur un très vieux cliché montrant une petite planète bleue et verte, entourée de deux lunes. Un tableau rempli de lettres grecques, de chiffres et de parenthèses précisait la localisation et les caractéristiques de l'étoile autour de laquelle orbitait la planète. *Une étoile comparable à la nôtre*, avait commenté sa mère.

Un peu plus lumineuse. Sous le tableau, une note précisait que la planète avait été mise en quarantaine. Degré élevé de dangerosité, exploration datant d'avant l'Effondrement, nombreuses inconnues, précisait-on. *Ça veut dire quoi*, avait-elle murmuré tandis que son cœur, pour une obscure raison, se mettait à battre la chamade. Sa mère, dans un haussement d'épaules agacé, avait répondu qu'elle n'en savait rien.

Tara avait grandi. Elle n'en parlait pas, mais l'image de la planète interdite la hantait, comme un phare entrevu au cœur de la nuit peut guider le chemin d'un marin. Plus tard, elle s'était renseignée. Deux siècles avant l'Effondrement, une mission d'exploration avait approché ce monde. Que s'était-il passé ? On l'ignorait. On avait perdu la plupart des données dans les années de crise. Puis, cinquante ans avant la naissance de Tara, un scientifique avait retrouvé la trace de cette terre inconnue : elle tournait autour de Beta Comæ Berenices, une étoile que les médias appelèrent rapidement « la chevelure de Bérénice », nommant, dans la foulée, la planète interdite Bérénice. On avait envoyé des sondes d'exploration. On avait trouvé un monde habitable, et habité. Et l'on avait rapatrié d'urgence les capsules espionnes. Bérénice faisait peur : que s'était-il passé avant l'Effondrement pour que les responsables de l'époque aient décidé d'interdire toute approche, et, surtout, tout contact ? C'était le seul cas connu. Lorsqu'on trouvait une planète propice à la vie, elle n'abritait généralement qu'une multitude de plantes et d'animaux exotiques, que l'on répertoriait avant de décider d'une éventuelle colonisation. Il y avait bien eu quelques mondes occupés par des espèces semi-intelligentes, et même de rares planètes hébergeant des humains laissés là au cours de colonisations anciennes datant d'avant l'Effondrement. On entamait alors des négociations et l'on intégrait ces nouveaux venus au Consortium des Mondes Humains, à l'Empire, comme on disait familièrement. Dans le cas de Bérénice, on avait fichu le camp et interdit toute approche de ce monde perdu.

Un monde que Tara avait désormais sous les yeux. Suivant la grande carcasse de Justin Mac Lir, la jeune femme s'approcha de la table de réfectoire occupée et de la baie video. Bérénice était là, resplendissante. Bleue et verte, comme sur l'image ancienne qui l'avait fascinée seize ans auparavant. Les deux lunes brillaient, toutes proches l'une de l'autre, sur la droite de ce monde offert. *Bérénice*, chuchota Tara Castaneda, dans un souffle, comme un amant murmure en rêve le nom de son aimée. Puis, abruptement, une pensée fusa dans son esprit. *Elle est vivante. Cette planète est vivante. Elle m'appelle*. La jeune femme sursauta, surprise par cette idée absurde surgie d'une zone obscure de son cerveau. *Tu es idiote*, se gendarma-t-elle, avant de quitter l'écran des yeux.

Justin Mac Lir, parfaitement à l'aise, la présenta aux huiles qui occupaient la table et qui, leur dîner terminé, devisaient autour d'assiettes vides. Tara salua timidement le médecin-chef Nikky Bailey, une jolie femme pulpeuse d'une trentaine d'années, le responsable de la police Jeremy Powell qui darda sur elle un regard bleu sans expression, et Amber Ferguson, une jeune navigatrice qui, maîtresse du commandant Miller, avait acquis sur la station un rang que ses seules compétences ne lui auraient sans doute pas accordé. Tara eut la surprise de voir l'un des commandants en second, Alex Russel, se lever à demi pour lui serrer la main. Elle esquissa sans s'en rendre compte un léger pas de danse, réminiscence inconsciente, peut-être, d'une époque ancienne où les courtisans, lorsqu'on les présentait aux puissants, faisaient la révérence.

– Bienvenue sur Lointaine, mademoiselle Castaneda, la salua Russel, son œil gris l'observant avec un léger amusement.

Il lui désigna un siège à la droite de Justin Mac Lir, qui s'était installé près du chef de la police sans qu'on l'y ait invité.

Elle balbutia quelques mots, mais, déjà, Alex Russel détournait les yeux.

– Alors, Justin, vous avancez ? demanda-t-il au compagnon de Tara.

Le scientifique haussa un sourcil.

– Les mouchards lâchés à la surface confirment ce que nous savions, dit-il.

Il passa une main lasse dans ses cheveux pâles et résuma ce qu'ils avaient appris. La planète était peuplée. Peuplée d'humains.

– Pour l'instant, j'estime leur nombre à quelques centaines de millions, précisa Justin.

Alex Russel hocha la tête. Ses lèvres pleines s'incurvèrent dans un bref sourire.

– Nous avons bien reçu des enregistrements des sept langues répertoriées par la mission Bordage, ajouta Justin Mac Lir. Et même d'un huitième dialecte. Il semble qu'il y ait sept entités indépendantes, pays, royaumes, ce que vous voulez. Nous ignorons à quoi correspond la huitième langue...

– Et la mozanite ? l'interrompit Russel, évoquant un phosphate minéral rare dans les mondes du Consortium, que les explorations précédentes avaient détecté en quantité à la surface de la planète.

Tara retint une grimace : là où Justin et elle souhaitaient découvrir les habitants de ce monde inconnu, comprendre leurs mœurs, explorer leurs villes et leurs âmes, Russel n'avait en tête que l'intérêt financier de la mission. *Évidemment*, songea-t-elle avec un brin d'amertume, *seule une motivation économique a pu décider le Consortium à lancer le projet Lointaine. On ne dépense pas des milliards pour permettre aux rêveurs de découvrir des planètes bleue et verte.*

– Elle est là, répondit Justin. En quantité. Mozanite, bastnäsite, lanthanite, olmium, thulium, vous avez en bas tout ce que vous voulez. Or, diamants, saphirs, émeraudes, un vrai supermarché de raretés.

Une femme aux cheveux teints en violet qui n'avait pas levé les yeux du dossier qu'elle compulsait se gratta la gorge. Sanglée dans une mini-jupe rouge, les jambes glissées dans des bas sombres et des bottes fauves, elle n'avait pas l'air amène. Tara devina qu'il s'agissait de la géologue du Consortium, Samantha Harris.

– Quel charabia, commenta-t-elle d'un ton glacial en ramenant une mèche de cheveux derrière son oreille.

Justin ne se démonta pas :

– Je n'y connais rien, Samantha. Vos matériaux rares me sont aussi obscurs que les langues locales le sont pour vous, et je me prends les pattes dès qu'il s'agit de les nommer.

Il eut un rire bref. Un rire qui, Tara le sentit, aurait été méprisant si la géologue avait eu l'idée d'imaginer qu'on puisse la mépriser.

– Mes listes sont à votre disposition, ajouta-t-il.

Samantha Harris haussa les épaules.

– Vous avez détecté la présence de ce que nous cherchions, c'est bien ça ? demanda-t-elle en articulant comme si elle s'adressait à un demeuré.

Mac Lir, les lèvres serrées, lâcha un « oui » annonciateur d'orages. Le second eut un geste d'apaisement.

– Vous irez dès la levée du vrai-jour vérifier les listes de Justin, dit-il à l'intention de Samantha Harris

La géologue opina avant de quitter la table sans un mot, droite comme un I. Alex Russel eut un petit rire.

– Samantha déteste cet endroit. Débarquer sur une station en construction, après un voyage de quatre mois enfermée dans une cabine du genre boîte à sardines, c'est éprouvant pour l'arpenteuse de déserts qu'elle est.

Le voyage ne m'a pas enchantée, moi non plus, songea Tara Castaneda en se remémorant le long périple jusqu'à Lointaine. *Mais je ne me plains pas, et je reste aimable.* Elle en resta là de ses réflexions : Russel abordait le sujet qui la passionnait.

– Et concernant les raisons d'interdire l'accès à la planète, demandait-il à Justin, vous avez des éclaircissements ?

Justin fit non de la tête.

– C'est à n'y rien comprendre, lança inopinément Tara.

Toute à l'énigme qui l'intriguait, elle avait oublié un instant sa gêne face aux puissants de la station. Elle rougit jusqu'aux oreilles quand Russel la regarda.

– À n'y rien comprendre ?

– Oui, balbutia-t-elle. D'après les données que nous recevons, on a là une planète inoffensive...

Elle respira un grand coup et tenta de reprendre de l'assurance. Après tout, elle était dans son domaine de compétence.

– Une planète habitée par des humains, pas par des entités inconnues et menaçantes, reprit-elle d'une voix plus claire. Une planète civilisée. Évidemment, il s'agit de civilisations à peine émergentes. Pas ou peu de technologies. Pas ou peu de communications. Ils semblent en être au stade C de la terminologie Spengler...

– Vous vous adressez à des ignorants, Castaneda, vous semblez l'oublier, coupa Nikky Bailey.

– Stade C, intervint Justin Mac Lir. La période où se forment les grandes civilisations, avec hiérarchies, castes ou classes sociales, écritures, religions et mythologies, technologies balbutiantes. Mais pas d'intégration planétaire politique, militaire ou économique au sens où nous l'entendons.

Il chercha un instant ses mots.

– Comparez ça aux civilisations archaïques de l'ancienne Terre, l'Égypte antique, par exemple, ou le Moyen Âge...

– Hum, hum, marmonna Nikky Bailey.

Tara devina qu'elle ignorait de quoi parlait Justin.

– Cela veut simplement dire qu'ils n'en sont pas au stade de l'exploration spatiale, hasarda-t-elle. Et que, de toute évidence, il leur faudra encore quelques siècles avant de seulement pouvoir imaginer des armes qui puissent nous inquiéter.

– En clair, ajouta Justin, nous sommes face à un monde humain à un stade beaucoup moins avancé que le Consortium, et qui ne présente aucune menace pour nous...

– On a jugé préférable de l'interdire, ce monde sans danger, coupa Alex Russel. Il va falloir découvrir pourquoi.

Ce soir-là, au cœur des plus hautes montagnes de la planète, une jeune fille dansait sur la terrasse-jardin des appartements de sa mère. Comme tous dans le palais de Kyzil-Kum, Ereshkigal se réjouissait de la naissance de sa petite sœur. Les deux lunes s'étaient donné rendez-vous haut sur l'horizon, ce qui n'avait étonné personne : le ciel ne pouvait faire moins pour célébrer la naissance d'une enfant de sang royal. Ereshkigal s'était éloignée de la fête organisée dans la grande galerie du palais sans trop savoir pourquoi. Pour mieux jouir dans la solitude, peut-être, de l'intense joie de vivre qui l'habitait. Elle fredonnait et tournait sur elle-même au son de la musique lointaine en renversant la tête en arrière pour admirer la ronde Degatoga, et sa petite compagne, Sathya, qui brillaient dans le ciel, éclipsant le scintillement des étoiles et diffusant sur toutes choses une luminosité inhabituelle, cette clarté presque mauve qu'on ne pouvait admirer que lors de la conjonction des deux lunes. Quelque part dans la nuit, un oiseau en chasse poussait son cri d'appel. Loin en contrebas, la rivière coulait, silencieuse, pleine de lutins de lumière mauve, entre les montagnes environnantes. Un chat fureteur déboucha sur la terrasse et s'installa discrètement, enroulant avec soin sa queue autour de ses pattes, pour observer Ereshkigal. Les nœuds de satin bleu qui retenaient la chevelure de la jeune fille s'étaient à demi défaits et des mèches d'un roux éclatant virevoltaient autour de son visage. Les yeux clos, elle souriait, heureuse parce que sa mère avait donné le jour à une quatrième fille, heureuse parce que les lunes étaient si belles, parce qu'elle avait treize ans et que la vie, partout, autour d'elle comme en elle, chantait. Heureuse aussi parce que c'était à elle qu'était revenu l'honneur de nommer la nouvelle venue. Elle avait longuement hésité, cherché dans les livres, interrogé les augures. Finalement, elle avait trouvé un nom qui lui plaisait : Sikhanden. Sikhanden, du clan des Roxolani. Un joli nom, pour une petite princesse qui serait peut-être un jour jolie mais qui, pour l'heure, se contentait de dormir à poings fermés dans la nurserie du château, à l'écart de la fête organisée en son honneur.

PREMIÈRE PARTIE

1

An 932 AE (Après l'Entente)

– Par tous les dieux, Sikhanden, qu'est-ce qu'on va faire ?

Dans sa panique, Kwareno bafouillait, sa main droite serrant celle de son jumeau, Takami. Les deux frères s'étaient spontanément tournés vers leur cousine Sikhanden, comme tous les enfants présents. La petite princesse jeta un bref coup d'œil en direction de la fille inconnue qui, effondrée contre une pierre, sanglotait à gros hoquets en répétant : « Je ne voulais pas, je ne voulais pas, je l'ai pas fait exprès ! » De l'autre côté de la clairière, il y avait trois adultes. Des inconnus, vêtus à la manière des montagnards. Deux hommes et une femme. Trois adultes tombés en tas, à demi enchevêtrés, leurs visages tordus par la souffrance formant des angles inhabituels avec leurs corps. Sikhanden avait déjà vu un visage ainsi tourmenté. C'était celui d'un jeune paysan des environs du palais d'Akbassar qui, trois ans auparavant, l'année où l'on avait perdu Ereshkigal, s'était fait mordre par un léprun, un de ces serpents venimeux dont le poison tuait en à peine une minute.

Sikhanden se sentit gagnée par la panique. La fille inconnue s'était recroquevillée et se cachait les yeux, sanglotant toujours convulsivement. Un oiseau aux ailes d'un bleu-vert délicat, comme irisé, voletait autour d'elle, attiré peut-être par sa curieuse coiffure à laquelle étaient accrochées de longues plumes jaunes, rouges et vertes, qui, en écho avec son désespoir, pendaient misérablement dans son dos. Plantée à ses côtés, une autre inconnue, une petite blonde de cinq ou six ans, triturait sa tunique bleue en marmonnant à mi-voix.

Sikhanden et ses compagnons, qui avaient déboulé dans la clairière juste au moment où les trois adultes, pris de convulsions, s'effondraient sur le sol et, après quelques spasmes, cessaient de bouger, s'étaient tous figés. Il y avait là des cousins et cousines de Sikhanden, tous aussi roux qu'elle. Et puis ces amis que la petite princesse s'était faits à l'assemblée de Tillia Tepe, Merryn et Findchoen, des filles du royaume de la mer, ainsi que deux garçons dont les cheveux d'un blond presque blanc signalaient l'appartenance à la famille royale du Bjarmaland, et trois gamins qui venaient de l'Atelkosou. Tous la regardaient, dans l'expectative, tandis que de l'autre côté de la clairière, au pied d'une de ces statues géantes qui parsemaient les forêts de Tillia Tepe, les deux filles inconnues se contentaient, l'une, de sangloter, et l'autre, de frotter machinalement une tache de boue qui ornait sa jolie tunique bleue.

Luttant contre l'envie de prendre ses jambes à son

cou, Sikhanden se gratta la gorge. *Hé, je n'ai que dix ans*, avait-elle envie de crier. Tous attendaient qu'elle prenne les choses en main. Même sa cousine Hourig, la courageuse et rebelle Hourig qui, pourtant, avait onze ans et se laissait rarement impressionner ; même les jumeaux, mais cela n'étonnait guère Sikhanden, elle avait toujours soupçonné ses cousins, prompts à se vanter d'exploits extravagants, de cacher sous leurs dehors de matamores des faiblesses de bébés. *Pourvu que ces deux-là n'aillent pas se réfugier dans les jupes de leur mère pour tout lui raconter*, songea-t-elle. Imaginer ce qu'une telle bévue provoquerait la sortit de son affolement.

– Pas un mot, dit-elle. À personne. Les grands ne doivent pas savoir.

Rahel, la fille de l'Atelkosou, hocha brièvement la tête en rajustant d'un geste instinctif le bandeau vert qui retenait ses cheveux coupés court. Elle avait sensiblement le même âge que Sikhanden.

– Pas un mot, approuva-t-elle. Mais avant...

Marchant avec précaution, elle traversa la clairière en retenant d'une main le boléro de satin vert qu'elle avait enfilé pour l'escapade. Ses anneaux de chevilles brillaient dans le soleil de l'après-midi tandis qu'elle posait délicatement entre les touffes d'herbes ses pieds chaussés de bottines de feutre.

– Ils sont morts, tu sais, chantonna la petite fille blonde inconnue.

– On doit vérifier, répliqua Rahel.

Elle se pencha sur les adultes, posant la main sur leurs fronts, tâtant leurs pouls. *C'est vraiment une fille bien*, songea Sikhanden, *pas une dégonflée. Je le savais.* C'était la fille du prince héritier de l'Atelkosou. Brune, comme souvent les gens de son pays, elle avait des yeux d'un vert très clair, de la couleur des jeunes feuilles du printemps. Elle avait attiré Sikhanden parce qu'elle parlait peu. Elle avait l'air triste, mais, parfois, elle souriait.

– Ils sont bien morts, dit Rahel.

– Elle a eu peur, c'est tout, s'écria la blondinette en se dressant sur ses ergots. Elle a pas fait exprès ! Et maintenant, elle va tout perdre !

Puis, se laissant tomber à genoux près de sa compagne tassée contre le rocher :

– Pauvre, pauvre Sieglinde !

Sikhanden tenta de se montrer à la hauteur de la situation :

– Comment tu t'appelles ? demanda-t-elle à la petite blonde.

L'enfant releva le nez :

– Moi ? Je suis Ivah.

Sikhanden aspira une grande goulée d'air.

– Bon, alors, Ivah, il faut qu'on réfléchisse.

Elle jeta un coup d'œil à Rahel, cherchant un soutien.

– On doit réfléchir, répéta-t-elle. Si on prévient les adultes...

– Ça, c'est pas grave, coupa la petite Ivah. De toute façon, Sieglinde, elle va tout perdre, alors, ce qu'ils feront, les adultes, c'est pas grave.

– Oui mais, nous... commença Sikhanden.

Gênée, elle n'osa pas poursuivre. Avouer qu'ils craignaient une punition collective parce qu'ils s'étaient échappés en catimini du palais de Tech Midchuarta pour mener une expédition teintée d'aventure dans la forêt de

Tillia Tepe semblait bien dérisoire face à ce qui s'était passé.

– On n'a pas le droit d'être ici, expliqua la petite Niloufar, qui ne s'embarrassait pas de ces subtilités. On s'est sauvés du palais.

– Ah bon, répliqua sereinement Ivah. Alors, il ne faut rien dire.

Arvid, l'un des garçons aux cheveux pâles venu du royaume des glaces, haussa les épaules. Cherchant à masquer son inquiétude, il eut une moue dédaigneuse et tira sur les manches de son pourpoint noir.

– De toute façon, dit-il, les adultes, ils ne vont pas les réveiller, les morts. Alors, à quoi ça servirait ?

– Oui, mais c'est qui, ces morts ? demanda Merryn, la fille venue de l'île de Glanis.

Rahel se tourna vers Ivah :

– Vous savez qui c'est, vous ?

La fillette haussa les épaules. Elle avait le regard clair et ne se dérobait pas aux questions.

– Non, dit-elle. On les a juste croisés. Et Sieglinde a eu peur. Elle a chuchoté un truc, elle a dit : « C'est pas des gens comme il faut. » Et puis après, ben, vous voyez...

Cette déclaration plongea le groupe d'enfants dans le silence.

– Pas comme il faut, murmura enfin Arvid, qu'est-ce que tu veux dire ?

– Ben pas comme il faut. Moi aussi, ils m'ont fait peur.

Sereine, elle quitta sa compagne qui continuait à pleurer en silence, indifférente à tout ce qui l'entourait. Elle traversa la clairière, s'approcha des trois adultes et poussa du bout de son pied nu la main de l'un des hommes, puis la tête de la femme.

– Ils portent les habits des gens de la montagne, mais ils ne viennent pas de la Montagne. Ce sont des menteurs. Voilà.

Elle se détourna sans un regard de ce qu'il fallait bien désormais appeler les cadavres et revint vers sa compagne effondrée.

– C'est d'elle qu'il faut s'occuper, pas de ces voleurs de vérité, dit-elle d'un ton sentencieux que sa jeunesse rendait cocasse.

L'oiseau bleu voletait toujours au-dessus de la tête de la pleureuse, dont personne, jusqu'à présent, n'avait vraiment vu le visage. Ivah tendit sa petite main, et l'oiseau vint s'y poser, battant un instant des ailes avant de s'immobiliser. Les autres enfants l'observaient sans rien dire, conscients qu'ils assistaient là à quelque chose qu'il leur serait rarement donné de voir.

– Voilà, psalmodia doucement la fillette, elle va tout perdre, n'est-ce pas, cette pauvre Sieglinde ?

La pauvre Sieglinde releva alors la tête. Les autres enfants eurent un mouvement de recul instinctif. La fillette était belle, remarquablement belle, même. Mais son regard, comme c'était souvent le cas chez ceux de son espèce, était voilé.

– Sieglinde, bonjour, articula enfin prudemment Sikhanden dans le silence qui s'éternisait.

La fillette ne répondit rien.

– Eh bien voilà, poursuivit Sikhanden sans se décourager, nous sommes arrivés par hasard, et... il y a ces gens, là, qui sont morts, et...

– D'où venez-vous ? coupa Sieglinde.

Sikhanden se rapprocha de l'inconnue. Elle estima que la fillette devait être un peu plus jeune qu'elle. Sans doute avait-elle huit ou neuf ans. Elle offrait sans aucune gêne une quasi-nudité au regard des autres enfants. Un bout de tissu d'un marron terne lui ceignait vaguement les hanches, un voile bleuté accroché à son collier d'or pendait sur son épaule gauche, mais, à part cela, elle était nue. Sa poitrine étroite de petite fille portait une courte balafre rouge, et ses pieds et ses chevilles étaient maculés de boue. Elle avait un menton fin, des pommettes hautes, et de grands yeux en amande qui auraient été verts, ou bleus peut-être, s'ils n'avaient pas été masqués par ce voile, comme opaques.

– Nous venons du palais de Tech Midchuarta, expliqua Sikhanden. Je suis la fille de la reine Daria, du clan des Roxolani. Nos parents sont ici à l'occasion de l'assemblée...

– La réunion annuelle du grand conseil, oui, je sais, coupa Sieglinde. Ma mère y représente ceux de mon peuple. Et vous, vous faites quoi, ici ?

Il ne vint pas à l'esprit de Sikhanden de remarquer à quel point la fillette avait rapidement repris son sang-froid après la crise de sanglots qui l'avait terrassée. Comme tous, dans la clairière, elle était sous l'emprise du regard voilé. Sikhanden était fille de reine ; tous, ici, étaient plus ou moins liés à ces puissants réunis pour l'assemblée annuelle de la planète, mais la fille inconnue, dans sa quasi-nudité, dégageait une puissance souveraine qui n'avait besoin d'aucun titre, une puissance qui s'imposait d'elle-même, sans effort.

– On... on s'amuse, répondit Sikhanden, qui

s'empourpra aussitôt jusqu'aux oreilles en imaginant à quel point elle devait avoir l'air stupide.

Elle tritura une touffe d'herbe du bout de sa botte rehaussée de bandes dorées, passa une main sur le pan de l'écharpe de soie rouge qui lui ceignait la taille, et, redressant les épaules, secoua la tête, ce qui fit teinter ses anneaux d'oreilles et danser sa longue chevelure rousse.

– Que va-t-on faire de ces morts... commença-t-elle, dans une tentative pour reprendre le contrôle de la situation.

Mais elle s'interrompit : le bel oiseau aux ailes bleu-vert toujours installé sur sa main, Ivah s'était dressée sur la pointe des pieds et entamait une danse désordonnée en poussant de petits cris. *Cette fille est complètement folle*, songea Sikhanden. Mais la gamine blonde avait une idée en tête.

– Tu sais, Sieglinde, dit-elle en cessant de tourner sur elle-même, peut-être que tout n'est pas perdu...

Sieglinde eut un petit geste impatient de la main droite.

– Ne dis pas de sottises.

Mais Ivah n'était pas du genre à se décourager. Elle haussa les épaules et eut une moue cocasse, l'air de prendre le ciel à témoin de la bêtise de sa compagne. Les enfants du palais la virent alors s'emparer avec autorité de la main droite de Sieglinde et, d'un mouvement preste du poignet, y faire glisser l'oiseau qui, docile, changea ainsi de perchoir. Ivah sortit d'une poche de sa tunique un petit couteau au manche rehaussé de cuir et, à la surprise des autres enfants, entreprit de se couper soigneusement la paume. L'oiseau, sur la main de Sieglinde, ne bougeait pas. Il agita soudain les ailes et lança une trille joyeuse avant de s'envoler et de se mettre à tourner au-dessus des deux fillettes. Ivah s'accroupit et frotta vigoureusement sa main dans l'herbe et la terre. Se redressant, elle soupira d'aise en contemplant sa paume tachée, avant d'observer l'oiseau bleu avec une attention concentrée. Puis elle tendit la main vers sa compagne.

– Allez, dit-elle.

Sieglinde haussa les épaules.

– Mais vas-y ! Tu n'as pas peur, quand même ! insista Ivah.

Sieglinde posa enfin la main, avec une réticence visible, sur la paume de la petite fille. Que se passait-il ? Les enfants venus du palais ne voyaient rien. Simplement deux fillettes, les mains enlacées. Mais au bout de plusieurs longues minutes de silence que personne n'osa interrompre, Sieglinde esquissa un sourire.

– Par tous les dieux, murmura-t-elle, c'est impossible !

– C'étaient des menteurs, claironna aussitôt la petite Ivah. Tu vois, Sieglinde, c'étaient des menteurs !

Sieglinde tourna la tête vers les autres enfants. Deux grosses larmes coulèrent de ses yeux abîmés. Plus rien à cet instant, en elle, de l'assurance dont elle avait fait preuve lorsqu'elle parlait à Sikhanden.

– Non, c'est impossible, répéta-t-elle d'une petite voix hésitante.

– C'est parce que ce sont des menteurs, insista Ivah. Tu comprends ? C'est parce qu'ils mentaient !

Puis, sautillant à nouveau de droite et de gauche, elle tendit triomphalement sa paume maculée de sang et de terre vers les autres enfants :

– Vous voyez ? C'étaient des menteurs !

Et, revenant à sa compagne :

– Tu comprends, Sieglinde, ils ne viennent pas de la montagne !

– Ils ne viennent pas de la montagne ? s'étonna Sieglinde, de la même voix hésitante.

– Ils ne viennent pas de la montagne, répliqua Ivah, sûre d'elle.

La fillette leva comiquement les bras en l'air, dans le geste qu'aurait eu une diva accueillant, sur scène, les applaudissements.

– Ils ne viennent pas de la montagne, s'écria-t-elle, enchantée. Et ils ne viennent pas de la mer non plus !

Sieglinde hocha lentement la tête, l'air de comprendre enfin ce que la petite s'évertuait à lui expliquer.

– Ils ne viennent pas de la mer et ils ne viennent pas non plus des volcans, dit-elle doucement.

– Et ils ne viennent pas du fleuve, s'époumona aussitôt Ivah d'une voix perçante.

Elle éclata de rire, ravie.

– Ils ne viennent pas du fleuve, et pas des glaces non plus ! enchaîna-t-elle. Et ils ne viennent pas du désert, ni de la forêt ! Ce sont des menteurs, Sieglinde ! Ce sont des menteurs, des voleurs de vérité !

La fillette se jeta alors abruptement contre Sikhanden qu'elle entoura de ses bras minces :

– Oh, princesse, s'écria-t-elle, c'étaient des menteurs ! C'étaient des menteurs et Sieglinde est sauvée ! Tu entends, princesse, Sieglinde est sauvée !

Il se passa alors quelque chose d'étrange, quelque chose qu'aucun des enfants présents ne releva, tout simplement parce qu'ils n'eurent pas l'idée d'en parler ensemble : chacun d'eux, au creux de son âme, se sentit soudain pris d'une allégresse pétillante, comme si le soleil s'était mis à briller davantage, comme si la terre, sous leurs pieds, avait été plus chaude et plus tendre, plus accueillante, comme si l'air s'était mis à embaumer, comme si, des grands arbres qui les entouraient, s'était échappée une musique, une ritournelle joyeuse qui donnait envie de gambader et de sourire. Et Ivah, de sa petite voix ravie, continuait à claironner :

– Sieglinde est sauvée ! Sieglinde est sauvée !

2

– Merde, merde, merde, merde et merde !!!

Justin Mac Lir se retint pour ne pas s'emparer à deux mains de son terminal et le jeter à la tête du commandant en second qui piaffait d'impatience à ses côtés. Cela faisait dix minutes que Madison Wood, sanglée dans son uniforme de faux cuir bleu, le tarabustait.

La jeune femme se recula instinctivement d'un pas.

– Du calme, Mac Lir, du calme ! Nous venons simplement aux nouvelles.

Derrière elle, silencieuse et immobile, se tenait quelqu'un que personne, sur la station, n'aimait voir traîner dans les parages. Courtney Brown, l'un des quatre membres de la police politique du Consortium, ne plaisantait jamais. Grande, elle en imposait par sa taille, mais plus encore par son regard pâle dénué de toute émotion. Mac Lir la haïssait. Pire, il la craignait : Brown lui fichait la frousse, un exploit dont bien peu pouvaient se vanter.

Courtney Brown était arrivée sur la station six ans auparavant, quand des accidents plus absurdes les uns que les autres avaient commencé à frapper les équipes envoyées en reconnaissance sur la planète. D'abord, il y avait eu la disparition de Castaneda, quand tout, ici, était encore en chantier, mais il s'agissait d'un cas isolé et l'on ne s'était pas affolé outre mesure. Mais quand, au moment où le commandant Miller envisageait d'établir le contact avec la population locale, les espions infiltrés sur Bérénice avaient commencé avec une inquiétante régularité à tomber dans des crevasses, à se carboniser dans des incendies, à se faire croquer par des tigres ou attaquer par des loups, à s'électrocuter avec leurs communicateurs, à tomber des arbres, à se noyer dans des rivières soudainement en crue, à attraper des crises d'urticaire bizarrement mortelles ou, tout simplement, à se volatiliser sans laisser la moindre trace, le Consortium avait réagi : on avait alors vu débarquer sur Lointaine Courtney Brown et ses trois collègues qui s'étaient mis au service de Jeffrey Williams, le représentant sur la station du gouvernement central du Consortium. On avait gelé le calendrier de prise de contact établi par Miller et tenté de comprendre ce qui se passait sur Bérénice. Les équipes déposées sur la planète avaient été mieux préparées : on ne débarquait que des as de l'infiltration, capables, grâce aux efforts de Justin Mac Lir et à ses talents d'enseignant, de parler au moins deux langues locales et de se fondre dans la population. Les accidents s'étaient faits plus rares. Mais Jeffrey Williams et ses sbires, désormais seuls maîtres de l'avenir de la mission, avaient repoussé d'année en année l'éventualité d'un contact officiel. Sans doute n'avaient-ils pas tort : aucun des espions n'avait pu apporter la plus petite amorce d'explication à la vague de mortalité des années passées. Tous, sur

Lointaine, vivaient dans une paranoïa plus ou moins discrète : venant s'ajouter à la réputation de la planète, ces accidents inexplicables avaient réveillé toutes sortes de peurs diffuses.

Dès le départ, Mac Lir avait détesté Courtney Brown et ses trois collègues : comme leur patron Jeffrey Williams, les envoyés du Consortium poursuivaient des buts frontalement opposés aux siens : sécuriser la planète de manière à pouvoir démarrer l'exploitation des métaux rares.

Courtney Brown attendit qu'il cesse de trembler de rage devant ses consoles avant d'avancer d'un pas.

– Cela fait dix ans que vous étudiez toutes les informations récoltées sur ce monde, dit-elle. Vous devez avoir dans vos données des éléments sur ces enfants. Vous semblez ne pas mesurer la chance que nous avons eue de recevoir ces images. Une chance à exploiter sans délai.

Justin respira un grand coup. Brown avait raison. Seul un hasard inespéré avait permis de recevoir l'enregistrement de la mort de trois des membres de l'équipe envoyée à Tillia Tepe.

L'unique rescapée de la mission, restée au palais de Tech Midchuarta sous son identité d'emprunt pendant que ses collègues déambulaient dans la forêt voisine dans l'espoir de comprendre la signification des grandes statues de pierre qui la parsemaient, avait été ramenée d'urgence sur Lointaine. Sous l'habit d'une discrète domestique, elle avait réussi à comprendre les rouages du pouvoir en vigueur sur la planète. Tillia Tepe était le lieu de réunion des puissants de Bérénice. Chaque année s'y rassemblait ce qu'on appelait « le grand conseil ». Y siégeaient les dirigeants des sept royaumes et d'un certain nombre de « peuples » qui, malgré les enquêtes, restaient mystérieux. Des « peuples », Justin avait fini par en être convaincu, qui étaient bien ce qu'ils proclamaient : des groupements de personnes liées non pas par une appartenance à un territoire ou à un royaume, mais par une autre caractéristique. Laquelle ? Justin l'ignorait et s'affairait en vain à tenter de le comprendre. Une tâche d'autant plus difficile que, ces « peuples » n'étant pas attachés à un lieu particulier, on ne savait jamais où les trouver.

Justin s'étonnait. L'organisation des relations entre les habitants de Bérénice reposait sur un système plus compliqué qu'il ne l'avait imaginé. Mais il avait fallu payer cher pour l'apprendre. Heureusement, et Mac Lir ne pouvait que donner raison à Courtney Brown, la chance, pour une fois, avait été de leur côté : la caméra-bracelet de Christopher Jones avait continué à tourner après la chute du jeune soldat, disposant par hasard d'un angle qui, derrière le visage hagard d'Hannah Campbell, permettait de voir une quinzaine d'enfants réunis dans une clairière ensoleillée. On avait tout reçu sur la station, images et son. Une copie avait été immédiatement envoyée dans les services de Mac Lir, à charge pour lui d'interpréter cette scène délirante et de tenter d'identifier les enfants présents.

– J'ai des données, madame, dit-il après avoir retrouvé son sang-froid. J'en ai pas mal, même. Mais il me manque encore certains détails, et j'aimerais qu'on me laisse le temps de les étudier...

– Avez-vous interrogé les prisonnières ? coupa sèchement Brown.

Justin manqua s'étouffer de surprise. Cela faisait six mois qu'on lui avait interdit tout contact avec les filles ramassées sur Bérénice, réservant à ses adjoints, qui parlaient aussi bien que lui les langues locales, le soin de les interroger. Courtney Brown l'ignorait-elle ?

– Brittany vient de leur parler, répondit-il. Mais elle n'a rien pu en tirer.

– Je ne parle pas de Brittany mais de vous, répliqua Brown. La sanction est levée. Allez les voir.

Mac Lir hésita un instant avant de reprendre la parole. Provoquer Courtney Brown risquait de lui coûter cher. Mais il ne put s'en empêcher :

– Ah bon ? Je ne suis plus privé de dessert ? Et peut-on savoir pourquoi ?

– Justin... grommela Madison Wood.

Courtney Brown le dévisagea sans répondre. À sa grande fureur, une fois de plus, il ne put s'empêcher de baisser les yeux pour éviter son regard bleu sans expression.

– Bien, bien, bafouilla-t-il, vaincu.

Ainsi, il ne saurait pas pourquoi on l'autorisait à parler aux captives, pas plus qu'il n'avait compris pourquoi on le lui avait interdit. On l'avait alors accusé de collusion avec l'ennemi. Parce qu'il avait eu pitié de Neith et lui avait apporté en douce des feuilles de nematin chipées dans les serres où l'on étudiait les spécimens ramenés de la planète ? La jeune fille lui avait expliqué qu'avec cette plante elle pourrait se faire une décoction qui soulagerait ses maux de tête, mais les responsables de la station l'avaient soupçonnée de vouloir confectionner une quelconque bombe biologique dévastatrice. Une absurdité. Mac Lir avait vérifié que le nematin ne contenait aucun poison. Reste que, pour cette bévue ou pour une autre intervention de sa part jugée dangereuse par les envoyés du Consortium, cela faisait six mois qu'il n'avait pas vu les prisonnières. À sa propre surprise, la perspective de retrouver Neith, Idril, Ereshkigal et Sindharin l'enchanta. Sous le regard terne de Courtney Brown, il sentit son cœur s'emplir de joie. Cette émotion imprévue le déstabilisa. Lui qui maîtrisait ses rares élans affectifs avec un soin maniaque et traînait une réputation de fou furieux capable de jouer de ses poings quand on le contrariait, voilà qu'il réagissait comme un gamin. Il tenta de se gendarmer, mais la brèche creusée dans sa cuirasse ne se referma pas. Pire, il sentit une autre émotion s'emparer de son âme. *Tara*, songea-t-il abruptement, *Tara, tu me manques*. Et son cœur se serra.

Il pensait rarement à son ancienne collègue, évitant de se remémorer la complicité qui s'était rapidement établie entre eux dans les débuts de la station, à cette époque lointaine où Tara et lui rêvaient à la planète, imaginant ses trésors et ses dangers avec la curiosité gourmande d'enfants amateurs de romans d'aventures. Une époque révolue. La planète ne faisait plus rêver que lui. Ses collaborateurs, des jeunes gens envoyés à Lointaine sur ordre du Consortium, avaient certes appris à maîtriser les huit langues locales. On les avait bourrés d'informations sur les civilisations anciennes ressortissant du stade C de la terminologie Spengler. On leur avait fait éplucher toutes les données concernant Bérénice. Cela en avait fait, sur le papier, des spécialistes de la planète. Mais ils ne rêvaient pas. Impossible de retrouver l'éclat qui pétillait dans le regard de Tara Castaneda dans l'œil pâlichon de Sarah

Thompson, cette grande bringue osseuse aux lèvres trop minces. Le jour où, observant un cliché ramené de la planète montrant un désert blanc sous un crépuscule pourpre, Justin s'était demandé à quoi pouvaient songer ceux qui arpentaient, des jours durant, en de longues caravanes, ces étendues désolées, Sarah l'avait regardé avec un étonnement condescendant. « Tu crois qu'ils pensent ? » avait-elle demandé, s'estimant pleine d'humour. Tara, elle, aurait bondi sur la question, déroulant des hypothèses plus ou moins sensées, brodant, inventant des amours illicites et des haines rentrées, des ambitions cachées et des quêtes insolites, des camaraderies bougonnes ou des embuscades soudaines.

Le jour où Tara avait disparu, elle faisait partie d'une des premières équipes envoyées au sol. Dès que le commandant Miller avait donné le feu vert à l'envoi de membres de l'Empire sur Bérénice, Castaneda s'était précipitée pour obtenir l'autorisation de descendre dans le monde qui la fascinait. On l'avait glissée entre trois militaires dans une navette furtive et on l'avait lâchée sur la grande île, à l'ouest du continent principal, une île – Justin l'apprendrait plus tard – que ses habitants appelaient Glanis. Les caméras de la mission avaient filmé Tara, sa tignasse rousse ébouriffée par le vent, devant un paysage sévère, une petite vallée isolée, sans grande végétation, sous un ciel nuageux et changeant. Elle avait fait un signe à la caméra avant de tourner les talons et de faire ses premiers pas sur la planète. On ne l'avait plus jamais revue. Elle s'était volatilisée dans la nuit. À leur réveil dans l'abri de fortune qu'ils avaient érigé au bord d'un ruisseau, ses compagnons n'avaient pu que constater sa disparition. Dehors, ils avaient trouvé des traces de ce qui aurait pu être du sang et des empreintes confuses. On en avait conclu qu'un animal sauvage avait sauté sur la jeune femme et l'avait emmenée dans sa tanière ou, pire, que des indigènes locaux avaient surpris l'expédition et enlevé l'un de ses membres. Miller avait ordonné le rapatriement immédiat des trois militaires, envoyant balader avec colère Mac Lir qui insistait pour qu'on recherche sa collègue.

– On a déjà fait assez de vagues comme ça. Elle savait quels risques elle prenait. Rester et la chercher ne peut qu'attirer plus encore l'attention sur nous, avait-il dit, péremptoire.

Et l'on n'avait plus jamais entendu parler de Tara Castaneda, sacrifiée pour raison d'État.

Mac Lir fit un effort pour revenir au présent. Ce n'était pas le moment de penser à sa collègue disparue, dont plus personne ne se souvenait. Courtney Brown l'observait, l'œil impassible.

– Vous n'avez pas oublié où sont les prisonnières ? demanda-t-elle, ironique.

– Elles sont toujours dans le secteur bleu ?

– Toujours. Allez-y. On vous y attend.

Lorsqu'il pénétra dans la zone où l'on avait installé les prisonnières, Justin Mac Lir sentit à nouveau la joie l'envahir. Les filles disposaient d'un vaste espace de vie, comprenant un jardin sous une haute coupole, avec, en son centre, un petit bassin dans lequel quatre ou cinq poissons ramenés de Bérénice tournaient obstinément en rond.

Une fois commise l'erreur qu'avait été leur enlèvement, on avait estimé dans les hautes sphères de Lointaine qu'on ne pouvait traiter ces innocentes comme des prisonnières ordinaires et les cantonner à vie dans des cellules étroites. On leur avait affecté un secteur de la station peu utilisé, à côté de la ménagerie consacrée à l'étude de la faune de leur monde. Les filles pouvaient y circuler à leur guise, étant entendu qu'elles ne pouvaient quitter cette zone, dont les issues étaient gardées, sans être accompagnées.

Sur le moment, le commandant Brian Moore, qui avait succédé à la tête de la station à Miller, emporté par une crise cardiaque, avait manqué s'étouffer de rage devant la bavure due à un capitaine manquant de jugeote. Infiltré trois ans auparavant avec son équipe dans les hautes montagnes de l'Ouest du continent principal, l'homme n'avait rien trouvé de mieux, lorsqu'il était tombé sur quatre jeunes filles un peu trop curieuses, que de les expédier directement sur Lointaine.

– Elles ont observé nos équipements, elles sont dangereuses, avait-il affirmé.

Lorsqu'il avait réalisé que les filles n'avaient rien compris à ce qu'elles avaient vu et qu'il aurait tout aussi bien pu les laisser repartir dans leurs montagnes, il était trop tard. Elles avaient découvert Lointaine, on ne pouvait plus les rapatrier sur Bérénice où elles auraient donné l'alerte. Les filles avaient alors entre dix-huit et vingt-quatre ans et, passés les premiers moments de choc et de terreur, elles avaient rapidement deviné qu'on ne les laisserait jamais sortir de la station. À l'époque où on l'avait préposé à l'interrogatoire des prisonnières, Mac Lir s'était rendu compte que, même si elles restaient incapables d'imaginer l'origine de Lointaine, son envergure et ses objectifs, les jeunes montagnardes avaient très vite deviné qu'elles avaient affaire à de dangereux ennemis. Les faire parler s'était révélé une entreprise quasi impossible. Et juste au moment où, à force de prudence et d'attentions, il commençait à gagner leur confiance, on lui avait interdit de les rencontrer.

Il s'avança vers le bassin, appelant les jeunes femmes. Sindharin, la première, avec ses cheveux roux foncé si bouclés qu'ils en paraissaient crépus, sortit d'un appentis dans lequel elles avaient improvisé une espèce de roseraie miniature. Avisant Mac Lir, elle eut un immense sourire et se précipita vers lui, claironnant, à l'intention de ses compagnes, dans sa langue à la fois rocailleuse et chantante :

– C'est Mac Lir ! Il est revenu ! Venez vite, c'est Mac Lir !

Idril, la plus grande des montagnardes, s'approcha à son tour du bassin, guidant Neith, la fille au regard voilé. Ereshkigal, enfin, arriva au pas de course, ses fins cheveux d'un roux éclatant, presque orange, lui battant les épaules. Justin se retrouva au cœur d'un flot de mots, de rires et de baisers, chacune tentant de l'enlacer, de lui parler, de l'embrasser. Il éclata de rire et les repoussa d'un geste.

– Du calme, dit-il, employant la langue de la montagne, du calme !

Il se recula et les contempla un instant sans rien dire. *Comme elles sont vivantes*, songea-t-il, *comme elles sont différentes*. Il se demanda pourquoi il avait une telle impression. Rien ne distinguait les jeunes femmes des autres occupants de la station. Si on les avait habillées à la manière de l'Empire et lâchées dans les coursives, personne n'aurait deviné leur origine. C'étaient des filles normales, un peu trop rousses, peut-être, mais semblables à toutes celles qu'il avait croisées dans sa vie. Et pourtant, il ne pouvait s'empêcher de sentir à quel point elles étaient particulières. Cela tenait-il à leurs vêtements ? Peut-être. À leur arrivée sur Lointaine, les prisonnières avaient obstinément refusé de porter les tenues qu'on avait tenté de leur imposer à la place de leurs frusques d'origine qui, ici, semblaient singulièrement déplacées. Au scandale de certains et à la joie de la majorité des mâles de la station, elles avaient préféré se promener toutes nues autour de leur bassin plutôt que de porter ce qu'on leur proposait. « Ça gratte, ça sent mauvais, c'est pas des vrais vêtements », répétaient-elles en jetant pêle-mêle à la tête de leurs gardiens pantalons de faux cuir, sandales de plastique et autres soutiens-gorges en tissu synthétique. De guerre lasse, on avait fini par leur trouver des étoffes ramenées de la planète dans lesquelles elles s'étaient aussitôt confectionné, avec une habileté consommée, des toges et des tuniques plus exotiques les unes que les autres.

Face à Justin, qui les observait en souriant, elles faisaient étalage de leur inventivité. Neith s'était confectionné une curieuse coiffure, parvenant à faire tenir sur les côtés de sa tête deux cônes dressés d'où s'échappaient quelques mèches folles. Justin avait le cœur serré : la jeune fille regardait dans sa direction en arborant un sourire éclatant, mais ses yeux étaient abîmés par un léger voile. *Comme la fillette de la vidéo*, songea tout à coup le scientifique, s'étonnant que personne n'ait encore remarqué la coïncidence. Neith portait une sorte de combinaison pantalon taillée dans une étoffe souple. Un collier de petites pierres bleues, semblables à des billes d'enfant, rehaussait la finesse de son cou. À ses côtés, la dominant d'une bonne dizaine de centimètres, se tenait Idril, dont la lourde chevelure d'un roux presque blond était sagement disciplinée en deux épaisses nattes retenues par des rubans rouge vif. Sindharin était la plus petite du quatuor. Ses grands yeux sombres, dans un visage qui était resté bronzé malgré trois années passées sous les lumières artificielles de la station, pétillaient de joie. Elle portait des boucles d'oreilles fabriquées de bric et de broc, avec quelques plumes et des petits bouts de verreries. Ereshkigal, quant à elle, était toujours aussi étrange. La première fois qu'il l'avait vue, Mac Lir était tombé sous le charme. La jeune fille avait des yeux d'un bleu si transparent qu'ils en paraissaient argentés. Son teint clair semblait plus pâle encore par contraste avec l'éclat de ses cheveux. Ereshkigal était grave. Triste, aurait pensé Mac Lir, n'eût été le sourire serein qui, parfois, étirait ses lèvres fines. Elle portait une robe de son invention constituée de souples bandes de tissus blanc et or alternées. Légèrement en retrait de ses compagnes, elle observait Justin avec attention. À la grande surprise du scientifique, elle s'inclina tout à coup en un curieux salut.

– Je crois que tu es un homme bon, Justin Mac Lir, dit-elle tranquillement dans son langage rocailleux et chantant.

Mon Dieu, songea Mac Lir, *et dire que je vais leur soutirer des renseignements et les trahir.*

3

C'est Kaherdin, le plus jeune frère de la reine Angharad, qui découvrit le pot aux roses. Le prince Kaherdin possédait un sens de l'observation que d'aucuns trouvaient quelque peu surnaturel. Dans l'entourage des Fir-Bolg, on murmurait que la reine Danu, la mère d'Angharad et de Kaherdin, avait frayé avec quelqu'un de peu fréquentable à l'époque où elle était tombée enceinte de son dernier fils. Danu, morte cinq ans auparavant, n'était plus là pour confirmer ou démentir les rumeurs qui couraient sur son rejeton. Était-ce vraiment un hasard si Kaherdin ressemblait à ce point aux célèbres jumeaux Vidar et Oden ? Tous ceux qui avaient eu affaire à Vidar ou qui avaient rencontré Oden et sa curieuse compagne au nom sorti de nulle part avaient fait la même constatation : le fils de Danu, membre du clan des Fir-Bolg, et les jumeaux, qui, pourtant, n'avaient rien à voir avec la famille royale de Glanis, se ressemblaient comme des gouttes d'eau. Même regard bleu foncé, mêmes cheveux bruns, même visage nettement dessiné, mêmes lèvres pleines, même carrure, même air maussade, mêmes rares sourires, et, par-dessus le marché, même charme. Le bruit courait aussi sur la grande île que le prince Kaherdin, au mépris de son rang et des conventions qui s'y attachaient, chevauchait parfois seul dans les hautes terres pendant des jours et des jours, ne parlant qu'au vent, aux pierres ou aux corbeaux. Rumeurs justifiées ou fabulations ? Personne n'en savait rien. Reste que lorsque le dernier-né de Danu vous regardait, on avait l'impression qu'il lisait au fond de votre âme, ce qui était fort désagréable lorsqu'on n'avait pas la conscience tranquille.

Ce fut, ce soir-là, le cas de sa fille Findchoen. À leur retour de l'expédition interdite dans la forêt de Tillia Tepe, les enfants du palais s'étaient séparés pour regagner chacun, la tête basse et le cœur inquiet, les appartements affectés à leurs familles. Merryn et Findchoen avaient quitté les autres dans la grande cour de Tech Midchuarta et s'étaient dirigées vers l'aile affectée aux dirigeants de Glanis, le royaume de la mer. Merryn levait haut le menton, bien décidée à ne pas se laisser impressionner par l'aventure dont elles venaient d'être les héroïnes. Avec ses yeux bleu-gris et ses cheveux bruns qu'une vague coupe en dessous des oreilles tentait de discipliner, Merryn se donnait des airs de dure à cuire. Findchoen, plus fine, plus douce, l'admirait et, la plupart du temps, lui obéissait. Lorsque Merryn, avant qu'elles ne se séparent pour rejoindre leurs parents respectifs, exigea une dernière fois son silence, Findchoen jura. Quelques minutes plus tard, pourtant, elle se décomposait devant son père.

Kaherdin n'avait pas besoin de pouvoirs surnaturels pour deviner que sa fille lui cachait quelque chose :

lorsqu'il lui demanda distraitement à quoi elle avait passé son après-midi, la fillette baissa les yeux et poussa un petit soupir. Le prince s'approcha, lui souleva le menton et l'obligea à le regarder. Les yeux bleus de l'enfant se mirent à papillonner, se posant sur la chevelure de son père, sur la fenêtre dans son dos, sur la cheminée à leur gauche, puis, obstinément, sur le tapis finement ouvragé. Kaherdin la relâcha.

– Bien, dit-il. Dis-moi ce que tu as sur le cœur.

Findchoen adorait son père, qui, dans son univers, tenait lieu de rocher, de phare, d'abri contre les tempêtes, et, surtout, de refuge stable lorsque sa mère, la belle mais fragile Liadan, avait le regard flou et la lèvre tremblante. Désireuse de respecter sa promesse, elle lutta un instant, mais la perspective d'entendre le prince la rassurer, lui affirmer de sa voix grave que voir des gens mourir dans la forêt n'avait rien d'exceptionnel ni d'inquiétant, fut la plus forte. Laissant couler les larmes qu'elle retenait, elle résuma l'incident. Kaherdin l'écouta attentivement, mais, contrairement à son attente, il ne chassa pas les fantômes. Arborant cet air maussade et préoccupé qui lui était un peu trop coutumier, il fit quelques pas en silence.

– Qu'avez-vous fait des corps ? demanda-t-il enfin d'une voix que l'enfant trouva orageuse.

– On les a enterrés, balbutia-t-elle, pleurant de plus belle.

Kaherdin se rendit compte de l'affolement de sa fille. Il la serra dans ses bras et se fit rassurant.

– Mais, ajouta-t-il quand la fillette eut retrouvé son souffle et son sourire, il s'agit d'une affaire troublante, trop sérieuse pour l'enfant que tu es.

Findchoen eut un petit hoquet d'inquiétude.

– J'ai juré, dit-elle, j'ai juré de ne rien dire.

Son père lui adressa un grand sourire. Ceux qui connaissaient le prince Kaherdin sous un jour plus revêche et se fiaient à sa réputation de sauvagerie auraient été surpris de voir ce sourire tendre et rassurant.

– Ne t'inquiète pas, ma fille, dit-il. Je serai discret.

Findchoen leva sur son père un regard reconnaissant, mais où perçait un étonnement inquiet que Kaherdin sut interpréter.

– On ne trahit pas sa parole, dit-il. C'est ce que je t'ai appris, n'est-ce pas ?

L'enfant acquiesça, soulagée de se voir comprise.

– C'est juste. Mais avant de respecter ce principe, tu dois encore apprendre quelque chose : on ne s'engage jamais sous la contrainte.

Il marqua un léger temps d'arrêt, scrutant le petit visage pâle sous la longue chevelure brune.

– Si tu avais été libre de ton choix, aurais-tu juré de ne rien dire ?

– Je ne sais pas.

– Cela te semblait-il juste et intelligent de cacher cette aventure aux adultes ?

Findchoen fronça les sourcils.

– Non, dit-elle enfin. Non, cela ne me semblait pas juste. C'était trop grave.

– Alors il ne fallait rien promettre. Tu comprends ? Cela demande de la force et du courage de s'opposer à tout un groupe, et tu es encore bien petite pour avoir ce courage. Mais ne t'en inquiète pas : tu grandis, et tu l'auras, ce courage. Alors, tu pourras engager ta parole en toute liberté, et par conséquent tenir tes promesses.

Il ébouriffa un instant la frange de l'enfant.

– Maintenant, viens. Nous allons seller nos chevaux et tu vas me montrer où vous avez fourré ces inconnus.

– Mais il va faire nuit, objecta-t-elle.

– Tant mieux, ma fille : comme ça, personne ne nous verra.

Dans les appartements affectés à la famille royale de l'Eran, Sikhanden avait retrouvé sa mère, la reine Daria, qui se préparait en vue d'une réception privée organisée par les représentants du Nokomis. Daria serrait imperceptiblement les lèvres : les relations entre son pays et le royaume des volcans étaient parfois tendues. Certes, cela faisait presque un siècle qu'on ne parlait plus de guerre, mais les affrontements passés avaient laissé des traces. Les gens des volcans et le peuple de Daria s'observaient en chiens de faïence et évitaient au maximum les contacts directs qui, à la moindre étincelle, auraient risqué de dégénérer. Mais le messager envoyé par les Sayen-Ataske, qui dirigeaient le Nokomis, avait délivré une invitation formelle à laquelle il était impossible de se dérober. Le roi Indrassen en personne espérait la présence de « sa chère amie la reine Daria ». Cette dernière ne pouvait que faire bonne figure. On était à Tillia Tepe, dans cette minuscule enclave de quelques dizaines de kilomètres carrés située en terrain neutre, dans le grand palais construit en accord avec tous les dirigeants de la planète pour constituer un lieu consacré à la paix. Si Indrassen souhaitait resserrer les liens avec le royaume des montagnes, Daria, si forts que fussent ses doutes, ne pouvait que s'incliner.

En pénétrant dans les appartements, Sikhanden avait donc touvé sa mère plantée au milieu du grand salon, entourée par trois caméristes qui s'affairaient à l'habiller. Aux yeux de Sikhanden, Daria était la plus belle femme du monde. La reine, en effet, ne manquait pas d'allure. Elle n'était pas très grande, mais, lorsqu'elle vous regardait, on l'oubliait dans l'instant. Son regard clair, dans un visage serein dont l'âge, sans l'abîmer, s'était contenté d'affirmer la puissance, dégageait une autorité tranquille mâtinée d'une imperceptible flamme de fierté. Ce soir-là, la reine avait, comme elle le disait parfois elle-même en riant, sorti le grand jeu. Même si elle ne maîtrisait pas encore toutes les subtilités de la politique, Sikhanden devina que sa mère souhaitait impressionner les Sayen-Ataske, ces « marchands », comme Daria les appelait parfois loin des oreilles indiscrètes. Au-dessus d'une robe assez simple, d'une coupe rappelant les djellabas que portaient les bergères des montagnes, mais taillée dans une soie d'un bleu sourd rebrodée de fils d'argent, Daria avait fait confectionner par ses servantes une lourde coiffure qui lui emboîtait le visage, mettant en valeur sa mâchoire ferme et ses pommettes larges. Plusieurs turbans de soie bleue, grise et noire s'enroulaient autour de sa tête, masquant sa chevelure rousse. Sikhanden s'extasia un instant, ce qui arracha à sa mère un léger sourire. Sentant la reine d'humeur affable, et devinant aussi, avec la perspicacité des enfants qui ont un désir en tête, qu'elle était suffisamment préoccupée par la soirée à venir pour se laisser aller à des faiblesses dont elle n'était pas coutumière, Sikhanden attaqua aussitôt.

– Maman, risqua-t-elle au moment où Daria, immobilisée par ses caméristes, pouvait à peine remuer un sourcil, je pourrai aller dans les montagnes à la fin de l'été ?

C'était aborder un sujet sensible. Sikhanden rêvait d'aller passer quelques semaines dans les hauts pâturages de l'Eran, en compagnie de bergers et de bergères, partageant leur vie, leurs tâches, et leur liberté. C'était une coutume dans la famille royale : chaque enfant, à l'adolescence, passait quelques saisons loin des châteaux, histoire de s'émanciper, de travailler de ses mains, et de partager la vie des humbles. Depuis trois ans, la tradition était tombée en désuétude : pas question d'envoyer Sikhanden et ses sœurs dans les hauteurs depuis qu'Ereshkigal s'y était évaporée. La fille cadette de Daria avait disparu sans laisser de traces alors qu'elle partageait la vie d'un groupe de montagnards au pied du pic d'Harakoram, au nord-ouest du palais d'Anzali. Deux bergères et une jeune fille dont personne ne connaissait l'identité exacte avaient entraîné Ereshkigal dans une exploration des pentes de l'Harakoram, emportant avec elles de quoi camper au fur et à mesure de leur ascension. On les avait vues partir un matin, joyeuses, sous un ciel clair. Elles n'étaient jamais revenues. On avait retrouvé les traces de leur dernier campement et fouillé toute la région environnante, envoyant les guides les plus chevronnés explorer la moindre crevasse, grotte ou vallée perdue. En vain. Sikhanden, qui avait sept ans à l'époque, se souvenait mal d'Ereshkigal. Elle en gardait une image embellie, comme d'un ange aux cheveux de feu qui aurait un moment partagé sa vie avant de retourner dans son royaume lointain. Parfois, dans sa mémoire, dansaient le regard transparent de la disparue, ou son sourire amusé. Mais, le temps passant, son chagrin s'était fait discret. Ce n'était pas le cas pour Daria. La perte de sa fille avait plongé la reine dans un chagrin tenace, qu'elle dissimulait avec soin, mais qui ne s'apaisait pas. Les sœurs d'Ereshkigal, Amardad, aînée de la famille et héritière du trône, et Dilshad, s'étaient vu interdire tout séjour dans les hautes montagnes, et lorsque Sikhanden avait à son tour demandé à découvrir les pâturages, elle s'était heurtée à un refus ferme et agacé.

Daria, pourtant, contemplant sa dernière-née, eut un instant d'hésitation. Empêcher ses deux autres filles d'aller passer l'été loin des palais n'avait pas eu que des conséquences heureuses. Si Amardad s'en était sortie, développant un tempérament bien trempé et remplaçant la découverte du sévère mode de vie des montagnards par un entraînement au combat qui avait fait d'elle l'une des bonnes lames du royaume, Dilshad, plus rêveuse, plus secrète, semblait s'être quelque peu amollie aux yeux de la reine. En réalité, lors de ses promenades solitaires autour des palais, la jeune fille avait développé un art bien à elle, apprenant à tirer à l'arc et devenant une redoutable chasseresse. Mais Daria l'ignorait et se demandait si priver Sikhanden de l'apprentissage des montagnes ne risquait pas d'en faire une fille gâtée et ignorante des réalités de leur monde.

Sikhanden sentit l'hésitation de sa mère. Elle se garda bien d'insister. Pour emporter ce morceau-là, il ne fallait surtout pas jouer les bébés capricieux. Prenant son air le plus serein, elle resta immobile devant la reine, ne baissant pas les yeux sous le regard qui la scrutait.

– D'accord, dit enfin Daria. Tu iras dans les montagnes.

Sikhanden put alors se détendre et, oubliant ses manières de fille sage et sérieuse, se mit à bondir et tourner autour de la reine en poussant des cris de joie.

Tandis que les hommes de confiance emmenés par Kaherdin déterraient les corps des trois inconnus morts dans la clairière et s'affairaient à les envelopper dans des couvertures pour les ramener à Tech Midchuarta où le prince les ferait examiner et décemment inhumer, Findchoen, pressée par son père, lui conta dans le détail ce qui s'était passé. La petite fille avait retrouvé son sang-froid. Certes, se promener la nuit dans les forêts pour y déterrer des cadavres sortait de l'ordinaire, mais la présence calme et l'autorité sereine de Kaherdin chassaient ses inquiétudes. Elle décrivit les filles inconnues, Sieglinde et la petite Ivah, et tenta de rendre compte de la scène qui s'était déroulée dans la clairière. Le prince opinait, sans s'étonner du comportement passablement extravagant de la petite blonde et de la jeune aveugle.

– Tu comprends, papa, elles étaient pas très normales, ces deux filles. D'abord, Sieglinde n'avait pas de vêtements... On ne se promène pas comme ça, presque nue, avec juste un casque et des longues plumes.

Kaherdin resserra pensivement autour de son cou le foulard de soie et la cape grise qu'il avait jetés sur sa veste de cuir. Ses cheveux d'un brun sombre, coupés un peu plus bas que les oreilles, dansaient dans la brise légère, une ou deux mèches indisciplinées, qu'il repoussait machinalement de sa main gantée de noir, lui retombant dans les yeux.

– Tu n'as pas froid, ma fille ? dit-il.

L'enfant fit non de la tête, mais le prince se pencha tout de même pour rajuster la cape de laine bleue qu'il lui avait fait enfiler avant de l'entraîner dans cette aventure nocturne. Puis, reculant d'un pas :

– Ta Sieglinde appartient à un autre peuple, dit-il. Cela n'a rien de scandaleux, pour les enfants de chez elle, de se promener à moitié nu.

– Et Ivah ? Elle n'arrêtait pas de répéter que Sieglinde était perdue, mais c'étaient les autres qui étaient perdus, les morts... Et puis se couper comme ça la main, et après, quand elle a commencé à sauter en l'air en répétant que ces gens étaient des menteurs, c'était quand même bizarre.

– Cela t'a semblé incongru parce que tu ne comprenais pas pourquoi elle agissait ainsi.

Kaherdin marqua un temps d'arrêt. La nuit, autour d'eux, bruissait de vie discrète. Les chasseurs nocturnes s'étaient réveillés, et l'on sentait leur présence, froufroutements furtifs dans un buisson, appel soudain d'un oiseau, symphonie à peine perceptible, comme en sourdine, des petits animaux dissimulés dans les flaques d'eau et sous les feuilles. La grosse lune, Degatoga, venait de se lever et offrait, juste au-dessus de la ligne des arbres, sa lumière argentée.

– Tu sais ce que je trouve bizarre, moi ? reprit Kaherdin. C'est que Sieglinde n'ait pas tout perdu, comme le redoutait très justement Ivah.

Findchoen recula d'un pas et détourna les yeux. Voilà que son père, à son tour, se mettait à dire des inepties. Le prince jeta un coup d'œil à ses hommes, qui chargeaient les corps sur les chevaux, et soupira.

– Bien, dit-il. Je crois qu'il est temps que je te confie quelques secrets.

Prenant l'enfant par l'épaule, il l'éloigna des hommes et l'invita à s'asseoir dans l'herbe à ses côtés.

– Je vais te parler de notre monde, Findchoen, commença-t-il. Vois-tu, les choses sont un peu plus compliquées qu'il n'y paraît.

Il s'empara de la petite main de sa fille et la posa sur l'herbe, sur la terre qui, dans la fraîcheur de la nuit, irradiait encore la chaleur des heures ensoleillées du jour précédent.

– Sens la terre, Findchoen, dit-il. Sens la terre. C'est de là que tout part.

4

Justin Mac Lir quitta la zone affectée aux prisonnières partagé entre la peur et la colère. Il n'avait rien appris, ce qui le mettait d'une humeur rageuse. Mais, confusément, il sentait que s'il avait appris quelque chose, cela aurait été pire encore. Il aurait détesté être obligé de trahir les rouquines pour les beaux yeux de ce Jeffrey Williams qu'il haïssait. Ce qui l'effrayait.

Lorsqu'il avait réuni les jeunes montagnardes, excepté Neith qui, à demi aveugle, n'aurait rien pu y voir, devant un moniteur pour leur montrer les images enregistrées dans la clairière de Tillia Tepe, elles s'étaient faites attentives. De leur silence vigilant, Mac Lir avait tiré une information : les trois filles comprenaient la huitième langue de la planète qu'utilisaient entre eux les enfants de la clairière, cette langue dont, dans les premiers temps, il n'avait pas compris la raison d'être et qui s'était révélée être un dialecte de communication universelle, une langue commune que les habitants des différents royaumes utilisaient lorsqu'ils avaient affaire ensemble. Mac Lir avait estimé que seuls les puissants et quelques catégories de population – les marchands, certains habitants des grandes villes, et quelques voyageurs qui étaient peut-être des pèlerins et qu'il qualifiait, inexactement sans doute, de touristes, devaient parler ce dialecte particulier. Mais les filles des montagnes en maîtrisaient l'usage. Sans doute avait-il sous-estimé la généralisation de cette langue commune.

Il avait ensuite vu Ereshkigal esquisser un geste brusque et porter la main à la bouche en murmurant quelques mots indistincts, dans lesquels il avait cru reconnaître un nom, Sikhanden. S'agissait-il du nom d'un des enfants présents ? Mac Lir était parvenu à identifier quelques-uns des petits acteurs de la scène. Ainsi, il avait reconnu les deux garçons aux cheveux blancs. Une mission menée l'année précédente au Bjarmaland avait permis à une équipe habile de s'infiltrer dans l'entourage de la famille royale des glaces, se faisant passer pour des domestiques ou des cuisiniers. Les espions de l'Empire avaient passé quatre mois à la cour, tantôt dans le palais construit au cœur de Kirk-Vaersoya, la capitale, tantôt dans un des châteaux du Nord, Kvaenansbotten ou Svartissen, ou même dans l'étrange palais de Surnadalen, au cœur des glaces sans fin, tout près du pôle. Ils avaient expédié nombre d'informations et de clichés. Informations qui, si elles avaient surpris, n'avaient en rien levé le voile sur les mystérieux dangers que recélait la planète.

Mac Lir avait pu se faire une idée plus précise de la structure du pouvoir au Bjarmaland, fondée sur l'équilibre entre de puissantes corporations représentant la population et une aristocratie menée par une famille royale en place depuis des siècles. Pouvait-on dire qu'il s'agissait d'un matriarcat ? Mac Lir s'était interrogé. Le clan des Sturlungar, à la tête du pays, était matrilinéaire, l'autorité passant de mère en fille aînée. D'après ce que Mac Lir avait pu en deviner à travers mille détails, le Bjarmaland était un royaume guerrier, célèbre pour l'endurance et le courage de ses hommes. Lorsque Jeffrey Williams, l'ambassadeur du Consortium, lui avait demandé de résumer l'organisation en place au Bjarmaland, il avait parlé d'un pouvoir féminin s'appuyant sur une puissante caste guerrière. Si je comprends bien, avait rétorqué Williams, nous avons affaire à une bande d'imbéciles. Si ces hommes sont de puissants guerriers, pourquoi ne s'emparent-ils pas du pouvoir ? Mac Lir avait été incapable de répondre. Tout ce que les enquêtes menées par les espions permettaient de comprendre, c'est que la reine en place, Sunilda, n'avait rien d'une potiche. Elle exerçait réellement le pouvoir, et était, semblait-il, respectée et obéie dans tout le pays. Sa fille aînée, Elin, reprendrait le flambeau à sa mort, bien que, non seulement, elle soit une femme, mais qu'en plus deux de ses frères, Haldor et Thorsten, des princes que leur statut privilégié n'avait pas empêchés d'apprendre les métiers de la guerre et d'y exceller, soient plus âgés qu'elle.

Mac Lir avait rapidement identifié les deux enfants aux cheveux pâles présents dans la clairière comme étant des aristocrates du royaume des glaces. Ces gamins avaient affirmé venir du palais de Tech Midchuarta, où avait lieu l'assemblée qui réunissait les puissants de Bérénice. Les vêtements que portaient les deux jeunes garçons, leur attitude, tout indiquait l'appartenance à la classe dirigeante. Leurs cheveux clairs rappelèrent à Mac Lir les clichés du clan des Sturlungar, la famille royale du Bjarmaland. Sunilda et ses proches arboraient tous la même chevelure d'un blond presque blanc. Mac Lir avait fouiné dans ses banques de données et retrouvé les deux gamins de la clairière. Il s'agissait d'Arvid, fils de Thorsten, et de Dagfinn, fils de Dagrun, la sœur cadette d'Elin. Deux cousins, donc, petits-fils de la reine Sunilda, âgés l'un de dix ou onze ans, et l'autre de huit ans à peine.

Mac Lir avait eu davantage de mal à identifier les autres enfants, se contentant d'estimer qu'ils appartenaient tous à de puissantes familles, sans doute à des clans royaux, excepté peut-être les mystérieuses fillettes que les autres ne semblaient pas connaître, celle à demi nue, et cette petite poupée blonde qui se comportait, ainsi que l'avait commenté Courtney Brown, comme si elle avait « complètement pété les plombs ». Les deux filles brunes aux yeux bleus venaient sans doute de Glanis, la grande île dirigée – les enquêtes successives avaient permis de le déterminer – par les Fir-Bolg ; la grande île, surtout, où avait disparu Tara Castaneda. Trois autres enfants, la fille en pantalon court qui avait vérifié que les espions du Consortium étaient bien morts, ainsi qu'une autre fillette et un garçon d'une douzaine d'années, présentaient un physique qui lui semblait relever du royaume de l'Atelkosou, un pays resté fort mystérieux, dix ans d'enquête et d'espionnage ayant jusqu'à présent seulement permis de déterminer qu'y régnait un clan puissant sous la houlette d'un roi, Aborjan, et de ses quatre frères. Les espions envoyés dans l'Atelkosou avaient signalé un trait que partageaient les cinq frères : ils avaient tous les yeux verts, d'un ton parfois éclatant, parfois plus pâle. C'était le cas des trois enfants présents dans la clairière, ce qui avait incité Mac Lir à les supposer membres de ce clan. Mais il n'avait pu les identifier avec plus de précision. Les missions envoyées dans l'Atelkosou, pays occupé par d'immenses forêts, étaient rarement revenues pour rendre compte de ce qu'elles avaient découvert : c'est parmi les équipes enquêtant dans cet énigmatique royaume que les accidents avaient été les plus nombreux.

Quant à la bande d'enfants roux qui semblaient se soumettre à l'autorité d'une petite fille à l'air décidé, Mac Lir ignorait tout d'eux. Il imaginait qu'ils venaient de l'Eran, le royaume des montagnes, comme ses prisonnières, toutes également rousses, ce qui en aurait donc fait des membres du clan dirigeant le pays. Lorsqu'il crut entendre ce nom de Sikhanden prononcé par Ereshkigal, il arrêta un instant la vidéo.

– Qui est-ce ? demanda-t-il dans la langue des montagnes.

La jeune femme lui décocha un regard glacial.

– De quoi parles-tu ?

– Sikhanden, c'est le nom d'un de ces enfants, n'est-ce pas ?

Elle éclata de rire, d'un rire qu'il trouva un peu forcé.

– Sikhanden ? C'est une insulte de chez nous, étranger ! Tu veux que je te la traduise ? Méfie-toi, tes oreilles vont en tinter de honte.

Il n'insista pas. *Elle ment*, songeait-il pourtant. Et aussitôt, une nouvelle idée se fit jour dans son esprit : comment Ereshkigal, une simple bergère, pouvait-elle connaître l'un de ces petits aristocrates ? À moins qu'elle ne soit pas une bergère. Certes, lorsque les rouquines avaient débarqué sur Lointaine, Ereshkigal était avec des bergères, habillée en bergère. On en avait conclu qu'elle était une des leurs. Un peu trop vite peut-être. Mac Lir se promit de surveiller plus attentivement la jeune fille et d'observer l'attitude de ses compagnes à son égard. Il n'avait pas cru y déceler d'obséquiosité, mais peut-être était-ce simplement parce que, l'idée d'une telle différence de classes sociales ne l'ayant pas effleuré, il n'en avait pas cherché la manifestation.

Il remit la vidéo en marche, et vit une fois de plus cette scène hallucinante. Les filles, autour de lui, ne bronchaient pas, au point que le silence lui sembla bientôt palpable. Rien, pas un soupir, pas un étonnement, pas un commentaire. Elles semblaient toutes les trois s'être transformées en statues. Lorsque la petite blonde se mit à se lamenter sur le sort de sa compagne, répétant qu'elle allait tout perdre, Mac Lir observa attentivement les jeunes filles. Pas une ne broncha. Il eut toutefois l'impression qu'Ereshkigal serrait un peu trop les lèvres. Il stoppa une nouvelle fois les images.

– Que veut-elle dire ? demanda-t-il.

Ereshkigal ne daigna même pas le regarder. Idril et Sindharin tournèrent vers lui de candides regards.

– Comment veux-tu que je le sache ? demanda Sindharin en haussant ses épaules rondes.

– Cette petite fille semble un peu folle, ajouta Idril d'un air quelque peu condescendant.

– Vous mentez, riposta Mac Lir.

Il songea soudain que, devant le silence des prisonnières, les responsables de Lointaine risquaient de changer d'attitude à leur égard. On avait jusqu'à présent évité d'employer la force pour les faire parler, estimant que c'était en gagnant leur confiance qu'on obtiendrait d'elles le plus de renseignements utiles sur Bérénice. Mais devant leur évidente décision de ne rien dire, Jeffrey Williams et son équipe de gardes-chiourmes n'allaient-ils pas ordonner au commandant Moore d'envoyer certains de ses spécialistes en interrogatoires s'occuper des rouquines ? Ce qui, le scientifique s'en rendit compte avec un étonnement consterné, lui fichait une peur bleue. *Mon Dieu*, songeait-il, *pourvu qu'ils ne les torturent pas.*

– Vous mentez, reprit-il, et vous avez tort.

Cela ne fit ni chaud ni froid aux filles, qui attendirent paisiblement la suite des événements. Il relança la vidéo et la laissa se dérouler sans plus questionner les prisonnières qui, de leur côté, restèrent de marbre en regardant défiler les images.

Il parvint toutefois à briser momentanément leur armure d'indifférence courtoise lorsque, avant de les quitter, il leur demanda si la fillette aveugle de la clairière et leur amie Neith étaient liées.

– Deux filles rousses, toutes deux avec ce même voile sur les yeux, c'est curieux, vous ne trouvez pas ?

– Le hasard, répliqua Ereshkigal, sans chercher à masquer l'agacement qui la gagnait. Nous sommes nombreux, sur notre monde, tu sais... Si à chaque fois que tu croises une fille rousse et malvoyante, tu penses que c'est une copine de Neith, tu es mal barré !

S'engouffrant instinctivement dans la brèche qu'il avait réussi à creuser, Mac Lir posa une question :

– C'est la petite au regard voilé qui a tué les étrangers ? demanda-t-il.

Il fut lui-même surpris par ce qu'il disait. L'idée s'était formée à son insu dans son esprit. Mais au moment même où il la formulait, il sut qu'il approchait de la vérité. Aucune des filles ne réagit.

– Tu es idiot, Mac Lir, se contenta de lâcher Sindharin en haussant à nouveau les épaules.

Idiot, certainement, je le suis, songeait Justin Mac Lir en regagnant ses bureaux, de l'autre côté de la station. Le scientifique ne comprenait rien aux colères et aux craintes contradictoires qui l'agitaient. Il était agacé que les rouquines se soient moqué de lui. Mais désemparé à l'idée qu'il jouait de l'affection qu'elles avaient montrée à son égard pour les trahir, exaspéré d'être obligé d'obéir à Jeffrey Williams et à sa clique. Et furieux, aussi, toujours furieux, en sourdine, qu'on ait, dix ans auparavant, abandonné Tara Castaneda. Il en voulait à la planète qui lui avait pris son amie et avait tué plusieurs de ses compagnons, à ce monde qui résistait à ses efforts et qui, depuis dix ans, restait aussi mystérieux et subtilement dangereux. Mais, dans le même temps, il détestait ceux qui l'entouraient, ces responsables aux ordres du Consortium qui ne s'intéressaient qu'aux profits qu'on pouvait tirer de Bérénice. Par-dessus tout, il se reprochait d'imaginer qu'une petite fille aveugle et à demi nue ait pu tuer trois espions hyper-entraînés et solidement armés du Consortium.

Mais, pire, Mac Lir se savait effrayé. Parce que la planète lui faisait peur, parce que la petite aveugle lui faisait peur. Effrayé, aussi, parce qu'il s'était attaché aux prisonnières au point de redouter qu'on les torture, effrayé par ce qu'il ressentait pour ces filles arrachées à leur monde, par ce sentiment qu'il ne savait pas nommer.

Mac Lir n'avait pas souvent été amoureux, et pas vraiment. Il s'était entiché d'une collègue lors de sa formation, une jolie brune originaire de la même planète que lui, qu'il avait épousée, puis quittée lorsqu'elle avait commencé à vouloir un enfant. Plus tard, il avait vécu une liaison orageuse avec une serveuse de bar d'Enterprise, la capitale de la planète centrale de l'Empire, où il avait obtenu un poste de prestige à la célèbre université Gateshall. Cette fois, c'était elle qui l'avait quitté. Il s'en était vite remis et était ensuite resté plus ou moins seul, bien plus intéressé par les recherches qu'il menait sur la planète interdite, puis par la perspective de faire partie de la mission qu'on allait envoyer sur une station orbitant autour de Bérénice, que par l'idée d'entamer une relation sérieuse avec une femme. Sur la station, son charme aidant, il avait eu quelques aventures, qui s'étaient vite soldées par des échecs. Mac Lir était exigeant. Son esprit vif, sa curiosité toujours en éveil, ne pouvaient se satisfaire longtemps des jeunes femmes qui vivaient sur Lointaine, toutes formatées plus ou moins sur le même modèle. Ses aventures se terminaient toujours de la même manière : tu me préfères la planète, disaient ses conquêtes lorsqu'il passait la moitié de ses nuits à examiner de vieilles données dans l'espoir d'y détecter un détail qui lui aurait échappé. Il supportait un temps ces récriminations, puis finissait par lâcher, avec un secret soulagement : « Oui, je te préfère Bérénice. » « Elle est beaucoup plus belle que toi, et beaucoup plus intéressante », ajoutait-il parfois, avec un relent de sadisme dont il n'était pas conscient.

Et voilà que la planète avait un visage : celui de ces jeunes femmes aux cheveux de flamme. Un visage rieur et malicieux, comme l'était Sindharin, un visage droit et sage, comme celui d'Idril, un visage grave et tendre, comme celui d'Ereshkigal. Un visage mystérieux et déroutant, comme à ses yeux, l'était celui de Neith. Ensemble, les rouquines de la montagne composaient une présence qui éveillait en Mac Lir une émotion neuve, une émotion qu'il ne se savait pas capable d'éprouver : il les aimait. Il les aimait et ne comprenait pas pourquoi. Il le comprenait d'autant moins qu'il n'était pas épris d'elles, ni amoureux de l'une d'entre elles en particulier. Il les aimait, et ne les désirait pas. Stupéfait, il se regardait éprouver ce sentiment qu'il n'avait jamais connu, qui lui donnait envie d'être près d'elles, de contempler le regard voilé de Neith et de sentir, en lui, l'écho d'un étonnement ancien, de rire et de gambader avec Sindharin, de regarder Ereshkigal danser – capable, dans la lumière artificielle de la station, de donner l'impression qu'elle dansait dans le soleil –, de s'asseoir auprès d'Idril, et de l'écouter prononcer, de sa voix grave, les mots chantants de la langue des montagnes. Il avait envie d'être auprès d'elles et de les protéger, comme on protège un bien précieux. Et lui qui avait aimé la planète bien avant de partir à sa découverte, lui qui avait tout plaqué pour approcher Bérénice, il ne comprenait rien à ce qui lui arrivait. Partagé entre peur et colère, il se promettait de ne pas aimer ces filles qui incarnaient ce monde. Mais il savait que c'était trop tard.

5

Findchoen dut puiser dans toutes ses réserves de courage pour ne pas trembler devant l'homme qui l'interrogeait. Très âgé, Luken dardait sur elle un regard froid, rendu plus intimidant encore par la couleur de ses yeux. Si l'on avait un jour parlé à Findchoen d'un homme aux yeux blancs, elle aurait éclaté de rire. Ça n'existe pas, des yeux blancs ! Cela existait pourtant, elle en avait la preuve. *Encore que*, songea-t-elle, *« blanc » ne soit pas le qualificatif approprié*. Les pupilles de Luken semblaient plutôt légèrement argentées, dans un iris d'un bleu si pâle qu'en effet, de loin, il en paraissait blanc. Le résultat était déconcertant, et la fillette eut du mal à ne pas reculer lorsqu'il la regarda. En outre, la peau de l'homme était si parcheminée qu'elle ressemblait à un vieux cuir tout plissé, surtout sur ses joues. Avec ses longs cheveux blancs, une fine moustache et une longue barbe, Luken semblait tout droit sorti d'un conte destiné à faire peur aux enfants. Enveloppé dans une tenue pourpre qui ressemblait vaguement à une luxueuse robe de chambre, il faisait face à la fillette, assis sur un fauteuil à haut dossier, alors que le père de Findchoen et Angharad, la reine de Glanis, étaient restés debout. Cela, plus que tout le reste, troublait l'enfant : qui était cet homme, devant lequel la souveraine et le prince Kaherdin faisaient preuve d'un tel respect ?

Devinant l'inquiétude de Findchoen, Angharad intervint.

– Luken est mon conseiller. Tu dois lui faire confiance.

Ce qui ne rassura guère la jeune fille. La reine avait pris un ton autoritaire et Kaherdin, l'enfant ne manqua pas de le remarquer, se gardait d'intervenir, laissant sa sœur aînée prendre les choses en main.

C'était le matin. La veille, après avoir fait ramener les corps des inconnus à Tech Midchuarta, Kaherdin avait envoyé sa fille au lit sans plus de commentaires. Findchoen avait eu du mal à s'endormir : les explications que lui avait données son père lui trottaient dans la tête. Certes, cela avait éclairé la scène dont elle avait été témoin, mais elle était plongée dans un abîme de réflexions. Et puis, à l'aube, alors qu'elle émergeait à peine d'une nuit trop courte, le prince avait surgi, lui ordonnant de le suivre chez Angharad.

– Je devais prévenir ma sœur de ce qui s'est passé, avait-il dit.

Findchoen s'était décomposée. Si la reine était au courant, tout le monde allait savoir qu'elle avait cafté. Le prince avait froncé les sourcils :

– Ne fais pas la sotte, enfant. Nous protégerons ta réputation.

Et, en arrivant chez Angharad, Findchoen avait découvert le vieillard aux yeux blancs. La reine l'avait accueillie d'un assez sec « Nous comptons sur ta sincérité, petite », qui avait fait monter son malaise d'un cran. Sa tante Angharad pétrifiait la fillette. La souveraine de Glanis n'était pas d'un abord facile. Âgée d'une cinquantaine d'années, elle avait succédé à sa mère Danu cinq ans auparavant. Comme le voulait la coutume, elle avait transmis le titre et la fonction de roi à son compagnon, Llewelyn. À la manière du royaume de la mer, Angharad détenait la souveraineté, mais c'était celui qu'elle considérait comme son époux, devenu roi, qui la mettait en pratique et exerçait effectivement le pouvoir. Findchoen s'était étonnée de l'absence de Llewelyn. Généralement, lorsqu'il s'agissait d'une affaire d'importance, le roi de Glanis était présent. Peut-être, alors, avait espéré la fillette, ne s'agissait-il pas d'une affaire d'importance.

Toute de noir vêtue, la reine se tenait à côté du vieillard. Ses longs cheveux bruns reposaient, libres, sur ses épaules. Sous ses sourcils sombres bien dessinés, son regard d'un bleu éclatant jaugeait la petite fille. Angharad, disait-on à la cour, avait été une jeune femme superbe. Aux yeux de Findchoen, pourtant, ce qui caractérisait sa tante, ce n'était pas sa beauté, mais son autorité. Certes, la souveraine était peut-être belle, mais elle n'avait pas sa pareille pour vous impressionner. Lorsqu'elle ordonna à sa nièce de répéter le récit qu'elle avait fait la veille à son père, la fillette s'exécuta du mieux qu'elle put. Les adultes la laissèrent parler sans l'interrompre. À la fin de sa tirade, elle eut la mauvaise surprise de voir une porte s'ouvrir à la volée et Llewelyn pénétrer dans la pièce. *Ainsi*, songea-t-elle, effondrée, *il s'agit bien d'une affaire d'État, et je me retrouve au beau milieu.*

Llewelyn semblait mal réveillé. Les cheveux sombres en bataille, il avait enfilé une chemise gris foncé sans col qui bâillait sur sa poitrine. Il ne s'était pas rasé. Lorsqu'il se posa sur la fillette, son regard couleur de mer ne manquait pourtant pas d'acuité.

– Alors, ma fille, dit-il, qu'est-ce que c'est que cette histoire d'étrangers morts dans la forêt ?

Il se tourna vers Angharad sans attendre la réponse de l'enfant.

– J'ai fait examiner ces morts. Ils avaient sur eux des appareils curieux, ne ressemblant à rien de ce que nous connaissons. Sieglinde et sa petite compagne ne se sont pas trompées, il y a bien un problème. Mais Sieglinde a fait une sacrée bévue. J'ai envoyé un messager contacter sa mère, qui dirige la délégation de son peuple. Je dois la rencontrer d'ici une heure. Sieglinde sera là, nous pourrons l'interroger.

Findchoen se ratatina intérieurement. Elle allait d'étonnement en étonnement. Le roi parlait de la fille à demi nue comme s'il la connaissait. Pire, il avait l'intention de lui parler. Sieglinde saurait immédiatement que quelqu'un avait parlé. De là à ce que tous sachent que c'était elle... Des larmes bataillaient pour se frayer un chemin jusqu'à ses yeux, mais elle n'eut pas le loisir de pleurer : Llewelyn se tournait vers elle.

– Répète-moi les paroles de Sieglinde et de la petite blonde lorsqu'elles ont dit que ces gens ne venaient pas de la montagne, dit-il.

La voyant ouvrir la bouche, il l'interrompit :

– Réfléchis bien, Findchoen. Souviens-toi de leurs mots exacts. Pas d'approximations.

La fillette se concentra, revivant la scène.

– Elles ont dit qu'ils ne venaient pas des montagnes. Et puis, après, qu'ils ne venaient pas de la mer, et qu'ils ne venaient pas des volcans non plus, et pas du fleuve, ni des glaces, ni du désert, ni de la forêt.

– C'est bien ce que j'avais compris, commenta Angharad.

Llewelyn laissa échapper un juron sonore et particulièrement grossier. Habituellement, les sorties de son compagnon amusaient la reine, mais, cette fois, elle n'eut pas l'ombre d'un sourire. Visiblement préoccupée, elle se tourna vers Luken qui, de son côté, avait les yeux fixés sur le prince Kaherdin. Findchoen remarqua que son père avait adopté une attitude d'attente prudente qui ne lui ressemblait pas. Le vieil homme prit la parole. Tous l'écoutèrent attentivement.

– J'ai fait un rêve, cette nuit, dit-il.

Immobile sur son siège, il observait Kaherdin. Le prince ne broncha pas.

– J'ai vu les étoiles, poursuivit Luken. Celui que l'on appelle Oden, l'un de ces jumeaux, est ensuite arrivé. Il m'a dit qu'il souhaitait vous rencontrer, prince Kaherdin.

Le prince haussa un sourcil.

– Je ne connais pas cet Oden.

– Lui vous connaît, monseigneur, riposta le vieillard.

Angharad avait la mine fermée. Elle tritura du bout de sa botte le tapis de haute laine sur lequel elle était plantée.

– Est-il nécessaire, Luken, de revenir à ces anciennes rumeurs ?

Le vieil homme ne se démonta pas :

– Je me fiche des éventuelles frasques de votre mère, reine Angharad. J'ignore, comme tous, si le prince Kaherdin a le même père qu'Oden et son jumeau. Et cela n'a aucune importance.

Il revint à Kaherdin :

– Ne le prenez pas mal, monseigneur. Peu importe votre père, vous êtes le fils de Danu, et cela seul compte. De plus, si vous et les jumeaux vous ressemblez à ce point, ce n'est peut-être pas pour des histoires de coucheries.

Kaherdin se figea. Llewelyn lui-même jeta un regard sombre au vieil homme. Luken eut un rire clair, un rire jeune, peu en rapport avec son apparence.

– Allons, mes enfants, dit-il, ne prenez pas ces mines coincées. Danu était une femme libre.

Puis, voyant les membres de la famille royale rester de marbre :

– Vous me décevez. Allez-vous instaurer un code moral digne de ces imbéciles du fleuve ou des volcans, qui font leurs coups en douce et dans la honte au lieu d'affirmer haut et clair qui ils sont ?

Sa sortie arracha un sourire à Llewelyn. Angharad se détendit et Kaherdin lui-même eut un rire bref.

– Non, Luken, dit-il. Non. Je ne vire pas au puritain. Je n'ai honte ni de moi ni de ma mère.

– Reste, mon cher enfant, que personne ne sait si vous êtes le frère des jumeaux ou pas. Et que cela n'a peut-être aucune importance.

Constatant l'absence de réaction de ses interlocuteurs, il haussa les épaules :

– Kaherdin est peut-être le frère biologique des jumeaux, mais il est surtout, et cela, j'en ai la certitude, le frère spirituel de Vidar et d'Oden.

Sa déclaration jeta un froid. Findchoen, qui avait tenté de se faire toute petite pendant cet échange entre les adultes, l'ignorait, mais Angharad, Llewelyn et Kaherdin le savaient : si le vieux Luken était là, c'est parce qu'il était le conseiller de la famille royale, et pas n'importe quel conseiller. Luken était le guide spirituel du roi et de la reine. Un rôle qu'il remplissait conformément à la tradition de Glanis. Dans l'île, on respectait l'ancien équilibre des pouvoirs. La caste royale et guerrière, si elle réglait la vie de tous, avait gardé l'habitude d'écouter les représentants de la caste des sages, de ces prêtres versés dans la connaissance de l'âme et des lois fondamentales de la Vie.

Kaherdin se mit à tourner pensivement en rond, frôlant au passage sa fille sans lui prêter attention.

– Que veux-tu dire par là, Luken ? demanda-t-il. Que va-t-il se passer ?

– Je ne sais pas. Je ne suis pas un de ces voyants qui disent la bonne aventure entre deux tours de carte. J'ignore l'avenir, prince. Ce que je sais, c'est que le destin vous a liés, vous et ces jumeaux.

Angharad fronçait les sourcils.

– Bien, dit-elle, bien, nous te croyons, Luken. Maintenant, que veux-tu dire avec ce rêve ?

– Oden appelle votre jeune frère, reine Angharad.

– Quel rapport avec les événements de la clairière ? intervint Llewelyn.

– Je n'en sais rien, mon roi. Tout ce que je sais, c'est qu'il y a une relation. Mon rêve me l'a dit. Kaherdin doit partir à la recherche de cet Oden. C'est le seul moyen d'éclairer cette affaire.

Le prince se planta en face du vieil homme :

– Parfait. Et il est où, ton Oden ?

– J'ai pris sur moi d'organiser une réunion discrète avec des représentants de son peuple au grand conseil, répondit Luken sans se formaliser du ton qu'avait pris Kaherdin. Espérons qu'ils pourront nous aider, car j'ignore où se trouve cet Oden.

Il eut un petit rire, à nouveau ce rire jeune, clair.

– Je ne sais pas grand-chose, aujourd'hui, monseigneur. Mais je vous sais suffisamment averti pour prendre au sérieux le peu que je vous dis : vous devez partir, prince Kaherdin. Partez sans attendre, cherchez Oden et trouvez-le, où qu'il soit, dans les glaces, dans le désert ou au fond d'un volcan. Cet homme détient les clés dont nous avons besoin, et c'est vous qu'il appelle.

Kaherdin s'inclina.

– Bien. Nous verrons ceux que tu as convoqués et je trouverai Oden.

Findchoen s'assombrit. Ainsi, son père allait partir pour un voyage qui risquait de durer. Mais elle ne dit rien. Les pleurs seraient pour plus tard. On ne se laisse pas aller quand on est devant la reine. Kaherdin se tourna vers elle et la contempla un instant avant de revenir au vieil homme :

– Et ce que ma fille a raconté, Luken ? Cette histoire de Sieglinde « sauvée » ? Cela m'a semblé plus étrange encore que l'origine des inconnus...

– Vous avez raison, prince. C'est extrêmement étrange. Qu'en pensez-vous, reine Angharad ?

– J'en pense que c'est très déroutant, en effet.

Luken regarda le roi :

– Et vous, sire, qu'en pensez-vous ?

– Cela regarde Sieglinde et ceux de son peuple, énonça calmement Llewelyn. C'est à eux de se pencher sur cette question. Lorsque je verrai la mère de Sieglinde, j'attirerai son attention sur ce point et la prierai, si une explication est trouvée, de nous en faire part.

Le roi marqua une pause. Puis, à sa manière déconcertante, il avisa Findchoen et lui adressa un grand sourire :

– Tu n'as aucune raison de t'en faire, petite fille. Sieglinde et sa mère ne sauront pas que c'est un enfant qui m'a mis la puce à l'oreille. Et si elles le savent, je leur demanderai de rester discrètes sur ce point.

Findchoen s'autorisa un petit soupir de soulagement. Elle avait une boule dans la gorge, mais même lorsque son père la renvoya dans leurs appartements, elle garda son sang-froid. Au moment où la porte se refermait sur elle, elle entendit Luken annoncer à Kaherdin que les représentants du peuple d'Oden avaient convenu de les retrouver dans un salon privé situé en terrain neutre, non loin de la grande salle de réunion de Tech Midchuarta. Elle se gratta la gorge et attendit d'avoir franchi au moins deux couloirs et un escalier avant de murmurer d'une petite voix blanche, à l'intention du vide :

– Oh, papa, tu vas me manquer !

Elle s'appelait Phaïdime, et lui Donar. Kaherdin ne les connaissait pas. S'il trouva Donar fréquentable, lui découvrant même, avec ses pommettes larges, ses yeux très bleus et ses longs cheveux bruns, une certaine ressemblance avec les gens de Glanis, Phaïdime le surprit davantage. C'était une petite femme toute en courbes dotée, dans un visage bronzé, d'un regard d'un vert éclatant tout à fait inhabituel. Elle était pieds nus, ce qui, dans l'enceinte même de Tech Midchuarta, semblait singulièrement incongru. Plus incongru encore aux yeux du prince des mers : la jeune femme avait dessiné d'énigmatiques spirales rouges autour de son œil droit. En la regardant, on avait l'impression de plonger dans un monde différent. Mais Kaherdin était rompu à la diplomatie : il s'inclina pour saluer les représentants du peuple d'Oden. Mis au courant de ce qui les préoccupait, l'homme et la femme se concertèrent du regard. Donar leur adressa un sourire affable.

– Nous ignorons malheureusement où se trouve Oden, dit-il.

Sa voix était grave et chaude. Kaherdin se sentait en confiance face à cet homme chez qui il devinait un esprit prudent associé à une volonté inébranlable. Il se permit d'insister :

– Nous avons absolument besoin de joindre Oden, dit-il.

– Puis-je vous demander pourquoi ?

– J'ai fait un rêve, intervint Luken.

– Un rêve ? répéta Phaïdime.

Luken eut une brève hésitation.

– Je suis désolé, dit-il. Je ne veux pas vous donner plus de détails.

La jeune femme détourna la tête.

– Pardonnez-moi, enchaîna aussitôt Luken. Je ne cherche pas à vous offenser, ni, bien sûr, à vous cacher quelque chose d'important. Il s'agit d'une affaire de famille.

Donar baissa un instant les yeux. Puis, s'adressant à sa compagne :

– Les rêves sont essentiels.

Il revint aux envoyés de Glanis.

– J'ignore réellement où est Oden. Son frère Vidar était parmi nous pour la grande assemblée... Il dirige notre peuple, je suppose que vous le savez ?

Kaherdin opina de la tête :

– Vidar est pour vous ce que nous appellerions un roi.

– Un roi ? Non, Vidar n'est pas un roi, pas au sens où vous l'entendez. Nous élisons nos dirigeants. Et Vidar exerce sa fonction en tandem avec un autre élu, une élue, en l'occurrence.

– La célèbre Aten, oui, je sais, commenta Luken. Pensez-vous que Vidar accepterait de nous rencontrer ?

– Vidar n'est plus à Tillia Tepe. Vous le trouverez à Ardal-Elve. Il a dû aller là-bas pour... pour une affaire de famille, lui aussi, pourrions-nous dire.

– Ardal-Elve est une grande ville, répliqua Luken. Où le prince Kaherdin le trouvera-t-il ?

– C'est Vidar qui trouvera le prince, répondit calmement Donar.

Kaherdin s'assombrit. Sa quête s'annonçait sous des couleurs peu engageantes.

– Vidar saura-t-il où se trouve Oden ? demanda-t-il.

Phaïdime eut un petit rire clair.

– Si quelqu'un peut savoir où se terre Oden, c'est bien Vidar.

Puis, ondulant un instant de tout son corps en une pantomime mi-comique, mi-sensuelle, elle adressa un immense sourire à Kaherdin :

– Je vous souhaite bien du courage, beau prince. Cela fait des éternités que personne n'a vu Oden. Vous semblez ignorer bien des choses le concernant.

Kaherdin haussa un sourcil.

– Mais c'est à vous de découvrir ce que vous ignorez, ajouta Phaïdime.

Puis, avec dans la voix une lascivité troublante :

– Vous êtes très beau, prince Kaherdin. Si vous passez un jour du côté de chez moi, venez me voir. On me trouve généralement au nord du Dilmun, dans les collines proches du palais de Bahirdawa.

Ce ne fut qu'une fois les étrangers hors de portée d'oreille que Kaherdin se laissa aller.

– Nom de Dieu, dit-il en accélérant le pas, ça se présente bien, ce voyage ! Tu es sûr de toi, au moins, Luken ?

Le vieillard marchait à grandes enjambées à ses côtés, ne se laissant pas distancer.

– Je suis sûr de moi.

Une étincelle moqueuse faisait pétiller son œil trop clair.

– Dites-moi, prince, cette fille vous aurait-elle mis mal à l'aise, par hasard ?

Il éclata de rire, de ce rire clair, si jeune :

– En tout cas vous pouvez vous vanter d'être un privilégié. Votre beauté vous ouvre décidément des portes inattendues, monseigneur...

Kaherdin haussa les épaules.

– Je n'ai aucune envie de m'y frotter, à ta Phaïdime.

Il revint à l'essentiel :

– Ma première étape sera Ardal-Elve. L'Atelkosou, donc.

– L'assemblée prend fin ce soir, réfléchit tout haut Luken. Nous allons nous séparer, chacun retournant dans son royaume. J'ai un conseil à vous donner : voyagez avec les représentants de l'Atelkosou. Le roi Aborjan vous accueillera volontiers dans sa suite et vous installera dans son palais d'Ardal-Elve. Vous n'aurez qu'à y attendre que Vidar se manifeste. Là-bas, prince, demandez à rencontrer Hilargi. Vous devez voir cette femme avant de poursuivre votre voyage.

– De qui s'agit-il ?

– Hilargi joue à la cour de l'Atelkosou le même rôle que moi auprès de vous. Elle n'est pas venue à Tillia Tepe, sans quoi je vous l'aurais immédiatement présentée. Dites-lui tout ce que vous savez sur l'affaire qui nous préoccupe, y compris ce qui a trait à Oden. Écoutez ce qu'elle aura à vous dire, monseigneur. Et tenez-en compte.

6

En dix ans, Samantha Harris avait pris un sacré coup de vieux. Les techniques de rajeunissement avaient beau faire, l'ovale de son visage s'était amolli et sa silhouette alourdie. Lorsque les responsables de la station se réunirent dans le vaste bureau du commandant Brian Moore pour écouter le compte rendu de Justin Mac Lir, Samantha se laissa tomber sur sa chaise en poussant un soupir de dégoût qui ne passa pas inaperçu.

Mac Lir eut fugitivement pitié d'elle : assises à côté de la géologue vieillissante, Kate Davis, qui avait remplacé Nikky Bailey à la tête du service médical, la biologiste Savannah Diaz, et la superbe psychologue Allison Morris, arboraient paisiblement jeunesse et perfection.

En face de Justin s'alignaient Jeffrey Williams et ses sbires : Courtney Brown, le vieux Sean White, l'immense Tyler Johnson et cette Maya King dont la plastique parfaite avait paradoxalement quelque chose de repoussant. Brian Moore avait réuni autour de lui ses seconds, Cameron Garcia, Madison Wood et Richard Jenkins. Le commandant n'était pas tout jeune et, par comparaison avec Williams et sa clique, Mac Lir lui trouvait l'air presque sympathique avec sa barbe poivre et sel et sa bouche sensuelle.

Un dernier personnage était présent à la réunion, un personnage que Justin Mac Lir croisait rarement : le pasteur Butler. Muré dans un silence maussade, l'homme attendait visiblement avec impatience que la réunion prenne fin.

Brian Moore invita Mac Lir à prendre la parole. Le scientifique énuméra les informations qu'il avait pu réunir, précisant, à l'intention de ceux qui, autour de la table, l'ignoraient, en quoi consistait l'assemblée annuelle de Tillia Tepe. Il expliquait comment il en était arrivé à conclure que la majorité des enfants de la clairière étaient des petits aristocrates membres de la caste dirigeante de Bérénice, et comment il avait identifié avec certitude les deux garçons aux cheveux blancs. Il se gratta ensuite la gorge, car il n'avait pas grand-chose de précis à transmettre. Il lui avait été impossible de comprendre ce que voulait dire la blondinette lorsqu'elle s'effrayait à l'idée que sa compagne à demi nue allait « tout perdre », impossible d'expliquer pourquoi la petite blonde s'était coupé la main, impossible, également, de deviner ce qui s'était passé lorsque les fillettes avaient joint leurs mains, paume contre paume. Impossible, surtout, de déterminer qui ou ce qui avait tué les espions de Lointaine. Quant aux prisonnières, précisa-t-il, elles n'avaient rien dit qui puisse éclairer ce qui s'était passé dans la clairière.

– Nous sommes devant un mystère, un de ces mystères de Bérénice qui nous restent obstinément obscurs, conclut-il sans faire allusion à l'hypothèse rendant la petite aveugle responsable de ces morts, sans évoquer, non plus, ses doutes sur l'identité réelle d'Ereshkigal.

Tout le monde s'agita autour de la table, certains ne se privant pas de le critiquer pour la pauvreté de ses informations, d'autres émettant des explications plus ou moins farfelues. Savannah Diaz soupçonna l'intervention d'un virus inconnu, Allison Morris parla de traumatisme et d'autodestruction, Nicholas Butler évoqua d'un air pincé une possible colère divine, Richard Jenkins imagina la présence, hors du champ de la caméra, d'adultes puissamment armés. Maya King et Tyler Johnson, ignorant les idées qui fusaient autour de la table, pressaient Brian Moore d'envoyer un escadron de la mort sur Bérénice et énuméraient quelques-uns des traitements qu'ils réservaient aux responsables de ces meurtres, tandis que le vieux Sean White demandait à Jeffrey Williams s'il ne serait pas plus efficace d'employer de nouvelles méthodes avec les prisonnières. Mac Lir observait ceux qui l'entouraient, cette petite brochette représentant le Consortium, et il frissonnait intérieurement.

Le commandant Moore se leva, se dirigea vers une console et appuya sur un bouton. Un hologramme représentant la planète se mit à flotter juste au-dessus de la table ovale. Occupés à discuter par groupes de deux ou trois, les participants à la réunion n'y accordèrent aucune attention. Justin se mit à observer la sphère bleue et verte, avec la mer, le continent majeur, et, sur la droite, la grande île de Glanis, occupée par le sauvage royaume de la mer. De nouveau, comme à chaque fois qu'il observait Bérénice, il sentit une espèce de respect inquiet s'emparer de son âme : la planète lui semblait vivante.

Comme à chaque fois, aussi, il se gendarma. Une planète vivante ? Quelle idée absurde. Une énorme boule de matière, voilà tout.

Pensif, il se remémora ce qu'il avait appris au cours des dix années passées, situant les royaumes, les montagnes et les fleuves, imaginant les capitales. Il repéra aisément le Matsya, royaume centré autour du plus grand fleuve de la planète, avec, à l'embouchure du fleuve, la capitale, Khamana. Juste au-dessus, en allant vers le nord, se trouvait le royaume des forêts dirigé par les Saka-Haumavarga, le clan aux yeux verts, le mystérieux Atelkosou qui gardait férocement ses secrets. Tout au nord, chapeautant le continent jusqu'aux glaces du pôle, venait le Bjarmaland, pays dur et froid, sous la houlette des Sturlungar aux cheveux pâles. En redescendant sur le flanc ouest du continent, on pénétrait dans l'Eran, le royaume englobant les plus hautes chaînes de montagnes de la planète, avec ses bergères rousses et sa capitale, Bragandahar. Au-dessous, c'était le Nokomis, qui se prolongeait vers l'ouest en un vaste promontoire courbe, avec ses volcans, sa puissance économique et son avance technologique. Enfin, à l'est des volcans, c'était le grand désert, le Dilmun, royaume aride et peu peuplé aux mains d'un clan puissant sur lequel Justin avait encore peu de renseignements, les Kaya-Maghan. Au centre du grand continent, Justin repérait aisément l'enclave neutre de Tillia Tepe où des enfants avaient eu raison des espions de l'Empire.

Justin parvenait à situer d'autres lieux, plaçant ici et là des cités, des forteresses ou des palais dont les espions avaient rapporté l'existence, et dont les noms – Yakoussane et Keren, Irbhin ou Cinn-Dhamain, Komchen,

Baktum et Tiwanaku, ou encore Sarmighetes ou Kishangar – le faisaient rêver, lui qui n'avait mis les pieds qu'une fois sur Bérénice. Cela le faisait enrager, mais on l'estimait trop précieux pour le laisser risquer sa vie à terre. Malgré leur vernis rapidement acquis, aucun de ses collaborateurs ne maîtrisait comme lui toutes les données concernant Bérénice : les puissants ne voulaient pas perdre leur meilleur spécialiste. Justin avait eu droit une fois, du temps du commandant Miller, à une descente en navette furtive. On l'avait déposé dans une région inhabitée du Nokomis avec quelques militaires solidement entraînés. Il avait admiré, mais aussi respecté avec un sentiment proche de l'effroi, un paysage désertique et chaotique, fait de montagnes enchevêtrées, de hauts panaches de fumée noire, de nuages de gaz mortels et de coulées de lave incandescentes sous un ciel bleu électrique qui avait rapidement viré au noir avec l'arrivée d'un orage. Un insecte d'une vingtaine de centimètres, tenant du coléoptère et du scorpion, avait surgi de sous un bloc de roche et piqué un jeune caporal de l'équipe : on s'était aussitôt engouffré dans la navette et l'on avait rejoint Lointaine dare-dare.

Depuis, les demandes successives de Mac Lir s'étaient heurtées au même refus : on ne l'enverrait sur Bérénice que lorsque la planète serait sécurisée. *Autant dire*, songea Justin en observant l'hologramme, *quand Mathusalem aura des ailes, vu la lenteur de nos progrès.*

Brian Moore se gratta la gorge, ce qui fit revenir le silence autour de la table. Le commandant dirigeait effectivement Lointaine, du moins pour ce qui était de son fonctionnement en tant que base militaire. Mais le déroulement de la mission et le respect de ses objectifs étaient désormais dans les mains de Jeffrey Williams, l'ambassadeur du Consortium. Les relations entre les deux hommes étaient, en apparence, assez cordiales. Justin soupçonnait Brian Moore d'avoir suffisamment de bon sens pour ne pas se heurter en public avec Williams. On savait peu de choses sur le commandant. Calme, patient, Moore obtenait une obéissance sans faille des six mille militaires présents sur la station, et d'une grande majorité des trois mille civils. Williams le savait : sans l'accord de Moore, ici, il était impuissant. Reste que le commandant ne pouvait prendre aucune décision importante sans en référer à Jeffrey Williams.

On était dans une situation où les deux hommes allaient devoir accorder leurs violons. Ils s'observèrent un moment sans rien dire. Puis, sur un geste de Williams, Courtney Brown se fit son porte-parole.

– Nous sommes dans une impasse. Il se passe sur ce monde des choses qui nous échappent. Il n'y a pas trente-six solutions : pour avancer, nous avons les prisonnières...

Le commandant Moore devança Justin :

– Pas question, jeta-t-il d'un ton glacial. Elles sont innocentes, arrivées ici à la suite d'une grossière erreur. Ces filles sont déjà condamnées à un exil permanent loin de leur monde, on ne va pas en rajouter.

Il se gratta la gorge et ajouta, avant que quiconque n'ait pu répliquer :

– Nous sommes ici pour apporter les bienfaits de la civilisation, je refuse que nous en arrivions à ces méthodes barbares. On ne torturera pas des innocentes sur ma station.

– Innocentes, c'est vite dit, contra le vieux Sean White.

Leur planète tue. Leur planète *nous* tue. Qui, comment, nous ne parvenons pas à le savoir. Mais ce sont bien les habitants de ce monde qui ont tué l'équipe de Tillia Tepe. Comme ce sont les habitants de ce monde qui ont décimé, dans le passé, les missions d'infiltration mal préparées.

Cette allusion fit légèrement broncher Brian Moore. Mais il ne s'attarda pas à cette pique.

– Deux erreurs, dans votre raisonnement, Sean. D'abord, vous considérez que ces filles sont coupables par... comment dire, par contagion, coupables de ce que d'autres, sur leur planète, font. Je ne suis pas d'accord avec cet amalgame. Deuxième erreur : vous affirmez que ce sont les habitants de la planète qui tuent nos espions. Nous n'en avons jamais eu la preuve...

– Bien sûr, coupa Maya King, l'œil noir. Tout ce que nous avons constaté, ce sont des accidents. Des troncs d'arbres tombant sur des navettes prêtes à décoller, des moteurs qui explosent sans raison, des rapaces attaquant subitement en groupe, des marécages invisibles engloutissant nos équipes sans crier gare, et autres joyeusetés apparemment dues à un mauvais sort. Mais moi, commandant, le mauvais sort, quand il est aussi systématique, je n'y crois pas...

– Que suggérez-vous, alors ? intervint ironiquement le second Cameron Garcia, prompt, à son habitude, à se ranger aux côtés du commandant Moore. Que c'est la planète elle-même qui tue ?

– Nous n'en savons rien, répondit Jeffrey Williams. Et nous ne sommes apparemment pas près d'en savoir plus sur les accidents du passé. Mais là, à Tillia Tepe, nous avons la preuve que des humains sont impliqués.

– Des enfants ! s'exclama Brian Moore. Nous avons une douzaine de gosses visiblement terrorisés devant les corps de nos hommes. Rien ne dit qu'ils y soient pour quelque chose.

– Et la phrase de la petite blonde ? rétorqua Maya King. Son « Elle ne l'a pas fait exprès ! » : qu'est-ce qu'elle n'a pas fait exprès, d'après vous, si ce n'est tuer notre équipe ?

Le blond Richard Jenkins haussa les épaules.

– Attendez, Maya, vous suggérez que la fillette aveugle a tué trois militaires de Lointaine ? Vous déraisonnez. Nos hommes sont parfaitement entraînés, ils résisteraient sans effort à un commando autrement équipé que cette gamine décharnée et désarmée. C'est absurde.

Sa remarque provoqua un silence boudeur.

– Les enfants ont enterré les corps, reprit enfin Jeffrey Williams. Ils sont coupables. Comment s'y sont-ils pris ? Mystère. Mais ce sont eux qui ont tué. Sans quoi, pourquoi cacher les cadavres ?

– Peut-être obéissent-ils à des rituels que nous ignorons, intervint Justin Mac Lir.

– Quand nos hommes pénètrent dans cette clairière, il n'y a personne, reprit Williams sans tenir compte de son intervention. La vidéo le montre, il n'y a personne dans le champ. Puis cette petite aveugle sort de la forêt, suivie par la blondinette. Et là, rien. La caméra n'enregistre rien, sinon ces deux gamines qui regardent droit devant elles, en direction de notre équipe, placée de l'autre côté de la clairière. Puis il y a la chute. Nos espions tombent à terre et meurent en quelques secondes. La caméra continue à filmer, et nous avons cette bande d'enfants qui débarque dans le champ alors que l'une des gamines sorties de la forêt sanglote et que l'autre répète « elle ne l'a pas fait exprès ! ». J'en conclus que c'est l'arrivée des deux premières fillettes qui a provoqué la mort des nôtres.

Il marqua un temps d'arrêt.

– Ce qui est idiot, bien sûr, comme le souligne Jenkins. Elles se contentent d'arriver dans la clairière et de regarder droit devant elles. À moins que ces gamines ne détiennent le pouvoir de tuer en regardant les gens... Qu'en pensez-vous ?

– C'est absurde, murmura Maya King.

Puis, d'une voix plate :

– On a déclaré Bérénice planète interdite et dangereuse. C'est peut-être pour ça, parce qu'en bas, des enfants sont capables de tuer en vous regardant.

– Hypothèse plausible, donc, à vos yeux, Maya, enregistra Jeffrey Williams. Qui d'autre est d'accord ?

Deux ou trois mains se levèrent. Justin remarqua que le commandant Moore hésitait avant de laisser ses mains posées sur la table. Jenkins s'esclaffa bruyamment.

– Qu'est-ce que vous allez inventer ! On leur a tiré dessus par derrière, c'est tout. On n'a aucune image de ce qui se passait dans leur dos...

– Ces gens-là n'ont pas d'armes sophistiquées, coupa Courtney Brown.

– Pas besoin d'armes sophistiquées, intervint le second Madison Wood. Un arc et des flèches, ça suffit pour abattre trois personnes. Et c'est silencieux, ce qui expliquerait que nous n'entendions rien sur l'enregistrement.

– Bien, commenta Williams. Nous en revenons au point de départ de cette discussion, à savoir que nous ignorons ce qui s'est passé. L'hypothèse de Jenkins tient la route, celle d'enfants tueurs également. Mais nous n'avons aucune certitude, ni dans un sens, ni dans l'autre. D'où ma proposition, les rouquines de la montagne...

Moore ne se laissa pas intimider.

– Je refuse, dit-il. Tant que je dirige cette station, on ne s'amusera pas à torturer quatre filles innocentes. Et qui ne détiennent probablement aucune information susceptible d'éclairer ce qui s'est passé dans cette clairière, qui plus est. Nous avons affaire à des montagnardes, à des bergères. Comment voulez-vous qu'elles soient au courant de ce qui se trame à Tillia Tepe, parmi les puissants de la planète ? Les questionner à votre manière, Williams, reviendrait à torturer un conducteur de navettes suburbaines d'Enterprise en espérant lui tirer des renseignements sensibles sur nos recherches en armements plasma-énergétiques. Ce serait inutile, contre-productif, et, par conséquent, barbare.

En écoutant cette sortie, Justin Mac Lir se félicita de ne pas avoir soufflé mot du fait qu'Ereshkigal avait semblé reconnaître un des enfants de la clairière et qu'elle faisait peut-être partie de l'élite initiée aux secrets de la planète.

Jeffrey Williams regarda Brian Moore un moment sans rien dire. Le commandant avait placé la barre un peu trop haut, le mettant devant un choix délicat. Soit il renonçait à faire pression sur les prisonnières, soit il démettait Moore de ses fonctions, au risque d'avoir droit à une mutinerie sur Lointaine. Ce qu'il n'était pas encore prêt à faire.

– Bien, dit-il.

Puis calme et froid :

– Nous en reparlerons.

Justin se rasséréna. Un peu trop tôt.

– Vous avez raison, Moore, enchaînait Jeffrey Williams. Ce qu'il nous faut, c'est ramener sur Lointaine quelqu'un qui est au courant des subtilités de Bérénice. Un de ces aristocrates réunis à Tillia Tepe.

Mac Lir manqua s'étouffer :

– Vous ne comptez tout de même pas faire enlever un membre d'une des familles dirigeantes de la planète ! C'est contraire à toutes les règles !

– Pas d'intervention qui risque de déstabiliser les mondes en phase d'exploration, enchaîna Moore, citant mot pour mot la bible du Consortium en matière de contact avec d'autres planètes. Enlever un aristocrate local pourrait mettre le feu aux poudres, provoquer une guerre ou je ne sais quoi, si l'un des clans imagine que le coupable est un autre clan.

– Et c'est forcément ce qu'ils imagineraient, renchérit Mac Lir. Ils ne penseront jamais à des ennemis planqués sur une station spatiale volant derrière leurs lunes.

Moore reprenait son souffle.

– C'est ça, vos ordres, Williams ? Mettre la planète à feu et à sang pour que nous puissions aller, si j'ose dire, tirer nos marrons de ce feu ?

Jeffrey Williams les observait sans réagir. Il attendit que les deux hommes se calment et soient à court d'arguments. Puis, toujours aussi paisible, toujours aussi froid :

– Mes ordres sont de démarrer au plus vite l'exploitation des ressources minières de Bérénice, laissa-t-il tomber.

7

En ce jour de clôture de l'assemblée de Tillia Tepe, le prince Kaherdin eut une fort mauvaise idée. Une idée qui partait d'un bon sentiment, mais qui, si elle n'allait pas transformer son voyage en enfer, allait tout de même lui compliquer singulièrement la tâche : il décida d'emmener avec lui sa fille Findchoen.

Cela faisait des années que le prince des mers partageait la vie d'une femme fragile, incapable de résister aux pressions de la vie. Liadan était la fille d'un nobliau local qui élevait son bétail dans les hautes terres. À vingt ans, elle était ravissante et sa timidité ne passait pas les bornes de l'acceptable. À trente-trois ans, elle était toujours aussi jolie, mais son teint était trop pâle et la timidité avait viré à la misanthropie. Elle avait pris l'habitude de soupçonner son époux d'infidélités qu'il ne s'autorisait pas. Les jolies femmes pendues aux basques de Kaherdin manquaient de subtilité, et leurs avances grossières brisaient, à chaque fois, le peu de confiance en elle qu'avait Liadan. Kaherdin avait beau lui expliquer qu'elle se leurrait et lui démontrer, par sa présence attentive, qu'il la préférait à toute autre, Liadan souffrait et passait de tentatives de suicide en dépressions plus ou moins graves, ponctuées de périodes de consommation exagérée de ces substances censées apaiser les peines de l'âme. Dans les premiers temps, le prince aimait sa compagne. Les années passant, cette relation devint de plus en plus pesante, et la passion se transforma en une tendresse désolée. Mais, parmi les dix formes d'unions légales en usage sur la grande île, il avait choisi le mariage le plus contraignant, l'engagement à vie, et il comptait honorer sa promesse, ne serait-ce que par respect pour le jeune homme amoureux qu'il avait été. Reste que si Kaherdin s'accommodait plus ou moins de cette vie conjugale assombrie par les nuages, ses enfants s'en sortaient moins bien. Son fils aîné, Fiacha, après quelques années passées à chérir en vain sa mère et à soupçonner son père des pires méfaits, avait fini, l'adolescence venant, par prendre ses distances et se constituer un groupe de copains avec lesquels il oubliait les écartèlements de son enfance. Âgé désormais de treize ans, Fiacha s'essayait à des frasques qui l'aidaient à se sentir adulte, goûtant aux plaisirs et aux conséquences nauséeuses de soirées trop arrosées, testant sa séduction sur des jeunes filles aussi maladroites que lui, et galopant à se rompre le cou en compagnie d'une bande de jeunes gens amateurs de sensations fortes. Kaherdin en avait conclu que l'enfant allait très bien. Mais Findchoen l'inquiétait davantage. La fillette, timide, ressemblait à sa mère, et les failles de Liadan la bouleversaient profondément. Petit à petit, Kaherdin avait pris l'habitude d'être, pour l'enfant, à la fois un père et une mère, lui apportant la force et la tendresse dont elle était assoiffée.

Lorsqu'il fut question de partir à la recherche du mystérieux Oden, Kaherdin comprit que Findchoen était terrorisée à l'idée de rester seule en compagnie de sa mère défaillante et de son frère aîné, dont la principale qualité, pour le moment, était d'être souvent absent. Le prince observa le petit visage délicat de la fillette, y lisant comme dans un livre. La laisser derrière lui, c'était renforcer sa tristesse et sa timidité. L'emmener, c'était à la fois la protéger et l'aguerrir. Il n'hésita pas. S'il avait pu deviner les conséquences qu'aurait la présence de l'enfant à ses côtés, sans doute aurait-il davantage pesé le pour et le contre.

Dans le clan des Fir-Bolg, comme dans la majorité des familles, royales ou humbles, de la planète, personne n'aurait eu l'idée de surveiller de près les allées et venues quotidiennes d'une fillette de l'âge de Findchoen : passé six ou sept ans, un enfant était censé être une véritable personne, petite, certes, mais apte à fonctionner dans le monde sans qu'un adulte soit en permanence attaché à ses basques et suffisamment avertie pour éviter les dangers majeurs. Pour les dangers mineurs, on s'en accommodait, estimant qu'ils formaient le caractère et apprenaient la vigilance. C'est pourquoi aucun adulte ne fut témoin de l'ébullition que provoqua ce jour-là Findchoen au sein du petit groupe de gamins présents à Tech Midchuarta.

Les enfants que leurs parents avaient emmenés à Tillia Tepe avaient spontanément pris l'habitude de se retrouver en fin de matinée dans ce qu'ils appelaient « la salle du grand arbre », histoire de décider des jeux, escapades ou bêtises qui occuperaient leur après-midi. L'immense hall dominait les moyennes montagnes de Tillia Tepe et faisait face aux premiers pics enneigés de l'Eran, visibles dans le lointain. La moitié extérieure de sa circonférence était constituée de larges baies vitrées qui permettaient d'admirer les monts et les forêts environnants. L'autre moitié présentait de hauts murs-jardins, chef-d'œuvre des paysagistes du palais qui avaient réuni là des plantes capables de se contenter d'un support peu épais et vertical. Sous un vaste dôme de verre trônait un arbre imposant qui offrait hiver comme été un feuillage abondant. Des centaines de personnes auraient pu se réunir dans ce vaste lieu, mais, en général, il était vide, fréquenté seulement par des bandes d'oiseaux qui se faufilaient dans la salle par on ne savait quels interstices et qui tournaient en rond sous le dôme en piaillant joyeusement. Lorsque les enfants avaient découvert cet endroit, ils avaient été éblouis, et, plus important, tout à fait enchantés de se savoir, là, à l'abri des oreilles indiscrètes.

Ce fut donc le plus naturellement du monde que Findchoen, après que son père l'eut priée de se tenir prête à prendre la route avec lui dès le lendemain, se précipita vers la salle de l'arbre. Elle y retrouva le petit groupe habituel, mené par la princesse Sikhanden. Rahel avait amené des copains venus du royaume du désert : une fille qui n'avait pas l'air d'avoir froid aux yeux et deux garçons, Paki et Otieno. Était également présente sous le grand arbre, ce matin-là, une fille du fleuve. Manjusha, nièce de la reine Jayanti, faisait sensation : sans que personne ne l'ait décidé, les enfants venus du royaume du fleuve ou du royaume des volcans, s'ils frayaient parfois ensemble, se mêlaient rarement aux autres gamins. Tout le monde entourait donc la petite brune qui semblait quelque peu dépassée par la situation. Manjusha était mince et semblait peu amène, mais Sikhanden avait repéré que la gamine avait glissé deux poignards dans la ceinture de cuir qui retenait sa tunique. Dans les montagnes, les gens du fleuve avaient la réputation d'être plutôt couards et de se fier à des milices spécialisées pour leur défense plutôt que de pratiquer eux-mêmes les arts de la guerre, mais cette fille-là, visiblement, avait décidé de prendre en charge sa sécurité. Sans compter, comme le pensait Sikhanden, que venir ainsi à la rencontre d'un groupe que ses amis ne fréquentaient pas signalait un esprit curieux et courageux.

Findchoen surgit alors en courant et détourna l'attention de la fille du fleuve. Toute à son enthousiasme à l'idée de partir pour une longue quête avec son père, la fillette oublia son habituelle timidité et se jeta au cœur du groupe pour annoncer la nouvelle.

– Il va où, ton père ? demanda Rahel.

– On ne sait pas, il doit chercher quelqu'un qui a disparu, mais on va d'abord chez toi, Rahel, on va voyager ensemble. Après, on verra, on ira peut-être jusqu'au Bjarmaland, ou alors, il faudra qu'on retourne au Dilmun, ou même, peut-être, qu'on aille chez les gens des volcans.

Cette déclaration plongea les enfants dans un échange animé : tous enviaient Findchoen, qui se préparait, à l'évidence, à vivre une vraie aventure. Sikhanden en oublia son projet d'aller passer l'été dans les montagnes. Se lancer dans une quête comme allait le faire sa copine était beaucoup plus amusant. Rahel et les autres enfants de l'Atelkosou imaginèrent aussitôt tout ce qu'ils allaient montrer à la fille des mers dans leur mystérieux royaume. Manjusha, la nouvelle venue, ouvrait de grands yeux en répétant : « Ah, la veinarde, ah ben ça alors, la veinarde ! » Quant à Merryn, elle observait sa jeune cousine avec une jalousie non dissimulée. Ce fut elle qui mit le feu aux poudres :

– C'est pas juste, dit-elle. Et nous, pendant ce temps-là, on va tourner en rond dans nos palais et s'embêter comme d'habitude...

En résulta un conciliabule fiévreux, dont sortirent quelques décisions audacieuses qui allaient nettement compliquer les choses pour le prince Kaherdin.

Le prince, bien sûr, n'en savait rien. Il préparait son voyage, rencontrant, en compagnie de Luken, les responsables de l'Atelkosou, et cherchant deux ou trois combattants pour lui servir d'escorte. Lorsqu'il prit la route, le lendemain, il ignorait toujours ce qui se tramait dans son dos. Findchoen avait juré le silence, en toute liberté cette fois, et comptait bien ne pas trahir sa promesse. Face à son père, elle affichait un air d'innocence si parfaitement joué qu'il ne se douta de rien. Eût-il été plus attentif, Kaherdin aurait peut-être remarqué les clins d'œil discrets et les fous rires contenus qu'échangeaient sa fille et les gamins de l'Atelkosou alors qu'on organisait la caravane prête à partir. Mais il était trop occupé, gérant l'organisation de sa propre petite troupe et veillant à s'assurer les bonnes grâces des dirigeants du royaume des forêts.

À la grande fureur de Liadan, qui, passé les premières

heures à se lamenter, avait commencé à imaginer que le prince prétextait cette quête pour aller plus librement courir le guilledou, Kaherdin avait choisi pour escorte des filles de la phalange. Ces filles traînaient une réputation exécrable. Excellentes combattantes et souvent belles, voire très belles, les guerrières de la phalange jouaient, en temps de paix, le rôle de mercenaires, se mettant au service de qui avait besoin de protection. Leur organisation, pourtant, avait été fondée juste après les dernières guerres, une centaine d'années auparavant. L'initiative était partie de l'île de Glanis : on avait imaginé mettre sur pied une sorte de légion de la paix constituée uniquement de femmes, et capable de courir, à la moindre velléité de conflit, empêcher les belligérants d'en découdre. Forte de quelques souvenirs – ou légendes – faisant état de guerriers rendant spontanément les armes lorsqu'ils avaient à faire face à de jolies femmes, la reine des mers de l'époque avait insisté pour que la beauté soit un des critères retenus, outre, évidemment, l'art du combat, lors de la sélection des membres de la phalange. Au départ, trois royaumes seulement avaient signé le traité instituant cette milice : Glanis, bien sûr, ainsi que le Bjarmaland et l'Eran. Quelques années plus tard, le roi de l'Atelkosou et celui du royaume du désert avaient à leur tour rejoint le pacte. Les responsables du fleuve et des volcans étaient restés à l'écart : au Nokomis, comme dans le Matsya, on estimait absurde cette idée d'envoyer des femmes sur le champ de bataille, et qui plus est de jolies femmes. Reste qu'au fil des années, des filles venues de ces deux royaumes, mues par le goût de l'aventure et de l'indépendance, rejoignaient régulièrement, en cachette, les rangs de la phalange. Ces rebelles renonçaient plus ou moins, *de facto*, à l'appartenance à leur pays d'origine. Elles n'avaient d'autre choix que de s'investir à cent pour cent dans leur nouvelle famille et devenaient d'excellentes guerrières, voire, souvent, des gradées enthousiastes.

Kaherdin se fichait de la mauvaise réputation des filles de la phalange. Il connaissait en revanche leur efficacité au combat. Il imagina en outre que côtoyer ces femmes courageuses et solides serait bon pour sa fille. La veille du départ, il prit donc contact avec quelques responsables de la phalange qui, désœuvrées, traînaient à Tillia Tepe dans l'espoir qu'un de ces puissants qui payaient bien aurait besoin de leurs services. Il tomba sur des guerrières narquoises, qui le fêtèrent dignement, s'extasiant sur son physique et lui faisant des avances rieuses, avant de reprendre leur sérieux et d'écouter sa proposition. Il engagea la gradée Mirko, une fille venue du royaume de la mer, qui sélectionna pour la mission trois de ses compagnes : Dorcas, originaire du désert, Kohar, qui venait du Bjarmaland, et la singulière Arevig, une transfuge venue du Matsya.

Le matin du départ, Kaherdin eut fort à faire pour apaiser son épouse : les guerrières, qui attendaient sagement que la caravane s'ébranle en direction de l'Atelkosou, ne passaient pas inaperçues. Personne ne s'avisait de les regarder avec trop d'insistance : la tradition – et la prudence – voulaient que ce soient les filles de la phalange qui prennent l'initiative en matière de séduction, et non l'inverse. On avait donc tendance, devant l'escorte du prince Kaherdin, à détourner prudemment le regard.

Reste que Liadan ne pouvait se leurrer : en ordre derrière la superbe Mirko plantée avec autorité sur son cheval noir, la brune Arevig, la blonde Dorcas, et la puissante Kohar ne manquaient pas d'allure. Chacune avait une arme dans le dos, arc, sabre ou épée, et d'autres équipements guerriers accrochés à ses fontes, et était harnachée de manière à être libre de ses mouvements, mais aussi, à impressionner. Ce n'était que cuir, bottes, gants sans doigts, jambières, larges ceintures, voire, dans le cas de Mirko, une véritable cotte de mailles sous une cape de soie rouge. Elles affichaient toutes le même regard pétillant : même s'il leur fallait parfois patienter avant de trouver un engagement, les filles de la phalange étaient pour la plupart heureuses de vivre. Rares, parmi ces indépendantes qui menaient leur destin à leur guise et au grand air, étaient les tristes mines. Kaherdin avait remarqué la lueur d'intérêt pour ces compagnes inattendues dans le regard de Findchoen. Cela lui donna le courage d'affronter Liadan et ses récriminations. Il finit par l'embrasser avant de fuir en direction de sa monture. Il se mit en selle et fit signe aux guerrières et à Findchoen, installée sur un hongre couleur chocolat, de le suivre. Il remonta la colonne en direction du roi de l'Atelkosou qui, en tête de la caravane, attendait patiemment que tous soient prêts à prendre la route.

Aborjan l'accueillit d'un sourire. Kaherdin et le roi des forêts se connaissaient de longue date : cela faisait des années qu'ils se croisaient à l'assemblée de Tillia Tepe. Mais leurs relations ne dépassaient pas le stade de la courtoisie de mise entre puissants dans cette enclave dédiée à la paix. Lorsque Luken avait mis en relation le prince des mers et le roi Aborjan, une entente tacite s'était vite instaurée entre eux. Chacun connaissait la réputation de l'autre, et leurs points communs étaient plus nombreux que leurs divergences. Comme Kaherdin, Aborjan était un homme de parole, fidèle à ses engagements. Comme le prince, il passait pour un époux fidèle, alors que la rumeur prêtait quelques frasques à son épouse, la belle Iskra, et que plusieurs membres de son clan semblaient mener une vie amoureuse aussi libre que certains hauts personnages de Glanis. Comme le prince également, le roi de l'Atelkosou savait manier les armes et passait pour un bon guerrier. Mieux : il était un des rares hommes des cercles dirigeants de la planète capables de supporter la comparaison avec Kaherdin en termes de beauté.

Fils aîné d'une nombreuse famille, Aborjan régnait sur l'Atelkosou depuis la mort de son père, une dizaine d'années auparavant. Ses frères et sœurs, tous aussi bruns que lui, arboraient tous également le célèbre regard vert typique du clan des Saka-Haumavarga. Seuls deux de ses frères l'avaient accompagné à Tillia Tepe : son cadet immédiat, le puissant Sandor, et le numéro trois de la famille, Gavril, qui, tous deux, comme le roi, portaient les cheveux longs – une coutume qui étonnait les hommes de la mer – et étaient rasés de près. Campés sur leurs chevaux de chaque côté d'Aborjan, Gavril et Sandor, calmes et vigilants, semblaient lui constituer une escorte décidée à mourir plutôt qu'à laisser un ennemi approcher. Ils saluèrent Kaherdin d'un bref signe de tête avant de revenir à leur posture patiente. Aborjan invita Kaherdin à chevaucher à ses côtés. Il jeta un regard à la fois admiratif et amusé à l'escorte guerrière du prince, et indiqua aux filles, d'un geste de la main, qu'elles pouvaient chevaucher derrière eux. Il avisa ensuite Findchoen, qui, fière et excitée, ne tremblait pas sur son cheval.

– Et si tu allais rejoindre les gamins de ton âge, petite ? dit-il. On m'a dit que tu t'étais fait des copains dans ma famille, profites-en.

Findchoen ne se le fit pas répéter deux fois : elle fit tourner bride à son cheval et trotta avec enthousiasme vers Rahel et les autres enfants de l'Atelkosou, qui plissèrent le nez de plaisir en voyant approcher leur petite complice.

8

Elle était blonde, avec des pommettes larges, un cou de gazelle et des yeux verts que certains dans les coursives qualifiaient de « vert amande » ou, lorsqu'on était plus cultivé, de « vert céladon ». Elle s'appelait Irène O'Connor. Justin Mac Lir l'avait repérée lors des cours de langues qu'il dispensait quatre fois par semaine. Faisant partie d'une vague de militaires récemment arrivés sur la station, elle était pilote de navette et apprenait vite. Il ne lui avait pas fallu plus d'un mois pour acquérir les bases de la huitième langue, la langue de communication de la planète, et elle avait abordé l'apprentissage de la langue de l'Eran avec un vague sourire qui, étant donné son caractère réservé et son air habituellement maussade, était sans doute le signe d'un réel contentement.

Elle était très courtisée. Mais Justin Mac Lir avait rapidement repéré qu'il était en bonne place sur la liste de ceux qu'elle aurait éventuellement choisis. Lorsqu'il l'aborda ce soir-là, après la réunion catastrophique dans le bureau du commandant Moore, elle se laissa aisément convaincre de partager un repas avec lui au réfectoire. Il se prit à apprécier sa bouche sensuelle. La jeune femme l'accueillit dans la cabine qui lui tenait lieu de chambre. Elle faisait un bon antidote : pendant quelques heures, dans les bras de cette liane secrète et silencieuse, il oublia de s'inquiéter pour les prisonnières.

Mais le lendemain matin, il retrouva ses préoccupations. Quelqu'un, un jour ou l'autre, allait se rendre compte qu'Ereshkigal n'était pas une humble bergère. Que ferait alors Jeffrey Williams ? Il estimerait qu'elle possédait beaucoup plus d'informations sensibles sur sa planète qu'on ne le supposait jusqu'à présent. De là à ce qu'il décide d'employer la manière forte, il n'y avait qu'un pas, qui serait vite franchi. À l'idée de voir la jeune femme livrée aux spécialistes de Jeremy Powell, chef de la police de Lointaine depuis la construction de la station, Mac Lir se décomposait intérieurement. Powell et ses sbires ne feraient qu'une bouchée de la prisonnière rousse.

Le scientifique ne savait que faire. Il tenta de se distraire dans les bras d'Irène O'Connor, mais il ne pouvait oublier les dangers qui menaçaient Ereshkigal et ses amies. Jeffrey Williams l'avait informé que l'accès aux prisonnières lui était libre, et qu'on comptait sur lui pour les faire parler, laissant entendre que si ces dernières tentatives par la manière douce se soldaient par un échec, on passerait à d'autres méthodes. Mais Mac Lir avait du mal à se rendre dans la zone bleue. Il se trouvait mille occupations prioritaires et tournait en rond entre ses bureaux, le réfectoire et les quartiers d'Irène. Au bout de quatre jours, il réalisa l'absurdité de sa conduite et prit sur lui de se rendre auprès des prisonnières.

Il eut droit à un accueil glacial. La séance devant les images de la clairière avait fait son effet : les filles le comptaient à nouveau au nombre de leurs ennemis. Ereshkigal lui jeta un regard vide. Sindharin fut plus explicite.

– Alors, Mac Lir, tu continues à croire que Neith va te tuer en te regardant ? lança-t-elle d'un air pincé.

Au lieu de rire et de se moquer de lui, Neith eut une curieuse réaction : elle baissa la tête avec ce qui ressemblait, Justin en aurait mis sa main à couper, à de la honte. Idril haussa les épaules avant de se rapprocher de Neith en observant le visiteur avec un air de souverain mépris. Le scientifique ne resta pas longtemps dans la zone bleue. Tout le travail d'approche des deux années passées auprès des rouquines avant qu'on ne lui interdise de les voir était réduit à néant. Impossible, dans ces conditions, de rapporter ne serait-ce qu'une illusion d'information à Jeffrey Williams. Il retourna dans ses bureaux et se mit à surveiller de plus près ses collaborateurs. Matthew Wilson, Sarah Thompson et Brittany Allen n'étaient pas idiots. L'un d'eux, au cours de ses visites quotidiennes aux prisonnières, finirait par se rendre compte qu'Ereshkigal avait caché son identité réelle. Mac Lir comprit qu'il ne pouvait tergiverser plus longtemps. Il devait prendre parti.

Il eut envie de confier ses soucis à Irène O'Connor, mais lorsqu'un soir, il aborda prudemment le sujet, la jeune femme ouvrit tout grands ses magnifiques yeux verts. Il y a des prisonniers sur la station ? dit-elle. Il se tut et ne put que constater, une fois de plus, à quel point il était isolé sur Lointaine. Personne, ici, ne partageait son amour pour la planète. Personne ne pouvait deviner que, loin de suivre la ligne commune qui voulait qu'on considère Bérénice comme une proie et ses habitants comme d'encombrants empêcheurs d'exploiter en rond, il souhaitait qu'on laisse ce monde en paix et qu'on se contente de mieux connaître ceux y vivaient – ces reines des glaces au regard pâle, ces rouquines éclatantes de vie, ces gamins attifés de couleurs vives, ces princes des mers sauvages et courtois, ou même, ces mystérieux frères aux yeux verts de l'Atelkosou. *Peut-on tomber amoureux d'une planète entière ?* se demandait Justin Mac Lir. *Peut-on chérir les grandes forêts et les déserts sans fin, les montagnes enneigées, les volcans rouges et noirs ou les fleuves paresseux découverts sur des clichés volés ?* Et son cœur se serrait, son cœur se serrait beaucoup plus qu'il ne l'aurait voulu.

C'est le commandant Brian Moore qui le poussa à l'action. Ce dernier apparut un beau matin dans ses bureaux, ce qu'il faisait rarement. Après avoir plaisanté avec Brittany et Matthew Wilson, il passa une main dans sa chevelure poivre et sel et s'approcha de lui en prenant un air circonspect. Il se lança dans une conversation oiseuse au sujet des horaires des cours de langue, éloignant peu à peu Justin de ses collègues.

– Williams s'impatiente, finit-il par dire lorsqu'ils ne furent plus à portée d'oreille des autres. Faire torturer les prisonnières me répugne, mais je n'ai aucun moyen de m'y opposer.

Il fit quelques pas en silence.

– Faites-les parler, Mac Lir, dit-il enfin. Faites-les parler, et vite. Vous en êtes capable, j'en suis sûr.

Mac Lir pénétra dans l'enceinte réservée aux prisonnières sans la moindre idée de ce qu'il allait faire. Une seule chose était claire, enfin : il était décidé à les protéger. Il se mit à déambuler autour du bassin sans prendre la peine de signaler sa présence. Alors qu'il observait pensivement les poissons de Bérénice qui tournaient obstinément en rond, il se prit à les comparer aux rouquines. *Ils vont devenir dingues*, songea-t-il. *Les poissons vont devenir dingues, et les filles aussi. Et ils vont mourir*, elles *vont en mourir. Loin de leur monde, elles vont mourir. C'est la planète qui est leur vie*, se disait-il. Ce qui le choqua.

Il n'entendit pas Sindharin approcher. Sa voix chantante, dans son dos, le fit sursauter.

– Te revoilà, Mac Lir ? Tu t'ennuies de nous ?

Elle avait adopté un ton sarcastique. Il fit volte-face et se retrouva face à une Sindharin à l'œil sombre, les cheveux en bataille, drapée dans une sorte de paréo rouge vif et chaussée de bottines vert pomme. Justin ne réfléchit pas. Il se laissa porter par ce qui l'habitait, avec un soulagement un peu effrayé :

– Oui, dit-il. Oui, vous me manquez.

La jeune femme fronça les sourcils tandis que Mac Lir se grattait la gorge en essayant de reprendre contenance. *Bon sang*, songea-t-il, *je vais me mettre à pleurer*. Au lieu de quoi, il saisit Sindharin par le bras et, s'étonnant fugitivement au passage de la minceur de ce bras, l'éloigna du bassin. Surprise, elle se laissa faire sans rien dire. Il se pencha et lui chuchota quelques mots à l'oreille :

– Je pense qu'on nous surveille, je ne peux pas parler librement.

Résistant à la pression, Sindharin pila net.

– Bravo ! Ereshkigal nous avait prévenues que tu tenterais ce tour, étranger !

Il eut l'impression qu'elle lui crachait au visage. Cet « étranger », jeté avec un mépris absolu, révélait la faille qui les séparait. Il était l'étranger, il était l'ennemi. *Et*, pensa-t-il en observant la jeune femme qui, dressée sur ses ergots, oubliant sa petite taille et la stature de son interlocuteur, semblait prête à lui voler dans les plumes, *elles sont des étrangères, elles me sont radicalement étrangères.*

Il batailla quelques instants avec lui-même, partagé entre l'envie de fuir et celle de supplier Sindharin de le croire. Au lieu de quoi, sans l'avoir une demi-seconde prémédité, emporté par les émotions opposées qui l'habitaient, il la gifla à toute volée. La jeune fille valsa sur le côté, se prit les pieds dans une dalle mal ajustée et manqua s'étaler par terre. Déjà, Justin se repentait de son geste, se traitant intérieurement de tous les noms, conscient qu'il venait de perdre toute chance d'obtenir la confiance de la petite rouquine. Mais, une fois de plus, Sindharin le surprit. Tout en se frottant énergiquement la joue, elle se mit à danser sur ses pieds, avançant et reculant sous son nez, avant de foncer sur lui au moment où il s'y attendait le moins, et de lui balancer un coup de poing sur la lèvre, un coup de poing précis, bien ajusté, qui lui fit mal. Puis elle se recula rapidement de plusieurs pas et lui jeta :

– Voilà, on est quittes.

Et, à l'absolue surprise du scientifique, elle lui adressa un immense sourire :

– Bien, Justin Mac Lir. Tu peux me suivre, maintenant.

Elle se dirigea vers l'appentis qui leur servait de roseraie sans prendre la peine de vérifier s'il la suivait. Abasourdi, il lui emboîta le pas. Les autres filles les attendaient à l'intérieur de la remise. C'était une structure en bois d'une trentaine de mètres carrés, dans laquelle les prisonnières avaient bricolé avec des planches ramenées de la planète des plans de travail sur lesquels régnait un invraisemblable fouillis, des pots remplis de terre et de fleurs à des stades de développement plus ou moins avancés cohabitant avec des petites maisons de bois – *des maisons de poupées*, songea absurdement Justin –, des pelotes de laine de toutes les couleurs plus ou moins emmêlées, et quantité de petits outils dont il ignorait l'usage.

– Tu peux parler, ici, étranger, fit une voix calme.

Il sursauta et se retourna : Ereshkigal, qui était assise sur le plan de travail à gauche de la porte de l'appentis, les fesses calées entre deux pots de fleurs, n'avait pas employé la langue des montagnes. Elle s'était exprimée dans la langue utilisée sur Lointaine, la langue majeure du Consortium. Dans la langue de l'Empire.

– Vous avez commis une erreur : vous nous avez prises pour des imbéciles, ajouta-t-elle.

Sindharin ferma la porte en bois et rejoignit Neith et Idril qui s'était regroupées à côté d'Ereshkigal. Celle qu'il soupçonnait de faire partie de la classe dirigeante de la planète le toisait tranquillement. Les cheveux relevés en un chignon désordonné d'où s'échappaient quelques mèches folles, une étole de soie verte drapée autour des épaules, ses pieds nus, surmontés aux chevilles d'anneaux argentés, se balançant doucement, elle affichait une totale décontraction. *Non*, se corrigea aussitôt Mac Lir : *une totale concentration.*

– Comment ça, je peux parler ? balbutia-t-il.

– Vos trucs d'espions ne marchent pas ici, répondit Ereshkigal, en employant toujours la langue du Consortium.

– C'est impossible, répliqua-t-il.

La jeune femme le contemplait avec ce qui pouvait être de la curiosité. Ou peut-être, simplement, une condescendance distraite.

Elle revint à la langue des montagnes :

– Qu'est-ce que tu crois, Justin Mac Lir ? Que nous sommes incapables de comprendre ce que vous fabriquez, incapables d'apprendre votre langue comme vous avez appris la nôtre ?

Puis, avec dans la voix un mélange de mépris et de pitié :

– Sais-tu seulement ce qu'est le bois ?

Elle marqua un temps d'arrêt. Justin, complètement déboussolé, essaya de réfléchir et de formuler une réponse cohérente, non pas à cette question absurde, mais à ce qu'elle avait dit depuis son entrée dans l'appentis. Elle attendit, avec l'air de surveiller une souris qui se débat dans un piège. Puis, juste au moment où il allait prendre la parole, elle leva légèrement la main droite, lui intimant le silence.

– Tu veux comprendre mon monde, Justin Mac Lir ? Alors, commence par oublier tout ce que tu crois savoir. Seis-Keyah ne se livre pas à ceux qui croient tout savoir.

– Seis-Keyah ?

Ereshkigal eut un de ses jolis sourires. Son regard d'argent pétillait, et Mac Lir ne parvenait pas à savoir si c'était de colère, de mépris ou d'amusement.

– Seis-Keyah. C'est le nom de mon monde. Voilà une pomme que tu pourras rapporter à tes maîtres.

Un os, pas une pomme, songea mécaniquement Justin. *Un os, une pomme. Deux mondes.* Alors qu'il se débattait au sein de ces contradictions, Neith s'avança d'un petit pas. Cette fois, elle avait natté ses longs cheveux en une lourde tresse qu'elle avait enroulée autour de sa tête. Elle observa le scientifique de son regard voilé.

– Que voulais-tu nous dire ?

Il envisagea rapidement plusieurs stratégies, toutes aussi vaines les unes que les autres, puis, comme un nageur plonge de la falaise sans trop réfléchir aux risques qu'il prend, il se lança :

– Je sais qui tu es, Ereshkigal. Tu n'es pas une bergère des montagnes. J'ai compris que tu étais une aristocrate. Si je l'ai deviné, un autre ne tardera pas à en faire autant. Tu es en danger. Tu es en grand danger, et tes amies aussi. On veut en savoir plus sur Bérénice, et si l'on découvre que tu appartiens à la classe dirigeante, on te supposera mieux informée qu'une bergère. Il y a des gens, ici, qui ne reculeront devant rien pour te faire parler. Ils te tortureront. Ils tortureront Idril et Sindharin sous tes yeux. Ils s'en prendront à Neith. Je t'en prie, méfie-toi. Cache qui tu es, à tout prix...

Il se tut abruptement, ne sachant quoi dire d'autre. Les filles le regardaient, et il eut à nouveau la sensation d'être devant d'absolues étrangères.

– Seis-Keyah, dit alors Ereshkigal.

– Pardon ?

– Seis-Keyah. Tu as appelé mon monde « Bérénice ». Ce n'est pas son nom.

Mac Lir sentit qu'il allait perdre les pédales. Il serra les poings et respira lentement pour reprendre son calme. Neith baissa un instant la tête, et Idril se rapprocha d'elle. Sindharin était parfaitement immobile, toute droite à côté d'Ereshkigal. *Elles attendent*, songea Justin. *Elles attendent toutes les trois que leur princesse prenne la parole.* Mais la jeune femme ne disait rien. Elle se contentait de regarder le scientifique, de ce regard clair, qui ne cillait pas. Justin ferma un instant les yeux. Lorsqu'il les rouvrit, aucune des filles n'avait bougé. Il comprit qu'elles n'ajouteraient rien.

– Je t'en prie, dit-il une fois encore, avec l'impression de parler à un mur, je t'en prie, Ereshkigal, fais attention à toi.

Il hocha brièvement la tête et se dirigea vers la porte de l'appentis, remarquant au passage l'odeur du bois, une bonne odeur, une belle odeur. Il ouvrit la porte, avec l'impression de marcher dans un rêve et sortit, sans qu'aucune des filles ne fasse mine de parler ou de bouger. Sans vraiment s'en rendre compte, sans savoir pourquoi, il referma doucement la porte. Ce ne fut qu'arrivé au bassin qu'il retrouva un semblant de sang-froid. Il revint sur ses pas et ouvrit à la volée la porte de l'appentis. Si son irruption surprit les prisonnières, elles ne le laissèrent pas paraître : elles se tournèrent vers lui avec le même calme.

– Dis-moi qui tu es, Ereshkigal, dit-il tout de go. Dis-moi qui tu es exactement.

La jeune femme était descendue de son perchoir et s'activait autour d'une de ces petites structures en bois dispersées sur les plans de travail. Elle n'était pas très grande et Mac Lir la dominait d'une bonne tête. Elle jeta un bref regard à Sindharin, qui alla refermer la porte. Puis elle se mit à jauger Justin, longuement. Elle se passa la langue sur la lèvre inférieure, et, l'espace d'un instant, le scientifique eut la sensation d'être devant un animal inconnu, un animal rusé et dangereux. Puis elle soupira. La sensation s'évanouit. L'étrangère était redevenue une jeune femme mince et rousse, sans défense, isolée dans un monde qui ne lui voulait aucun bien.

– Ainsi, tu veux un gage, Mac Lir, dit-elle en haussant les épaules.

Puis, alors qu'il était prêt à renoncer, estimant qu'elle ne lui ferait jamais confiance, elle soupira une deuxième fois.

– Je suis la fille de la reine Daria, du clan des Roxolani, dit-elle lentement. Ma mère règne sur un pays qui s'appelle l'Eran. Le pays des montagnes. La petite fille rousse sur les images que tu nous as montrées, celle qui porte une ceinture rouge et des anneaux d'oreilles, est ma plus jeune sœur. Elle s'appelle Sikhanden.

Elle marqua une légère pause.

– Voilà, étranger. Voilà qui je suis.

Puis haussant les épaules :

– Et n'oublie pas : mon monde, c'est Seis-Keyah.

Elle se détourna de lui et retourna à sa maison de poupées. Idril passa devant le scientifique et ouvrit la porte.

– Va, dit-elle.

Justin obéit et quitta l'appentis. Il quitta la zone bleue sans se retourner, l'esprit à la fois fiévreux et comme engourdi.

9

Sikhanden et sa cousine Hourig ne manquaient pas d'assurance. Face à Morven, pourtant, elles n'étaient pas très à l'aise. La guerrière les toisait de haut – cela ne lui était pas difficile, elle était très grande. En plus, elle riait. Solidement campée dans ses hautes bottes de cuir agrémentées de genouillères de métal, sa longue veste rouge harnachée d'un baudrier croisé lui battant les cuisses, elle considérait les deux gamines d'un air goguenard, l'œil noir sous le large bandeau qui maintenait en place sa courte chevelure couleur de feu.

– Vous voulez m'engager, petites ? Papa et maman vous ont donné la permission ?

C'était la question à ne pas poser. Sikhanden devina que si elle réagissait de travers, l'affaire serait fichue. Elle n'eut qu'un instant d'hésitation avant de se hérisser.

– Qu'est-ce que ça peut te faire, guerrière ? dit-elle, en mettant dans sa voix toute sa morgue de petite princesse. On te paiera, et on te paiera bien.

Morven passa sa main gantée de cuir dans sa tignasse.

– Je ne travaille que pour de l'or, dit-elle d'un air narquois.

– Nous avons de l'or, répliqua Sikhanden, décidant *in petto* et sans la moindre hésitation d'aller en chiper dans les caisses de sa mère.

La guerrière se recula d'un pas et les observa avec davantage d'attention.

– Je plaisantais, les filles. Du bon argent me suffira, dit-elle. Ce sera mille couronnes.

Hourig manqua s'étouffer, ce qui n'échappa pas à l'œil vigilant de Morven. C'était une somme énorme, la guerrière le savait : elle avait multiplié par quatre ses émoluments habituels. Mais Sikhanden, calculant à toute vitesse, additionnant ce qu'elle avait dans sa cassette personnelle, ce qu'elle pourrait obtenir de ses complices et ce qu'elle comptait emprunter discrètement à la reine, ne se démonta pas.

– Bien, dit-elle. Mille couronnes. Tu les auras. Ce soir. Où pouvons-nous te retrouver ?

Morven se gratta le bout du nez du revers de sa main gantée. Elle réfléchit un moment avant de répondre :

– Nulle part, petites.

Elle pointa le doigt vers les gamines.

– Bouffants de soie, anneaux d'or aux oreilles, aux poignets et aux chevilles, et mille couronnes que tu sembles décidée à dégoter en une journée, mignonne... Vous êtes riches, et trop naïves pour le cacher. Filles d'un gros marchand repu ? Ils ne sont pas ici, en ce moment, les marchands. Alors, filles d'aristo ? Eh oui, ça saute aux yeux, mes chéries. C'est qui, vos parents ? C'est qui, votre clan, rouquines de la montagne ? Les Roxolani, je parie.

Et vous croyez que je vais me mettre les Roxolani à dos pour les beaux yeux de deux morveuses empressées à trop me payer ? Erreur.

Elle marqua une pause, tandis que Sikhanden s'étouffait de fureur et que Hourig dansait d'un pied sur l'autre d'un air profondément humilié.

– Revenez me voir avec un adulte de votre parentèle, reprit la guerrière. Si j'ai son accord, on pourra faire affaire ensemble.

Et elle tourna le dos aux fillettes, qui n'eurent d'autre solution que de quitter, boudeuses et déçues, la bourgade nichée en contrebas du palais où elles avaient imaginé pouvoir se trouver une escorte.

Lorsque la caravane arriva au palais d'Harmanko, l'une des résidences du roi de l'Atelkosou, où l'on allait faire étape, Findchoen ouvrit des yeux ronds d'émerveillement. Kaherdin lui-même s'étonna. Il y avait de beaux châteaux, dans l'île de Glanis, de vastes résidences et des forteresses puissantes, mais rien de comparable à ce qu'il avait sous les yeux. Cela faisait des heures qu'on cheminait de colline en colline dans la forêt, une forêt immense qui, avec ses innombrables espèces d'arbres, ses taillis et ses rivières, ses fleurs sauvages et ses soudaines trouées de lumière, surprenait à chaque pas les voyageurs venus du royaume de la mer, habitués aux côtes battues par les vents et aux hautes terres désolées à la végétation chétive. Une forêt peuplée de mille présences, parfois visibles – ainsi un cerf, entrevu au loin, entre des troncs d'arbres semblables à des fûts, ou un ours-bulle dégringolant à quatre pattes une pente abrupte –, le plus souvent invisibles, mais audibles, à travers les trilles incessantes des oiseaux, les craquements des branches ou les froufroutements des feuilles, les appels graves modulés ici et là, le concert stridulent de cigales et le bourdonnement permanent de centaines d'insectes. Une forêt qui, si elle était sauvage, comme sans fin, était également, à l'étonnement de Kaherdin, très habitée : deux ou trois fois par heure, on tombait sur un village, un hameau, un bourg, voire, ici et là, sur des habitations isolées entourées de clairières ensoleillées, de modestes champs et de potagers fleuris. Partout, on se regroupait pour voir passer la caravane, petite foule ici, simple famille là, et, partout, des vivats saluaient le passage du roi. Aborjan était aimé de son peuple, de ce peuple étonnamment nombreux qui se cachait sous les hautes frondaisons vertes. Partout, aussi, Kaherdin ne manqua pas de le remarquer, les gens semblaient heureux, en bonne santé : ce n'étaient qu'enfants aux joues rondes, jeunes femmes enceintes, vieillards paisibles, travailleurs bronzés. On était loin de la réputation de sauvagerie plus ou moins attardée qui s'attachait à l'Atelkosou.

Et puis, alors que le crépuscule s'annonçait et que le soleil, dans un ciel sans nuages, se faisait rasant, on avait débouché sur un promontoire dégagé dominant d'une centaine de mètres un fleuve d'un bleu presque turquoise. Sur l'autre rive, au sommet d'une colline aux pentes douces, Harmanko s'offrait aux regards, avec ses tours coiffées de coupoles dorées, ses murs qui, de loin, semblaient taillés dans une pierre blanche aux reflets verts et or, et ses innombrables jardins suspendus qui cascadaient vers la forêt omniprésente en contrebas. Le palais brillait comme un joyau dans la lumière du soir, splendide dans le ciel pur. Aborjan leva la main droite sans se retourner pour faire signe à la caravane de marquer une pause et laisser à son invité venu des mers le temps d'admirer l'une des merveilles de son pays. Aborjan regardait le château avec une fierté sans affectation, comme enfantine, qui toucha Kaherdin : pas de fausse modestie chez le roi de la forêt, pas d'orgueil mal placé, non plus. « J'aime cet endroit, dit-il paisiblement. J'aime profondément cet endroit. » Kaherdin hocha la tête.

– Ce château ressemble à vos forêts, Aborjan, déclara-t-il. Il est aussi luxuriant, et en même temps, aussi civilisé.

Le compliment toucha le roi de l'Atelkosou. Il sourit largement.

– Venez, dit-il en éperonnant sa monture. J'ai hâte de me retrouver devant un bon feu et de me restaurer.

Kaherdin s'attendait à trouver dans le palais bien des merveilles dignes de son apparence extérieure. Mais la merveille qu'il découvrit fut une surprise. Une partie de la famille d'Aborjan était dans le grand hall pour accueillir le roi et ses proches. Au milieu d'une poignée de hauts gaillards aux yeux verts se tenait une jeune femme éblouissante. Timea, fille aînée d'Aborjan, semblait tout droit sortie d'un rêve. Drapée dans une longue robe couleur d'automne, quelques boucles de cheveux châtains s'échappant du voile vert et or qui la coiffait, la jeune femme accueillit courtoisement l'invité de son père, sa bouche délicatement sensuelle ébauchant un sourire timide. On avait l'impression, en la regardant, que la lumière émanait d'elle, de sa peau translucide et de son immense regard vert d'eau, presque doré. Kaherdin dut faire un effort pour cesser de la dévisager. À ses côtés, Sandor et Gavril, les frères d'Aborjan, s'amusaient : ce n'était pas la première fois qu'un nouveau venu, en découvrant leur nièce, en perdait un instant le souffle.

Timea se révéla être une jeune femme somme toute assez simple. Elle tenait tranquillement sa place, avec une authentique modestie. Elle était mariée à un aristocrate sombre, un de ces grands seigneurs aux yeux verts, Kaloyan, qui salua brièvement le prince des mers et sa fille. Findchoen fut impressionnée : le beau visage du guerrier était étrangement abîmé, une large cicatrice en forme de M défigurant sa joue droite. Ses cheveux bruns étaient assez longs, comme pour la plupart des hommes présents, mais il les avait laissés libres, contrairement aux autres qui arboraient qui un bandeau de cuir finement ouvragé, qui un catogan, ou qui, encore, des petites nattes retenant les mèches sur les côtés de la figure.

Plus tard, après que les invités eurent pris le temps de s'installer dans la vaste chambre aux tentures bleues qu'Aborjan avait fait mettre à leur disposition, Timea leur présenta ses enfants, deux petites poupées potelées présentant, déjà, le même regard doré que leur mère, et un garçonnet de quelques mois qui s'endormait dans les bras de sa nourrice. Kaherdin s'amusait : la somptueuse fée aux yeux d'or semblait mener une vie familiale des plus ordinaires. Findchoen se vit proposer d'aller partager le repas des deux petites filles et, précisa Timea dans un sourire, de Rahel et ses autres copains. La gamine ne se fit pas prier et disparut en trottinant en compagnie de la nourrice.

Aborjan organisa en l'honneur de son invité un dîner en compagnie des membres de sa famille dans une véranda pleine de fleurs et de plantes qui surplombait le vide. Le prince découvrit ainsi de plus près plusieurs des grands guerriers qu'il avait salués à son arrivée : outre Sandor et Gavril, étaient présents un autre frère du roi, Ezven, et l'une de ses sœurs, Hajnal. Les fils cadets d'Aborjan, Bojidar, un beau garçon de vingt-deux ou vingt-trois ans, et Dragan, déjà aussi grand, à dix-sept ans, que les autres hommes du clan, avaient, comme les autres, les yeux verts, véritable marque de fabrique de la famille pour Kaherdin.

Aborjan et Sandor, ainsi que les femmes présentes, Timea et Hajnal, animèrent la conversation, mais Kaherdin ne put éviter de remarquer que les autres hommes gardaient leurs distances. Ils n'ouvrirent pratiquement pas la bouche. Ce ne fut que lorsque, en réponse à une question d'Hajnal, le prince des mers évoqua la raison de son séjour dans l'Atelkosou, expliquant qu'il allait à Ardal-Elve pour y rencontrer Vidar, que le sombre Kaloyan sortit de son silence.

– Peut-on savoir, prince Kaherdin, pour quelle raison vous souhaitez voir cet homme ?

Kaherdin n'hésita qu'une seconde. Aborjan l'avait traité sans défiance, il devait la vérité à son clan.

– Je compte sur lui pour me dire où se trouve son frère, Oden. C'est Oden que je dois voir.

Kaloyan leva un sourcil intrigué :

– Oden ? Vous ignorez sans doute qu'on le dit mort...

Kaherdin s'étonna.

– Je l'ignorais, en effet...

Kaloyan eut un geste agacé de la main.

– Chacun a besoin de mener une quête, lâcha-t-il. La vôtre, prince, risque d'être particulièrement ardue.

Je n'aimerais pas avoir cet homme comme ennemi, songea Kaherdin, qui dut faire appel à toutes ses réserves de diplomatie pour ne pas se montrer discourtois.

– Je découvrirai la vérité, dit-il simplement.

Kaloyan eut un rire bref.

– Eh bien, je vous souhaite bien du plaisir, dit-il, avant de se renfermer dans le silence.

Le lendemain matin, tandis qu'à Harmanko Findchoen et Rahel passaient à la phase deux de leur plan, la jeune fille reprenant la route avec son père et le roi Aborjan, et Rahel restant dans le palais doré, Sikhanden et ses complices décidèrent finalement, à Tillia Tepe, de se passer d'escorte, renonçant, pour ce qui les concernait, à la phase une de leur projet. C'était imprudent, Sikhanden le savait, mais l'appel de l'aventure était trop fort. La petite princesse eut toutefois un doute. En milieu de matinée, dans le palais de Tech Midchuarta qui se vidait, les délégations venues de tout Seis-Keyah pliant bagage les unes après les autres, elle tomba sur son père, le puissant Roshan. Avec sa tête carrée, ses cheveux d'un blond-roux pâle et sa haute stature, Roshan dominait la foule. Un gilet de cuir flottant sur une chemise rouge piquetée de minuscules broderies, ses longues jambes prises dans de lourdes bottes, il traversait le hall d'entrée du palais à grandes enjambées. Avisant sa dernière-née, il pila et l'observa un instant avant qu'elle ne remarque sa présence. La petite princesse s'avançait d'un pas animé tout en discutant ferme avec sa cousine. Roshan, averti par quelque sens subtil que les pères attentifs apprennent à développer, décela quelque chose d'inhabituel dans leur attitude. Il héla les gamines, qui firent volte-face et se précipitèrent vers lui. Sikhanden fit mine de lui sauter au cou avant de se rappeler qu'elle était en public et devait se montrer plus réservée. Roshan l'observait d'un air vaguement soucieux. La petite princesse se souvint alors de la détresse qui avait ravagé son père lors de la disparition d'Ereshkigal. Le guerrier, alors, s'était assombri et n'avait plus jamais retrouvé l'élan joyeux qui l'animait jadis. *Mon Dieu*, songea Sikhanden, *si je disparais à mon tour sans explication, cela va le briser*. Mais que pouvait-elle faire ? Prévenir Roshan de ses intentions ? Il ne la laisserait jamais faire. Elle balbutia quelques banalités avant, confuse et malheureuse, de quitter son père en prétextant un rendez-vous urgent avec ses amis. Le prince la regarda s'éloigner en souriant, oubliant la vague inquiétude qui s'était emparée de lui.

Mais Sikhanden avait perdu son enthousiasme : elle voulait partir, elle le voulait de toute son âme, mais elle comprenait qu'elle ne pouvait pas, après la disparition d'Ereshkigal, laisser ses parents dans l'incertitude. Les Roxolani avaient décidé de prendre la route pour leurs montagnes le lendemain matin, et Sikhanden se creusait la tête pour trouver d'urgence une solution. Elle eut finalement une idée. Une idée risquée, mais c'était la seule possibilité qui lui soit venue à l'esprit. Elle se mit à la recherche de sa sœur Dilshad. Son autre sœur, Amardad, l'héritière du trône, était restée dans l'Eran, mais Dilshad, comme Sikhanden, avait tenu à accompagner la reine à Tillia Tepe. La petite princesse finit par la dénicher dans une des serres du palais où l'on avait réuni une impressionnante collection de plantes venant de tout Seis-Keyah.

Dilshad était avec Anahita, la fille aînée d'un des frères de Daria. Découvrant Sikhanden, qui, toujours dans son bouffant rouge, s'avançait vers elle d'un pas martial, Dilshad sourit. Ses grands yeux dont la couleur changeait en fonction du temps et des couleurs qu'elle portait semblaient du même bleu canard que sa robe. Ralentissant le pas, Sikhanden se mordit la lèvre : parler à Dilshad, c'était déjà difficile, mais avec Anahita comme témoin, cela devenait impossible.

C'est pourquoi, finalement, ce fut seulement le lendemain matin à l'aube que la petite princesse parvint à ses fins : après s'être vivement équipée pour partir, glissant dans des sacoches les dernières menues broutilles dont elle pensait avoir besoin, elle se faufila comme une ombre dans la chambre de Dilshad et, s'asseyant sur le lit de sa sœur, lui secoua vigoureusement l'épaule. La méthode manquait de délicatesse, mais elle fut efficace : Dilshad se réveilla en quelques secondes. Sikhanden ne lui laissa pas le temps d'émerger davantage du sommeil. Se penchant, elle lui chuchota à l'oreille un petit discours bien préparé dont elle espérait qu'il rassurerait leurs parents et la famille de Hourig tout en leur laissant le champ libre. Sous le coup de la surprise, Dilshad se redressa brutalement, manquant faire tomber la fillette de son lit.

– Tu es folle, Sikhanden ! Je ne te laisserai pas faire.

La petite princesse sauta du lit et fit face à sa sœur.

– Trop tard ! jeta-t-elle vivement. Je pars. Nos montures sont prêtes, nos fontes remplies. Le temps que tu t'habilles et lances le branle-bas de combat, je serai loin !

Et elle fila sans demander son reste.

10

Lorsque le commandant Moore la convoqua, Irène O'Connor se sentit fondre de peur. Mais cela ne dura qu'un instant. Elle respira, comme elle l'avait appris, pour reprendre le contrôle de ses émotions. *On se remet d'une enfance difficile, mais parfois, au moment où on s'y attend le moins, on a droit à une petite rechute*, songea-t-elle, parvenant à prendre avec humour les soubresauts que lui valait parfois le souvenir d'un père qui jouait, rarement, mais efficacement, de la cravache. Elle attacha ses cheveux et se lança dans les coursives, quittant le secteur jaune affecté aux troufions de base pour se rendre dans le luxueux secteur blanc où résidaient les puissants. Un secteur qui n'avait de blanc que le nom depuis qu'on y avait amélioré la décoration en utilisant du bois ramené en douce de la planète.

Moore n'y alla pas par quatre chemins.

– Vous couchez avec Mac Lir, dit-il, sans même prendre la peine de poser une question.

Oubliant papa et sa cravache, Irène se rebiffa. Le

commandant l'apaisa d'un petit geste de la main et ne lui laissa pas le temps de répliquer.

– Harris s'envoie le vieux Miguel Barnes, Anthony Crawford saute sur tout ce qui lui passe sous le nez, Noah Grey forme un vieux couple avec Kevin Peterson, Emily Griffin se donne des frissons avec Tyler Johnson... Vous voulez que je continue ? Savoir ce qui se passe sur ma station fait partie de mon boulot. Alors, ne vous en formalisez pas, nous n'avons ni l'un ni l'autre de temps à perdre.

La jeune femme ravala son irritation. Moore la regardait attentivement, cherchant à la jauger.

– Bien, lui dit-il. J'ai une mission pour vous, mais une mission qui demande des nerfs d'acier. Seriez-vous d'accord pour passer une batterie de tests avec le psychiatre Jeremiah Richardson, l'adjoint d'Allison Morris ?

Ce soir-là, Justin Mac Lir resta penché sur ses dossiers plus tard encore que d'habitude. Il se sentait nauséeux, furieux, humilié, effrayé et, pire que tout peut-être, animé par une féroce envie d'agir alors qu'il ne pouvait rien faire. Un cocktail détonant, qui le mettait au bord de l'implosion. *Un rat dans une cage de laboratoire, voilà ce que je suis*, songeait-il en regardant pour la centième fois des clichés de la planète qu'il connaissait par cœur. L'image, obtenue au prix d'une infiltration particulièrement risquée d'un de ces étranges objets volants qu'utilisaient les gens du fleuve – une espèce de bateau suspendu à plusieurs ballons de toutes les couleurs qui flottait nonchalamment dans un ciel pur –, ou le cliché un peu brouillé, sans doute pris par une sonde automatique, d'un phare austère planté sur une haute falaise, bleue et grise dans la tempête. Des immeubles tarabiscotés, construits à l'entrée d'une grotte aux proportions gigantesques. Les deux lunes au-dessus d'un lac de montagne, et, sur le lac, deux minuscules îles rondes et désertes, sur lesquelles on avait érigé des colonnes blanches. Un animal qui ressemblait à ce que, dans les légendes de l'ancienne Terre, on appelait un dragon, mais qui, on l'avait vérifié, ne crachait pas de feu. Des ruines, dans le désert, mais de quoi ? On avait été incapable de le déterminer. Une foule animée dans une rue rouge et noire sous le ciel nocturne. Une chute d'eau, avec de la lumière, et de grands arbres d'un vert doux et pâle au premier plan. D'immenses statues, à l'entrée de la forteresse de Kariba. Un chemin de terre, entre les arbres, et deux citrouilles, posées au sol, sur le côté. Un crépuscule jaune et brumeux dans une vallée désolée. Une structure semblable à un champignon isolée en pleine mer. La banquise, rose dans le soleil couchant.

Des images. Et Ereshkigal, en surimpression. *C'est Seis-Keyah, Justin Mac Lir, pas Bérénice.* On avait appelé ce monde Bérénice, et on s'était trompé. Bérénice n'existait pas. *Nous poursuivons une chimère*, songeait Mac Lir. *Seis-Keyah, là, en bas, avec ses immeubles cachés dans des grottes géantes, avec ses dragons et ses lunes, ses princesses et ses ruines, Seis-Keyah n'est pas Bérénice. Nous n'avons rien compris. Je n'ai rien compris. Et il est trop tard.*

C'était cette phrase qui se répétait en boucle dans sa tête, *il est trop tard, il est trop tard, il est trop tard*, comme une ritournelle qui finissait par en perdre tout sens. *Il est trop tard. Trop tard pour les rouquines, qui, malgré mes efforts dérisoires, finiront brisées, oubliées dans un coin peu fréquenté de la station. Trop tard pour moi, qui n'ai rien compris, qui ai attendu qu'il soit trop tard pour comprendre. Trop tard pour cette planète qui s'appelle Seis-Keyah, qui dort et qui s'éveille au rythme des nuits et des jours, puissante et sereine, ignorant qu'on s'apprête à la dépecer.*

La fillette aveugle de la clairière de Tillia Tepe dansa un instant dans sa mémoire. *Oh, mon Dieu*, songea-t-il à sa propre surprise, *mon Dieu, je vous en prie, faites que la petite fée de la forêt soit capable de tuer les menteurs qui menacent son monde*. Arrivé à ce point, Mac Lir jaillit de sa chaise et se mit à tourner en rond en souhaitant obscurément avoir quelqu'un à assommer sous la main. *Je deviens dingue*, songea-t-il. Puis, tentant de reprendre pied : *normal, au bout de dix ans enfermé dans cette boîte à sardines. Tu fais simplement une crise de claustrophobie. Va voir la psy Allison Morris. Elle t'allongera dans un fauteuil de relaxation, tu pleureras, tu parleras, et tu te sentiras mieux, tu redeviendras le Mac Lir convenable, le Mac Lir qui compulse et analyse, le Mac Lir qui a un cerveau en état de fonctionnement et un cœur sagement barricadé.*

Mais il savait qu'il n'irait pas. Quelque chose, en lui, résistait de toutes ses forces. Tara. La mémoire de Tara, de ce bien précieux qu'avait été leur brève amitié. *Tara comprendrait*, songeait-il.

Avaient-ils vraiment été amis ou était-il en train d'enjoliver le passé ? Il l'ignorait et il s'en moquait. Il se contentait de revoir le visage de Tara Castaneda, quelques jours après leur arrivée sur la station, quand elle avait croisé la géologue Samantha Harris et qu'elle avait tiqué : attentif à sa jeune collègue, il avait deviné ce qu'elle ressentait, cette vague irritation de voir les prédateurs se pourlécher les babines à la pensée des richesses qui les attendaient, là, en bas. Le visage de Tara, un peu plus tard, quand il lui avait demandé pourquoi elle avait, toute seule sur son petit monde provincial, décidé d'apprendre les langages de la planète interdite, et qu'elle avait souri, si candide derrière ses airs de dures, disant : « J'avais huit ans, et j'ai vu la planète. » Le visage de Tara, deux mois plus tard : ils examinaient ensemble un cliché qui les déroutait. Un espion habile avait réussi à ramener des images de la ville-palais de Kalyan-Urava. Ils n'avaient pas trouvé d'autre mot pour qualifier cette petite cité installée au milieu du Matsya, là où la Maharin, le plus grand fleuve de la planète, recevait un de ses affluents. La cité était construite à cheval sur d'énormes chutes d'eau. Une cité constituée d'une série de palais et de châteaux s'articulant les uns avec les autres selon une architecture déroutante, à base de ponts de pierres suspendus au-dessus de crevasses où l'eau bouillonnait en permanence, de dômes et de flèches obéissant à des logiques incompréhensibles, de bâtiments rappelant vaguement des pyramides et d'étranges tours de Babel dégringolant jusqu'à des quais enserrés dans de hautes murailles de briques peintes en vert et ocre dans une matière brillante, qui, le jour, accrochait la lumière du soleil, et la nuit, brillait de mille feux dans une débauche de flammes blanches jaillissant des centaines de vasques installées au bord du fleuve.

Le cliché que Mac Lir et Tara Castaneda étudiaient

avait été pris la nuit et montrait le cœur d'un des plus grands palais de Kalyan-Urava, qui servait sans doute, avaient-ils imaginé, d'habitation à la famille royale du fleuve lorsqu'elle résidait dans cette cité. Un canal enserré dans des rives de pierres taillées semblait faire office de centre de l'édifice, passant entre deux hautes séries de colonnades surmontées de galeries aériennes. Ce qui avait intrigué Mac Lir et Castaneda, outre le raffinement de cette architecture complexe, était la présence, au premier plan, d'une longue barque recouverte d'un toit rouge, qui, émergeant de sous l'un des petits ponts qui enjambaient le canal, semblait envoyer un signal lumineux en direction de la façade gauche du palais. Si le cliché n'avait pas été pris sur un monde dont on estimait le développement technologique peu avancé, les deux scientifiques auraient juré qu'il s'agissait d'un rayon laser. La lumière, bleue et fine, tranchait avec les autres sources lumineuses visibles sur le cliché, hautes flammes jaunes émergeant d'une vingtaine de vasques et petites lueurs presque orange dans des lampadaires élégants disposés de part et d'autre du canal.

Ils se penchèrent davantage sur le cliché, faisant agrandir le petit bateau. Une femme se tenait à la poupe de l'embarcation, à l'endroit d'où semblait partir ce curieux rayon lumineux. Blonde et jeune, vêtue d'une courte tunique blanche qui épousait souplement sa mince silhouette, elle tournait vers la façade du palais un visage sans expression. Justin et Tara, ensemble, firent la même constatation : la lumière semblait partir de la main de la jeune femme. Ensemble, aussi, ils en conclurent que le cliché était trompeur, et qu'ils avaient affaire à un curieux effet de perspective. Tara avait longuement soupiré.

– Je veux descendre, avait-elle dit. Je veux aller là-bas. Je veux voir Kalyan-Urava, je veux voir ce palais de plus près.

Mac Lir avait distraitement opiné.

– Rien à signaler, alors, concernant cette jeune fille ?

– Une fille qui lance des rayons lumineux ? Tu y crois, toi ?

« Non, avait dit Justin. Non, ce n'est qu'une distorsion due à la mauvaise qualité du cliché. » Il était sincère. Il avait longuement examiné l'image. Des ombres mal placées empêchaient de voir précisément ce que faisait la fille. Tara avait acquiescé. Sans vraiment se concerter, ils avaient décidé de ne pas évoquer cette histoire dans leurs compte-rendus.

Plus tard, des années plus tard, bien après la disparition de Tara Castaneda, Mac Lir avait repris le cliché et l'avait de nouveau étudié. Il avait eu des doutes. Et il s'était avoué qu'il avait eu des doutes dès le début. Revoyant le regard de Tara lorsqu'elle avait conclu, en accord avec lui, qu'il n'y avait rien à signaler, il devina que sa collègue, elle aussi, s'était posé bien des questions concernant la jeune femme blonde. *Nous savions*, avait-il songé, *nous savions qu'il y avait là quelque chose de très bizarre. Et nous nous sommes tus.*

Repensant à cet épisode lointain, Mac Lir se demandait comment Tara aurait réagi face aux rouquines. Elle qui était aussi rousse que leurs prisonnières, avec sa tignasse coupée court et sa mèche teinte en rouge. Il l'imaginait, la voyant rire avec Sindharin, discuter avec

Idril, aider Neith et s'étonner de la beauté étrange d'Ereshkigal. Tara les aurait protégées, comme il avait tenté de le faire.

Tara aimait la planète, songea-t-il, *elle l'aimait au point d'être, il y a dix ans, prête à cacher une information cruciale pour la protéger. Tara aimait Bérénice.*

Tara aimait Bérénice.

Il se retrouva plié en deux, en train de tenter de refouler les larmes qui lui piquaient les yeux. Seis-Keyah. Pas Bérénice, Seis-Keyah. Puis, il songea que Tara ne saurait jamais que la planète s'appelait Seis-Keyah. Et il ne put que laisser couler ses larmes, enfin, se disant vaguement : *Mon Dieu, ça fait dix ans que je n'ai pas pleuré.*

Le lendemain matin, il alla dans la zone bleue. Il chercha les rouquines, trouva Sindharin dans un coin du jardin. Il ne prit pas la peine de la saluer. Ni le temps de remarquer l'invraisemblable bout de tissu criard en vague forme de robe qui cachait son petit corps souple et ferme.

– Qu'est-ce que ça veut dire, « Seis-Keyah » ? demanda-t-il abruptement.

Elle haussa les épaules, maussade.

– « Les sept Terres ». « Les sept royaumes. » Comme tu veux. « Le monde des sept royaumes ».

Mac Lir n'insista pas. Il avait mal traduit l'expression, hésitant entre « la septième Terre » et « la Terre des sept », ce qui ne voulait rien dire. Sindharin lui fit sèchement signe de le suivre. Il se retrouva dans ce qu'il s'obstinait à appeler la roseraie et qui était peut-être tout autre chose. Neith psalmodiait un chant, dans sa langue de la montagne. Idril s'était assise sur le plan de travail. Les cheveux nattés autour de la tête, elle observait tranquillement l'homme d'un autre monde. Ereshkigal, assise par terre, avait fermé les yeux.

– Tu as trahi, étranger ? demanda-t-elle sans ouvrir les yeux.

Mac Lir secoua la tête. « Non, dit-il, non, je ne vous ai pas trahies ». Puis, dans le même mouvement : *mon Dieu, si, je suis en train de trahir. Je trahis les miens. Je trahis mon monde, je trahis le Consortium.* Il chercha à rencontrer le regard d'Ereshkigal. Mais elle avait les yeux clos. Elle ressemblait à une statue, droite et fine, ses longues jambes nues en tailleur, les mains posées en coupe sur les cuisses.

– Je ne vous ai pas trahies, répéta-t-il.

– Alors, tu trahis les tiens, répliqua la statue aux yeux clos.

Puis ouvrant les yeux et le regardant bien en face :

– On ne peut pas trahir son monde, Mac Lir. Comment peux-tu l'ignorer ?

Puis, avant qu'il n'ait pu réagir :

– Mais tu n'as pas de monde, n'est-ce pas, étranger ? Vous n'avez pas de mondes, vous autres. Vous habitez des mondes morts...

Elle eut un petit sourire calme :

– Vos mondes sont peut-être vivants, mais vous l'ignorez. Alors, partout, vous êtes des étrangers. C'est ça, n'est-ce pas, Mac Lir ?

Le scientifique secoua la tête. *De quoi parle-t-elle ?* s'interrogea-t-il, retrouvant une fois de plus ce sentiment inconfortable de se trouver devant des énigmes.

– Je ne triche pas, princesse, se contenta-t-il de déclarer.

– Je sais. Tu n'as pas transmis à tes supérieurs les informations que je t'ai données la dernière fois que nous nous sommes vus...

– Comment le sais-tu ?

– Si tu avais parlé, je ne serais pas là, tranquille, à deviser avec toi. Tu connais les tiens : s'ils savent qui je suis, ils tenteront tout pour m'arracher mes secrets.

Justin opina, avant de se laisser rattraper par une autre de ses préoccupations :

– Comment avez-vous protégé cet endroit ?

– Protégé de quoi ? intervint Sindharin.

– Des écoutes, répondit Mac Lir en employant la langue de l'Empire, faute de vocable équivalent dans le langage des montagnes.

La jeune fille fronça un sourcil. « Les écoutes », répéta-t-elle, l'air de ne pas comprendre de quoi il parlait.

– Les systèmes cachés qui permettent d'entendre ce que vous dites quand vous êtes entre vous.

– Ah, ça, répliqua Sindharin, avec un air de vague mépris, comme si elle avait parlé d'un insecte peu ragoûtant. Il n'y a rien de ce genre, ici, pas besoin de nous protéger, comme tu dis.

– On te l'a dit, Mac Lir, intervint Ereshkigal. On t'a dit qu'ici tu pouvais dire ce que tu voulais, que les gens de ton monde ne pourraient pas t'entendre.

– Comment le savez-vous ?

Sindharin eut un petit rire.

– On a fait des essais. On s'est amusées. Un jour, on a parlé de quelque chose, près du bassin, quelque chose que vous ne saviez pas. Deux ou trois jours après, celle qui dit s'appeler Brittany, la voilà qui nous parle de ça. On a compris que vous pouviez entendre ce qu'on disait, on ne sait pas comment, mais en tout cas, vous le pouvez. Alors on a essayé plein d'endroits, on disait des petits bouts de secrets pas trop importants, et un jour ou l'autre, on se rendait compte que vous aviez entendu. Mais pas ce qu'on disait ici. Là, jamais on ne vous a vus revenir pour nous en parler.

– Alors, on a su qu'ici on pouvait dire nos secrets, conclut Neith en adressant à Mac Lir un de ses plus jolis sourires.

– Pourquoi ces questions ? intervint Idril. Qu'est-ce que tu as pensé, Mac Lir ?

Le scientifique ne répondit rien. Il avait tout imaginé, les soupçonnant de posséder des technologies subtiles et inconnues capables de contrer les appareils sophistiqués du Consortium. Or, elles avaient simplement réagi comme des enfants qu'on espionne. Cherché un coin préservé et trouvé un endroit qu'un technicien distrait ou trop pressé avait négligé d'équiper.

Cette constatation le dérouta complètement. *Et si c'était ça*, songea-t-il, *le secret de Seis-Keyah ? L'innocence. Simplement l'innocence de gens qui ne compliquent pas les choses, qui ont la spontanéité et la malice efficace des enfants, là où nous, les envoyés de l'Empire, allons au plus retors, là où, soupçonneux, nous imaginons toujours le pire ?*

Avons-nous réellement vu un rayon de lumière jaillir de la main d'une jeune fille blonde ou l'avons-nous inventé ? Avons-nous réellement eu affaire, il y a quelques années, à une vague de meurtres déguisés en accidents ou les avons-nous imaginés ?

Il se remémora la vidéo de la clairière de Tillia Tepe, essayant de faire la part des choses, de comparer les images avec ce qu'ils en avaient conclu, de séparer ce qui s'était passé de ce qu'ils avaient imaginé. Il butait sur cette évidence : trois militaires surentraînés de l'Empire étaient morts en croisant deux petites filles. L'explication simple, celle qu'avait énoncée Richard Jenkins lorsqu'il avait fait allusion à des tireurs à l'arc invisibles dans le champ de la caméra, était-elle la bonne ? Il n'arrivait pas à s'en convaincre. Était-ce Williams, alors, qui avait raison ? Les fillettes sorties de la forêt se comportaient comme des coupables. Le groupe tout entier des enfants s'était comporté comme des coupables lorsqu'ils avaient enterré les corps, s'acharnant, avec leurs petites forces de gamins, à creuser la terre et à y traîner les lourds cadavres. S'était-il vraiment passé, cette fois-là, quelque chose qu'on ne parvenait pas à expliquer simplement ?

Il contempla les rouquines, cherchant à détecter la duplicité derrière l'innocence apparente. Ereshkigal, les yeux mi-clos, l'observait sans rien dire. Elle secoua alors la tête, en un signe de dénégation.

– Je ne te comprends pas, étranger, dit-elle.

Et il y avait de la tristesse dans sa voix.

11

Morven riait, les cheveux au vent, les cuisses fermement serrées autour des flancs de son cheval. Elle avait copieusement juré, ce matin-là, en voyant que le palais de Tech Midchuarta se vidait et qu'elle n'avait trouvé aucun engagement. Il allait falloir partir ailleurs pour y draguer le client, et se serrer la ceinture pour survivre sur ses pauvres économies. Et puis, dans la foule animée qui arpentait l'esplanade extérieure du palais, elle avait repéré au loin une silhouette qui lui était familière, une silhouette qui créait comme une vague sur son passage : Barabal ne passait pas inaperçue, on se retournait sur elle, ici comme ailleurs. Morven oublia dans l'instant ses préoccupations financières et poussa un grand cri pour appeler sa copine, originaire comme elle du royaume des montagnes, et qu'elle n'avait pas vue depuis des mois. La jeune femme qui fendait la foule, superbement indifférente aux regards en coulisse qui l'accompagnaient, se retourna, et avisant Morven, changea de direction et fonça sur elle. À vingt-cinq ans, Barabal était une des plus jolies recrues de la phalange et, mue par son exubérance plutôt que par un véritable exhibitionnisme, elle savait se mettre en valeur. Sa longue chevelure frisée lui descendait jusqu'au bas du dos en une étonnante cascade de cuivre. Elle avait crânement planté sur sa tête un petit casque en métal orné de pierres rouges et tracé sur son front une étoile de khôl qui mettait en valeur ses grands yeux clairs et son visage de poupée. Elle portait un bouffant prune qui lui arrivait à mi-mollet, surmonté d'une veste de cuir agrémentée de protections en métal. Ses pieds nus étaient engoncés dans de lourdes pataugas noires tachées de boue, et à son côté pendait une épée dont la poignée d'argent brillait dans le soleil. Elle avait l'air d'une petite déesse de la guerre, d'une ravissante petite déesse.

Les deux amies se retrouvèrent avec force rires, se racontèrent leurs dernières aventures et, constatant qu'elles étaient pour l'instant l'une et l'autre sans emploi, décidèrent de quitter Tillia Tepe ensemble. Barabal entraîna Morven pour retrouver deux autres filles de la phalange avec qui elle avait décidé de prendre la route : Gazni, une grande jeune femme brune venue de la forêt et qui, vêtue d'une simple tenue de cuir fauve, semblait, à côté de l'excentrique Barabal, l'image même de la modestie, et Logan, une toute jeune fille venue du désert qui, sous sa tignasse blonde et dans ses hautes bottes de cuir noir, semblait décidée à prouver à tout le monde qu'elle était une vraie dure à cuire. Gazni avait envie d'aller revoir son pays d'origine, l'Atelkosou. Les trois autres, que rien ni personne ne contraignait, approuvèrent et, en milieu de matinée, ayant réuni leurs maigres possessions, elles se mirent en route en direction d'Ardal-Elve, décidant, comme tous les voyageurs cheminant sur cet itinéraire, de faire étape à Harmanko, dans la petite bourgade nichée au pied du château. Elles partaient un peu tard pour cette longue étape et décidèrent de cravacher.

Elles venaient de se remettre en selle après s'être octroyé un bref pique-nique sous les grands arbres et Morven riait aux éclats en écoutant Barabal lui conter une de ses récentes aventures amoureuses qui s'était terminée – pour son amant, pas pour elle – dans une auge à cochon, lorsqu'elle s'interrompit et tendit l'oreille. Il lui avait semblé entendre des cris. Elle fit signe à ses compagnes de se taire et tira sur les rênes de son cheval. Dans le silence revenu, elles entendirent ce qui ressemblait aux bruits d'une bataille. Elles se remirent en route, contraignant leurs montures à aller au pas et se faisant le plus silencieuses possible. Au détour du chemin, elles tombèrent sur un spectacle animé. Une échauffourée opposait en effet deux groupes. D'un côté, quatre bandits aux mines patibulaires, de l'autre, une poignée d'enfants. Deux gamins blonds, solidement plantés sur leurs chevaux, brandissaient des épées dont ils se servaient avec maladresse pour contrer deux des attaquants qui, étant à pied, étaient légèrement défavorisés. Une fille blonde était à terre, sans doute désarçonnée au cours du combat. Armée d'un sabre court, elle reculait devant les assauts d'un troisième larron de la forêt. Il était évident que la gamine, malgré ses efforts, n'allait pas tenir longtemps. Le quatrième agresseur tentait d'approcher une fillette brune qui faisait se cabrer son cheval pour lui échapper.

Légèrement à l'écart, deux petites rousses et une brunette poussaient des hurlements et, équipées de dagues et de poignards, tentaient de faire avancer leurs chevaux en direction de la petite blonde désarçonnée. Morven et ses amies jaugèrent la situation : il ne faudrait pas cinq minutes aux détrousseurs de voyageurs pour venir à bout des gamins. Les guerrières éperonnèrent leurs montures et s'avancèrent vers les combattants. L'un des attaquants les repéra et eut la sagesse de comprendre son malheur. Poussant un cri de ralliement, il indiqua la forêt à ses trois compères qui l'y suivirent en un clin d'œil.

Morven et ses amies s'arrêtèrent et observèrent les enfants qui reprenaient leur souffle et, pour certains, un sang-froid qu'ils avaient visiblement perdu. Morven avisa les petites rouquines.

– Mais c'est les gamines du clan des Roxolani, s'écria-t-elle. Les petites qui voulaient m'engager !

Les guerrières mirent pied à terre et, partagées entre l'envie de rire devant l'air déconfit des gamins et le soulagement d'être arrivées à temps pour les sauver, se mirent en devoir de leur faire la morale. Les enfants s'étaient regroupés et leur faisaient face en essayant d'avoir l'air brave. Mais plusieurs d'entre eux tremblaient, en particulier la petite blonde qui avait été désarçonnée et qui mesurait qu'elle avait été à deux doigts de la mort. Elle éclata en sanglots et balbutia quelques paroles incohérentes où il était question de pari, de mission, de courage et de leur en flanquer une bonne, à ces salopards de bandits. L'une des petites rousses se dressa d'un air furieux sur ses étriers et, s'adressant à Morven, se mit à l'injurier.

– Tu vois ! s'écriait-elle, si tu ne nous avais pas envoyées promener, on n'en serait pas là !

– Et si vous n'aviez pas été stupides au point de prendre la route sans escorte, vous n'en seriez pas là, petites, répliqua Morven.

Finalement, tout le monde se calma. Les enfants mirent pied à terre et se lancèrent dans un grand conciliabule avec les guerrières, leur expliquant pourquoi ils étaient là, seuls dans la forêt. Barabal s'amusait. « Une farce, une aventure, riait-elle. Voilà des mômes qui n'ont pas froid aux yeux. » Morven obligea chacun des enfants à décliner son identité. Les filles de la phalange comprirent qu'elles avaient sous le nez une petite brochette d'aristocrates. Il y avait là des gosses du clan Roxolani, une fillette alliée aux Fir-Bolg, trois gamins, la petite blonde et les deux garçons, du clan des Kaya-Maghan, les dirigeants du désert, et même une fille appartenant à la lignée du Matsya.

– Eh bien bravo ! s'exclama Morven. Si je comprends bien, vous appartenez tous à des familles royales ? Mais nom de Dieu, vous avez perdu l'esprit ? Prendre la route comme ça, sans escorte, une bande de petits millionnaires inconscients !

Les enfants baissèrent la tête. Puis, Merryn, la petite venue de Glanis, avec ses grands yeux gris, redressa le menton.

– On vous engage, dit-elle.

– Pas question, riposta Morven. Je ne suis pas aux ordres d'une petite princesse mal élevée et complètement idiote, mademoiselle.

Les guerrières et les petits aristocrates mirent du

temps à trouver un terrain d'entente. Ce fut finalement Logan, la plus jeune des filles de la phalange, qui orienta involontairement la décision. Avisant les trois enfants blonds, qui, comme elle, venaient du Dilmun, le royaume du désert, elle leur posa des questions sur leur aptitude au combat. Les deux garçons essayèrent de frimer, mais très vite, ils avouèrent la vérité.

– Chez nous, tout le monde apprend le maniement des armes, expliqua le plus âgé des gamins, qui avait dit s'appeler Otieno. Mais cette formation ne vaut pas votre expérience.

Il hésita un instant :

– Sans vous, nous ne nous en serions pas sortis. Nous vous remercions.

– Oui, enchaîna Kiziah, la fillette qui avait été désarçonnée. Nous vous remercions.

Puis, avec quelques difficultés :

– Et puis nous... eh bien... nous nous excusons de notre conduite.

Les autres enfants acquiescèrent gravement. Morven les observa un moment sans rien dire. Impossible, elle le savait, de laisser cette bande poursuivre sa route sans défense. Les renvoyer vers Tillia Tepe sans escorte serait tout aussi dangereux, et puis, même si elle essayait de se montrer raisonnable, ces mômes, avec leur projet d'aventure, touchaient en elle une corde sensible, celle de la liberté. Aristocrates ou pas, inconscients ou pas, ils avaient fait preuve de courage, et elle n'avait pas envie de les traiter en bébés et de les renvoyer chez eux. Ils avaient dit aller à Ardal-Elve, elles allaient à Ardal-Elve. Pourquoi ne pas faire route ensemble ? Quant aux parents de ces jeunes risque-tout, ils n'avaient qu'à les surveiller de plus près. Elle n'était pas la domestique de ces puissants et n'avait de compte à rendre à personne. Sans compter, songea-t-elle, que si accepter l'offre d'emploi des petites rousses à Tillia Tepe aurait pu la mettre dans une position délicate par rapport aux puissants Roxolani, prendre sous son aile des enfants trouvés en mauvaise posture dans la forêt ne pouvait au contraire que lui valoir les faveurs du clan.

– D'accord, dit-elle enfin. Nous allons chevaucher ensemble.

Les gamins ne purent cacher leur soulagement.

– Et gratuitement, en plus, ajouta-t-elle à la surprise des enfants. Mais attention : pas de grandes manières avec moi.

Elle avisa Merryn, dont le nez plongea en direction de ses orteils.

– On est bien d'accord ? Vous n'êtes pas des aristos. Pas de ça avec nous.

Sept jeunes têtes opinèrent.

– D'ailleurs, c'est simple : à chaque fois que l'un d'entre vous usera de sa morgue avec nous, ce sera dix couronnes, ajouta Morven, signifiant par là que l'affaire était conclue.

Rahel, pendant ce temps-là, était en grande conversation avec sa tante Timea, tâchant de mettre le plus de sincérité possible dans ses grands yeux clairs. La petite avait déjà réussi, avec l'aide bienvenue de Findchoen, à convaincre son frère Branamir de participer à leur projet. Branamir était vieux, il avait onze ans. Rahel l'adorait. Il était venu à Harmanko pour accompagner Dragan, le plus jeune fils du roi, qui, à dix-sept ans, était son idole. Plus attentif que les adultes, ou simplement plus jeune et plus proche de l'âge où l'on fait des bêtises, il avait deviné que sa sœur avait une idée farfelue en tête. La veille au soir, il avait surpris Rahel en train de chuchoter un discours fébrile à la fillette venue du royaume de la mer. Il s'était nonchalamment approché, notant au passage que Findchoen avait de sacrément jolis yeux bleus. Les deux gamines avaient levé les yeux sur lui en rougissant maladroitement jusqu'aux oreilles. Findchoen, parce qu'elle trouvait le frère de Rahel aussi beau qu'un héros de légende et que son cœur s'emballait à chaque fois qu'elle le regardait, Rahel, parce que, si raconter des bobards aux adultes ne la dérangeait pas le moins du monde, mentir à son frère la mettait prodigieusement mal à l'aise. Lorsqu'il commença à les interroger, elle tenta de dévier la conversation. Mais Branamir n'était pas dupe :

– Arrête, petite sœur, je te connais par cœur ! Qu'est-ce que vous mijotez, toutes les deux ?

Outre Dragan, qui lui semblait être le modèle idéal, Branamir avait un autre grand amour : cette petite sœur aux yeux clairs, qui, au fil du temps, était devenue sa complice favorite. Nantis d'un père très occupé par les responsabilités que lui valait son titre de prince héritier, d'une mère nonchalante, plus intéressée par ses toilettes que par ses enfants, et d'une petite sœur vraiment trop jeune, à quatre ans, pour partager leurs préoccupations, Rahel et Branamir avaient fini par former un duo quasiment inséparable. Rahel hésita et peut-être, pour une fois, n'aurait-elle pas mis son frère dans la confidence si

Findchoen, qui tombait amoureuse pour la première fois de sa vie et ne le savait pas encore, n'avait soudain lâché :

– Ce serait bien si tu venais, toi aussi.

Une proposition qui ébranla le jeune garçon. Où qu'elle aille, celle-ci, il irait bien volontiers. Fasciné par les yeux bleus de la petite étrangère, fasciné aussi, en sourdine, par les légendes qui couraient sur les gens de Glanis – on disait que leur roi ne devait son trône qu'au bon vouloir de la célèbre Angharad, et Dragan, un jour, lui avait affirmé avec la fierté moqueuse des initiés que les filles de la mer étaient les meilleures amoureuses de tout Seis-Keyah – Branamir rougit à son tour. Finalement, mis au courant des projets des deux filles, il n'eut plus qu'une idée en tête : participer à l'aventure, quitte, étant l'aîné, à risquer de passer pour le responsable de cette folie. Un danger qu'il courait volontiers si c'était le prix à payer pour ne pas perdre de vue, dès le lendemain, cette jolie invitée.

Sûre d'avoir le soutien de son frère, Rahel attaqua avec une relative sérénité l'entretien qu'elle avait décidé d'avoir avec Timea. Elle avait longuement hésité avant de choisir l'adulte à qui elle allait s'adresser. Elle avait d'abord pensé à sa grand-tante Hajnal, qui était notoirement tête en l'air : lui faire gober leur histoire serait facile. Mais, avait songé Rahel, si la bêtise d'Hajnal pouvait les servir dans un premier temps, cela risquait aussi de contrarier leurs plans : pour convaincre les guerrières que Sikhanden avait en principe engagées à Tillia Tepe, il fallait quelqu'un de suffisamment futé pour mettre dans sa poche les filles de la phalange. Timea lui apparut comme le meilleur choix. La candeur de la jeune femme jouerait en sa faveur : à condition qu'elle s'y prenne bien, Timea n'imaginerait pas que sa délicieuse nièce était en train de lui monter un bateau. Mais l'autorité naturelle de Timea et sa prestance inégalable lui permettraient de convaincre aisément les guerrières.

Rahel s'attaqua donc à Timea dès que Findchoen eut repris la route pour Ardal-Elve, comme prévu, avec son père et la caravane royale. Elle eut droit à quelques questions délicates. « Mais enfin, disait Timea, je ne comprends vraiment pas pourquoi le prince Kaherdin a décidé de se présenter à Vidar accompagné d'enfants représentant les principales familles royales de Seis-Keyah. » Rahel, invoquant le désir de neutralité politique du mystérieux Vidar, inventa une explication qui sembla tenir la route. Mais pourquoi des enfants ? « Les adultes étaient déjà tous pris par d'autres urgences », répliqua Rahel, en suppliant intérieurement tous les dieux qui protègent les menteurs de venir à son secours. Miraculeusement, cela marcha : Timea hocha la tête, l'air d'accepter cette explication bancale. « Mais pourquoi le prince Kaherdin ne m'en a-t-il pas parlé lui-même ? » demanda alors la jeune femme. « Il n'a pas eu le temps », expliqua Rahel qui, observant l'air dubitatif de sa tante, eut alors une intuition de génie pour distraire son attention : « Tu l'impressionnes trop, Timea, dit-elle, et tu sais, je crois qu'il est tombé amoureux de toi. »

Timea n'avait pas été insensible au charme de Kaherdin. La phrase de Rahel fit tilt, la plongeant dans une rêverie romantique qui la changeait des relations sèches et monotones qu'elle avait avec le sombre Kaloyan. Rahel, qui avait tapé au hasard, constata l'efficacité de sa manœuvre. Elle renforça sa position en jetant négligemment que la femme de Kaherdin, qu'elle avait vue à Tillia Tepe, ne semblait vraiment pas heureuse. Dès lors, ce fut gagné : tout occupée à s'inventer un roman, Timea accepta sans barguigner de demander aux guerrières escortant les jeunes aristocrates qui arriveraient le soir même à Harmanko d'accompagner les enfants – auxquels, bien sûr, se joindraient Rahel et Branamir – jusqu'à Ardal-Elve. Tout en observant ses bottines dans l'espoir de masquer l'expression de triomphe qui illuminait son visage, Rahel se fit le commentaire que, décidément, les femmes, jeunes comme Findchoen, ou vieilles comme Timea, étaient de bien drôles d'oiseaux : se faire prendre ainsi à la grossière glu des sentiments lui paraissait le comble de la stupidité. *Moi*, se jura-t-elle avec l'ingénuité de ceux qui ne se sont pas encore découverts vulnérables, *je ne tomberai jamais dans ce piège qui prive de toute intelligence.*

12

Le processus de prise de décision est parfois déroutant. Jusqu'au moment où il sut ce qu'il allait faire, Justin Mac Lir n'avait pas vraiment senti ce qui se tramait en lui. Tout s'était passé à son insu, comme un mur se lézarde en silence, dans l'opacité du temps, pour, un beau matin, s'écrouler d'un seul coup. À l'instant où il décida d'agir, Mac Lir eut la sensation physique de voir les briques s'effondrer les unes sur les autres en un petit tas désormais dérisoire, pour laisser la place à un paysage ouvert, un paysage où soufflait un vent léger, un paysage où tout était possible.

Mac Lir n'était pas idiot. Il savait qu'en s'autorisant à faire ce qu'obscurément il désirait depuis des mois, depuis des années peut-être, il se mettait en danger. C'était sans doute la mort qui l'attendait, dans ce paysage ouvert, une mort déshonorante, la mort obscure d'un traître. C'était, s'il survivait, la condamnation par un tribunal à la botte du Consortium, voire par un tribunal militaire. C'était, dans l'hypothèse la plus optimiste, le bannissement définitif hors de son monde. Mais il n'en avait cure. Le mur des habitudes et des prudences qui l'avait si longtemps emprisonné n'existait plus, ce mur qu'une part de son être, cette part qu'il ne savait pas nommer et qui était peut-être son âme, avait lentement sapé. Il ne pouvait pas faire tourner le film à l'envers et obliger les briques à défier la pesanteur pour revenir se placer les unes au-dessus des autres. Il ne pouvait plus s'emmurer. Le « trop tard » qui résonnait dans son esprit n'avait pas le même goût que celui qui le hantait quelques jours auparavant. Ce « trop tard »-là était libérateur. Il avait un parfum de « plus jamais ». Plus jamais la nostalgie amère devant les images ramenées par les sondes et les espions. Plus jamais la peur d'entendre Neith, fragile, aveugle, et innocente, hurler sous les tortures. Plus jamais la honte de participer à une entreprise qui le révulsait.

Je vais brûler tous mes vaisseaux, se disait Mac Lir, et son esprit toujours actif de scientifique lui rappelait qu'il avait recensé aux moins dix expressions ayant un sens proche dans les langues de la planète. Dans l'Atelkosou, on plantait ses graines en haut de l'arbre. J'ai planté mes graines en haut de l'arbre, disait-on lorsqu'on avait choisi une voie sans retour. Les gens du désert, eux, parlaient comiquement d'enterrer leur caleçon dans le sable. Au Nokomis, on se jetait tout simplement dans le volcan. Il y avait aussi ceux qui, pour dire qu'ils prenaient tous les risques, parlaient mystérieusement de courir derrière le cristal. Mac Lir avait deviné le sens de cette expression assez souvent utilisée dans les différentes langues grâce aux contextes dans lesquels il l'avait entendue, mais il ne comprenait pas à quoi la métaphore faisait allusion. *Je cours derrière le cristal*, songeait-il pourtant, et, à la fois heureux, enfin heureux, et paniqué, il se demandait derrière quel cristal.

Une fois la décision prise, ce qui auparavant lui apparaissait comme une montagne infranchissable se transforma en une série de choix précis, à faire sans s'affoler. C'était beaucoup moins irréalisable qu'il ne l'aurait imaginé la veille seulement, difficile certes, mais pas totalement impossible. Il lui fallait une navette. Il lui fallait un pilote, deux plutôt, puisque, par souci d'on ne sait quelle sécurité, les navettes n'étaient opérationnelles que si deux personnes étaient aux commandes, ce qui avait amené à former, sur Lointaine, des duos de pilotes aussi inséparables que des jumeaux. Il lui fallait la coopération des prisonnières. Il lui fallait le secret. Chacune de ces étapes allait lui demander efforts, subtilité et vigilance. Mais, porté par son élan, il courait derrière le cristal, et rien ne le décourageait.

Il commença par s'assurer de la complicité des rouquines. Après avoir vérifié dix fois plutôt qu'une que les responsables de Lointaine ne pouvaient pas entendre ce qui se disait dans la roseraie de la zone bleue, il informa les filles de son projet. Il s'était attendu à ce qu'elles s'affolent ou ne le croient pas. Elles restèrent d'un calme olympien. « Bien, commenta simplement Idril. Maintenant, il va falloir se montrer fines. » Mac Lir eut une fois de plus la sensation fugitive d'avoir affaire à des enfants. Comme si s'évader d'une station spatiale n'était pas un projet insensé mais un jeu excitant, à mener le mieux possible. *Sans doute*, songea-t-il, *ne mesurent-elles pas la difficulté de la tâche. Comment ces montagnardes pourraient-elles comprendre ce qu'est Lointaine ? Comment peuvent-elles deviner qu'il va falloir affronter le vide avant de se retrouver sur la planète ? Sans doute imaginent-elles qu'il suffira de chiper un cheval quelque part dans un coin et de filer le plus vite possible hors de cet endroit clos.* Mais une fois de plus, les prisonnières le surprirent. Sindharin, qui tournait en rond dans le petit appentis en bois, hochait pensivement la tête.

– Bon, dit-elle, alors, en premier, pour sortir de cette boîte, il nous faut une de vos machines, un de ces trucs qui volent. Tu sais faire avancer ça, Mac Lir ?

Et comme le scientifique, stupéfait, la regardait bouche bée :

– Ah, zut, tu ne sais pas. Alors, il nous faut quelqu'un qui sait. Et comment on va le trouver, celui-là ? Tu as des copains, ici ?

– Non, répondit Justin, partagé entre l'ébahissement et une subite envie de rire. Non, je n'ai pas de copains. Mais attends, tu vas trop vite. Que savez-vous exactement de l'endroit où nous sommes ?

Idril, Neith et Sindharin se tournèrent avec un bel ensemble vers Ereshkigal. Mac Lir devina qu'elles étaient en proie à un doute soudain. À leur princesse de décider.

– Quoi ? dit-il. Où est le problème ?

– Tu nous as mis en confiance, Mac Lir, et maintenant tu en profites pour nous espionner. Tu veux juste avoir ce que nous savons, répondit tranquillement Ereshkigal.

Le scientifique eut un rire nerveux. *Nom de Dieu*, songeait-il, *espèces de gamines bornées, je suis en train de me condamner à mort pour vous, et vous me soupçonnez de double jeu ?* Il réfléchit très vite, sous le regard d'argent d'Ereshkigal. *Inutile d'essayer de les convaincre de ma bonne foi. Si elles en sont encore à douter de mon engagement à leurs côtés, je peux user ma langue pendant cent heures sans plus de résultat. La seule solution, c'est de tout leur dire.*

– Nous sommes dans une station spatiale, commença-t-il.

Et il entreprit de leur expliquer Lointaine. Tout y passa : le projet du Consortium, un résumé succinct de ce qu'était l'Empire, les détails techniques de la mission, une description de la station et des difficultés qui les attendaient pour en sortir. Il omit quelque chose, mais, sur le moment, il ne s'en rendit pas compte : il ne leur parla pas de la réputation de la planète. Il ne mentionna ni la mise en quarantaine de leur monde ni les questions qui hantaient les responsables de Lointaine. Les filles l'avaient écouté attentivement. À la fin de son petit discours, trois têtes se tournèrent vers la princesse.

– Bien, dit-elle en repoussant une mèche de ses cheveux couleur de flamme qui lui retombait sur l'œil droit.

Idril tripotait le bout de son épaisse natte.

– Donc, il nous faut ce petit machin qui vole et quelqu'un pour le diriger.

Dès lors, les prisonnières ne mirent plus en doute la parole de Mac Lir. Elles comprenaient vite et il eut beaucoup moins de mal qu'il ne le craignait à les préparer à leur évasion. Il eut à plusieurs reprises l'impression qu'elles s'amusaient. Leur vie était en jeu, mais elles envisageaient les détails de leur fuite avec une inventivité qui, parfois, frisait le grotesque, comme quand Sindharin, l'œil pétillant de malice, commença à imaginer qu'il fallait qu'elles se déguisent.

– Si on ne cache pas nos cheveux, ils vont nous repérer, disait-elle. Il faut qu'on trouve des perruques. Et puis qu'on fabrique des vêtements que personne ne reconnaîtra.

Et Justin de leur parler des uniformes qu'elles avaient vus sur le dos de ceux qui gardaient les accès à la zone bleue, ce qui provoqua une remarque inattendue de la part d'Idril : « on va avoir l'air de morts en conserve », dit-elle.

– Vous aurez surtout l'air d'être des militaires de Lointaine, répliqua Mac Lir.

Il fallut leur expliquer ce qu'étaient des militaires – « ah, des genres de guerriers, déclara Sindharin, mais pas des vrais guerriers, des menteurs, comme ces types qui nous ont enlevés » – et, plus compliqué à comprendre pour elles, que les uniformes étaient tous semblables. « Des guerriers habillés tous pareils ? commenta Ereshkigal. Mais comment vous faites ? C'est idiot ! Et celui qui préfère se servir d'un sabre, il est obligé d'avoir un de vos vilains petits trucs noirs comme tous les autres ? Et puis comment ils savent qui est ami et qui est ennemi s'ils ne peuvent pas se reconnaître ? Il faut bien que chacun connaisse le nom de son ennemi quand on se bat ! » Une série d'étonnements qui incita Mac Lir à se demander comment diable on se faisait la guerre sur la planète.

– Qu'est-ce que ça doit être triste si tout le monde est pareil, ronchonna quant à elle Sindharin.

Mais une fois qu'elles eurent compris que ces détestables uniformes allaient protéger leur anonymat et favoriser leur évasion, elles oublièrent de critiquer les méthodes de l'Empire.

Finalement, quand Mac Lir les quitta, elles lui adressèrent de grands sourires et restèrent dans l'appentis, attendant qu'il referme la porte avec une impatience fébrile qui lui permit d'imaginer à quels conciliabules passionnés elles allaient se livrer dans leur minuscule refuge. *Pourvu*, songea-t-il, *qu'elles n'aillent pas m'inventer une de leurs stratégies secrètes qui ferait tout foirer.*

Chaque duo de pilotes avait sa navette attitrée : il suffisait de convaincre un de ces duos de l'emmener à terre pour disposer d'un engin. C'était là le point le plus délicat. Amener les rouquines, dûment sanglées dans des uniformes, après peut-être – Sindharin n'avait pas tort sur ce point –, leur avoir teint les cheveux, jusqu'à une navette ne semblait pas un défi insurmontable. Mais dégoter des pilotes se révélait plus ardu. Il commença par falsifier un ordre de mission à son nom, se rendant compte, pour la première fois, que son statut privilégié sur la station avait quelques avantages : avoir accès aux terminaux et signatures permettant de fabriquer ce faux lui fut un jeu d'enfant. Il s'inventa une mission banale : il avait pour ordre d'accompagner quatre techniciennes chargées de récolter des échantillons de terre et de roche dans une région reculée de la planète, sur un filon rare repéré par satellite et que lui seul pouvait localiser avec suffisamment de précision. L'affaire d'une heure ou deux maximum, avec retour au bercail dans la journée. Une fois le faux ordre en main, il entreprit de chercher des pilotes peu informés, qui risquaient moins que de vieux briscards de repérer les anomalies, de se rendre compte, par exemple, qu'il faisait partie des rares personnes qu'on ne souhaitait pas voir prendre des risques au sol. Des pilotes, donc, récemment arrivés sur Lointaine. Et qui ne connaissaient pas l'existence des prisonnières. C'est à ce moment-là qu'il songea à Irène O'Connor.

Cela manqua échouer à plusieurs reprises. Les rouquines refusèrent avec un bel ensemble de se teindre les cheveux. À les entendre, devenir blondes, brunes ou grises revenait à offenser les dieux. Ereshkigal, alors qu'il insistait, usa soudain de toute sa morgue de princesse pour lui jeter : « Tu ne sais pas de quoi tu parles, Mac Lir, laisse nos cheveux tranquilles. » Il parvint de justesse à les convaincre de cacher leurs boucles sous des bonnets. Irène O'Connor lui posa également quelques problèmes : lorsqu'il lui toucha un mot de sa mission, suggérant négligemment qu'il ne serait pas contre se faire transporter à terre par son amoureuse préférée, elle se figea. « Ne te fous pas de moi », dit-elle. Son œil vert lançait des éclairs. Mac Lir mit deux jours à l'amadouer, usant de toute sa force de persuasion. Il fallut ensuite tester son copilote. Jayden Hall, tête carrée et cheveux en brosse, n'avait pas l'air d'avoir inventé la poudre. Il n'avait pas vingt-cinq ans, était arrivé sur Lointaine dans la même fournée qu'Irène O'Connor, n'avait aucun lien avec les huiles de la station et ne connaissait pas grand-chose à la planète.

Deux jours plus tard, Mac Lir lança l'opération. Usant toujours de ses privilèges, il fit retarder l'un des gardiens de la zone bleue au moment du changement d'équipe en le chargeant d'une tâche fantôme à l'autre bout de Lointaine. Quand le planton qui finissait son quart, blême d'impatience et d'agacement, s'éloigna du sas d'accès pour aller appuyer sur un interphone et y lancer quelques insultes, Mac Lir se servit de son passe, ouvrit le sas, et fit sortir les prisonnières de la zone. Il dut les regarder attentivement avant d'être sûr qu'il s'agissait des rouquines. Les filles, alertées dès la veille, avaient bien fait les choses : sanglées dans les uniformes qu'il leur avait apportés dans des ballots de tissus chatoyants, elles ressemblaient à n'importe qui sur la station. Elles avaient trouvé divers moyens de cacher leurs chevelures, Idril et Neith ayant enfilé des bonnets de faux cuir noirs, Ereshkigal et Sindharin ayant noué sur leurs têtes un foulard pour une fois discret, d'un brun passe-partout. Elles passèrent rapidement devant le scientifique sans se bousculer, avec, dans leur vigilance silencieuse, quelque chose de félin. Mac Lir referma vivement le sas en leur indiquant la coursive à emprunter, et ils se lancèrent tous les cinq dans une marche à travers Lointaine qui ne dura pas dix minutes mais donna au scientifique l'occasion de se liquéfier intérieurement à chaque fois qu'ils croisaient quelqu'un. Il avait pourtant soigneusement choisi son heure, lançant l'opération pendant le déjeuner, un moment où les puissants de Lointaine susceptibles de les reconnaître profitaient de la pause de la mi-journée pour se retrouver au réfectoire du secteur blanc et avaient le moins de chance de traîner à droite ou à gauche, et il avait choisi l'itinéraire le plus éloigné des zones sensibles pour se rendre au dock d'embarquement. Et, effectivement, ils ne croisèrent que quelques soldats anonymes, des bleus récemment arrivés. Au dock, il fallut montrer patte blanche. L'ordre de mission valait tous les passeports : le jeune militaire chargé de vérifier les départs pour la planète ne tiqua même pas. Il leur indiqua, en souriant en douce à Ereshkigal, un quai assez distant où leurs pilotes attitrés les attendaient à bord de leur navette prête à décoller. Ils rallièrent l'appareil sans traîner, mais en essayant de ne pas avoir l'air trop pressé. Mac Lir manqua défaillir lorsqu'il entendit soudain Sindharin, qui marchait légèrement derrière lui, se fendre d'un sifflement admiratif en direction d'un jeune soldat occupé à décharger une navette de retour de la planète. « Nom de Dieu, arrête ça », chuchota-t-il, tandis que le soldat lançait une œillade complice à la jeune femme. « Ben quoi, murmura-t-elle à son tour, ça ne se fait pas, chez vous ? »

Lorsqu'ils furent tous installés dans la navette en partance, avec O'Connor et Jayden Hall aux commandes, Mac Lir, victime d'une vieille superstition, s'interdit de souffler de soulagement. Lorsqu'on tente ainsi les dieux, mieux vaut ne pas les remercier de leur clémence avec trop de diligence. C'est à ce moment-là, en général, qu'ils vous laissent tomber. Mais la chance était avec eux. Ils s'éloignèrent paisiblement de Lointaine, O'Connor et son co-pilote échangeant des informations standard avec la station tandis que Neith et Idril, qui parlaient la langue du Consortium avec un accent moins prononcé qu'Ereshkigal et Sindharin, se lançaient, conformément au plan mis au point, dans une conversation quelque peu osée sur une conquête imaginaire d'Idril qui fit sourire O'Connor à deux ou trois reprises.

Lorsque la navette commença sa descente vers la planète, visant, conformément à l'ordre de mission de Mac

Lir, une zone peu fréquentée dans les montagnes de l'Ouest, l'atmosphère à bord était sereine et détendue. Mac Lir échangeait des blagues avec Jayden Hall ; Sindharin, son petit visage hâlé bringuebalant contre son appuie-tête, faisait soigneusement semblant de somnoler, et O'Connor, toute contente de la compagnie de son amant, lui adressait des sourires en coin tout en surveillant son tableau de bord.

DEUXIÈME PARTIE

1

C'est à l'arrivée sur la planète que Jayden Hall décida d'agir. Il attendit qu'Irène O'Connor ait posé la navette au milieu de hautes collines désertes, en contrebas d'une chaîne de montagnes aux sommets enneigés. Il ouvrit le sas et laissa ses passagers sortir de l'appareil, éteignant une à une ses consoles et surveillant discrètement sa copilote qui correspondait avec Lointaine, confirmant leurs coordonnées et assurant que la mission se déroulait sans accroc avant de couper la communication. O'Connor se tourna vers lui et, dans un demi-sourire, lui donna un léger coup de poing sur l'épaule.

– Alors, qu'est-ce qu'on fait ? dit-elle. On reste moisir ici pendant une heure ou on va prendre l'air pendant qu'ils s'activent sur leur rocher ?

Elle déboucla son harnais de sécurité, se glissa hors de son siège et s'étira.

– Moi, je sors de cette boîte, dit-elle.

Il la suivit hors de l'appareil. Dehors, le scientifique et les techniciennes rassemblaient leur matériel. Un peu à l'écart, à gauche de Mac Lir, la petite jeune femme au teint hâlé, bien campée sur ses deux pieds, humait l'air avec ravissement. *Un joli brin de fille, celle-là,* songea Jayden Hall, pendant que ses poumons, acclimatés à l'air confiné des vaisseaux de guerre et des stations du Consortium, se dilataient et que la tête lui tournait légèrement. Mac Lir, accroupi, farfouillait dans une sacoche. La grande femme qui avait passé son temps à parler de drague était légèrement sur sa droite, une main sur l'épaule de la petite qui avait des yeux bizarres. La dernière fille s'étirait longuement, son foulard brun commençant à glisser en arrière et révélant quelques mèches de cheveux roux, d'un roux clair, presque orange, que Jayden Hall se surprit, fugitivement, à trouver assez joli. Entre lui et le groupe, O'Connor avançait, posant délicatement un pied devant l'autre, comme si elle avait perdu l'habitude de marcher sur de la vraie terre. Jayden Hall s'arrêta, jaugea une dernière fois la situation. Puis il dégaina l'arme de poing enfoncée dans sa ceinture. Il tira très vite en direction de la petite mignonne, puis de la femme aux cheveux orange, avant de diriger son arme vers le scientifique. Un instant gêné par O'Connor qui se trouvait dans sa ligne de tir, il se recula vivement en se déplaçant vers la gauche. Il ne perdit que quelques secondes. Mais cela suffit à Neith pour agir. L'écho assourdissant des tirs planait encore dans leurs oreilles et, sans encore vraiment s'en rendre compte, Jayden Hall commença à se sentir pris de vertige. Il visa soigneusement, tentant d'arrêter le tremblement à peine perceptible de sa main. Le scientifique se jeta à terre et il manqua sa cible. Luttant contre une envie de vomir qui, subitement, lui tordait les tripes et les poumons, il chercha instinctivement, sans avoir même le temps de prendre conscience de ce réflexe, l'air qui se mettait à lui manquer. Puis, très vite, luttant contre une panique obscène, galopante, qui ravageait soudainement son corps et son esprit, il visa encore et encore, sans s'apercevoir qu'il tirait vers les montagnes enneigées, vers le ciel bleu. Il bascula lentement en arrière, pris de nausées dévastatrices, incapable de coordonner ses gestes, incapable de comprendre ce qui lui arrivait. O'Connor se retournait, comme au ralenti, pour le regarder. L'aveugle, dans un coin de son champ de vision, ne bougeait pas plus qu'une statue et dardait sur lui ce regard qui ne voyait rien. Il entendit un hurlement. C'était la grande femme. Elle criait, ou alors, c'était une autre, la petite qu'il avait touchée en premier, peut-être. Mac Lir s'était relevé. Il se ruait sur lui avec une lenteur comique et détournait son bras armé d'une prise molle, avant de le heurter en pleine poitrine, achevant de le déséquilibrer et le jetant à terre. Il avait mal, très mal. *Bon sang*, songeait-il, *ils ne sont pas armés, pourtant*. Et la douleur dans sa poitrine enflait, tandis qu'il voyait Mac Lir, dans un brouillard, se jeter sur O'Connor, et que, de loin, de très loin, déjà, il l'entendait hurler : « Non, pas elle ! Pas elle ! »

Neith reprit sa respiration et entendit le hurlement de Mac Lir. Idril, figée sur sa droite, criait elle aussi :

– Il l'a jetée à terre, Neith. Elle est désarmée, attends avant d'agir !

Sur sa droite, Neith devinait la respiration haletante d'Ereshkigal, mais plus rien ne venait de Sindharin. La jeune fille tâta, chercha, et ne trouva rien. Elle reprit une deuxième fois sa respiration et relâcha son emprise sur le soldat qui les avait attaqués, sentant que la destruction était à l'œuvre, imparable. Elle encouragea une dernière fois les artisans de la mort avant de soupirer longuement. Dans la douceur floue de l'univers qu'elle rejoignait lorsqu'elle mobilisait ainsi ses pouvoirs, elle utilisa tous ses sens pour se faire une idée de la situation, prête à agir de nouveau. Sindharin était morte, Ereshkigal blessée, Idril indemne à ses côtés, et le scientifique maintenait à terre la pilote aux cheveux blonds, lui hurlant :

– La ferme, O'Connor. Tu la fermes et tu ne bouges pas.

– Ne fais rien, Neith, répétait Idril d'une voix tremblante, une main flottant autour de l'épaule de la jeune fille sans oser la toucher. Ne fais rien, Mac Lir maîtrise la fille. Attends, je t'en prie. Ne les tue pas.

Neith cligna des yeux. Elle avait mal au cœur et se mit à trembler.

– La situation est sous contrôle ? demanda-t-elle d'une petite voix sèche et mal assurée.

Idril prit le temps d'aspirer une grande goulée d'air. Elle balaya rapidement du regard la scène autour d'elle. Elle vit le militaire ennemi en train de se contorsionner dans de derniers soubresauts, Mac Lir, qui, les yeux affolés, maintenait la fille blonde à terre, la fille qui se débattait et hurlait, un cri rauque, terrifié, et puis, un peu plus loin, Ereshkigal et Sindharin à terre, l'une et l'autre ensanglantées. Son regard revint vivement à Mac Lir.

– Neith te tue si tu bouges, Mac Lir, dit-elle.

Puis, vérifiant d'un bref coup d'œil que sa compagne n'allait pas céder à la panique et massacrer impulsivement le scientifique et la pilote blonde :

– Vous ne bougez pas, madame O'Connor, dit-elle dans la langue du Consortium. Si vous bougez, vous mourez.

La fille blonde se tut et lui jeta un regard épouvanté, mais Idril put constater que Mac Lir ne relâchait pas son emprise.

– Je ne bouge pas, et elle non plus, Idril, dit le scientifique d'une voix que la panique rendait rauque.

Se déplaçant avec précaution, Idril contourna Mac Lir et la fille sans les quitter des yeux et alla se pencher sur Ereshkigal et Sindharin.

– Ereshkigal est blessée, mais je pense qu'elle vit, jeta-t-elle en direction de Neith.

Puis, hésitante :

– Je crois que Sindharin est morte.

– Elle est morte, confirma Neith. Je ne sens plus rien. Plus de vie, plus rien.

À des kilomètres de là, le prince Kaherdin tournait en rond dans les appartements qu'on lui avait attribués dans le palais d'Ardal-Elve. Cela faisait près de quinze jours qu'il avait quitté Tillia Tepe, et huit jours qu'il attendait, impuissant, le bon vouloir du fameux Vidar. Ardal-Elve, qui débordait largement des hautes murailles protégeant le cœur de la cité, avait surpris le prince des mers. Pas d'immeubles élevés, ici, mais une multitude de petites maisons entassées les unes contre les autres dans un fouillis quasi organique et plein de charme. Quant au palais du roi Aborjan, s'il dépassait tout ce que Kaherdin avait vu en matière de beauté et de raffinement, le prince commençait à le trouver oppressant.

L'architecture superbe du cœur de la cité lui rappelait les grandes forêts de l'Atelkosou. Il s'y sentait étouffer, comme, au bout de quatre ou cinq jours de voyage sous les frondaisons vertes, il avait commencé à manquer d'air. Trop de luxe, ici, à son goût, trop de luxuriance. L'appartement qu'il occupait débordait de tentures et de meubles tous plus somptueux les uns que les autres. Déambulant comme un loup en cage entre des lits à hautes colonnes et des fenêtres aux petits carreaux colorés, des cheminées en pierre abondamment sculptées et des tapis de haute laine aux motifs complexes, il regrettait la sobriété de Glanis. Pas d'horizon visible, ce qui déstabilisait le prince, habitué à l'immensité de la mer et à celle des hautes terres dénudées. Il avait beau ouvrir toutes grandes les fenêtres, il parvenait à peine à voir le ciel.

Ce matin-là, après avoir laissé filer une Findchoen ravie, qui semblait extrêmement pressée de rejoindre ses copains – ce petit Zoran, l'un des neveux d'Aborjan, et deux ou trois autres gamins du clan royal de la forêt –, il avait longuement soupiré en se préparant à une nouvelle journée d'attente coincé dans le palais. *Pire*, songea-t-il : une nouvelle journée coincé dans son appartement. Il n'avait aucune envie de déambuler à droite et à gauche, au risque de tomber sur la reine. Même si Kaherdin n'avait pas clairement conscience de sa beauté, il n'était pas idiot au point de ne pas percevoir l'effet qu'il avait sur certaines femmes, et dès qu'Aborjan lui avait présenté sa femme, la belle Iskra, il avait compris qu'il lui faudrait faire preuve d'une sacrée dose de diplomatie pour éviter de finir dans le lit de la reine, et ce sans la blesser. Non qu'Iskra soit repoussante. Bien au contraire :

en la rencontrant, le prince des mers avait compris d'où la somptueuse Timea tenait son magnétisme exceptionnel. Un autre que Kaherdin ne se serait pas fait prier pour répondre aux avances de la reine. Mais le prince de Glanis avait deux défauts : il était fidèle à sa femme et son code de l'honneur lui interdisait d'approcher les épouses de ses amis. Iskra n'avait aucune chance. Ce qui risquait de mal se terminer, la reine n'ayant visiblement pas l'habitude qu'on lui résiste.

Kaherdin poussa un long soupir en observant pensivement la bibliothèque bien remplie qui occupait tout un mur du salon de son appartement. Il se demanda fugitivement à quoi ses guerrières pouvaient occuper ces journées d'attente, avant de considérer d'un air morose un petit chien en porcelaine posé sur le manteau d'une cheminée. Sa mission commençait à sérieusement lui peser. En quinze jours, il n'avait rien accompli. Ni rencontré Vidar, ni même pu s'entretenir avec l'amie de Luken, cette Hilargi à qui le vieux sage lui avait recommandé de se confier et qui s'était révélée introuvable. Encore une journée comme ça, et il allait finir par s'emparer du premier cheval venu pour galoper hors de la ville et tâcher de trouver un coin de ciel dégagé des arbres omniprésents dans ce pays pour, enfin, respirer.

Le prince des mers savait ce qui le menaçait : quelque chose qu'il prenait soin depuis toujours de maîtriser. Quelque chose qui le rendait différent, que toute son éducation d'aristocrate lui soufflait de fuir. Mais, parfois, quand la pesanteur des choses et des gens se faisait trop étouffante, sa vraie nature se rebellait. Une fureur amère, alors, s'emparait de son âme. *Tu es belle, Iskra*, songeait-il, *tu es belle, reine aux yeux verts. Mais si tu savais comme la beauté me lasse, si tu savais comme la beauté me pèse, si tu savais comme tu me lasses, comme tous me lassent. Si tu savais quelle nostalgie, parfois, m'habite.*

Vidar avait-il, alerté par un sixième sens, attendu qu'il en soit à ce stade de ses réflexions pour se manifester ? Toujours est-il que c'est au moment où le prince menaçait de céder et de fuir le palais qu'un messager se présenta à son appartement et le pria de le suivre.

– Celui qui s'appelle Vidar vous attend, monseigneur, dit l'homme en s'inclinant devant lui.

Mû par un dernier relent d'amertume, le prince manqua riposter vertement, mais son éducation reprit le dessus et il suivit le messager, un petit bonhomme tout rond qui trottina à ses côtés dans les magnifiques couloirs et escaliers du palais et le pria à plusieurs reprises, en s'inclinant exagérément, d'excuser le retard de son maître.

– J'espère, mon prince, qu'il ne vous sera pas trop désagréable de chevaucher hors de la ville. Mon maître a malheureusement dû quitter Ardal-Elve, ajouta-t-il.

Eh bien, songea Kaherdin, *voilà qui tombe à pic.*

Lorsque le prince Kaherdin s'éloigna à cheval du palais, progressant lentement dans les rues encombrées d'Ardal-Elve, il ne passa pas devant l'auberge des Pommes d'or. Il n'eut donc pas l'occasion de croiser la bande qui y avait pris ses quartiers. L'endroit tenait davantage de la gargote que de l'hôtel de luxe, mais cela ne dérangeait guère la princesse Sikhanden. Depuis qu'ils avaient récupéré Rahel et son frère Branamir à Harmanko, tout allait bien : l'intervention de cette curieuse dame aux yeux d'or avait aplani toutes les difficultés. Leur escorte guerrière, dûment engagée, payée, et surtout, rassurée par l'intervention d'une adulte, était désormais prête à les accompagner au bout du monde. Rahel et Branamir filaient tous les matins retrouver discrètement Zoran et Findchoen qui, logés au palais, surveillaient les agissements de Kaherdin et se tenaient prêts à les avertir dès qu'ils sauraient dans quelle direction allait partir le prince des mers. La petite troupe, alors, se mettrait à son tour en route, avec pour projet de ne dévoiler son existence que quand il serait trop tard pour les renvoyer chez eux. Mis au pied du mur, Kaherdin n'aurait d'autre solution que de les faire participer à sa quête. Quelle quête ? Lorsque Logan, la petite guerrière blonde, le leur avait demandé, les enfants n'avaient pas très bien su quoi répondre. Mais ils avaient été unanimes pour affirmer qu'il s'agissait d'une mission importante et qu'ils devaient y participer quels que soient les dangers à affronter. « Ah bon, avait répliqué Logan avec une moue dubitative. Et vous comptez affronter des dragons ? » Personne n'avait répondu, mais chacun avait subrepticement espéré que ce serait le cas. En attendant, ils se régalaient. Quête ou pas, chaque journée était une aventure. Lâchés dans la capitale, les enfants allaient de découverte en découverte, s'offrant de longues flâneries dans des quartiers dont on les tenait habituellement éloignés, rencontrant toutes sortes de gens, discutant, courant, jouant. Le tout sous la protection des guerrières qui, si elles veillaient à la sécurité de leurs petits protégés, n'en oubliaient pas pour autant de s'amuser à leur manière.

La veille au soir, ainsi, Sikhanden avait atterri dans l'arrière-salle d'une gargote enfumée, en compagnie de Manjusha, la fille du fleuve, et de Kiziah, la petite blonde venue du Dilmun. Chaperonnées par Morven, les gamines avaient dîné à la terrasse d'une auberge proprette, sous un auvent couvert de treilles dorées et de fleurs bleues. On leur avait servi une viande en sauce qui leur avait piqué le gosier. Morven riait, leur contant des épisodes de sa vie d'aventure qui faisaient rêver les trois petites filles. Elle avait commandé un pichet de vin clair, et les gamines, profitant de son inattention, avaient chacune rempli leur verre de ce liquide ambré et délicieux. Elles avaient quitté leur table ravies et avaient repris leurs déambulations dans la cité, quelque peu branlantes, mais décidées à suivre Morven où qu'elle aille. La guerrière, éméchée, s'était engouffrée à grands pas dans des venelles sombres, riant à gorge déployée à chaque fois qu'une des petites lui posait une question indiscrète. Lorsque finalement, à minuit passé, elle avait fini par s'installer à une table de jeu clandestine au fin fond d'un des quartiers les plus mal famés de la ville, les fillettes n'en avaient pas perdu une miette. Et lorsque Sikhanden, revenue indemne à l'auberge des Pommes d'or, s'était glissée sous ses couvertures rêches, elle avait eu le temps, avant de s'endormir comme une masse, de se faire la réflexion que le monde était décidément beaucoup plus intéressant qu'elle ne l'imaginait.

2

Il était assis en tailleur à même le sol de terre battue. En pénétrant dans la petite masure, Kaherdin avait dû laisser à ses yeux le temps de s'habituer à la pénombre. Le prince était trempé. Il avait chevauché pendant des heures à la suite du petit bonhomme rond qui s'était révélé être un cavalier infatigable. En milieu d'après-midi, il avait commencé à pleuvoir, une pluie fine et monotone qui, en l'absence de tout vent, tombait bien droit et s'infiltrait partout malgré la protection des grands arbres. Le prince des mers chevauchait patiemment, comme en écho à la patience silencieuse de la nature, de ces herbes et de ces fleurs, de ces arbustes et de ces buissons, de ces fougères et de ces bouleaux, de cette splendide parure de Seis-Keyah qui se laissait détremper par l'eau tombée du ciel. Au crépuscule, ils avaient débouché en haut d'une colline dégagée. On y avait défriché la forêt autour d'une maisonnette en pierre qui, sombre sous le ciel nuageux, semblait inhabitée. Lorsque son guide avait mis pied à terre, Kaherdin avait eu un instant d'hésitation : si on projetait de lui faire un mauvais sort, l'endroit était on ne peut plus approprié. Il avait vérifié la présence de son épée, accrochée à ses fontes, et sauté à bas de son cheval, s'ébrouant pour reprendre ses esprits et pestant intérieurement contre cette longue course imprévue qui ne lui avait pas laissé le temps de prévenir Findchoen. Il avait récupéré son arme et suivi son guide à l'intérieur de la bicoque, pour découvrir cet homme assis par terre qui, immobile, les yeux fermés, n'avait pas bronché à son arrivée.

Le prince des mers attendit quelques instants avant, devant cet accueil improbable, de chasser la colère qui menaçait et de laisser échapper un léger rire.

– Bien, dit-il. Auriez-vous des vêtements secs à me prêter ?

L'homme ouvrit les yeux. Kaherdin distinguait à peine ses traits dans la pénombre. Dehors, le ciel nuageux virait au noir. Le prince se demanda où diable il allait pouvoir passer la nuit. Il était trop tard pour retourner à Ardal-Elve. Au moment où il songeait une nouvelle fois à Findchoen, restée seule au palais, l'homme assis par terre se gratta la gorge.

– Ne vous inquiétez pas, monseigneur. Nous avons fait prévenir votre fille de votre absence. Les parents de son ami Zoran vont s'occuper d'elle.

Puis il fit un signe à son domestique, qui s'activa efficacement, allumant toute une série de bougies disposées sur des tables de bois et le linteau d'une cheminée ornée d'un feston blanc brodé de petites fleurs rouges, avant de filer dans une pièce voisine et d'en revenir les bras chargés de serviettes et de vêtements qu'il tendit au visiteur.

Pendant tout ce temps, l'hôte de Kaherdin resta immobile et silencieux. Agacé, le prince en fit autant. Ce ne fut que lorsque le petit serviteur eut allumé un feu dans la cheminée que l'homme consentit enfin à se lever. Il s'inclina devant le prince.

– Je vous salue, prince Kaherdin. Vous êtes un homme patient.

Et il lui adressa un grand sourire. Voyant enfin clairement son visage, Kaherdin, de saisissement, manqua en lâcher le paquet de serviettes et de vêtements qu'il avait dans les bras. La légende ne mentait pas : Vidar lui ressemblait à un point troublant. Même taille, même carrure, mêmes yeux bleus, mêmes traits. Le prince eut fugitivement l'impression de contempler l'image qu'il voyait chaque matin dans son miroir. Seule différence : Vidar avait les cheveux longs. Puis, lorsque l'homme tourna légèrement la tête pour lui indiquer la pièce voisine, il se rendit compte que son vis-à-vis était plus âgé que lui.

– Vous serez à votre aise à côté pour vous sécher et vous changer, monseigneur, dit Vidar.

Puis, abruptement, il éclata de rire :

– Vous êtes un drôle d'oiseau, prince.

Il n'avait pas été question d'enterrer Sindharin dans le détestable uniforme de Lointaine et au milieu de nulle part. Tandis que Mac Lir et Irène O'Connor se remettaient difficilement de l'effroi dans lequel les avaient plongés l'agression brutale de Jayden Hall, et, plus encore, l'intervention mystérieuse de Neith, Idril s'était lancée dans un discours décousu, affirmant qu'ils avaient suffisamment de temps avant l'orage, qu'à son avis ils étaient plus près de Berzbanya que de Kyzil-Kum, qu'on trouverait plus facilement de l'aide près de la frontière avec l'Atelkosou, et qu'il fallait d'urgence trouver des vêtements convenables pour Sindharin. Le tout ponctué de regards en coin en direction de Neith, à qui elle répétait obstinément d'attendre avant de tuer les étrangers. Puis, elle s'effondra à genoux et se mit à sangloter. Neith ne bougeait pas. Mac Lir, maintenant toujours O'Connor à terre, regarda la jeune aveugle.

– Neith, balbutia-t-il, je t'en prie, Neith...

Oubliant toute prudence, il lâcha O'Connor et se releva. Neith regardait dans sa direction. *Elle va me tuer*, songea-t-il. *Son regard va me tuer. Ici, les filles rousses au regard voilé vous tuent de cette façon.* Ses mains et ses jambes tremblaient. Il s'aperçut fugitivement, sans y accorder d'importance, qu'il avait la bouche ouverte et aspirait nerveusement de grandes goulées d'air. *Mon Dieu, Sindharin*, songea-t-il un instant, avant de replonger dans la panique. *Elle va me tuer. Je suis à sa merci. Nous sommes à sa merci, nous sommes tous à la merci de Neith et de ses semblables.* Mais la jeune fille eut un petit sourire hésitant.

– N'aie pas peur, Mac Lir, dit-elle.

Sa voix tremblait. *Elle est elle-même morte de peur*, pensa Mac Lir.

– N'aie pas peur, répéta-t-elle. Si tu ne nous attaques pas, tu n'as rien à craindre.

Tandis qu'Irène O'Connor, hébétée, rampait maladroitement vers Jayden Hall et lui tâtait le visage, tandis qu'Idril, prostrée à terre, tentait de maîtriser la crise de sanglots qui l'avait saisie, tandis qu'Ereshkigal, sur sa gauche, gémissait doucement, Mac Lir fit un pas en direction de Neith.

– Je n'ai pas peur, commença-t-il.

Il dut reprendre sa respiration avant de poursuivre :

– Je n'ai pas peur, Neith. Je suis terrorisé, mais je n'ai pas peur de toi...

Il avait l'impression de parler à un enfant, à un enfant terriblement dangereux qu'il fallait calmer avant qu'il ne massacre tout autour de lui. *Qui es-tu, bon Dieu, qui es-tu, Neith*, avait-il envie de crier. Mais il parvint à se contrôler.

– Je n'ai pas peur, répéta-t-il.

Neith soupira. Le tremblement qui l'agitait se calmait.

– Tu as voulu nous sauver, n'est-ce pas, Mac Lir ? dit-elle d'une petite voix.

Elle se tenait toute droite, semblable à un petit soldat. Mac Lir prit conscience de ce qui les entourait. Il vit le ciel tout bleu et une haute montagne enneigée derrière le visage tendu de Neith, et sentit le vent dans ses cheveux. Une nouvelle vague de panique le saisit, une vague ravageuse. Il venait de se rendre compte qu'il ne rêvait pas. Il tomba à son tour à genoux, comme Idril quelques minutes auparavant.

– Oh mon Dieu, mon Dieu..., gémit-il pendant de longues secondes, avant de retrouver un semblant de maîtrise et de relever le visage vers Neith qui, toujours immobile, semblait écouter quelque chose qu'elle seule pouvait entendre.

La peur le quitta. Il ne s'en rendit même pas compte. Il songea simplement que Sindharin, la malicieuse petite montagnarde aux yeux sombres, Sindharin qu'il avait un jour giflée, et qui, de son petit poing rageur, lui avait éraflé la lèvre, était morte. Le rire de la jeune fille résonnait encore à ses oreilles, ce rire qui, si souvent, l'avait pris au dépourvu, lui faisant perdre ses repères mais, aussi, lui communiquant une vitalité joyeuse que rien d'autre, sur Lointaine, ne savait offrir. La peur le quitta et le chagrin, soudain, brutal, enfla. Il était à genoux dans une herbe verte, dans ce paysage immense, et le vent lui caressait le visage. Des larmes sillonnaient ses joues.

– Oui, dit-il enfin. Oui, Neith, j'ai voulu vous sauver.

Plus tard, Neith se laissa choir sur l'herbe et, les épaules voûtées, plongea dans un état proche de la stupeur. Idril et Mac Lir entouraient Ereshkigal et tentaient de jauger la gravité de ses blessures. Irène O'Connor s'était approchée et les regardait faire. Son regard papillonnait à droite et à gauche. Ereshkigal avait été méchamment touchée à l'épaule. Elle était couverte de sang, du sien et de celui de Sindharin. Mac Lir estima que sa vie n'était pas en danger. Pas encore, du moins. La blessure avait de fortes chances de s'infecter. La jeune femme avait perdu connaissance. Idril l'avait débarrassée de son foulard et, sous sa crinière rousse, le visage de la princesse semblait plus pâle que jamais. Mac Lir la dégagea précautionneusement de la combinaison de l'Empire, lui dénudant l'épaule, et, à l'aide du foulard, entreprit de nettoyer le sang autour de la plaie.

– Doucement, Mac Lir, disait Idril, doucement.

– Il faut la protéger de l'infection, répondit le scientifique.

S'activer ainsi l'aidait à reprendre pied dans la réalité. Il se tourna vers O'Connor qui, livide, les observait sans rien dire.

– Il y a une trousse de premiers secours, dans ta navette ? Va la chercher.

– Pour quoi faire ? demanda Idril.

Il lui expliqua qu'il y avait certainement dans la trousse de quoi contenir le risque d'infection. Elle haussa les épaules :

– Neith s'en chargera, dit-elle.

Mac Lir ne comprenait pas ce qu'elle voulait dire. Il insista, ordonna une nouvelle fois à Irène O'Connor d'aller chercher la trousse d'urgence. La jeune femme lui obéit comme un automate. Idril fronça un sourcil mais n'insista pas.

– Il faut s'éloigner d'ici, lui dit Mac Lir. Rester près de la navette, c'est dangereux.

La grande jeune femme opina du bonnet. Une fois passée sa crise de sanglots, elle était redevenue l'Idril qu'il connaissait, forte et rassurante. Elle avait pris les choses en main, intimant l'ordre à Neith de se reposer, demandant au scientifique de l'aider à soigner Ereshkigal, surveillant O'Connor du coin de l'œil. Elle laissa Mac Lir s'emparer de la trousse d'urgence et y farfouiller à la recherche d'antibiotiques. Elle avait visiblement décidé de lui faire confiance. Elle s'approcha de Sindharin, s'accroupit à ses côtés et lui ferma les yeux.

– Nous te pleurerons, dit-elle à mi-voix. Nous te pleurerons quand nous aurons le temps.

Elle revint à Mac Lir qui soutenait la tête d'Ereshkigal et lui parlait doucement.

– Ils sauront où est ta machine volante, n'est-ce pas ?

Irène O'Connor, qui possédait quelques rudiments de la langue des montagnes, devina vaguement de quoi elle parlait. Elle éclata d'un rire hystérique.

– Ils seront là dans moins d'une heure ! s'écria-t-elle, la voix dérapant dans les aigus.

Oscillant entre rire et larmes, elle insulta Mac Lir, le traitant de traître, de vendu, de terroriste, avant de se mettre, à la surprise du scientifique, à déblatérer contre le commandant Moore, criant aux montagnes immobiles que ce salaud l'avait bien eue. Mac Lir jeta un coup d'œil à Idril. Le comprenant, la jeune femme s'approcha en soupirant de la pilote du Consortium.

– Je vous en prie, madame O'Connor, calmez-vous, dit-elle dans la langue de l'Empire.

Irène continua à hurler des insultes dans le vent indifférent. Idril fit une petite grimace avant de lui flanquer une paire de claques qui manqua la jeter à terre. Cela fut efficace : la jeune pilote cessa dans l'instant de crier et retomba dans une hébétude indifférente.

Ils organisèrent leur fuite au mieux, Idril expliquant qu'elle savait à peu près où ils se trouvaient et qu'il fallait marcher vers l'est, en passant par un col assez bas, visible entre un pic enneigé et un lointain moutonnement de montagnes plus élevées. Mac Lir confectionna un brancard de fortune pour Ereshkigal avec des éléments trouvés dans la navette. Puis ils se disputèrent. Justin Mac Lir voulait laisser Sindharin derrière eux, avec le cadavre de Jayden Hall, et Idril, toute droite, les bras croisés, refusait avec obstination tant d'abandonner le corps de son amie sans sépulture que de l'enterrer sur place dans son uniforme de l'Empire. Finalement, Neith intervint : elle sortit de son mutisme et affirma qu'elle porterait le brancard d'Ereshkigal avec Mac Lir.

– Idril doit porter Sindharin, dit-elle. Il faut lui mettre des vêtements corrects.

Le scientifique tempêta encore quelques instants. Progresser dans ce terrain montagneux encombrés d'une blessée et d'un cadavre revenait à se mettre dans la main des récupérateurs que Lointaine enverrait à leur recherche. Plus généreux qu'O'Connor dans son estimation, il leur accorda six ou sept heures d'avance. La mission aurait dû durer deux heures. Le temps qu'on s'inquiète de leur silence sur la station et qu'on envoie une équipe les retrouver, l'après-midi serait déjà bien avancée. Il finit par hocher la tête et se soumettre aux exigences d'Idril. La jeune femme se détendit et se pencha pour prendre Sindharin dans ses bras. Elle se tourna ensuite vers Irène O'Connor et revint à la langue du Consortium.

– Restez ici, madame O'Connor. Les vôtres viendront bientôt à votre secours.

Mac Lir, qui s'affairait à fourrer sur le brancard d'Ereshkigal, aux pieds de la jeune femme, la trousse de premiers soins et des rations de survie trouvées dans la navette, opina du bonnet :

– Tu peux rester, O'Connor, dit-il. Simplement, je t'attacherai pour que tu ne puisses pas alerter Lointaine.

Mais la pilote fit non de la tête, et lorsqu'ils se mirent en route, Idril, devant, portant le corps léger de la petite montagnarde sacrifiée, Neith et Mac Lir se chargeant du brancard sur lequel reposait Ereshkigal, la jeune femme, toujours pâle et hébétée, leur emboîta le pas.

Une fois éclairée, la petite maison s'était révélée accueillante. Tout y était simple mais propre. Vidar avait, sans cérémonie, invité son visiteur à partager avec lui un repas frugal que le petit domestique rond prépara discrètement sur le feu de la cheminée et leur servit sur une table basse autour de laquelle il avança deux fauteuils vert foncé. Kaherdin, toujours sous le choc de la rencontre avec cet homme qui lui ressemblait étonnamment, s'était changé et débarrassé de son arme dans la pièce voisine, où il avait découvert plusieurs grands lits en bois équipés d'énormes édredons de plume. Enfilant les vêtements secs qu'on lui avait donnés, un pantalon noir tout simple, une chemise d'un brun passé à l'odeur agréable et un pull de laine effiloché, il se fit la réflexion qu'il s'agissait sans doute d'une tenue appartenant à Vidar. *Très bien*, songea-t-il, partagé entre l'agacement et une pointe d'amusement, *ainsi je lui ressemblerai plus encore*.

Mais quand il s'était installé à la table basse face à son hôte, il avait pris le temps de le regarder plus attentivement et avait commencé à noter des différences entre eux, subtiles mais réelles. Le visage de Vidar était légèrement plus long que le sien, ses yeux un peu moins écartés. Une ride d'expression creusait un sillon en V entre ses sourcils, et ses cheveux longs, qu'il laissait libres sur ses épaules, accentuaient leur différence d'âge. Quand Vidar commença à deviser poliment de tout et de rien, lui demandant si la chevauchée jusqu'à cet endroit reculé n'avait pas été trop pénible, s'informant de son opinion concernant Ardal-Elve et le « si beau palais du roi Aborjan », Kaherdin s'agaça.

– Quel âge avez-vous ? jeta-t-il abruptement, coupant la parole à son hôte.

Vidar se recula dans son fauteuil et l'observa attentivement.

– Bien, dit-il enfin. Pas de salamalecs entre nous, n'est-ce pas, prince ? Si c'est ce que vous souhaitez...

Il s'interrompit et soupira, pensif.

– Je suppose que vous souhaiteriez avoir des explications concernant notre ressemblance..., reprit-il, laissant la fin de sa phrase en suspens.

Kaherdin se garda de répondre. L'homme perdit un instant contenance. Il s'était visiblement attendu à un flot de questions.

– Cela fait des années qu'on me parle de vous, qu'on nous plaisante, mon frère jumeau et moi, dit-il enfin.

Il hésita un instant, cherchant la formule la moins brutale possible.

– Des années, pour tout dire, que l'on soupçonne mon père d'avoir eu droit aux faveurs de la reine de Glanis...

Gêné, il se mit à bafouiller, s'excusant maladroitement. Le prince des mers eut un geste agacé de la main.

– Je connais la chanson, dit-il.

Vidar ouvrit les mains devant lui :

– Je ne sais pas ce qui s'est passé, monseigneur. J'ignore tout d'éventuelles relations entre mon père et votre mère. Vous êtes peut-être mon frère, prince Kaherdin. Mais je n'ai aucune certitude.

Comme le prince ne disait rien, il haussa les épaules :

– Et oui, pour répondre à votre question, je suis plus âgé que vous. De quelques années.

Puis il quitta le sujet, se contentant d'un bref « nous verrons peut-être cela tout à l'heure » avant d'expliquer qu'il avait été prévenu du séjour du prince des mers à Ardal-Elve par un messager envoyé par Donar.

– Vous cherchez mon frère Oden, à ce que j'ai compris, dit-il. Puis-je vous demander pourquoi ?

Kaherdin s'expliqua succinctement. Lorsqu'il fit brièvement allusion à un incident dans la forêt de Tillia Tepe, Vidar l'interrompit.

– Je suis au courant. La petite Ivah, qui accompagnait Sieglinde, est la fille d'une de mes anciennes compagnes. Je sais ce qui s'est passé. L'affaire a fait du bruit chez nous aussi.

Il hésita quelques brèves secondes :

– Que savez-vous exactement au sujet de mon peuple, monseigneur ? demanda-t-il enfin à Kaherdin.

Ce soir-là, dans la capitale de l'Atelkosou, Findchoen eut droit à l'une des plus belles soirées de sa jeune vie. Sandor, le frère cadet d'Aborjan, avait été prévenu par un émissaire de l'absence momentanée du prince des mers. La fille de Kaherdin traînait depuis des jours avec Zoran, son plus jeune fils, et Sandor, en veine de gentillesse, décida d'emmener les deux gamins dîner en ville pour distraire la petite étrangère esseulée. Le puissant guerrier aux traits rudes savait adoucir son expression et se faire aimer des enfants. Ses yeux verts, d'un vert très clair, brillaient comme des joyaux dans son visage bronzé, quand il souriait. Ses cheveux étaient longs, ce qui étonnait Findchoen, habituée aux mœurs de Glanis où les hommes portaient les cheveux courts. Il les avait rassemblés dans un catogan bas sur la nuque mais il portait souvent la main au nœud qui les retenait comme par envie de les libérer de cette entrave.

Le guerrier avait emmené les enfants dans un des restaurants les plus huppés d'Ardal-Elve. Findchoen avait souri en découvrant la salle raffinée et les tables aux nappes blanches où trônait une vaisselle ornée de légers motifs dorés et, pour chaque convive, plusieurs verres de tailles différentes. Sandor prit le temps de faire parler la petite étrangère, la mettant à l'aise tandis que Zoran, profitant de l'occasion, s'empiffrait en silence des plats délicieux qu'on leur servait. Plus tard, Sandor les emmena à l'opéra, à deux rues de là. Il installa les enfants dans la loge royale et, s'éclipsant, les laissa écouter les chanteurs. Findchoen était ravie : chez elle, où l'on considérait que l'art était une affaire de grandes personnes, on ne l'aurait jamais emmenée ainsi au spectacle. Sur scène, Daina, l'une des meilleures cantatrices de Seis-Keyah, une femme d'une trentaine d'années dont la voix d'or savait exprimer toutes les émotions, charmait sans effort le public. Findchoen, les pieds sagement posés côte à côte, les mains croisées sur les genoux, souriait sans s'en rendre compte. Lorsque Sandor vint les récupérer, elle oublia un instant sa timidité et, toute bouleversée, le remercia en lui adressant un grand sourire de bonheur.

3

À la fin de leur frugal repas, Vidar fit remplir leurs verres d'un vin léger. La pluie s'était arrêtée de tambouriner sur les fenêtres. Le silence, autour d'eux, était impressionnant. Le domestique de Vidar se tenait légèrement à l'écart, assis sur une chaise, et ne bougeait pas d'un pouce. On entendait le léger chuintement du feu, et parfois, le craquement d'une bûche dans la cheminée. Au bout de plusieurs longues minutes, Vidar poussa un léger soupir.

– Bien, monseigneur, dit-il. Vous savez ce que tout le monde sait. Mais cela suffit-il ?

Kaherdin, qui contemplait pensivement son verre de vin, releva les yeux.

– C'est à vous de me le dire. Et, je vous en prie, cessez de me donner du « monseigneur ». Il me semble qu'entre nous, nous pourrions être plus simples.

Il sourit un instant, et Vidar se fit la réflexion que ce sombre prince des mers qui était peut-être son jeune frère, ce prince si peu bavard, si maussade souvent, était en train de gagner son cœur. Il l'observa un moment sans rien dire, tentant de sonder son âme. Puis, tout à trac :

– Avez-vous confiance en moi ?

Kaherdin ne répondit pas immédiatement. Il but une gorgée de vin et baissa les yeux. Puis, la voix claire :

– Non, Vidar. Je ne vous connais pas suffisamment.

Vidar hocha la tête.

– Eh bien, venez, dit-il. Nous allons mieux nous connaître.

Il se leva et, indiquant la porte de la petite bicoque, fit signe à son invité de le précéder dehors. Il s'empara au passage d'un imperméable de cuir noir suspendu à une patère et l'enfila sur sa tenue sombre. Le vêtement lui tombait pratiquement aux pieds. Il ne le boutonna pas et le laissa flotter autour de lui. Kaherdin, qui avait marqué une pause sur le pas de la porte, fut malgré lui impressionné. Ce simple manteau long transformait son vis-à-vis. Les cheveux bruns flottant dans le dos, tout de noir vêtu, Vidar semblait sortir de quelque légende ancienne. Son expression, elle aussi, s'était modifiée. Les lèvres serrées, il observait le prince sans rien dire et son regard bleu, dans la pénombre, semblait noir. Cela ne dura qu'un instant. À nouveau affable, l'homme lui proposa de lui prêter une cape pour sortir. Kaherdin refusa. Le pull de laine lui tenait suffisamment chaud.

Ils firent quelques pas dehors sans rien dire. La plus petite des deux lunes s'était levée et brillait, toute ronde, éclairant le paysage d'une lueur blafarde. Tout autour de la vaste clairière soigneusement défrichée s'élevaient les grands arbres, ces arbres omniprésents de l'Atelkosou. Dans le lointain, la forêt moutonnait à l'infini. Vidar s'avança au milieu de la clairière. Il se tourna vers Kaherdin et l'observa longuement, toujours silencieux. Le prince, qui trouvait l'attitude de son hôte quelque peu théâtrale, manqua hausser les épaules. Vidar baissa les yeux. Il se gratta légèrement la gorge et tendit l'un de ses bras. Kaherdin entendit un léger froufroutement. L'instant d'après, un grand oiseau noir vint se poser sur l'avant-bras de Vidar. L'homme l'accueillit en souriant et murmura quelques mots indistincts. Kaherdin se recula de plusieurs pas.

– Non, dit-il.

Sa voix était glaciale.

– Non, répéta-t-il. Vous n'avez aucun droit de faire ça.

Vidar haussa un sourcil :

– Vous avez peur, prince ?

Kaherdin ne répondit rien. Vidar regarda un instant l'oiseau, un grand corbeau qui, sagement installé sur son bras, parfaitement immobile, semblait attendre. Il revint à son visiteur :

– Vous avez peur que j'ordonne à l'oiseau de vous attaquer ?

Le prince des mers ravala sa respiration, si fort que Vidar n'eut aucun mal à l'entendre. Mais il refusa une nouvelle fois de répondre.

– Non, n'est-ce pas ? reprit Vidar. Ce n'est pas de ça que vous avez peur.

Le prince recula encore de quelques pas, cherchant à maîtriser la colère qui s'emparait de lui. Il ne pouvait pas se permettre d'entrer en conflit avec Vidar : l'homme ne lui avait encore donné aucune information sur l'endroit où se terrait son frère Oden. Serrant les dents, il garda une fois de plus le silence.

– Cette peur-là est pour les autres, n'est-ce pas, monseigneur ? reprit Vidar. Vous savez bien que mon ami ne vous fera jamais le moindre mal, même si j'avais la sottise de lui en donner l'ordre. Il ne s'en prendra jamais à vous.

– Ne soyez pas ridicule, répondit enfin le prince, d'une voix qu'il espéra suffisamment courtoise. Cette comédie ne vous avance à rien. Je connais vos pouvoirs. Pas besoin de me faire une démonstration.

– Il ne s'agit pas de mes pouvoirs, mais des vôtres, Kaherdin, répliqua Vidar, renonçant aux « prince » et aux « monseigneur ». Vous le savez parfaitement.

Il eut un geste bref du poignet, et le grand corbeau s'envola. En deux coups d'aile, il fut au-dessus du prince de Glanis. Il se mit à tourner lentement autour de sa tête, ses ailes battant l'air dans un frou-frou nettement perceptible. Kaherdin serra les dents.

– Rappelez votre oiseau, Vidar, dit-il, d'une voix blanche. Vous n'avez aucun droit de me faire ça.

Vidar hocha doucement la tête. L'oiseau revint se poser sur son bras et se mit à picorer le cuir de son manteau, tournant la tête de droite et de gauche, l'air de demander ce qui se passait. L'homme se pencha vers lui et chuchota quelques mots, comme une litanie, des mots qui n'avaient pas grand sens. L'oiseau reprit soudain son envol et, s'élevant rapidement de toute la puissance de ses ailes, fit un tour au-dessus de la clairière avant de s'éloigner vers la forêt. Quelques secondes plus tard, il avait disparu. Vidar fit quelques pas en direction de son invité et, très doucement, comme s'il avait craint d'effaroucher un animal sauvage, tendit la main dans sa direction.

– Vous êtes des nôtres, prince Kaherdin, dit-il à mi-voix. Pourquoi le refusez-vous ?

Il avait bien fallu, la nuit venue, s'arrêter pour prendre un peu de repos. Idril était livide de fatigue. Porter le corps de Sindharin, même pour la puissante fille des montagnes, se révélait une tâche épuisante. Mac Lir, de son côté, n'en pouvait plus. Neith, quant à elle, semblait plus fraîche, comme si avancer à marche forcée en portant le brancard sur lequel reposait Ereshkigal lui avait redonné des forces. *Les forces qu'elle a perdues tout à l'heure, quand elle a tué Jayden Hall*, songeait le scientifique. Car il avait réussi à s'en convaincre, malgré l'absurdité de la chose : c'était bien la jeune fille qui, sans le toucher, avait abattu le militaire de Lointaine.

Tandis qu'ils progressaient dans les hautes collines, grimpant une pente relativement légère mais continue, Mac Lir avait retrouvé un semblant de calme. Il avait pris le temps d'observer le paysage autour de lui, comparant ce qu'il avait sous les yeux avec ce qu'il avait appris sur la planète au cours des dix années passées. Idril avait parlé de la frontière avec l'Atelkosou, et elle avait sans doute raison : ils avaient posé la navette à l'est de l'Eran, près du pays voisin. Derrière lui, Mac Lir entendait la respiration laborieuse d'Irène O'Connor. Comme le scientifique, qui devait de temps à autre s'arrêter pour souffler et apprivoiser sa respiration, elle avait du mal à s'habituer à l'air vif de la planète après les années d'enfermement dans des cargos galactiques et des stations spatiales. *Pourquoi diable nous a-t-elle suivis*, se demandait-il. Et il repensait à cette phrase qu'elle avait lâchée, quand, dans un moment de fureur hystérique, elle avait traité le commandant Moore de salaud manipulateur. Mac Lir ne parvenait pas à se faire une idée claire de la situation. Pourquoi Jayden Hall avait-il tiré aussi abruptement, sans la moindre sommation ? Quelles instructions avait-il reçues ? Et de qui ? Pourquoi O'Connor avait-elle semblé totalement surprise par son intervention ?

Tout au long de l'après-midi, il avait surveillé le ciel, s'attendant à chaque instant à voir apparaître une navette de Lointaine. Ce ne fut qu'au crépuscule qu'un miroitement l'avait averti de l'arrivée d'un appareil. Il avait demandé à Neith de poser le brancard et s'était retourné. Il avait observé assez aisément, dans le lointain, la navette qui venait se poser près de l'appareil qu'ils avaient abandonné, point minuscule dans le moutonnement des collines. Il s'était étonné du chemin qu'ils avaient parcouru : ils dominaient désormais de plusieurs centaines de mètres le site de l'atterrissage, qui se trouvait à des kilomètres à l'ouest. L'arrivée de la nuit allait retarder les recherches. *Peut-être allons-nous pouvoir leur échapper*, avait-il songé, retrouvant pour la première fois un peu d'espoir.

Mais il n'avait pas été question de continuer à cheminer dans le noir. Ce fut O'Connor, la seule pourtant sans fardeau à porter, qui s'était effondrée la première. Elle s'était simplement laissée tomber à terre, sans rien dire. Idril l'avait observée un instant avant de poser doucement dans l'herbe rase le corps de Sindharin.

Plus tard, alors que la plus petite des deux lunes s'était levée et, toute ronde sur l'horizon, éclairait le paysage d'une lumière blafarde, Mac Lir émergea brusquement du demi-sommeil dans lequel il était plongé. Ereshkigal, qui reposait sur le brancard, juste à côté de lui, respirait difficilement. Il se redressa et l'observa un moment. La jeune femme transpirait abondamment. Au moment où ils s'étaient installés pour prendre un peu de repos, Neith s'était approchée de la princesse et était restée un moment penchée sur elle, immobile.

– Elle la soigne, avait dit Idril.

Encore un mystère, avait songé Mac Lir, trop épuisé pour poser des questions.

O'Connor, allongée dans l'herbe à quelques mètres sur la gauche, s'agitait dans son sommeil, se débattant contre il ne savait quels visiteurs nocturnes. Neith et Idril dormaient paisiblement, la main de Neith dans celle d'Idril. Et le petit corps sans vie de Sindharin reposait un peu plus loin, abrité contre un rocher noir. Mac Lir respirait largement, inspirant à chaque fois de grandes bouffées d'air, envahi, sans s'en rendre vraiment compte, par une joie subtile. *Mon Dieu*, pensa-t-il lorsqu'il en prit conscience, *ça fait des années que je n'ai pas respiré ainsi*. Il contempla la petite lune ronde qui éclairait le vaste paysage autour d'eux. *Sathya*, songea-t-il. *C'est ainsi que l'on t'appelle, ici. Sathya.*

Kaherdin avait baissé la tête. Il avait eu un geste bref de la main, comme pour chasser un importun. Vidar n'avait pas insisté, mais il avait senti la présence, dans la forêt toute proche, de ceux qui se savaient les compagnons de son visiteur. Et ce fut au moment où il renonçait à obliger celui qui était peut-être son frère à reconnaître sa vraie nature que les enfants de la forêt se manifestèrent. Cela commença lentement, juste un hurlement doucement modulé, quelque part dans les collines, autour d'eux. Une autre voix se fit bientôt entendre, plus proche. Puis une troisième, et d'autres, encore. Ce furent bientôt des dizaines de loups qui saluèrent à leur manière la présence de celui qui ne voulait pas entendre parler d'eux. Vidar, stupéfait, écoutait : la puissance du don de Kaherdin, perceptible dans cet extraordinaire concert, le prenait de court. Il avait immédiatement détecté la présence du don chez son visiteur. Mais il n'aurait jamais imaginé que les compagnons attitrés du prince des mers allaient aussi majestueusement lui rendre hommage. La nuit tout entière résonnait des longs appels des loups. Vidar imaginait les sauvages carnivores, cachés sous les grands arbres, en groupe ou solitaires, mâles et femelles, tous animés par la même urgence : signaler au prince qui les rejetait qu'ils étaient là, discrets mais aimants, prêts à le servir.

Kaherdin était livide. Ses épaules s'affaissèrent, puis, abruptement, il se laissa tomber à genoux dans l'herbe. Il enfouit la tête dans ses mains et resta un moment sans rien dire. Vidar comprit que le prince pleurait. Il eut fugitivement envie de s'approcher et de le prendre dans ses bras, mais il devina que ce serait comme le brûler avec un fer rouge. Il s'éloigna discrètement, revenant vers la maisonnette de pierre tandis que, tout autour d'eux, le concert de hululements peuplait le monde, lancinant, inquiétant, et, en même temps, si rassurant.

Plus tard, alors que Vidar, assis sur le seuil de la maison, observait sans rien dire ce qui se passait, les loups s'approchèrent. Ce fut une petite femelle grise qui, la première, sortit de la forêt. Elle s'avança précautionneusement vers l'homme agenouillé au centre de la clairière. Kaherdin n'eut pas un geste. Il releva simplement la tête et regarda la louve approcher. Elle s'arrêta à une distance respectable et s'assit tranquillement sur son arrière-train. Deux louveteaux jaillirent à leur tour de sous les arbres, deux petites boules sombres et sautillantes qui vinrent caracoler autour du prince, se pourchassant l'un l'autre, folâtrant joyeusement dans l'herbe. Une autre femelle, plus vieille, qui tirait légèrement la patte, arriva à son tour, suivie de jeunes mâles. Ce fut bientôt toute une meute qui entoura le prince de Glanis, une bonne vingtaine d'adultes, tous assis en rond à une dizaine de mètres autour de lui, et une poignée de petits cabriolant de tous côtés. Puis un grand mâle blanc sortit à son tour du couvert des arbres. Il marqua un temps d'arrêt au bord de la clairière, puis il s'approcha du prince avec, dans son allure, une souveraineté comme nonchalante. Kaherdin changea de position : il s'assit dans l'herbe. Et quand le grand loup blanc, pénétrant dans le cercle formé par ses compagnons désormais silencieux, s'approcha de lui, il tendit une main précautionneuse. Le loup donna un léger coup de tête contre son poignet et s'allongea paisiblement contre sa jambe gauche. Au-dessus d'eux, Sathya brillait, toute ronde dans le ciel de Seis-Keyah.

Un jour, lors d'une de ses visites dans la zone bleue, Justin Mac Lir avait demandé aux prisonnières rousses si les noms que les habitants de la planète donnaient à leurs deux lunes avaient une signification. Sindharin avait secoué sa crinière bouclée et levé le nez vers lui.

– Degatoga, c'est « se tenir ensemble », avait-elle dit. Degatoga, c'est notre grosse lune, notre guide de la nuit.

– Et Sathya, ça veut dire quoi ?

La petite rouquine l'avait observé un moment, un éclair de malice joyeuse dans ses yeux sombres.

– Sathya ? Ça veut dire « vérité », étranger.

4

Toute au ravissement qui s'était emparé de son âme à l'opéra d'Ardal-Elve, Findchoen glissa dans le sommeil décidée à devenir cantatrice. Sandor lui avait proposé de passer la nuit dans ses quartiers en compagnie de Zoran plutôt que de rentrer seule dans les appartements où on l'avait logée avec son père. Lovée sous une pile d'édredons multicolores qui pesaient à peine mais lui faisaient un nid douillet, elle s'endormit en souriant, s'imaginant debout sous les ovations d'un public enthousiaste. Mais au matin, dégrisée, elle dut s'avouer que son projet de devenir chanteuse risquait de se heurter à quelques obstacles : il ne s'agissait pas d'une activité convenable pour un membre de la famille royale. Toute triste, elle se fit la réflexion que, décidément, être née nièce d'une reine n'était pas toujours un cadeau. L'espoir, pourtant, ne voulait pas s'éteindre : *peut-être que papa comprendra*, songeait-elle, sans trop oser y croire.

Son père, pendant ce temps-là, tenait à peu près le même discours, où il était question de convenances et de famille royale, à Vidar. Le prince s'était réveillé à l'aube, frais et dispos, dans l'un des grands lits en bois. La couche voisine, où son hôte avait dormi, était déjà vide. Par l'étroite petite fenêtre, un flot de lumière pénétrait dans la chambre. Une bonne odeur de pain chaud venait lui chatouiller les narines. Assis devant la table basse de la pièce principale, sur laquelle trônait un petit déjeuner alléchant, Vidar l'attendait : il l'accueillit d'un sourire un peu gêné. *Mon Dieu*, songea Kaherdin en le saluant, *cet homme est peut-être mon frère*. Puis, un reste d'agacement lui faisant un instant froncer les sourcils :

– Vous m'avez bien eu, dit-il.

Vidar ne répondit rien. Il se contenta d'une petite grimace confuse. Kaherdin haussa les épaules. Plus tard, il essaya d'expliquer à son hôte en quoi ses obligations de prince lui interdisaient de jouer du don embarrassant dont il était pourvu.

– Vous n'y pouvez rien, rétorqua Vidar. Vous êtes un prince chez les hommes, mais vous êtes aussi l'un des nôtres.

Et, comme Kaherdin haussait une fois de plus les épaules, il insista :

– Depuis quand luttez-vous ainsi contre votre nature ?

– Depuis toujours ! Qu'est-ce que vous croyez, Vidar ? Je suis le frère de la reine de Glanis. Dans nos palais, on ne se promène pas avec des loups ou des rapaces aux basques !

– Oh, bien sûr, riposta Vidar. Un aristocrate ne se comporte pas comme un des ces Serviteurs qui hantent les montagnes et les forêts de Seis-Keyah. Ce ne serait pas convenable. Vous avez honte, n'est-ce pas ? Honte de vous. Et honte de nous.

Kaherdin ne sut que répondre. Il tenta de se donner une contenance en dégustant le breuvage que lui avait servi son hôte, une espèce de thé au goût un peu râpeux. Vidar l'observait avec attention.

– Dommage pour vous, mon prince, dit-il. Vous êtes un Serviteur. Honte ou pas, convenances ou pas, vous n'y pouvez rien.

Il eut un petit sourire :

– Savez-vous que la plupart des hommes seraient ravis de posséder un quart ou même un dixième de votre potentiel ? Non, tout ce que vous voyez, c'est que ce n'est pas convenable...

Puis, franchement amusé :

– Et savez-vous que la plupart d'entre nous seraient ravis d'être un prince chez les hommes ?

– Je ne vois pas ce que ça a de drôle, rétorqua Kaherdin.

– Ça n'a rien de drôle, en effet, si l'on s'emberlificote comme vous le faites dans d'absurdes considérations et que l'on a honte de soi. Mais essayez d'entendre ce que je vous dis, prince : vous êtes quelqu'un de rare, et vous ne le savez même pas. Vous portez comme un épouvantable fardeau ce qui, pour tous les autres, serait un privilège rare.

Plus tard, alors que les deux hommes marchaient côte à côte autour de la petite maison de pierre et que le serviteur de Vidar préparait la monture de Kaherdin, le ton monta une fois de plus. Vidar, de l'air le plus tranquille du monde, venait d'expliquer à Kaherdin que, pour trouver Oden, il n'aurait qu'à suivre le grand loup blanc. Le prince explosa.

– Et quoi encore ? Vous imaginez que je vais arpenter le monde entier à la recherche de votre foutu jumeau escorté d'une meute hurlante ?

Vidar retint un rire. La fureur de Kaherdin l'attristait, mais, aussi, elle l'amusait. Il aurait plus que tout souhaité voir ce prince qui lui ressemblait trop accepter sa vraie nature et jouir, en paix, de ce que la vie lui avait donné. Mais il ne pouvait s'empêcher de sourire intérieurement : Kaherdin, il le savait, n'avait aucune chance. Le loup blanc, la veille au soir, avait fait plus que tous les discours du monde.

– Je vous jure qu'il n'y a aucun autre moyen de joindre Oden, dit-il en gardant son sérieux. Je vous le jure, prince.

Kaherdin l'observa un long moment sans rien dire. Puis, dans un soupir :

– Vous ignorez où est Oden ?

– Je l'ignore, monseigneur.

– Est-il seulement en vie ? demanda abruptement Kaherdin, qui se souvenait des sous-entendus qu'avaient laissés planer Phaïdime, la représentante du peuple de Vidar au grand conseil, et Kaloyan, le mari de la belle Timea.

– Oden vit. Je le sais. Je suis en contact permanent avec lui.

– Sans savoir où il est ?

– Je ne sais pas exactement où est mon frère, mais eux, ils le savent, répliqua Vidar en désignant d'un geste large le ciel et la forêt autour de lui.

Le soleil venait de se lever lorsque Justin Mac Lir émergea du sommeil. Tout ankylosé, il ne savait plus où il était. Un grand ciel pâle, au-dessus de lui. Un vent léger, sur son visage. Des sensations étranges, oubliées. Il eut le temps de se sentir extraordinairement bien avant que la mémoire ne lui revienne. Il se dressa alors sur un coude et observa le monde autour de lui. Un monde vivant. Des petits nuages paresseux glissaient à l'ouest, au-dessus du moutonnement des collines. Les graminées sauvages, autour de lui, dansaient dans la brise. La terre sentait bon. Une odeur neuve, pour lui qui venait de passer des années enfermé dans la station. Une odeur enivrante. À l'est, surplombant leur campement improvisé, les sommets enneigés brillaient dans le soleil qui n'avait pas encore atteint la pente où ils étaient. Tout, autour de lui, était vaste, libre. Et beau. Même si, en se remémorant les événements de la veille, il retrouvait les inquiétudes qui le taraudaient, le scientifique ne pouvait s'empêcher de soupirer d'aise. Cette immense beauté, autour de lui, le remplissait de bonheur. *Mon Dieu*, songeait-il, *comment ai-je pu accepter d'être privé de cette splendeur ?* Il connaissait la réponse : approcher la planète qui le fascinait depuis près de vingt ans valait tous les sacrifices. Et le bonheur qui l'inondait était la récompense de sa patience. Enfin, Seis-Keyah s'offrait à lui. Il se rendit compte qu'il avait instinctivement donné son vrai nom à la planète. Là-haut, dans cette sinistre boîte à sardines qui lui avait servi de foyer pendant des années, on observait Bérénice, on observait une illusion. Ici, il était dans la réalité. Il était sur Seis-Keyah. Les questions et les angoisses qui se bousculaient à la lisière de sa conscience ne pouvaient obscurcir la joie profonde qui l'habitait, la joie qui habitait chacune des cellules de son corps : « Je suis chez moi », chantaient ses muscles endoloris et ses poumons comme lavés par l'air frais qu'il inhalait. « Je suis enfin chez moi. »

Puis Neith, qui dormait roulée en boule à quelques mètres de lui, s'agita et s'assit. La jeune femme tourna la tête vers lui. Ses cheveux ébouriffés cascadaient librement sur ses épaules. Elle eut un petit sourire.

– Bonjour, Mac Lir, dit-elle dans la langue des montagnes.

– Bonjour, répondit-il instinctivement.

Puis, observant le regard voilé qui se posait sur lui, ce regard trouble, il retrouva ses inquiétudes.

– Tu me vois ? demanda-t-il. Tu peux me voir, n'est-ce pas, Neith ?

La jeune fille eut un petit rire.

– Bien sûr que je te vois, homme des étoiles. Tu as la tête de quelqu'un qui vient de dormir à la dure. Mais tu as l'air heureux. Tu es content, n'est-ce pas, Mac Lir ?

– Oui, répondit-il simplement. Oui, je suis heureux.

Ainsi, la jeune fille n'était pas aveugle. Pas vraiment. Il se demanda ce qu'elle voyait réellement.

– Ceux de mon peuple sont souvent comme moi, enchaîna paisiblement Neith. Nos yeux sont abîmés, mais cela ne nous empêche pas de voir, à notre façon.

– Il faudra que tu m'expliques ça un peu mieux, ronchonna Mac Lir. Tu dois m'expliquer beaucoup de choses, jeune fille.

Et, abruptement, les questions qui le hantaient se bousculèrent sur ses lèvres :

– Pourquoi n'as-tu jamais attaqué personne sur Lointaine, Neith ? Comment fais-tu pour tuer à distance ? Qu'est-ce que tu trafiques quand tu te penches sur Ereshkigal en affirmant que tu la soignes ? Quelles sont tes relations avec la gamine aveugle de la clairière de Tillia Tepe ? Qu'est-ce qu'elle allait perdre et qu'elle n'a pas perdu ? Qui es-tu, bon sang ? Qu'est-ce qui se passe sur votre fichu monde ?

Neith se contenta de lui sourire. Idril, émergeant du sommeil, s'étirait en regardant les montagnes dans un grand soupir d'aise. Ereshkigal ne bougeait pas, livide sur son brancard. Irène O'Connor s'agitait vaguement. Et Sindharin, la petite bergère rieuse que Mac Lir avait appris à aimer, n'était plus qu'un pauvre paquet encombrant. Le scientifique secoua la tête, partagé entre l'envie de poursuivre sa litanie de questions, et l'appel, incoercible, qui parcourait son corps, le désir de tout oublier et de se laisser porter par le bien-être irrésistible qui l'habitait.

– Qui êtes-vous, ceux de Seis-Keyah, qui êtes-vous donc ? répéta-t-il lentement, avec, quoiqu'il en ait, moins de conviction.

Idril lui jeta un bref coup d'œil, l'air de dire : « Cause toujours, mon lapin. » Il croisa son regard et y décela un mélange de calme et de tension qui l'alerta. La grande bergère aux mains puissantes se leva et observa l'horizon. Sanglée dans l'uniforme de Lointaine, elle avait l'air d'une fille comme les autres, d'une fille semblable à toutes celles de l'Empire.

– Un jour, peut-être, dit-elle en allant vérifier l'état d'Ereshkigal, un jour, Mac Lir, nous répondrons à tes questions.

Ils se mirent en route après avoir avalé des rations de survie et après qu'Idril, l'air vaguement indifférente, eut laissé Mac Lir injecter des antibiotiques à la princesse inconsciente. Justin savait qu'il aurait dû s'inquiéter. Une équipe de récupérateurs du Consortium était à leurs trousses, avec, sans doute, l'ordre de tous les éliminer, et il nageait en plein mystère, cheminant aux côtés d'une aveugle qui voyait, en direction d'un objectif dont il ignorait tout, sur une planète inconnue et menaçante. Et pourtant, il n'arrivait pas à avoir peur. Son esprit rationnel lui disait qu'il fallait s'alarmer. Son corps, son cœur et son âme lui soufflaient que tout allait bien. Il se demanda un instant si l'air de Seis-Keyah ne contenait pas une substance enivrante qui aurait expliqué le bien-être qu'il ressentait. Les analyses pratiquées sur Lointaine n'avaient rien révélé de tel, mais il se sentait si heureux qu'il avait des doutes.

Irène O'Connor ne semblait pas en proie à la même euphorie : depuis son réveil, la jeune femme n'avait pas prononcé un seul mot. Maussade, elle avait regardé Neith se pencher sur Ereshkigal qui, à demi consciente, bougeait vaguement sur son brancard. Elle n'avait rien dit quand Idril, autoritaire, avait décrété malgré les protestations de Mac Lir qu'il n'était pas question d'enterrer Sindharin sur place et qu'elle comptait à nouveau porter le petit corps de sa compagne, quitte à ce que cela ralentisse leur fuite. O'Connor s'était également contentée de jeter un regard noir à Mac Lir sans lui répondre quand, embarrassé, il lui avait demandé comment elle se sentait. *Pourquoi nous a-t-elle suivis ?* se demandait le scientifique, observant le dos raide de la jeune femme qui cheminait en tête de leur petite colonne, juste derrière Idril et son triste fardeau. Neith, qui portait avec lui le brancard sur lequel reposait Ereshkigal, marchait d'un pas sûr et léger. *Elle voit parfaitement où elle met les pieds*, songea Mac Lir, qui devait sans cesse contrôler ses mouvements pour suivre le rythme et éviter que le brancard ne penche trop. Il observait de temps à autre Ereshkigal. Allaient-ils pouvoir la sauver ? Il en doutait. La trousse d'urgence qu'il avait empruntée, prévue pour permettre aux équipes de tenir un jour ou deux au maximum sans aide, était pauvrement garnie. D'ici peu, ils n'auraient plus de médicaments. Il n'avait d'autre solution que de faire confiance à Idril, qui avait l'air de savoir où elle allait, et à Neith, dont les manœuvres mystérieuses semblaient avoir pour but d'éviter que la blessure de la princesse ne s'infecte. Le rythme monotone de leur marche le berçait, engourdissant son esprit. Quand, au bout d'une heure, O'Connor pila devant eux, obligeant Neith à s'arrêter, et se mit à sangloter, il eut la sensation de sortir d'un rêve. Idril déposa doucement le corps de Sindharin à terre. La grande fille des montagnes observa O'Connor un moment sans rien dire. Puis, s'adressant à Mac Lir :

– Essaye de lui parler, toi, dit-elle, employant à dessein la langue du Consortium.

O'Connor explosa. Elle se mit à les insulter, hurlant que le commando de Lointaine allait d'un instant à l'autre surgir derrière eux et leur tirer dessus.

– Vous êtes fous ! criait-elle. Vous êtes tous complètement fous. On va où, comme ça ? Vous êtes perdus, nous sommes perdus, on va tous se faire tuer, et vous marchez tranquillement en portant des cadavres !

Elle pointa un doigt vers Mac Lir :

– Espèce d'ignoble traître, tu m'as entraînée dans cette folie, et regarde, qu'est-ce que tu fais ? Tu trimballes une fille à moitié morte au milieu des ces fichues montagnes inconnues ! Il faut se barrer, Mac Lir ! Laisser ces filles se débrouiller avec leurs cadavres. Toi et moi, on est en forme, on peut courir, on peut retrouver les gens de Lointaine et leur expliquer que ces folles nous ont enlevés !

– Et *tu* leur expliqueras que ces folles et moi t'avons enlevée, rectifia Mac Lir. Nous ne te retenons pas, O'Connor. Tu peux partir. Tu peux cavaler vers la navette et retrouver le commando. Ils te croiront. Va. File.

La jeune femme serra les dents. Mac Lir pensa qu'elle allait les quitter et tenter de rejoindre les récupérateurs. Mais elle se contenta de se frotter vigoureusement les yeux, comme pour en chasser les larmes. Puis, elle le regarda bien en face :

– Certainement pas, dit-elle. Je ne retournerai pas là-bas toute seule.

Elle s'éloigna d'un pas vif, dépassant Idril qui la regardait faire en ouvrant des yeux ronds. Mac Lir s'époumona en vain pour lui demander d'expliquer sa conduite incohérente. Elle refusa de lui répondre, se contentant de lui offrir le spectacle de son dos. Neith soupira et se remit en marche, obligeant Mac Lir, qui tenait toujours le brancard, à suivre le mouvement.

– Laisse tomber, Mac Lir, dit-elle. On a d'autres chats à fouetter.

Vidar fit une concession. Alors que Kaherdin, furieux, tentait de lui faire avouer où était son frère jumeau, affirmant qu'il n'était pas question qu'il entre dans le palais d'Ardal-Elve pour y récupérer sa fille avec un loup sur les talons, le roi des animaux s'autorisa un petit sourire amusé.

– Vous n'êtes pas le seul aristocrate Serviteur sur cette Terre, prince. Ceux qui vivent comme vous à la frontière des deux mondes ne sont pas nombreux, mais il y en a quelques-uns. Une poignée de privilégiés, et, grâce à Dieu, tous ne sont pas aussi obtus que vous. À votre retour à Ardal-Elve, demandez à voir Krimba ou Kalman. Ce sont les cousins du roi Aborjan. Ils sauront vous conseiller. Krimba, surtout, est exceptionnelle : elle réunit tous les dons, comme très peu d'entre nous le peuvent, vous le savez sans doute. Pas besoin de faire entrer votre loup dans la capitale : Krimba sentira sa présence à des kilomètres et elle pourra relayer les informations si vous êtes incapable de les entendre de si loin.

Puis comme Kaherdin, boudeur, se contentait de se mettre en selle et de talonner sa monture pour l'inciter à suivre le serviteur de Vidar qui allait le raccompagner jusqu'à la capitale de l'Atelkosou :

– Mais tu entendras, Kaherdin, jeta Vidar, passant du vouvoiement au tutoiement. Tu entendras, j'en suis sûr.

Le prince lui jeta un regard maussade.

– Tu l'entends déjà, n'est-ce pas, mon prince ? ajouta Vidar. Il est là, quelque part, dans la forêt, invisible. Je suis sûr que tu l'entends.

Et, tandis que les chevaux s'éloignaient :

– Pour l'amour de Seis-Keyah, petit frère, cesse de faire taire ces voix qui ne cherchent qu'à t'aimer ! cria-t-il.

5

Cinq minutes avant de contourner un affleurement de roches qui barrait le sentier sur lequel ils cheminaient, Justin Mac Lir aurait juré qu'ils étaient au milieu de nulle part, loin de toute habitation. Son humeur s'était petit à petit assombrie. Ils avaient marché sans désemparer pendant des heures, tandis que le soleil tournait dans le ciel. Ils s'étaient octroyé quelques brèves pauses pour mâcher des rations de survie, dont le stock s'épuisait rapidement. Dans le grand silence que ponctuaient seulement le bruit de leurs pas, le bruissement du vent léger et, de temps à autre, le gazouillis d'oiseaux nichés dans les buissons épars ou le cri rauque de quelque rapace en chasse, Mac Lir avait repris ses esprits. Et leur situation lui était apparue dans sa réalité : livrés à eux-mêmes, dans ce paysage grandiose mais dépeuplé, encombrés par la princesse blessée et le corps de la petite bergère qu'Idril refusait obstinément d'abandonner, pourchassés par un commando supérieurement équipé qui n'aurait aucun mal à les repérer, ils n'avaient aucune chance de s'en sortir. Il se retournait de plus en plus souvent, cherchant à jauger leur avance, guettant les signes de l'approche de leurs poursuivants, au risque de déséquilibrer le brancard d'Ereshkigal, ce qui lui attirait des remontrances agacées de Neith. Il venait de juger, à la position du soleil, que l'après-midi était déjà bien avancée quand ils contournèrent cet éperon rocheux semblable à tous ceux qu'ils avaient déjà rencontrés. En débouchant de l'autre côté, Mac Lir pila net, ce qui fit une fois de plus trébucher et râler la jeune aveugle. Quelques mètres devant eux, O'Connor, elle aussi, s'était figée : dans le paysage nouveau qui s'offrait à leurs yeux se nichait un bourg important, en contrebas d'un château de pierre campé sur un pic élevé qui semblait à l'abandon. Des nuages s'étaient massés dans le ciel et des flèches de lumière dorée se faufilant en diagonale entre les nuées mettaient en valeur les toitures rouges et une série de cascades impressionnantes qui dévalaient des hauteurs autour du gros village. Les plus hauts sommets étaient dénudés et, pour plusieurs, parsemés de plaques de neige, mais les environs du bourg étaient verdoyants, couverts d'une épaisse végétation. L'apparition soudaine de ce lieu habité au milieu de son nid de verdure après la traversée des immensités vides qu'ils avaient arpentées semblait relever du sortilège. Idril se retourna, et, inconsciente de l'étonnement de Mac Lir et d'Irène O'Connor, leur lança :

– Voilà, nous sommes arrivés.

Une fois de plus, Mac Lir n'eut pas le temps de poser de questions. Idril reprit sa marche et leur fit franchir un pont de pierre reliant les deux rives d'un torrent profondément encaissé, qu'il surplombait de plusieurs dizaines de mètres. À la sortie du pont, une jeune fille qui portait un panier de linge et traînait derrière elle un long ruban rouge et jaune qu'un oiseau tentait obstinément de picorer s'arrêta pour les regarder, ouvrant des yeux ronds en découvrant les uniformes de Lointaine. Idril la salua et désigna son fardeau du menton :

– Bonjour, dit-elle dans la langue des montagnes. Nous avons eu des ennuis. Une de mes amies a été tuée, et une autre est blessée. Pouvez-vous nous accueillir ?

Le regard de la villageoise s'attardait sur leurs uniformes.

– N'accorde pas d'importance à ces tenues. Nous sommes bien d'ici. Mon nom est Idril, et la jeune femme blessée que nous transportons s'appelle Ereshkigal.

Le nom de la princesse sonna comme un mot de passe : la jeune fille changea aussitôt d'expression et, de prudente, se fit empressée. Elle se précipita vers les arrivants, se penchant sur le brancard avec une vive curiosité.

– Y a-t-il ici quelqu'un qui pourrait confirmer l'identité de la princesse ? demanda calmement Idril.

La jeune fille posa son panier de linge et se frotta les mains contre sa large jupe rouge avant de repousser en arrière une mèche qui s'était échappée de son bonnet pointu.

– Je vais vous conduire chez Heidrun, déclara-t-elle.

Elle s'inclina imperceptiblement devant Idril.

– On m'appelle Ashtad, dit-elle.

– Un beau nom, répondit Idril. Puisses-tu lui faire honneur et te conduire avec justice, jeune fille.

Ils pénétrèrent dans le bourg à la suite d'Ashtad. Leur arrivée ne passa pas inaperçue. Mac Lir tentait de deviner ce que ces étrangers pouvaient penser de leurs tenues, de ces uniformes bleu nuit qui, ici, semblaient aussi déplacés que les vêtements chamarrés des prisonnières avaient pu l'être à bord de la station spatiale. Plusieurs vieillards installés sur des chaises en bois au bord d'une petite place hochèrent lentement la tête en les regardant passer. Quelques gamins leur emboîtèrent le pas, parmi lesquels une majorité de rouquins, mais aussi quelques blondinets et deux fillettes très brunes. Une adolescente qui allait pieds nus, ses longs cheveux bruns emberlificotés dans un fichu vert, les observa un moment avant de lancer, goguenarde :

– Qu'est-ce que tu nous amènes là, Ashtad ? Ils sortent d'où, ces zouaves sapés comme des épouvantails ?

– Ils transportent Ereshkigal, elle est blessée, riposta leur jeune guide en prenant un air important.

– Ereshkigal, répliqua la gamine, la vraie Ereshkigal ?

Elle se précipita vers le brancard et dévisagea la blessée qui reposait, immobile, les yeux clos dans son visage couleur de craie.

– Nom de Dieu, commenta la nouvelle venue, alors, c'est en enfer qu'elle avait disparu, notre princesse ! Et ces oiseaux-là, tout noirs, sont ceux qui l'en ramènent ! Pourvu qu'ils retournent vite dans leurs gouffres empuantis !

Ashtad lança un regard inquiet à Idril.

– Je les emmène chez Heidrun, dit-elle. Elle saura qui ils sont, et s'ils sortent de l'enfer, elle les renverra d'où ils viennent.

Quelques adultes s'étaient approchés. Ils avaient écouté cet échange de répliques qui avait inquiété Mac Lir mais ne semblait pas troubler Idril. Un homme aux épaules carrées hochait la tête.

– Nous venons avec vous, annonça-t-il.

Lorsqu'ils arrivèrent devant la maison de la fameuse Heidrun, c'était une véritable petite foule qui les accompagnait. Une foule, aux yeux de Mac Lir, étonnamment calme. On marchait autour d'eux, mais personne ne les bousculait. Et personne ne semblait décidé à leur adresser la parole. On veillait simplement, semblait-il, à la sécurité de leur guide en jupe rouge. Irène O'Connor jetait des regards de tous côtés, dévisageant les gens, hommes, femmes et enfants, avec une stupéfaction évidente, découvrant des maisons proprettes, quelques auberges pourvues de terrasses chargées de vignes que le soleil couchant illuminait d'une clarté presque rose, et même, au détour d'une large rue, une construction assez haute et nantie d'un clocher qui ressemblait furieusement à ce que, sur d'autres mondes, on aurait appelé une chapelle.

La maison devant laquelle Ashtad se campa et, d'une voix stridente, lança un « Heidrun, tu es là ? » qui leur vrilla les oreilles, ne ressemblait, quant à elle, pas à grand-chose. Elle était curieusement construite sur pilotis, alors qu'apparemment, aucune rivière ne risquait de venir inonder ses fondations ancrées dans un rocher en surplomb de la rue. Au-dessus d'un premier étage en pierres sombres se découpait un balcon de bois peint en rouge et décoré de motifs jaune vif derrière lequel on devinait des panneaux découpés dans un matériau à demi transparent et une porte constituée de carreaux gris ornés d'une écriture blanche. Au-dessus, un toit pointu offrait au regard le dessin de deux serpents jaunes sur fond rouge, tandis que plusieurs lampions de papier huilé pendaient à une série de poutres. Ashtad répéta son appel, tandis que la petite foule silencieuse qui les entourait attendait patiemment. Plusieurs adultes s'étaient rapprochés du brancard sur lequel reposait Ereshkigal et avaient regardé la princesse. Mac Lir entendait des murmures se propager. « Oui, c'est bien elle, disait-on. C'est bien notre princesse perdue. » Le scientifique n'en revenait pas. Certes, il savait que la population de la planète n'était pas très nombreuse, mais d'après ses estimations, le royaume des montagnes devait tout de même compter plus de vingt millions d'habitants. Il ne s'était pas attendu à ce que la princesse qu'ils avaient prise pour une bergère soit aussi célèbre, et encore moins que des villageois nichés à l'écart de tout puissent la reconnaître d'un simple coup d'œil.

Il oublia son étonnement en voyant apparaître, au balcon de la maisonnette au toit pointu, une femme qui devait être Heidrun. Plus tard, Mac Lir s'interrogea. Il se demanda ce qui avait bien pu se passer pendant ce court instant où son regard s'était posé sur une parfaite inconnue et où sa vie en avait été changée. Il révisa ses classiques, évoquant des coups de foudre de romans ou de vidéos. Rien ne lui permit vraiment de comprendre. Et sur le moment, il n'eut même pas le temps de songer à comprendre. Il écarquilla simplement les yeux et se mit à trembler intérieurement. Il connaissait l'inconnue. Il la connaissait depuis toujours. C'était elle, tout simplement. L'image de son rêve, peut-être. Ou l'incarnation d'un fantôme qui habitait son âme depuis longtemps, depuis toujours. *Je ne savais pas ce que ça voulait dire, aimer*, pensa-t-il fugitivement, comme en sourdine, tandis que son esprit, saisi de stupéfaction, répétait : *C'est elle, c'est elle.* Tout était passé à l'arrière-plan. Les dangers qui le menaçaient, les questions qui le hantaient, son passé, ses choix, sa vie sur Lointaine et sur Enterprise, son enfance sur sa planète natale. Tout s'était comme ratatiné pour former un noyau dur, quelque chose qui l'avait conduit jusqu'à cet instant, dans un seul but : l'amener ici, sur cette planète lointaine, dans ces montagnes inconnues, dans ce bourg déconcertant, devant cette maison biscornue. Pour l'amener ici, ouvrant grand les yeux afin de contempler celle qui était apparue sur le balcon. C'était une femme rousse. Une femme pas très grande. Une femme pas très jeune. *Une femme qui n'était même pas très jolie*, eut-il le temps de penser, dans un automatisme à peine conscient. Une femme au regard vert. Un regard qui croisa le sien et dans lequel il crut pouvoir tout lire, tout savoir. Heidrun était une femme solide et sage, une femme sérieuse qui savait parfois rire, une femme dure, une femme dont il mesurait, en un instant, le courage, l'autorité et la solitude. Une femme qui, il le savait comme s'il l'avait déjà aimée, serait tendre et fidèle, aussi stable que les hautes montagnes dans lesquelles elle vivait. *Heidrun*, songea-t-il, et ce prénom résonnait dans son âme tandis que, sous le choc, il restait immobile et la contemplait, inconscient de ce qui se passait autour de lui. Plus tard, tandis que la petite Ashtad expliquait l'objet de sa visite, qu'Idril saluait l'inconnue, que la foule tanguait autour de lui, bruissant de murmures, il prit le temps de regarder Heidrun. Il vit alors qu'elle portait une cape brune dont la capuche rabattue cachait en grande partie sa chevelure. Il vit qu'un cristal jaune enfilé sur une chaînette en or brillait dans l'échancrure de sa robe. Il vit que sur son avant-bras droit était posé un grand oiseau au bec crochu dont le plumage gris se teintait d'orange sur les côtés. Il reprit sa respiration et se rendit compte qu'il restait là, béat, comme un gamin, alors que leur jeune guide en jupe rouge venait de le désigner et que la femme le regardait en ayant l'air d'attendre une réponse. Idril vint à son secours.

– Non, cet homme n'est pas d'ici, il n'est pas des montagnes, disait-elle.

Puis, avec une déférence que Mac Lir ne lui avait jamais vue :

– S'il vous plaît, pourriez-vous venir voir notre amie blessée ?

Morven avait accompagné Sikhanden et Rahel aux abords du palais. Amusée, la guerrière observait ses petites protégées qui s'étaient lancées dans un conciliabule fiévreux avec des gamins dont elle ignorait l'identité : une petite fille brune à l'air très sage et un garçon aux yeux verts. L'après-midi tirait à sa fin et le soleil, bas dans le ciel, inondait la place d'une lumière rasante. La façade du palais, construite dans une brique rose ornementée de sculptures taillées dans une pierre aux reflets verts qui rappelaient l'exubérance de la forêt, semblait festonnée d'or dans la clarté du soir. Le bruissement de l'eau qui cascadait d'une fontaine à étages campée au centre de la place couvrait les conversations des passants. Morven admira fugitivement une boule de métal argenté qui dansait au sommet de la fontaine. Désœuvrée, elle se rapprocha des enfants qui, après un instant d'hésitation, poursuivirent leur entretien sans tenir compte de sa présence.

– Oui, disait Zoran, mais s'il a voulu la rencontrer, c'est quand même très mauvais signe.

Sikhanden haussait les épaules.

– Qu'est-ce qu'elle a de spécial, ta Krimba ?

Le garçon eut un vague geste de la main et jeta un coup d'œil inquiet à Morven.

– C'est une mutante.

– Mais c'est pas possible, c'est quelqu'un de votre famille ! Chez nous, il n'y a pas de ces Serviteurs, répliqua Sikhanden.

Morven, tout en se donnant l'air d'à peine écouter, ouvrit plus grandes ses oreilles. Autant les relations entre les humains et les Serviteurs étaient pacifiques, autant les unions entre les uns et les autres étaient rares. Et, tout aussi rares, les enfants nés de ces unions. Quant à un cas d'enfant mutant né dans une famille royale, Morven n'en avait jamais entendu parler. On en apprenait tous les jours !

Rahel triturait son corsage orné de dentelles d'un air gêné.

– On a un grand-oncle qui est bizarre, dit-elle.

– C'est l'oncle du roi, précisa Zoran, il est très vieux, et tu sais, il y a longtemps, il a... ben, il a frayé avec une de ces femmes...

– Il a eu plein d'enfants avec elle, en plus, ajouta Rahel.

– Plein d'enfants ? Il y a plusieurs Serviteurs dans votre famille ?

Sikhanden semblait épatée.

– Il y a Krimba, et puis Kalman, et Morana, précisa Zoran. Et le père de Findchoen : à peine revenu de la forêt, il est allé voir Krimba.

La fille de la mer les écoutait avec une inquiétude visible.

– Mon père, il n'est pas comme ça, dit-elle.

– N'empêche qu'il est allé la voir, et ils sont restés longtemps ensemble...

– Et il a annoncé à Findchoen qu'ils partiraient demain.

– Attends, c'est une mutante, mais quel genre de mutante ?

Zoran et Rahel se consultèrent du regard.

– Eh bien, précisa enfin Rahel, elle a tous les talents...

Cette déclaration jeta un froid dans le petit groupe. Morven elle-même se sentit frissonner. Comme tous sur son monde, elle savait ce qu'il en était : les Serviteurs multitalents, comme on les appelait, étaient extrêmement rares. Derrière la courtoisie de façade et malgré les institutions qui, comme le grand conseil de Tillia Tepe, permettaient une entente entre les différents peuples de Seis-Keyah, les Serviteurs inquiétaient. Les quelques multitalents, quant à eux, effrayaient. Ces gens-là, on le savait, étaient capables de n'importe quoi. Rien que de savoir une de ces créatures présente en ce moment même dans le palais d'Ardal-Elve fichait la frousse à la guerrière. *Du calme*, se raisonna-t-elle, *ils n'attaquent jamais à tort, ils ne peuvent pas*. C'est ce que Zoran expliquait à Sikhanden :

– Elle est très gentille, Krimba, disait-il. Elle n'a jamais fait de mal à personne.

– N'empêche que c'est une multitalente ! Je me demande bien ce que le père de Findchoen lui voulait.

Tous se tournèrent vers la petite fille.

– Mais j'en sais rien, moi ! s'exclama-t-elle, au bord des larmes.

– Il ne t'a rien dit ? demanda Rahel.

– Juste qu'on partait demain.

– Pour où ?

– Il ne l'a pas précisé.

Sikhanden eut une petite moue dépitée :

– Bon, ben alors, on va être obligés de vous suivre... Il va nous voir.

Elle se tourna vers Morven :

– Tu crois qu'on pourrait les suivre sans se faire repérer ? demanda-t-elle.

La guerrière haussa les épaules :

– On peut toujours essayer, fillette. Mais si le père de ta copine est un Serviteur, faut pas espérer qu'on lui échappera longtemps.

C'en était trop pour Findchoen. La petite fille éclata en sanglots :

– C'est pas un Serviteur, mon père ! Pourquoi tu dis ça ? C'est pas un Serviteur !

6

Morven avait réussi à arracher une information importante à la petite fille venue du royaume de la mer. Après avoir affirmé à la gamine, sans tenir compte des regards sceptiques des autres enfants, qu'elle ne soupçonnait aucunement son père d'être un Serviteur, elle avait sorti un grand carré rouge d'une des poches de son éternel justaucorps et avait mouché l'enfant qui dardait sur elle ses immenses yeux bleus. Puis, elle l'avait doucement interrogée, cherchant à se faire une idée plus précise de l'aventure dans laquelle était engagé le prince que ses petits employeurs avaient décidé de pister. C'est presque par hasard que Findchoen avait laissé échapper que son père était allé prévenir son escorte guerrière de se préparer à partir le lendemain à l'aube.

– Des filles comme toi, avait répondu Findchoen à ses questions. Il y en a une qui est très jolie, elle s'appelle Ardig.

– Arevig ! s'était exclamée la guerrière, dans un de ses

grands éclats de rire. Arevig. Je la connais, c'est une fille bien

Et de filer aussitôt récupérer Gazni, Barabal et Logan à l'auberge des Pommes d'or avant de se mettre en quête des guerrières du prince Kaherdin. Après des retrouvailles ponctuées de rires et d'anecdotes, les huit filles de la phalange s'attablèrent autour d'un gigot de mouton dans un restaurant chic de la ville pour faire le point. Après tout, elles étaient engagées par des aristos pleins aux as, et elles comptaient se faire payer rubis sur l'ongle. Elles pouvaient se faire plaisir. Elles commandèrent un vin rosé qui fit monter d'un cran l'éclat de leurs voix et de leurs rires. Elles ne passaient pas inaperçues : nonchalamment installées dans une salle à manger dotée d'un immense lustre en cristal, autour d'une table pourvue d'une nappe en lin fin, les guerrières détonnaient parmi une clientèle de riches marchands plutôt collet monté. Quelques jeunes filles endimanchées et boudeuses emmenées là par leurs parents les observaient avec une certaine admiration, mais la plupart des convives détournaient la tête en masquant à peine des mines outragées : où allait-on si même dans les endroits les plus convenables de la capitale on pouvait tomber sur ces coureuses d'aventures ! Morven et ses compagnes n'en avaient cure. Elles étaient bien trop occupées à se régaler de nourriture, de vin et de potins.

Question toilette, la ravissante Arevig rivalisait d'inventivité avec la rousse Barabal. Les hanches prises dans un tissu moiré et les jambes ornées de tatouages représentant des dragons et des griffons, elle avait planté sur sa tête un diadème d'où pointaient trois tiges se terminant par des perles argentées qui s'agitaient en permanence au-dessus de son opulente chevelure brune. Morven, qui, si elle soignait sa tenue, n'aurait jamais imaginé de telles subtilités, l'observait avec un mélange d'admiration et de commisération : certes, le résultat en valait la peine, songeait-elle, mais la guerrière avait dû passer des heures à s'équiper de la sorte !

Morven ne connaissait pas les compagnes d'Arevig. Elle trouva Kohar assez impressionnante : plus grande et plus forte que la moyenne, la guerrière venue du royaume des glaces devait être une adversaire redoutable. Dorcas, une fille du Dilmun pourvue d'une cascade de cheveux blond doré, avait rapidement sympathisé avec Logan, la petite compagne de Morven qui, comme elle, venait du royaume du désert. Ses yeux clairs, très écartés, et sa bouche large, lui donnaient un air quelque peu animal. Quant à Mirko, Morven l'observait avec une certaine circonspection : si Morven, spontanément, avait pris la tête de son groupe, c'était Mirko, visiblement, qui faisait office de chef au sein de l'escorte de Kaherdin. Moins exubérante que ses compagnes, la brune Mirko, dont les yeux très bleus signalaient sans doute une appartenance au royaume de la mer, attendit que leurs compagnes aient suffisamment fait connaissance avant d'intervenir et de demander à Morven pourquoi elle avait organisé cette réunion. La guerrière se gratta la gorge et, dans le silence revenu, expliqua la situation.

– En somme, résuma Mirko, tu nous demandes de vous aider à trimballer ces gamins incognito derrière notre client ?

– Exact, répliqua Morven, qui comptait sur la solidarité de mise au sein de la phalange pour faire passer la pilule.

– C'est un peu trahir notre employeur, protesta Mirko.

Mais Morven sentit, à son ton, qu'elle n'était pas très convaincue.

– Allons donc, rétorqua-t-elle, les nôtres, d'employeurs, ne sont pas dangereux. Une bande de gamins attirés par l'aventure, qui ne feraient pas de mal à une mouche.

– Sans compter que ce sont des copains de la fille de ton prince, précisa Barabal qui venait de vider son verre d'un trait et avait les joues un peu rouges.

– Des copains de Findchoen ? demanda Mirko.

– Oui. Apparemment, ces mômes se sont tous mis d'accord pour participer, de près ou de loin, au voyage de votre prince des mers.

Cela fit rire Arevig et Dorcas. Dans l'ensemble, les filles trouvaient l'initiative des gamins plutôt amusante.

– Ils ne vous font pas le coup de l'arrogance ? demanda toutefois Kohar. Je n'ai aucunement l'intention de me donner du mal pour des petits aristos pleins de mépris.

– Ils sont adorables, répliqua Logan. Gentils comme tout, pas condescendants pour deux sous, bien au contraire. Et puis plusieurs d'entre eux sont des filles.

Un bon point, de toute évidence, pour les compagnes de Mirko. On discuta encore un moment avant de trouver un accord : l'escorte de Kaherdin se débrouillerait pour laisser des indices permettant aux guerrières chargées des enfants de les suivre sans difficulté. De plus, Mirko et ses copines se chargeraient d'éviter au maximum que le prince ne découvre l'existence de ses petits pisteurs.

Morven s'estima satisfaite du résultat. Elle préféra garder pour elle ses doutes concernant la nature du prince Kaherdin : elle n'en avait pas parlé à ses compagnes et estimait plus prudent, pour le moment, de ne pas alerter Mirko et son équipe.

Justin Mac Lir se coucha ce soir-là avec l'impression de marcher dans un rêve. Depuis qu'ils avaient débarqué sur la planète, rien ne se passait comme prévu. L'attaque brutale de Jayden Hall l'avait pris complètement au dépourvu, tout comme la réplique effrayante de Neith. La mort de Sindharin l'avait profondément attristé, et le comportement incohérent d'Irène O'Connor déboussolé. Puis, contre toute attente, ils avaient pu échapper au commando venu les récupérer. Et il y avait eu l'apparition d'Heidrun, et ces instants où, dépassé et déphasé, il avait contemplé cette femme étrange. La suite ne lui avait pas laissé le temps de souffler : Heidrun avait confirmé l'identité d'Ereshkigal et fait transporter la blessée dans sa maison. On s'était ensuite organisé, dans le village, pour les loger, et, plus important encore aux yeux de tous, les débarrasser de leurs uniformes que l'on trouvait ici, avec une parfaite unanimité, extrêmement laids. Mac Lir s'était ainsi retrouvé attifé d'un pantalon bouffant aux revers brodés de fines fleurs vertes, de bottes de cuir lacées, d'une tunique rouge ornée de multiples motifs dorés recouverte d'une longue cape à capuche d'un gris argent surprenant. Lorsqu'il émergea de la petite maison voisine de la demeure d'Heidrun où on l'avait ainsi harnaché, il tomba sur Idril qui pila sur place :

– Bon sang, Justin Mac Lir, dit-elle, je ne te savais pas si beau ! On dirait un crapaud qu'une fée a touché de sa baguette magique !

Mac Lir aurait pu se vexer : il n'y pensa pas. Il était trop occupé à marcher sans se casser la figure dans son équipage somptueux. Idril, elle aussi, s'était débarrassée de son uniforme de Lointaine, et, les jambes prises dans un pantalon de cuir souple, une longue veste lacée soulignant sa taille élancée, elle affichait un contentement évident. Elle entraîna Mac Lir chez Heidrun, où les attendait un copieux dîner. En pénétrant dans la curieuse petite maison, il tomba sur Irène O'Connor qu'il mit quelques secondes à reconnaître : les cheveux fraîchement lavés retombant sur les épaules, vêtue d'une longue robe vert bouteille, la jeune femme était superbe. *Mon Dieu*, se dit Mac Lir, *ces gens de Seis-Keyah sont décidément prodigieusement coquets*. Puis, il se fit la réflexion qu'il ne s'agissait pas de coquetterie. *Tous ces vêtements sont faits à la main, patiemment, avec amour*, songea-t-il. *Chaque broderie, chaque dentelle, chaque colifichet, a été choisi et confectionné avec soin*. Regardant autour de lui, il retrouva la même attention portée aux simples objets de la vie quotidienne dans la décoration de la maison d'Heidrun. Pas un pilier de bois qui n'ait été peint de couleurs vives ou sourdes, pas un ustensile de cuisine dont on n'ait choisi avec soin la forme et le matériau, pas une tenture, pas un rideau, dont la matière et la couleur n'aient été sélectionnées avec cette même attention. *Ils prennent soin des choses*, songea le scientifique, et, à son propre étonnement, cette prise de conscience le bouleversa. Il devina qu'il venait de découvrir l'un des secrets de Seis-Keyah : ici, on prenait soin des choses. On prenait ce que la planète offrait, et l'on s'appliquait, avec humilité et inventivité, à en faire émerger la beauté et l'harmonie.

C'est à ce moment-là qu'il vit Heidrun venir vers lui. Il la voyait enfin de près, et estima qu'elle avait à peu près son âge. Débarrassée de sa cape couleur terre, elle se promenait tranquillement dans sa longue robe de velours rouge qui, ailleurs, dans un des mondes de l'Empire, aurait été digne d'une reine, mais qui pour elle, visiblement, n'était qu'un vêtement ordinaire. L'oiseau qui était posé sur son bras lorsqu'elle était apparue au balcon avait disparu. Elle tendit une main vers Justin, une main carrée, puissante, qui ressemblait à son visage. Paume tournée vers son visiteur, elle semblait lui offrir ce qui aurait pu être une bénédiction.

– Bienvenue chez moi, étranger, dit-elle.

Instinctivement, Mac Lir s'inclina devant elle.

– Merci de votre accueil, répondit-il.

Et il sut que, tant qu'il resterait sous le toit de cette femme, il serait en sécurité. Quelles que fussent les révélations que feraient sans doute Idril et Neith. Pour le reste, le scientifique enferma dans un coin de son âme ce qu'il avait éprouvé en découvrant Heidrun, cette attraction qu'il ne savait pas nommer. Sur ce monde, dans cette maison, face à cette femme, les fadaises d'usage lorsqu'on espère attirer l'attention de celle que l'on convoite n'étaient pas de mise. Il se contenta de lui sourire, simplement parce qu'il en avait envie. Elle sourit à son tour et son nez se plissa légèrement.

– Venez, dit-elle. Nous allons passer à table.

En la suivant en direction d'une terrasse abritée à

l'arrière de la maison, où les attendait une table bien garnie illuminée par des dizaines de lampions, il lui demanda des nouvelles d'Ereshkigal.

– La princesse souffre et se bat contre l'infection, répondit-elle simplement.

Elle lui présenta ensuite les convives déjà attablés : outre Idril, Neith et une Irène O'Connor muette, de stupéfaction ou d'agacement, il n'aurait su le dire, il découvrit un très vieil homme enveloppé dans un manteau de soie qu'on lui présenta comme étant Tural, le doyen du village, et une jeune fille d'une quinzaine d'années dont la lourde chevelure d'un roux profond était à demi cachée sous un foulard vert et gris : Takouhi, la fille d'Heidrun, le salua courtoisement, ce qui fit naître une nouvelle réflexion dans le cerveau toujours en alerte du scientifique. *Ici*, pensa-t-il, *on est courtois plutôt que poli*. Il se remémora un détail qui avait jadis retenu son attention dans un traité consacré à l'étude des civilisations nomades de la Terre d'origine : l'ethnologue soulignait que ces nomades étaient « courtois », à la différence des sédentaires, qu'il qualifiait de « polis ». « La politesse, précisait-il, a pour but d'endormir la méfiance de son interlocuteur et permet de cohabiter avec les autres dans les lieux très peuplés, alors que la courtoisie vise à accueillir le trop rare visiteur comme un membre de sa famille, de son clan. » Observant Heidrun et sa fille, Mac Lir comprit enfin ce qu'avait voulu dire ce spécialiste : *ici, on accueille*, songea-t-il.

Quelques minutes plus tard, un nouveau convive les rejoignit, un homme de haute taille, également roux, dont les moustaches étaient soigneusement lissées. Heidrun le présenta :

– Shadi est le père de Takouhi. Mon ancien compagnon.

Et, avec un sourire calme qui chassait toute gêne :

– Le compagnon de mes jeunes années.

Bien, songea Mac Lir. *L'ancien du village et son ex, qui doit être un personnage de poids dans la communauté : nous allons avoir droit à un interrogatoire en règle.* Il n'en fut rien. Ni Heidrun ni ses compagnons ne posèrent la moindre question. Quant à Idril et Neith, curieusement, elles ne donnèrent aucun détail concernant Mac Lir et O'Connor, pas plus qu'elles n'évoquèrent leur séjour dans la station ou leur évasion rocambolesque. Mac Lir en fut stupéfait. Écoutant les deux jeunes femmes raconter le plus paisiblement du monde qu'elles revenaient d'une aventure compliquée dont elles ne pouvaient livrer les détails, il crut rêver. *Peut-être réservent-elles ces révélations à des personnes plus haut placées*, songea-t-il. Irène O'Connor ne pipait mot. Ses cheveux blonds brillant dans la lumière douce des lampions, ses grands yeux verts mis en valeur par la couleur de la robe qu'on lui avait prêtée, elle était ravissante et s'intégrait sans effort dans le décor. Rien, en elle, ne signalait la pilote de l'Empire. L'observant discrètement, Mac Lir se posait des questions : ce côté caméléon venait-il d'une bonne formation d'espionne qu'elle aurait reçue avant de venir sur Lointaine et dont elle ne lui aurait pas parlé, ou d'une aptitude spontanée à adopter les manières de Seis-Keyah ? Ou, plus simplement, de la puissance de suggestion des vêtements qu'elle portait et qui l'avaient transfigurée ? Lorsque, sa dernière bouchée de tarte aux fruits rouges avalée, elle cacha un bâillement et demanda timidement si elle pouvait aller dormir, il s'inquiéta : avait-elle gardé sur elle un communicateur ou tout autre moyen d'entrer en contact avec le Consortium ? Au moment où il allait intervenir et proposer qu'on loge la jeune femme avec lui, de manière à pouvoir la surveiller, Neith se leva et, bâillant à son tour ostensiblement, affirma qu'elle allait elle aussi gagner son lit au plus vite.

– Nous dormons toutes les deux dans la même chambre, qu'Heidrun a gracieusement mise à notre disposition, lança la jeune aveugle, l'air de ne s'adresser à personne.

Quelques minutes après que les deux jeunes femmes eurent disparu dans la maison, Idril se tourna vers le scientifique :

– Ne t'inquiète pas, Mac Lir. Elles seront très bien, ensemble.

« Ne t'inquiète pas, Neith va la surveiller », comprit Mac Lir. Ce qui le rassura : en pareille compagnie, O'Connor ne se risquerait pas à la moindre imprudence.

La peur, une peur panique, soudaine, comme une bouffée, rattrapa Justin Mac Lir au milieu de la nuit. Il se réveilla en sueur, tremblant, émergeant peut-être d'un cauchemar dont il avait tout oublié. Pour prendre la mesure de la réalité cauchemardesque dans laquelle il était plongé. Son univers avait basculé, il avait tout abandonné, pris tous les risques, pour se retrouver isolé dans un monde auquel, il s'en rendait compte, il ne comprenait rien, malgré toutes les années passées à l'étudier. *Je ne serai jamais admis ici*, songeait-il, en proie à une émotion qui balayait toutes ses fausses certitudes. Il *n'y a plus de place pour moi nulle part. Ni au sein du Consortium, où je suis le traître. Ni ici, où je serai toujours soupçonné d'être un traître. Un traître, où que j'aille, et quoi que je fasse.* Il expira longuement, cherchant à chasser cette peur qui lui faisait battre le cœur. Il avait peur de mourir, certes, peur de se faire éliminer par un des récupérateurs envoyés par Lointaine, de se faire tuer par quelqu'un d'ici qui l'estimerait trop dangereux. Mais cette peur-là, si elle était réelle, restait raisonnable. Ce qui affolait son cœur et son souffle, c'était une autre crainte : celle de continuer à vivre en suscitant partout, où qu'il aille et quoi qu'il fasse, la méfiance. La peur de continuer à vivre en n'ayant nulle part où trouver sa place. La peur d'être, partout, en exil, d'être, aux yeux de tous, le traître. *Je ne suis pas un traître*, criait une voix en lui, à la fois furieuse et terrifiée. *Il y a quelque chose que je n'ai pas trahi, et cette chose, c'est moi. C'est mon amour, mon amour pour cette planète insensée, mon amour pour la mémoire de Tara Castaneda.* Mais de se savoir fidèle à lui-même ne l'empêchait pas de mesurer la réalité : qui, désormais, pouvait avoir confiance en lui ? *Je vais mourir*, songeait-il, *et pire, je vais mourir dans la honte. Je vais mourir, moi, le traître, sous cette petite lune ronde qui s'appelle Vérité.*

7

Le prince Kaherdin ne fut pas long à deviner que sa fille lui cachait quelque chose. Dès l'aube, obéissant aux messages subtils qu'il recevait du grand loup blanc resté dans les collines proches d'Ardal-Elve, il avait pris la route qui suivait le cours de la rivière Varna vers l'ouest du pays et les contreforts de l'Eran. L'attitude boudeuse de l'enfant l'avait alors alerté, lui faisant oublier le bref soulagement qu'il avait éprouvé quand il avait compris quelle direction il devait prendre et en avait conclu qu'au moins Oden ne se terrait pas dans le dangereux royaume des glaces – il aurait pour cela fallu prendre droit vers le nord – ni dans le désert, le royaume du fleuve ou les lointaines terres des volcans – il aurait fallu se diriger vers le sud.

Son entretien avec Krimba, la veille, l'avait tour à tour rassuré et impressionné. La jeune femme l'avait tout de suite reçu lorsqu'il avait demandé à la voir. Il s'était retrouvé devant une aristocrate surprenante, extrêmement courtoise, et pourtant, très réservée, farouche, presque. Contrairement aux autres membres du clan des Saka-Haumavarga, Krimba avait les yeux bleus. Grande, brune, elle aurait pu, avait songé Kaherdin, être une fille de Glanis. Ne fussent ses vêtements, un justaucorps rouge copieusement rebrodé d'or au col empesé et un pantalon bouffant tout aussi chamarré, qui portaient la marque de l'exubérance de l'Atelkosou. Sur la grande île, une femme de son rang se serait contentée d'une tenue plus sobre.

Krimba l'avait invité à s'asseoir devant une petite table aux pieds si fins que Kaherdin s'était demandé par quel miracle elle ne s'effondrait pas. Elle s'était installée en face de lui, silencieuse, attendant qu'il expose l'objet de sa visite. Le prince n'avait trop su comment s'y prendre. Il avait parlé de Vidar, tourné autour du pot et, à sa honte, bafouillé. Elle avait finalement eu un rire léger. Puis elle l'avait simplement regardé, sans rien dire. Kaherdin se souvenait des paroles de Vidar : Krimba est exceptionnelle. Elle possède tous les dons. La femme qui le dévisageait avait pouvoir sur toutes les forces de leur monde. Je suis devant l'une des personnes les plus redoutables de Seis-Keyah, avait-il songé, et ce qui ressemblait à de la peur avait menacé de l'envahir. Mais, aidé par la colère rampante qu'il ressentait encore lorsqu'il pensait à la manière dont Vidar l'avait amené à accueillir les loups, il n'avait pas baissé les yeux. Krimba avait soupiré.

Elle avait alors fait mander par un domestique son compagnon et sa fille. Kaherdin avait vu arriver un homme fluet. Des cheveux blonds presque blancs, un regard bleu, une bouche sévère qui donnait l'impression d'avoir désappris à sourire. Dans l'échancrure de son pourpoint gris, le médaillon de sa caste : un éclair d'argent zébrant une petite plaque d'ivoire. Les puissants guerriers de l'entourage du roi Aborjan mesuraient-ils à quel point cet homme si frêle aurait pu, sans effort, les dominer ?

– Nurzhan n'est pas comme nous, avait annoncé Krimba. Il n'est pas un sang-mêlé. Mais si vous avez un jour besoin d'aide, prince, vous pourrez compter sur lui.

Nurzhan s'était incliné devant lui, avec une fort discrète ébauche de sourire, avant de se retirer. La petite fille, elle, était restée auprès de sa mère. Elle s'appelait Dîyar et devait avoir à peu près le même âge que Findchoen. Son visage était en partie dissimulé par la capuche de la longue cape bleue dans laquelle elle était enroulée. Kaherdin avait deviné deux yeux très bleus, et une mèche de cheveux blancs semblables à ceux de son père. À son cou, un diamant bleuté, enfilé sur une mince chaîne d'argent, rayonnait d'une déconcertante lueur froide.

– Dîyar est comme moi, avait simplement commenté Krimba.

Kaherdin avait compris : l'enfant était une multitalente, comme sa mère. *Combien sont-ils ?* s'était demandé le prince. *Combien d'enfants, en ce moment, dans notre monde, possèdent tous les dons comme cette petite ? Une dizaine ? Moins ?* Il ne pouvait s'empêcher d'être impressionné : il avait devant lui deux membres de la caste la plus rare de tout Seis-Keyah. De la caste qui dominait le monde parallèle des Serviteurs. On racontait qu'ils formaient une sorte de gouvernement, de super-gouvernement, plutôt, placé au-dessus des dirigeants élus de chacune des castes de mutants. On racontait aussi qu'ils étaient si peu nombreux que, de temps à autre, ils ne parvenaient même pas à réunir les sept hommes et sept femmes qui devaient constituer ce conseil dirigeant. La curiosité l'aidant à oublier ses réticences, le prince avait demandé à Krimba si ce grand conseil exclusivement composé de multitalents était actuellement au complet. La jeune femme avait souri, amusée.

– Oui, avait-elle répondu. Mais je suis obligée d'en faire partie, alors que j'aurais préféré éviter cette responsabilité.

Ainsi, avait songé Kaherdin, *Vidar, l'un des deux élus choisis par leurs pairs pour les diriger, doit obéissance à cette femme. Le roi des animaux lui doit soumission.* Krimba le regardait calmement. Puis, un éclair de réticence glaciale avait brillé dans ses yeux, comme l'écho d'une sauvagerie indomptée.

– Les dieux ne m'ont pas fait de cadeau, avait-elle dit, la voix tranchante comme du verre. Naître Serviteur, comme nous, prince, au sein de la caste dirigeante des humains, n'est pas tous les jours facile, vous êtes bien placé pour le savoir. Dans mon cas, c'est encore pire.

Puis, retrouvant son affabilité :

– Mais je m'en suis accommodée, comme vous pouvez le voir. Cela devrait vous encourager à vous accepter tel que vous êtes.

– Sommes-nous nombreux ? avait répliqué Kaherdin. Je veux dire, des gens comme nous, au sein des familles qui dirigent le monde des humains ?

Krimba avait haussé les épaules :

– D'une manière générale, les enfants nés d'une union d'un Serviteur avec un humain sont peu nombreux. Et moins nombreux encore, parmi ces sangs-mêlés, ceux qui héritent d'un don. Vous le savez, prince : vos enfants sont ordinaires, n'est-ce pas ? La mutation ne s'est pas transmise.

Comment le sait-elle ? s'était demandé Kaherdin, agacé. Puis il avait réalisé que si les « sangs-mêlés », comme disait Krimba, étaient si peu nombreux, il n'y avait rien d'étonnant à ce que, chez les Serviteurs, on suive leur évolution.

– Au sein des familles royales, ces sangs-mêlés sont encore plus rares, poursuivait Krimba. Ici, nous sommes quatre, mon frère Kalman, ma jeune sœur, ma fille et moi-même. Au Bjarmaland, la princesse Elin a eu une fille avec un de mes amis. L'enfant, Ragnhild, est une multitalente. Elle doit aujourd'hui avoir onze ou douze ans. D'après ce que je sais, personne, au sein des familles royales du fleuve et des volcans, n'a osé frayer avec l'un des nôtres. Il y a deux aristocrates mutants chez les Roxolani, deux cousines de la reine Daria. Quant aux Kaya-Maghan, vous savez qu'ils restent très isolés dans leurs déserts. Peut-être y a-t-il dans leur clan un ou deux Serviteurs, mais si c'est le cas, ils ne se sont pas fait connaître.

Krimba avait laissé le temps à Kaherdin, qui n'imaginait pas faire partie d'une communauté aussi restreinte, d'enregistrer l'information.

– Une dizaine de personnes au maximum, donc, avait ajouté Krimba. Et aucun, comme vous, n'est fils de roi ou de reine. Ici, nous sommes seulement les neveux de l'ancien roi. La petite Ragnhild elle-même n'est pas fille de reine. Elle le sera peut-être un jour, sa mère étant la princesse héritière du royaume des glaces.

Puis, songeuse :

– Votre mère n'avait pas froid aux yeux. Une très grande reine, ma foi.

Je me serais bien passé d'une pareille mère, avait songé Kaherdin. Mais Krimba ne l'avait pas laissé s'appesantir dans ses regrets.

– Vos responsabilités n'en sont que plus grandes, Monseigneur. Fils d'une reine chez les hommes, et fils de celui qui, chez nous, était aussi un grand roi... Avez-vous conscience de ce que cela implique ?

Puis, avec un geste agacé de la main – et à nouveau ce bref éclair de sauvagerie :

– Non, ne répondez pas. Mais réfléchissez-y. J'espère que vous comprendrez.

Kaherdin avait songé à lui demander de lui parler de son père. Ce père inconnu, père, sans doute, aussi, de Vidar et d'Oden. Mais le regard glacial de Krimba l'en avait dissuadé.

– Personne ne peut vous remplacer, prince Kaherdin, avait insisté la jeune femme. Personne au monde.

La petite fille, alors, avait repoussé sa capuche bleue et l'avait regardé bien en face. Sans rien dire. Grave. Sérieuse. Kaherdin s'était senti frissonner.

Le lendemain matin, alors qu'il chevauchait auprès d'une Findchoen boudeuse, il frissonnait toujours. Dîyar et sa mère l'avaient impressionné, certes, mais c'était surtout ce que le regard de l'enfant et les mots de Krimba signifiaient qui pesait sur sa conscience : « Tu as trop longtemps tergiversé, prince Kaherdin. Sois qui tu es, sans réticence. Accepte ton destin. Accepte ton don.

Accepte ce statut de Serviteur. » Il secoua la tête et s'obligea à s'intéresser à sa fille. La gamine lui cachait quelque chose, il en était convaincu. Il décida de la prendre à part lorsqu'ils s'arrêteraient pour se restaurer. Derrière lui, il entendait le gazouillis des guerrières, qui semblaient d'excellente humeur. La jolie Arevig, une fille venue du fleuve, avait ce matin-là joué des hanches sous son nez. Il reconnaissait le charme de la jeune femme, mais, peu soucieux de s'encombrer d'une nouvelle conquête, il avait aussitôt pris ses distances. Ses adieux à la famille royale de l'Atelkosou avaient été suffisamment pénibles : après avoir salué chaleureusement le roi Aborjan, dont il avait apprécié la courtoisie et la générosité, il avait dû affronter le regard plein de reproches de la belle reine Iskra dont les tentatives de séduction s'étaient heurtées à un mur de glace.

– Saluez votre épouse pour moi, lui avait-elle dit.

Puis, s'approchant à le toucher :

– En voilà une qui a bien de la chance, prince, avait-elle chuchoté à son oreille.

Non, songeait Kaherdin. *Non, Liadan n'a pas de chance.* Il revoyait le visage pâle de sa compagne, sa tristesse impossible à dissiper, ses doutes, ses chutes dans les brumes de la drogue. *Non, Liadan n'a pas de chance. Et si elle savait qui elle a réellement épousé, si elle savait que sa rivale, ce n'est pas une femme, mais un grand loup blanc, elle mesurerait plus encore son manque de chance.* Il n'eut pas le temps de s'attarder à ces pensées moroses. Le bruit d'une cavalcade dans leur dos le fit se retourner : des voyageurs approchaient, dans un nuage de poussière. Les filles de la phalange furent aussitôt sur le qui-vive. Le prince vit

Kohar vérifier la position de son sabre, dans son dos, prête à le sortir du fourreau. Arevig changea d'expression, et d'aguichante devint vigilante. Kaherdin leur fit bientôt signe de s'apaiser : parmi les arrivants, il avait reconnu Sandor, le cadet d'Aborjan. Le grand guerrier le salua de loin, levant haut la main. Il fut bientôt près de lui, entouré de sept ou huit cavaliers tout aussi équipés que lui pour résister à toute attaque et de deux femmes au regard vert d'eau.

– Belle journée à toi, prince Kaherdin, lança Sandor.

Il affichait un grand sourire. Il s'inclina devant l'une de ses compagnes, dont les mèches brunes s'échappaient d'un bandeau couleur du ciel :

– Je te présente Marjane, l'épouse de mon cousin Kalman, dit-il.

Et d'expliquer que la sœur de Kalman – cette étrange Krimba – avait été avertie que son frère, en mission à Berzbanya, avait besoin de voir sa femme d'urgence.

– J'avais envie de me dégourdir les pattes, et quand Krimba m'a demandé si je pouvais escorter Marjane à Berzbanya, ma foi, le voyage m'a tenté. D'autant qu'il y avait de bonnes chances pour que vous soyez sur la même route : si cela vous convient, nous cheminerons ensemble.

Kaherdin, qui avait apprécié la compagnie de Sandor lors du voyage entre Tillia Tepe et Ardal-Elve et, de plus, se savait redevable du soin que le guerrier avait pris de Findchoen pendant son séjour chez Vidar, ne put qu'acquiescer. Mais il n'était pas dupe : Krimba avait trouvé le moyen de lui envoyer des compagnons de route.

Quel objectif poursuivait-elle ? Le surveiller ? Le protéger ? Marjane semblait inconsciente des manœuvres de sa belle-sœur. Quant à Sandor, c'était en toute bonne foi qu'il avait accueilli sa mission impromptue : il n'y avait vu de toute évidence qu'une occasion de voyager avec le prince des mers.

Mais Kaherdin n'était pas au bout de ses mauvaises surprises. Avisant son autre compagne, Sandor continuait les présentations :

– Et voilà Hilargi, qui doit elle aussi se rendre à Berzbanya.

Kaherdin fut aussitôt en alerte. Ce nom lui disait quelque chose. La mémoire lui revint en un instant : c'était le vieux Luken qui avait parlé de cette femme le jour où il l'avait envoyé courir derrière Oden. Il s'agissait de la grande prêtresse de l'Atelkosou. Hilargi, ses longs cheveux d'un blond foncé tirant sur le roux cascadant librement sur ses épaules, le dévisageait avec curiosité. *Bon sang de bonsoir*, avait-il songé, *il ne manquait plus que ça ! Qu'est-ce que le ciel me réserve, encore ?* Un brusque mouvement des chevaux lui permit de le découvrir : les guerriers, s'écartant, venaient de révéler la présence d'une dernière personne, une petite silhouette enveloppée dans une cape bleue et juchée sur un grand cheval gris.

– Et je crois que tu connais Dîyar, commenta Sandor, en désignant la gamine d'un bref geste du menton. Elle avait envie de voir du pays, et sa mère l'a autorisée à voyager avec sa tante Marjane.

Cette fois, Kaherdin dut se retenir pour ne pas rire. Protection, ou surveillance ? Krimba, en tout cas, avait bien fait les choses : avoir Dîyar à ses côtés, c'était autre chose que la présence de l'innocente Marjane, qui n'avait servi que de prétexte pour envoyer l'enfant sur la même route que lui. *Nom de Dieu*, songea-t-il, *cette fichue multitalente m'a pris pour un bébé. Quant à Luken et ses copains les sages, que les dieux les envoient geler au plus profond du Bjarmaland !* Mais il n'avait pas le choix : à moins de se montrer gravement discourtois et d'envoyer au diable le rayonnant Sandor et ses encombrantes compagnes, il allait devoir s'accommoder de cette escorte.

On se remit donc en route, les guerrières de Kaherdin faisant connaissance avec les combattants qui accompagnaient Sandor, Marjane observant discrètement le beau prince des mers, Hilargi scrutant la route devant elle avec une concentration suspecte, Dîyar manœuvrant discrètement sa monture pour se porter à la hauteur de Findchoen, et Sandor lançant des commentaires joyeux à la cantonade. Findchoen accueillit la compagnie de la petite fille inconnue en fronçant les sourcils et jeta un regard noir à son père. Kaherdin se rapprocha des fillettes et fit de sommaires présentations, s'étonnant au passage de l'air radieux de la petite mutante : elle avait tout à coup l'air d'une enfant comme les autres, toute contente, simplement, de trouver une camarade de son âge là où elle s'était imaginé un voyage en compagnie d'ennuyeux adultes. Plus rien, en elle, sous le grand soleil de cette fin de matinée, de l'enfant inquiétante qu'il avait cru voir la veille. Mais Findchoen, elle, n'avait pas l'air ravie. Malgré la présence de cette petite compagne de voyage, elle continuait à bouder. Après la pause de midi, le prince s'isola donc avec sa fille, et, sans prendre de gants, l'interrogea. La petite chercha à louvoyer. Mais, comme toujours, le charisme de son père fut plus fort que ses réticences : elle lui avoua bientôt qu'elle le soupçonnait d'être « un de ces gens, tu sais ». Atterré, Kaherdin ne sut que lui répondre. Il nia et se décida aussitôt à préparer le terrain pour que sa fille, un jour, puisse accepter la vérité. Une vérité que la présence de Dîyar risquait de l'obliger à avouer beaucoup plus vite qu'il ne l'aurait souhaité.

Il faisait beau dans les montagnes. À son réveil, Justin Mac Lir découvrit un splendide rayon de soleil qui rehaussait les couleurs du plaid en patchwork finement travaillé qui lui servait de couverture. Il s'étira longuement, surpris de constater que ses terreurs de la nuit s'étaient nettement atténuées. Il reposait dans une petite pièce sobrement meublée, aux murs peints à la chaux, dont la fenêtre donnait sur un lointain panorama d'à-pics verdoyants. Les voisins d'Heidrun qui l'avaient hébergé, un homme et une femme d'une cinquantaine d'années, des gens simples qui arboraient la chevelure flamboyante commune à tant d'habitants de ce pays, s'activaient déjà au rez-de-chaussée de la maison. Il se leva, découvrit une petite table de toilette avec un miroir et une cuvette décorée de fleurs bleues remplie d'une froide eau claire, se débarbouilla et enfila les vêtements qu'on lui avait prêtés avant de descendre et de se voir accueilli par une table garnie d'un copieux petit déjeuner. Ses hôtes ne lui posaient aucune question, mais leur silence n'avait rien de gênant : leurs sourires chaleureux tenaient lieu de conversation.

Lorsqu'il rejoignit O'Connor et les anciennes prisonnières dans la maison de Heidrun, il tomba sur un conciliabule enfiévré : Neith et Heidrun semblaient se disputer, tandis qu'Idril tournait en rond, son pas nerveux révélant son inquiétude. Assise dans un coin de la pièce, O'Connor, toujours équipée de sa jolie robe verte, suivait la scène d'un œil mal réveillé. On salua Mac Lir, mais la discussion reprit aussitôt. Il était question d'Ereshkigal. Mac Lir comprit que Neith se faisait du souci pour la princesse, alors qu'Heidrun, au contraire, estimait que tout allait bien. O'Connor se leva et se rapprocha de Mac Lir :

– Tu peux m'expliquer ce qui se passe ? demanda-t-elle dans la langue du Consortium, avec un agacement non dissimulé.

Mac Lir tiqua un instant avant de lui répondre dans la même langue – de toute manière, pour Heidrun, même si elle ne savait pas d'où ils venaient, ils étaient des étrangers :

– Pour l'instant, je n'en sais rien.

Idril se tourna vers eux. *Oui*, songea Mac Lir, *évidemment, elle a appris notre langue pendant son séjour forcé sur Lointaine.*

– La princesse peine à se remettre, dit-elle dans la langue de l'Empire. Neith n'a pas confiance dans ses capacités, elle souhaiterait avoir de l'aide.

– Quelle aide ? jeta O'Connor, que les mystères de Seis-Keyah dépassaient.

Idril hésita. Puis, avec son accent rocailleux :

– Madame O'Connor, comment pourrais-je vous faire confiance ?

Prise de court, Irène ne sut que répondre. Puis, boudeuse :

– Vous craignez que je trahisse vos confidences ? Comment le pourrais-je ?

Puis, désignant d'un geste agacé la pièce autour d'elle :

– Je suis complètement isolée, ici. Et puis ne me prenez pas pour une idiote : après avoir vu votre aveugle tuer mon pilote, j'en sais déjà long sur vous.

Neith, qui discutait toujours avec Heidrun, leva un sourcil interrogateur avant de revenir à son interlocutrice. Idril soupira. S'adressant à Justin Mac Lir, elle revint à la langue des montagnes.

– Je n'ai aucune confiance en elle, dit-elle. Comprend-elle quand je parle ma langue ?

– Pas vraiment. Mais elle apprend vite.

O'Connor, excédée d'être mise à l'écart, dardait sur lui un regard furieux.

– Bravo ! Dans le genre amant fiable, toi, tu vaux ton pesant de cacahuètes ! lança-t-elle.

– Je vous en prie, madame O'Connor, intervint Idril dans la langue de l'Empire, ne vous fâchez pas...

Ce qui décupla la fureur de la jeune pilote :

– Oh, fermez-la, vous ! Et puis arrêtez avec ce « madame » ! Appelez-moi O'Connor, comme tout le monde !

Idril eut un petit sourire amusé.

– Bien, O'Connor, dit-elle. Eh bien, non, je n'ai pas confiance en vous. C'est pourquoi je ne répondrai pas à vos questions.

Puis revenant à Mac Lir et à la langue de l'Eran :

– Neith peut tuer, Mac Lir. En contrepartie, tu l'as sans doute deviné, elle peut aussi soigner. Depuis qu'Ereshkigal a été blessée, elle s'emploie à aider la plaie à se résorber et à ne pas s'infecter. Mais elle ne progresse pas suffisamment à son goût.

– Et alors ? Si elle n'est pas à la hauteur ?

– Il faudra confier Ereshkigal à quelqu'un d'autre.

O'Connor bouillait d'impatience :

– Traduis, Mac Lir ! s'exclama-t-elle, attirant cette fois l'attention de Neith et Heidrun, qui cessèrent leur discussion pour les écouter.

Sans tenir compte de la colère de la pilote, Idril s'adressait toujours dans sa langue à Mac Lir :

– Nous avons fait prévenir la famille d'Ereshkigal. On va venir la chercher. Le temps que... le message arrive à la reine Daria et qu'une escorte parvienne ici, il faudra attendre cinq ou six jours.

Le message ? Quel message ? Mac Lir questionna Idril. La jeune femme tritura un instant sa natte dorée avant de consentir à répondre, révélant un des nouveaux mystères de Seis-Keyah :

– Heidrun a envoyé un oiseau.

8

– Voilà ! J'ai trouvé ! s'exclama Morven dans un de ses grands rires.

Elle extirpa un petit papier plié en quatre de l'anfractuosité d'un arbre marqué d'une trace rouge au bord de la route de terre.

– Heureusement que je sais lire, et que Mirko sait écrire ! commenta la guerrière.

Elle se tourna vers ses petits employeurs :

– Vous voyez, les enfants, apprendre à lire, c'est drôlement utile. Vous feriez mieux de suivre vos leçons plutôt que de courir les routes.

Ce qui ne fit ni chaud ni froid à la petite bande. Les filles de la phalange se retrouvaient à la tête d'une nombreuse équipe de gamins. Morven, attentive, avait bien essayé de retenir leurs noms, mais il lui arrivait encore de se tromper. Elle donna le signal d'une pause. L'après-midi était avancée, mais le message de Mirko l'avertissait que le prince Kaherdin ferait étape à Razdel, une grosse bourgade nichée sur la rive de la Varna : Razdel n'était qu'à une petite heure de chevauchée, on avait le temps de se détendre. Dès que les enfants eurent mis pied à terre, elle leur demanda de s'aligner devant elle.

– J'en ai marre de vous confondre les uns avec les autres. Il faut que j'apprenne sérieusement vos noms.

Avisant le fouillis de gosses qui lui faisait face en échangeant des rires amusés, elle se fit gentiment grondeuse :

– Non, pas comme ça. Mettez-vous par famille, et aussi par pays, sans ça, je ne m'y retrouverai jamais !

On s'agita, on se bouscula, et, au final, la guerrière, satisfaite, put constater que les têtes rousses étaient avec les têtes rousses, les brunes avec les brunes, et les blondes avec les blondes. Bon, on commençait à y voir un peu plus clair. Elle commença par les deux petites rouquines, pointant d'abord le doigt sur Sikhanden, qui lui était devenue familière.

– Toi, tu es Sikhanden. Du clan des Roxolani. Fille de la reine, mazette !

Sikhanden, habituée pourtant à ce que l'on salue son rang, rougit jusqu'aux oreilles. À ses yeux, l'hommage de cette femme qu'elle admirait avec la ferveur sans ombre de l'enfance valait toutes les courbettes.

– Et toi, reprit Morven en désignant la voisine de Sikhanden, une gamine aux grands yeux verts qui lui avait prouvé plus d'une fois qu'elle n'avait rien d'une mauviette, toi, tu es Hourig. Du clan des Roxolani, aussi, si je ne me trompe.

– Oui, répondit la petite. Je suis la cousine de Sikhanden.

– Bien, commenta Morven.

Elle avisa ensuite les têtes brunes.

– Bon, là, nous avons des petits de la forêt. Tous aristos, n'est-ce pas ? Alors, voilà donc Rahel, Zoran et... toi, le petit gars à l'air boudeur, ne te cache pas dans ta capuche ! C'est quoi, ton nom ?

– Branamir, répondit le garçon. Je suis le grand frère de Rahel.

– Grand, commenta Morven, c'est à voir ! Tu as quel âge ?

– J'ai presque douze ans, et Rahel n'a que dix ans, se hérissa Branamir.

– D'accord, d'accord, tu es grand. Et Zoran, alors, il a quel âge ?

– J'ai dix ans, annonça fièrement le gamin.

– Et tu es le cousin de Rahel et Branamir ?

– Heu, pas vraiment, expliqua Rahel. Zoran est le fils de Sandor...

– Stop ! coupa Morven. C'est trop compliqué pour moi. On va dire que c'est ton cousin. Donc, Rahel, Zoran et Branamir, du clan des Saka-Haumavarga. Bien. Passons maintenant aux blonds... Alors, voilà donc... Eh bien, les enfants, je mélange vos noms...

Logan, la jeune guerrière venue du désert, intervint. Originaire du même pays que les trois petits blonds, elle avait sympathisé avec eux :

– Cette gamine, c'est Kiziah. C'est elle qui combattait les bandits après avoir été désarçonnée, tu te souviens, Morven ? Et puis voilà Otieno et le courageux petit Paki.

– Vous êtes de la même famille ? demanda Morven.

Otieno s'avança d'un pas, en avant des autres gamins. Grand pour son âge, il dominait le groupe.

– Nous sommes tous du clan des Kaya-Maghan, dit-il. Nous sommes cousins par nos pères, qui sont les fils du roi Dakarai.

– Bien, commenta Morven. Une bande de petits princes, si je comprends bien. Dis-moi, tu as quel âge, Otieno ?

– Onze ans, madame.

– Bien, jeune homme. Alors, que nous reste-t-il ?

Elle avisa les deux dernières fillettes, brunes toutes les deux :

– Rappelez-moi d'où vous venez et qui vous êtes, dit-elle.

La plus fluette des deux gamines s'avança :

– Je suis Manjusha. Je viens du royaume du fleuve. Je suis la nièce de la reine.

– Ah ? commenta Morven. Je croyais que chez toi, c'était un roi qui régnait...

– Ma tante est juste la femme du roi, pas une vraie reine, comme chez les gens de la montagne, expliqua Manjusha.

– Et toi ? demanda Morven en avisant la dernière fillette.

– Mon nom est Merryn. Je viens de l'île de Glanis.

– Comme ce prince que vous poursuivez ?

– Oui, Kaherdin est le frère de ma grand-mère, la reine Angharad.

– Et pourquoi tu ne voyages pas avec lui ?

Merryn rougit légèrement :

– Il ne voulait emmener que sa fille, Findchoen...

– D'accord, petite. C'est tes oignons, pas les miens. Bon, donc, vous êtes dix, si je sais compter. Alors, les enfants, on va se mettre bien d'accord. Je ne sais pas trop à quoi vous jouez en pistant comme ça le fameux prince Kaherdin, mais cette belle dame m'a engagée pour vous protéger, alors je le fais, sans poser de questions. Seulement désormais, nous ne sommes plus à l'abri dans une grande ville, et donc, c'est moi la chef. Je connais les dangers de la route, et si je vous donne un ordre, vous obéissez. Et vite. Compris ? Pas d'objection ?

Toutes les jeunes têtes opinèrent.

– Et pas d'initiative intempestive, hein, ajouta Morven. Je vous interdis formellement de jouer du couteau de votre propre initiative. Si nous faisons une mauvaise rencontre, vous restez à l'écart et vous nous laissez, nous les professionnelles, gérer la situation. Pigé ?

Nouvel acquiescement général.

– Eh bien, puisque nous sommes d'accord sur l'essentiel, tout devrait se passer à merveille.

Elle se tourna vers ses compagnes.

– Quelque chose à ajouter, les filles ?

Logan, Gazni et Barabal firent signe que non. Morven se sentit un instant gênée de ne pas leur avoir fait part de ses doutes conçernant la nature du prince Kaherdin. Mais, songea-t-elle, leur expliquer qu'elle soupçonnait le prince d'être un Serviteur ne les aiderait en rien à accomplir leur mission. Elle décida de garder le silence. Après tout, si cette information se révélait un jour importante, il serait temps d'aviser.

– Mais, madame, intervint le petit Paki, si jamais on se retrouve à un moment seuls et qu'on nous attaque, on pourra quand même se défendre ?

Morven observa l'enfant. Un petit garçon blond qui ne devait pas avoir huit ans, mais un petit garçon musclé, bronzé par une vie souvent menée au grand air, et chez qui on devinait courage et vivacité. La guerrière savait que dans les terres désolées du Dilmun, dans les déserts et les savanes arides, vivait un peuple guerrier dont la réputation n'était plus à faire. Logan, qui venait, comme ce gamin, du Dilmun, était féroce au combat, et nombreuses étaient, parmi les filles de la phalange, les redoutables blondes venues du désert. Ce petit gosse décidé était fort capable, elle le devinait, de prendre en charge sa défense en cas d'urgence.

– Si jamais – mais mets-toi dans la tête que ça n'arrivera pas – si jamais, donc, aucune de nous quatre n'est là et que vous êtes en mauvaise posture, je t'autorise à sortir ton poignard, Paki, dit-elle. Et le conseil est valable pour tous ceux d'entre vous qui savent se servir d'une arme.

Puis, balayant du regard le petit groupe :

– Et ne m'appelez pas « madame », les enfants. Ça me flatte, mais à la longue ça va finir par m'agacer. Morven, c'est largement suffisant.

Justin Mac Lir comprit qu'il était face à une sorte de conseil improvisé et qu'il n'aurait guère voix au chapitre : la décision n'était pas entre ses mains.

Quand Idril lui avait expliqué qu'il faudrait rester quelques jours dans le bourg des montagnes pour y attendre les envoyés de la reine Daria, il avait immédiatement vu le danger : l'Empire n'allait pas en rester là.

Lointaine n'enverrait pas un commando l'éliminer

ouvertement au sein d'un village. Pas question d'apparaître au grand jour devant la population locale. Mais on ne renoncerait pas : on chercherait à le repérer, avec ou sans l'aide d'O'Connor, et dès qu'on l'aurait localisé, on enverrait des tueurs discrets, capables de se faire passer pour des gens du cru. En résumé, songeait le scientifique, amer, n'importe quel inconnu pouvait, masqué en villageois, être un émissaire de Lointaine chargé de l'éliminer. Il devait fuir.

Il avait expliqué sa situation à Idril, qui en avait averti Heidrun. En fin de matinée, on s'était réuni autour de lui : Neith était là, bien sûr, mais aussi Tural, le vieil homme présent la veille au soir, et une femme d'une soixantaine d'années aux cheveux grisonnants coupés court, dont Mac Lir devina qu'elle tenait le rôle de maire au sein du bourg. O'Connor avait été éloignée et confiée à Takouhi, la fille d'Heidrun. Idril exposa le problème, expliquant, sans entrer dans les détails, que Mac Lir et O'Connor avaient des tueurs aux trousses. Le scientifique s'étonna une nouvelle fois de la discrétion de la grande bergère, qui avait visiblement décidé de ne parler à personne de Lointaine et de la présence d'étrangers dans le ciel de la planète. Il nota également, avec une certaine surprise, que personne ne semblait trouver anormal ou inhabituel qu'on se promène avec des tueurs aux trousses. On étudia simplement la question, cherchant une solution. En revanche, il comprit rapidement que, si on ne l'interrogeait pas sur son origine, on se méfiait de lui : il n'était pas question de les laisser quitter le bourg sans escorte, lui et O'Connor. On voulait les avoir à l'œil. Idril et Neith se proposèrent pour les emmener plus en avant dans les montagnes. Mais les deux jeunes femmes refusaient de laisser Ereshkigal derrière elles. Là-dessus, Neith remit sur le tapis ses doutes concernant la santé de la princesse. Mac Lir eut du mal à comprendre la discussion qui s'ensuivit : il était question d'une certaine Arundati, que l'on espérait trouver dans les montagnes au-delà des cols les plus élevés. « Je veux lui amener Ereshkigal », affirmait Neith. Personne n'osa la contredire : Heidrun, seule, s'était autorisée le matin même à affronter la jeune aveugle sur ce point, et elle n'avait visiblement pas réussi à la convaincre. Heidrun tenta bien un dernier baroud d'honneur, mais Neith mit sèchement fin à la discussion :

– En matière de maladie, c'est moi la spécialiste. La plaie d'Ereshkigal est en train de s'infecter, et j'ai besoin d'aide.

Heidrun hocha la tête, convaincue.

– Donc, tu dois emmener Ereshkigal chez Arundati, de l'autre côté de la frontière, enchaîna-t-elle. Le plus simple serait que tu y emmènes aussi Mac Lir et sa compagne. Reste à savoir s'ils y seront en sécurité.

Chacun donna son avis, et l'on estima que faire passer les cols aux fugitifs devrait permettre, dans un premier temps du moins, de les mettre à l'abri. Le vieux Tural et la femme aux cheveux gris convinrent de réunir tout le village le soir même pour avertir la population que des étrangers mal intentionnés risquaient de se glisser dans le bourg et d'y poser des questions sur les visiteurs reçus par Heidrun, et pour lui demander de se faire discrète.

– De plus, précisa Tural, quand les envoyés de la reine Daria arriveront, nous les enverrons chez Arundati.

On s'attacha ensuite à organiser une escorte pour guider le groupe dans les montagnes. Heidrun affirma d'entrée de jeu qu'elle tenait à être du voyage. On cita ensuite une dizaine de noms, parmi lesquels deux guides qui pourraient se libérer pour quelques jours.

Ce ne fut qu'en fin d'après-midi que Mac Lir put enfin interroger sérieusement Irène O'Connor. Il était épuisé : comprendre ce qui se passait lui demandait une attention de tous les instants. Autant s'exercer à la pratique des langues de Seis-Keyah dans le confort de la station était un jeu d'enfant, autant saisir ce qui se disait ici, suivre le maximum de conversations et en tirer le maximum d'informations lui demandait une concentration permanente. Sans compter que, même lorsqu'il comprenait les mots utilisés, il avait souvent du mal à saisir de quoi il était vraiment question. On mentionnait tranquillement, autour de lui, des éléments qui, à ses yeux, n'avaient aucun sens. Ainsi, évoquant le faucon envoyé prévenir la reine Daria du retour de sa fille, on se demandait si l'oiseau avait bien compris. Il assistait aussi, souvent, à des comportements dont il ne comprenait pas la signification, comme lorsque les villageois, s'adressant à Heidrun ou à Neith, s'inclinaient fugitivement. Et puis, il y avait eu l'inhumation de Sindharin. Mac Lir y avait participé, partagé entre l'émotion réelle qu'il ressentait et ses automatismes de scientifique, qui le poussaient à observer tout ce qui se passait avec l'intérêt passionné d'un ethnologue.

On avait revêtu la jeune bergère d'une tenue qui, aux yeux de l'homme du Consortium, semblait passablement étrange. On lui avait enfilé une espèce de jupe transparente, tandis que sa poitrine menue était recouverte par deux petits globes de métal argenté. À ses pieds, de curieuses chaussures, très fines, dans lesquelles il aurait été impossible de marcher : la semelle souple se terminait par plusieurs longues plumes de couleurs. On lui avait aussi mis un bandeau rouge autour de la tête, bandeau que l'officiant chargé de la cérémonie enleva à un moment donné avec moult précautions en tenant un long discours syncopé, semblable à une litanie, dont Mac Lir comprit qu'il avait pour but d'aider l'âme de Sindharin, libérée par ce geste, à s'élever dans les hauteurs. Le scientifique observait le visage serein de la petite bergère et s'étonnait du calme dont faisaient preuve les participants à la cérémonie. Idril et Neith, notamment, semblaient indifférentes, affichant un air paisible qui le surprenait : rien, en elle, du chagrin qu'il s'était attendu à voir. Idril souriait souvent. Quant à Neith, elle s'avança à la fin de la cérémonie devant le groupe de participants et se mit à tracer des signes en l'air de la main droite. Tout le monde, alors, recula, excepté Heidrun. Comme Mac Lir et O'Connor, ne comprenant pas ce qui se passait, restaient à leur place, des mains autoritaires les tirèrent en arrière. Seule auprès du corps de son amie, avec simplement Heidrun immobile quelques pas derrière elle, Neith se mit à chanter dans la huitième langue de la planète, cette langue commune que Mac Lir avait imaginée être la langue de communication des puissants et des marchands.

Là encore, s'il comprenait les mots employés, Mac Lir ne saisit pas vraiment ce que chantait la jeune aveugle :

il devina simplement que Neith donnait des instructions à Sindharin pour son retour. Un frisson dont le scientifique ne comprit pas la raison parcourut les spectateurs lorsque Neith, sa voix de soprano descendant dans les graves, psalmodia une instruction surprenante, invitant son amie à réfléchir soigneusement avant de choisir son prochain corps et à ne s'engager dans le don que si elle se sentait capable de servir et d'aimer Seis-Keyah sans condition.

Puis on porta Sindharin en terre. Mac Lir aurait aimé en profiter pour compléter ses connaissances sur les mœurs de la planète, mais il en fut pour ses frais : Idril lui enjoignit, ainsi qu'à O'Connor, de rentrer dans la maison d'Heidrun. La grande bergère fit signe à deux jeunes hommes de les y accompagner. On tenait à ce que les étrangers n'assistent pas à cette partie de la cérémonie.

Justin profita de ce moment pour sonder Irène O'Connor. Lorsqu'il lui demanda pourquoi elle avait tenu à les suivre alors que rester près de la navette lui aurait permis d'attendre tranquillement des secours, la jeune femme aligna plusieurs explications aussi peu convaincantes les unes que les autres. Il insista. O'Connor perdit alors subitement tous ses moyens. Elle se mit à pleurer.

– J'avais peur, répétait-elle simplement, j'avais peur.

Puis, à la surprise de Mac Lir, elle se jeta dans ses bras et se mit à sangloter contre sa poitrine. « Je ne voulais pas te quitter », hoquetait-elle en s'accrochant à ses épaules. Il s'attendait si peu à un tel comportement qu'il fut pris au dépourvu. Obéissant à un automatisme, ses mains serrèrent la jeune femme, cherchant à l'apaiser. Mais son esprit reprit vite le dessus. *Qu'est-elle donc en train de m'inventer ?* s'interrogea-t-il. Certes, il avait partagé la couche de la jeune pilote, et ils s'étaient appréciés. Mais de là à lui jouer la grande scène de la passion plus forte que tout, il y avait un pas. Se reprenant, il l'éloigna de lui.

– Arrête, O'Connor, dit-il. Arrête. Tu n'es pas amoureuse de moi.

La jeune femme recula de deux pas et lui jeta un long regard dont il n'aurait su dire s'il était désespéré ou furieux.

– Qu'est-ce que tu en sais, Justin Mac Lir ? lui demanda-t-elle. T'es-tu seulement intéressé à ce que je ressens ?

Il recula à son tour. Elle avait raison. Il s'était servi d'elle, cherchant dans ses bras une distraction à ses soucis. Mais il n'avait pas fait attention à elle. Il n'avait pas cherché à la comprendre, il n'avait aucunement imaginé qu'elle était, elle aussi, un être sensible, capable d'amour, avide d'amour, peut-être. Il la regardait, voyant une jeune femme ravissante et perdue, isolée dans un monde inconnu, une jeune femme pour qui, désormais, il était le seul ancrage, la seule sécurité. Il se mordit les lèvres.

– Je te demande pardon, souffla-t-il.

La jeune pilote recula encore d'un pas, comme giflée par ces mots.

– Va te faire voir, Mac Lir, dit-elle.

9

Le prince Kaherdin n'était pas homme à se défiler. Maintenant que la grande prêtresse voyageait avec lui, il souhaitait avoir avec elle l'entretien qu'il avait négligé. Il attendit que la nombreuse compagnie qui, désormais, cheminait vers le nord-ouest à ses côtés, se soit installée dans une des auberges de Razdel et se soit abondamment restaurée pour s'isoler avec Hilargi. Il s'éloigna des autres, princes ou aristocrates installés de concert avec les guerrières de la phalange et les hommes de Sandor autour d'une longue table surchargée de victuailles délicieuses, une table luxuriante, bien dans l'esprit de l'Atelkosou, aux yeux du prince des mers, et invita la jeune femme à le suivre dans les jardins de l'auberge. Il s'attarda un instant pour contempler la rivière Varna qui bruissait à ses pieds au bas d'une pente herbue. La petite lune, Sathya, déjà haute dans le ciel, commençait à voir son éclat éclipsé par l'apparition, à l'horizon est, de Degatoga. Le paysage, autour de lui, baignait dans une lueur pâle, qui commençait à prendre cette vague teinte mauve que la conjonction prochaine des deux lunes transformerait bientôt, pour deux ou trois nuits, en un rare indigo. Kaherdin s'étira longuement. Il se sentait bien, ici, même si la présence permanente de l'immense forêt, perceptible au-delà des toits de Razdel et de l'autre côté de la rivière, avait quelque peu tendance à l'étouffer. Il avait prêté l'oreille au grand loup blanc avant de veiller à l'installation de ses compagnons. L'animal, il l'avait senti, était tout proche, juste en dehors du bourg. Kaherdin s'était étonné de percevoir sa présence attentive avec autant d'acuité. Il commençait à apprivoiser la communication avec ce compagnon, communication qui ne passait pas par des paroles, mais que son cerveau traduisait spontanément en mots. Quelque chose, désormais, chantait en permanence à son oreille, avec, parfois, une résonnance aussi nette que celle d'une voix humaine, avec, aussi, souvent, une discrétion subtile, et il avait alors l'impression d'entendre, de très loin, comme à la lisière de son esprit, une ritournelle rauque et basse, comme un ronronnement à peine perceptible, qui se contentait de dire, mais sans les mots : « Je suis là, prince, je suis là. »

C'était avec une certaine inquiétude que le prince se rendait compte de l'intérêt, du plaisir, presque, qu'il prenait à cette présence tantôt évidente tantôt discrète. *Comment ai-je pu si longtemps me boucher à ce point le cœur et les oreilles*, songeait-il, *comment ai-je pu me priver de cette présence secrète et essentielle, aussi secrète et essentielle que ma respiration elle-même ?* Attentif, il concentra son esprit et tenta d'entrer en contact avec le léger bruit de fond qui, désormais, pour lui, habitait le monde. Il sentit un étirement, un léger agacement, une reconnaissance. Puis, comme l'écho d'un « chut ». L'animal dormait et il l'avait dérangé. Avant le dîner, le prince n'avait eu aucun mal à établir le contact. La présence s'était faite plus précise dès qu'il avait décidé d'y prêter attention. En image, en sensations, en contentement et en fatigue, le loup lui avait fait comprendre qu'il s'était trouvé un endroit pour se reposer, au sein d'une minuscule grotte cachée derrière un fouillis d'arbres et de taillis. Kaherdin avait senti le plaisir de la détente qui s'emparait du dos puissant et des pattes agiles, de l'esprit calme et du ventre rempli. Un peu plus tôt dans la soirée, il avait perçu la joie de saisir une petite proie vivante, de la tuer proprement, et de la dévorer. Et puis, dans le même moment, la brève surprise et l'agonie immédiate de la proie, un rongeur des collines : le loup, avait alors compris Kaherdin, relayait à l'intention de son esprit d'humain, sans le savoir, peut-être, tous les bruissements du monde animal. Grâce à son compagnon, le prince était ainsi en communication avec les autres bêtes. Un peu plus tard, alors que le loup somnolait et que le prince, tout en s'occupant, avec l'aide de Sandor, d'organiser l'étape, avait à nouveau cherché à repérer le loup, il avait nettement perçu le réveil soudain de l'animal, dérangé par l'activité frénétique d'un oiseau dans les branchages qui barraient l'entrée de l'anfractuosité de son rocher. Et à nouveau, l'esprit du loup lui servant de relais, il avait senti l'excitation de l'oiseau, il l'avait presque entendu clamer, sans mots, mais avec ce qui, pour Kaherdin, en était l'équivalent : « Ah ben ça alors, ces petites baies rouges, très rouges, si rouges, quel festin ! » La présence du loup s'était imposée, effaçant l'animation de l'oiseau, et, alors qu'il soupirait et fermait les yeux, décidé à retrouver le sommeil, Kaherdin sentit la nostalgie qui l'habitait, nostalgie de ses compagnons, de sa meute, laissée loin derrière lui depuis qu'il avait entamé ce périple au service du prince. *Pardonne-moi*, avait songé Kaherdin, et, comme en un souffle, il avait senti le vague « merci » du loup.

Hilargi se gratta discrètement la gorge, se rappelant à sa présence. Il se retourna et la contempla un instant avant de lui adresser la parole. C'était une femme jeune, encore, de son âge à peu près, estima-t-il. Sa longue chevelure retenue dans un léger voile jaune d'or brillait dans la lueur pâle de la nuit. Son regard vert était calme et attentif. Elle avait troqué sa tenue de voyage contre une robe bleue au col montant serrée à la taille par un large corset vert et bleu frangé d'or. Sur son front, elle avait dessiné le signe de son appartenance à la caste des prêtres : trois gouttes d'eau, la plus petite à la racine de ses cheveux, la plus grosse juste au-dessus de ses sourcils. Kaherdin la trouva impressionnante : dans son attitude paisible, la jeune femme dégageait une autorité certaine. Il ne devait pas faire bon, songea le prince, se mettre à dos la grande prêtresse de l'Atelkosou. La bouche sévère, elle attendait qu'il entame le dialogue. Il lui adressa un léger sourire et lui parla de Luken. Elle l'écouta sans l'interrompre expliquer ce qui s'était passé à Tillia Tepe.

– Qui est au courant ? finit-elle par demander.

– Ma fille, ainsi que ses petits camarades présents lors de l'incident. Ma sœur, Angharad de Glanis, et son époux, le roi Llewelyn. Et Luken, bien sûr. J'ai fait parler ma fille qui m'a avoué la vérité, mais je ne pense pas que les autres enfants qui étaient dans la clairière en aient parlé à leurs familles.

Hilargi se mit à triturer l'herbe du bout de sa botte de cuir fauve.

– Ainsi Luken souhaite que vous rencontriez cet Oden... Savez-vous qui, parmi les Serviteurs, est au courant de l'incident ?

Kaherdin fut surpris de l'entendre parler aussi librement de ce qui, en général, constituait plutôt un sujet tabou, un sujet, en tout cas, que l'on n'abordait qu'avec de subtiles précautions oratoires. Mais Hilargi, comme Luken, faisait partie d'un monde à part, celui de la caste spirituelle. Sans doute avait-on, dans ce monde, d'autres habitudes.

– Si ça se trouve, répondit-il, tous les mutants de Seis-Keyah sont au courant. Pour ma part, je sais que la mère de la petite Sieglinde a été informée par le roi Llewelyn. Vidar, l'un des deux élus qui dirigent le peuple relié aux animaux, et qui est le frère jumeau d'Oden, est aussi au fait de la situation, de même que les représentants de ce peuple au grand conseil permanent, Donar et Phaïdime. Ainsi, sans doute, que la famille de la petite Ivah.

– Et Krimba ? jeta tranquillement Hilargi.

– Je ne lui en ai pas parlé, répondit Kaherdin.

– Ainsi, la petite Dîyar, qui voyage avec nous, ne saurait rien ?

– Comment voulez-vous que je le sache ? répliqua Kaherdin, agacé. Je ne leur en ai pas parlé, mais rien ne dit qu'elles ignorent l'incident.

– Pardonnez-moi, monseigneur, s'excusa Hilargi. Je ne voulais pas vous sembler indiscrète. Je tente simplement de me faire une idée de ce qui se passe. Puis-je vous demander comment vous interprétez cette affaire ?

– Je n'interprète pas, Hilargi, j'en suis incapable. Je me contente de constater. Pour l'instant, tout ce que je sais, c'est qu'il s'est passé quelque chose d'inhabituel dans la clairière de Tillia Tepe. Nous le savons pour deux raisons : parce que les petites mutantes, Sieglinde et Ivah, ont affirmé que les étrangers venaient d'ailleurs, ce qui a été confirmé lorsque le roi Llewelyn a fait examiner les corps et que l'on a trouvé sur eux des appareils dont nous n'avons pu comprendre ni l'utilité ni l'origine. Et, surtout, parce que Sieglinde n'a pas perdu ses pouvoirs, ce qui aurait dû être le cas : l'enfant n'était pas en danger, ni sa petite compagne. Elle a tué des gens qui ne présentaient apparemment aucun risque.

– Et dans un tel cas, en effet, les Serviteurs perdent leur don. Il leur est impossible de tuer à tort..., commenta Hilargi, pensive.

– Oui, répondit Kaherdin, en sentant un frisson lui parcourir le dos.

Moi aussi, songeait-il, *je peux tuer. Je peux lancer le loup blanc, ou n'importe quel autre animal si un loup est là pour relayer les ordres, à l'assaut de qui me menace.* Cette perspective, à laquelle il n'avait pas sérieusement réfléchi, l'emplissait d'une émotion contradictoire, composée à la fois d'une crainte profonde, mais aussi d'une espèce d'enthousiasme allègre, comme une puissance joyeuse, venue du fond des âges. Il savait cependant que, comme venait de le rappeler Hilargi, un Serviteur qui tuait si sa vie ou celle d'un de ses compagnons n'était pas menacée perdait aussitôt tous ses pouvoirs. Personne ne savait très bien comment, mais le fait était là : la nature – ou ce qui leur avait donné naissance et dont on ne savait pas trop si c'était la nature – leur interdisait de se servir de leurs dons pour faire le mal sans raison.

– Cette histoire est ahurissante, monseigneur, reprit Hilargi. Et que comptez-vous apprendre auprès de cet Oden ?

– Je l'ignore, répondit Kaherdin. Après le rêve qu'il a fait, Luken est persuadé que cet homme peut éclairer notre lanterne, mais j'ignore en quoi.

Hilargi soupira longuement.

– Luken se trompe rarement, dit-elle simplement.

Si elle avait entendu le conciliabule fiévreux qui bourdonnait de l'autre côté de la clairière, Morven n'aurait plus eu à s'inquiéter au sujet de sa décision de garder le silence sur la nature du prince Kaherdin. La guerrière avait confié le premier tour de garde à la petite Logan et s'était aussitôt endormie, d'un sommeil bienheureux dont rien, sinon, peut-être, la foudre lui tombant sur la tête, n'aurait pu l'extraire. Elle avait décidé de faire camper sa troupe peu avant d'arriver à Razdel : elle ne souhaitait pas être vue dans la cité en compagnie de sa singulière bande de clients. Razdel n'était qu'un gros bourg, et l'écho de cette présence surprenante aurait pu parvenir aux oreilles du prince. Préférant ne prendre aucun risque, Morven avait installé le camp dans une clairière au cœur des grands arbres. Les filles de la phalange avaient sorti de leurs fontes suffisamment de couvertures pour réchauffer tout ce petit monde, à condition qu'on s'y enveloppe à deux. Après avoir frugalement dîné de pâtés et de pains également sortis des fontes, on s'était installé pour la nuit et Morven, de même que Gazni et Barabal, confiantes dans la vigilance de Logan, s'étaient aussitôt endormies.

Mais les gamins, que la balade tenait dans un état d'excitation inhabituelle, ne s'étaient pas assoupis aussi paisiblement. Fourrés sous les couvertures à quelque distance des guerrières, ils avaient commencé à bavarder, comme le font les enfants dans le noir, l'un ou l'autre ponctuant parfois ces chuchotis animés d'un « Bon, maintenant, on dort », ce qui provoquait un silence qu'interrompait bientôt un murmure nouveau. Ce fut Rahel, au bout d'un moment, qui mit sur le tapis le sujet du prince Kaherdin. Sikhanden, que l'évocation de Krimba, la veille, avait mise en ébullition, prit aussitôt le relais. Bientôt, toutes sortes d'hypothèses évoquées à mi-voix fusèrent d'une couverture à l'autre, jusqu'au moment où Branamir suggéra que l'on aille s'installer un peu plus à l'écart pour discuter tranquillement de cette passionnante affaire. On se faufila le plus silencieusement possible jusque sous les grands arbres où, assis en rond sous les deux lunes qui se partageaient ce soir-là le ciel de Seis-Keyah, on se mit à chuchoter de plus belle.

– Cela dit, notait Rahel, on ne sait pas si c'est un vrai Serviteur, le prince.

Merryn, la gamine venue des îles, se montrait sceptique. Voir son grand-oncle Kaherdin soupçonné de faire partie de ces autres qui fascinaient et inquiétaient la désarçonnait complètement.

– Mais vous êtes idiots, murmurait-elle, on ne devient pas mutant comme ça, au hasard !

– Ah bon ? Moi, je croyais, jeta le petit Paki d'une voix un peu trop forte, ce qui lui attira une bordée de « chut » impérieux.

– Ah oui, le taquina sa cousine Kiziah, alors tu crois qu'un de ces jours tu vas te réveiller en étant capable de parler aux bêtes ou de donner des ordres au feu ? Rêve toujours, mon bonhomme !

– Ça arrive comment, alors ? demanda Paki, comme s'il parlait d'une maladie mystérieuse.

– Ça vient des parents, intervint Branamir, de l'air d'un grand qui sait des choses que les petits ignorent.

– Ah, ben alors, ça ne risque pas de m'arriver, à moi, chuchota Zoran dans un bref fou rire.

Imaginer le rayonnant Sandor sous les traits d'un Serviteur lui était impossible, de même que de soupçonner sa mère, la discrète Margit, de manipuler les forces du ciel.

– Ça c'est sûr, commenta Rahel en pouffant derrière ses mains.

– Vous êtes bêtes, ronchonna Merryn. Pour être un Serviteur, il faut avoir des parents mutants, et dans ma famille, il n'y en a pas.

– La mère de Kaherdin, c'était l'ancienne reine ? questionna Branamir.

– Ben oui, évidemment ! répliqua Merryn, que la discussion mettait de mauvaise humeur. Sans ça je ne vois pas comment il serait prince !

– Et elle était pas mutante, je suppose, intervint Otieno, l'aîné des enfants du Dilmun.

Ce qui fit pouffer de rire plusieurs petites silhouettes. Une reine Servante, ça, non, on n'en avait jamais parlé.

– Et son mari, c'était qui ? demanda alors Manjusha, la fille du fleuve. On m'a raconté que des fois, un seul parent Serviteur, ça suffit...

– C'était un homme ! Quelqu'un de normal, protesta Merryn.

Mais cela n'apaisa pas l'imagination de ses petits compagnons. Oubliant les questions d'hérédité, ils se concentrèrent sur le jeu beaucoup plus amusant consistant à deviner quel pouvait bien être le don du prince Kaherdin – si don il y avait.

– Vous croyez qu'il peut dompter l'océan ? demanda Hourig, la voix rêveuse.

– Ça serait pas étonnant, pour un prince des îles, commenta Kiziah.

Puis, agitant vigoureusement les jambes un instant pour se réchauffer :

– Ça doit être beau, la mer ! C'est beau, non, Merryn ?

– Tu parles, de l'eau, juste plein d'eau, jeta Manjusha d'un air méprisant, reprenant inconsciemment à son compte la vieille rivalité qui opposait le royaume du fleuve et celui de la mer.

– C'est beau, rectifia Merryn, mais je vous jure que jamais Kaherdin n'a ordonné quoi que ce soit aux vagues ! Quelle idée !

– Peut-être qu'il fait ça en cachette, estima Paki.

– Mais c'est pas parce qu'il est né sur une île que c'est un Serviteur de l'eau. Peut-être qu'il s'occupe de l'air, supposa alors Hourig. J'en ai vu un, un jour, dans les montagnes...

– Un mutant de l'air ?

– Oui, il regardait un gros rocher et le rocher s'est mis à voler. Même qu'on dit qu'ils peuvent faire voler des rochers si gros qu'on pourrait mettre un village dessus.

– Ah, ben j'aimerais pas habiter dans une ville volante, jeta Kiziah en faisant la grimace.

– Et si c'était un de ces guérisseurs, tu sais, ceux qui ont le pouvoir sur les trucs du corps, ceux qui peuvent te faire attraper la crève rien qu'en te regardant ? demanda Manjusha.

– Mais non, idiote, jeta Sikhanden, ceux-là, ils ont des yeux bizarres. Le prince, il a des yeux normaux.

– Alors peut-être qu'il parle aux plantes, imagina Rahel. Il y en a des comme ça, chez nous. Ils sont dans ces endroits où des plantes donnent de l'énergie, vous savez...

Non, personne, à part Zoran et Branamir, ne savait. Rahel tenta d'expliquer l'affaire aux ignorants, mais elle s'emmêla bientôt les pattes.

– L'important, conclut-elle abruptement, c'est qu'ils donnent des ordres aux plantes, même qu'ils peuvent dire à un arbre de te tomber dessus.

– C'est pas vrai, ça se saurait si les arbres nous sautaient dessus, contra Hourig.

– En tout cas, ils font des trucs sacrément bizarres avec les plantes, insista Rahel.

– Mais le prince, tu crois qu'il sait faire ça ?

– Je ne sais pas, répondit Zoran. Ces mutants-là, ils sont plutôt rares, à ce qu'on dit.

– Alors peut-être qu'il est comme le mari de Krimba, supposa Branamir.

– Il fait quoi, lui ? demanda Otieno.

– Il porte un médaillon, avec un éclair dessus.

– Ah, ceux qui fabriquent des lumières bleues et des trucs comme ça ?

– Les Serviteurs de la Foudre, intervint une voix qui fit sursauter les petites silhouettes assises en rond.

C'était Logan, qui avait surveillé pendant un moment sans intervenir le manège des enfants, avant, intriguée, de s'approcher. Elle s'installa en tailleur parmi eux. Âgée seulement de seize printemps, Logan était encore suffisamment proche de l'enfance pour être diablement intéressée par la conversation, mais également pour être acceptée sans trop de réticence par le petit groupe, qui s'agita de manière à lui faire de la place.

– Tu en connais, des Serviteurs comme ça, toi, Logan ?

– Non, mais on dit qu'ils sont très dangereux. Ils peuvent faire venir des éclairs sur vous et d'autres choses de ce genre.

– Brrr, frissonna Paki. Si le prince Kaherdin il fait ça, moi, je ne veux pas le suivre.

– Le prince Kaherdin ? s'étonna Logan.

– Oui, il paraît que c'est un mutant, expliqua Sikhanden.

– C'est pas vrai ! intervint Merryn. Mon grand-oncle, c'est pas un Serviteur !

– Ben si c'est un mutant des orages, moi, j'aime pas ça, mais j'aurai bien plus peur si c'est un mutant du feu, intervint Manjusha, sans tenir compte de l'opinion de Merryn. Ceux-là, ils me fichent vraiment la trouille. Même qu'il paraît qu'au Nokomis, il y en a qui entrent tout nus dans les volcans.

– C'est une légende, ça, intervint Logan. Ils vont près des volcans, et on dit qu'ils peuvent faire des choses avec la lave et le feu, mais ils n'entrent pas dedans, et en plus, ils ne sont pas tout nus.

– Oui, mais n'empêche, ils me fichent la trouille. Tu imagines, un bonhomme qui te regarde et qui fait venir un feu de nulle part pour te brûler ? C'est horrible !

Logan prit un air supérieur : elle en savait plus et, en tant qu'aînée, elle estimait de son devoir de rectifier les erreurs de ses cadets.

– Ça ne peut pas arriver, Manjusha. Ils ne peuvent pas t'attaquer comme ça. À moins que tu ne menaces leur vie. Là, ils ont le droit d'utiliser leurs pouvoirs pour se défendre.

– C'est qui qui leur interdit ? demanda le petit Paki.

– Oh, personne. Simplement, ils ne peuvent pas. S'ils font ça, ils perdent leur don. Imagine, si en chipant une seule fois de la confiture, tu devenais incapable d'en manger pour ta vie entière, tu ferais quoi ?

– Ah ben, ça, tu peux être sûre que j'en volerais jamais ! s'exclama le petit garçon.

Une fois de plus, il avait oublié de chuchoter, et sa voix claire résonna sous les grands arbres. Tout le monde se figea, y compris Logan, qui ne tenait pas à ce que ses compagnes la découvrent aussi peu concentrée sur son tour de veille.

– Crétin, murmura enfin Kiziah, si tu ne sais pas chuchoter, arrête de parler !

– Oui, ben les enfants, je crois que le mieux serait d'aller dormir, ajouta Logan. Il est tard, et ce n'est pas en discutant toute la nuit que vous devinerez ce que fabrique le prince Kaherdin.

– Mon grand-oncle n'est pas un mutant, se hérissa une nouvelle fois Merryn.

Mais en vain : on tenait là une histoire bien trop passionnante pour y renoncer.

10

Pour sa dernière nuit dans le bourg de Heidrun, Justin Mac Lir eut droit à un véritable défilé de cauchemars. Il se retrouva sur Lointaine, face au commandant Moore, qui pointait vers lui un doigt vengeur.

– Vous n'avez rien compris, Mac Lir !

Brian Moore avait lissé ses cheveux poivre et sel vers l'arrière. Rasé de près, il dardait sur Mac Lir un regard méprisant.

– Nous sommes ici pour apporter la civilisation à une bande de sauvages, et vous, vous nous soupçonnez des pires intentions !

Mac Lir tentait de protester, mais le commandant Moore écartait ses objections d'un geste :

– Des petits rois qui jouent les tyrans, des conditions de vie arriérées, nous allons y mettre bon ordre. Une vraie démocratie, l'électricité et le confort, une éducation correcte, des hôpitaux, un commerce digne de ce nom, voilà ce que nous apportons à Bérénice.

Moore recula d'un pas : « Les nôtres sont morts, Mac

Lir, pour cette planète ! Des héros, des hommes et des femmes qui ont donné leur vie simplement pour aider ce monde à sortir de l'obscurantisme ! Et vous, au lieu d'honorer leur mémoire, tout ce que vous trouvez à faire, c'est de tomber amoureux d'une paysanne qui apprivoise des faucons ! »

Mac Lir se réveilla en sursaut. De sa fenêtre, il voyait les deux lunes, encore éloignées l'une de l'autre, mais qui ne tarderaient pas, il le devina, à se rejoindre. *Sathya*, songeait-il. *Où est la vérité ? Et si Moore avait raison ?* Il tenta de réfléchir, mais son esprit fatigué errait au hasard sur des pistes improbables. Il en était à se demander quelle proportion des enfants de la planète savait lire et écrire lorsqu'il replongea dans un demi-sommeil. Il eut alors affaire à Samantha Harris. La géologue le regardait avec une immense commisération : « Trahir les siens, disait-elle, pour sauver trois cailloux, faut-il être bête ! » Elle reculait de quelques pas, laissant apparaître la belle Savannah Diaz qui lui crachait au visage, et le médecin Kate Davis qui, furieuse, lui expliquait que s'il n'avait pas fichu le camp ainsi, on aurait pu sauver Ereshkigal dans son infirmerie bien équipée. « Elle va mourir, votre copine rousse, et c'est de votre faute », affirmait-elle.

Le scientifique émergea à nouveau du sommeil, le cœur battant. Il mit du temps à se rendormir, et ce fut pour se retrouver face à un Jeffrey Williams effondré. « Mon Dieu, pestait le représentant du Consortium, comment avez-vous pu vous tromper à ce point, Mac Lir ! Vous connaissez l'Empire, vous savez que nous respectons des règles strictes lors d'un contact avec un monde inconnu. La loi nous oblige à prendre des précautions. La transition se serait faite en douceur. Mais maintenant que vous avez fichu le bordel en débarquant sur la planète au mépris de toutes les règles, que pouvons-nous faire ? »

Et Courtney Brown surgissait, avec son regard d'acier :

– On va être obligés d'intervenir, Mac Lir ! C'est de votre faute !

Il tentait de se défendre, balbutiait qu'il avait voulu sauver les prisonnières, ce qui faisait rire Courtney Brown. « Les sauver de quoi ? Du confort de la station ? Vous avez sauvé Sindharin, Mac Lir, ça, c'est sûr. Elle est belle, maintenant, votre bergère, dans son tombeau, avec des plumes aux pieds ! Sans vous, sans votre intervention absurde, elle vivrait. »

Et ce fut ainsi toute la nuit. Il vit défiler dans son esprit la population de Lointaine, jeunes femmes proprettes et bien élevées, soldats correctement formés, prêtres et médecins, pilotes et navigateurs, tous partagés entre la colère et la commisération. Pour finir, il eut affaire à la psychologue Allison Morris. Sanglée dans une combinaison bleue au col largement ouvert sur une poitrine de rêve, la jeune femme l'étudiait en hochant la tête. « Mon pauvre Mac Lir, disait-elle, vous auriez mieux fait de venir me voir. Une vraie crise de paranoïa se greffant sur un tempérament bipolaire, voilà ce qui vous est arrivé. Vous êtes la proie de fantasmes archaïques, dus sans doute à une mauvaise relation à la mère. C'est ça que vous avez voulu faire, Mac Lir ? Sauver votre maman d'un danger imaginaire ? Elle s'appelait Bérénice, votre mère ? »

Au matin, épuisé et furieux, le scientifique considéra d'un œil vague la pièce où il avait dormi. Son regard s'attarda sur le petit miroir et la cuvette décorée de fleurs bleues. *Une douche*, songea-t-il. *Une douche bien chaude. Et une cabine de séchage. Peut-être qu'ils aimeraient une douche chaude tous les matins, les gens d'ici.*

Lorsqu'il retrouva Irène O'Connor dans la maison d'Heidrun, il était toujours d'humeur maussade. La jeune femme, pour sa part, boudait ostensiblement. Il darda sur elle un regard mauvais, comme si, à elle seule, elle incarnait Lointaine et ses mirages.

– Tu les as prévenus, n'est-ce pas ? dit-il. Tu as informé Lointaine de notre position. Tu travailles pour qui, O'Connor ? Pour Jeffrey Williams ? Pour le commandant Moore ? Quand vont-ils m'exécuter ? Aujourd'hui ? Demain ?

La jeune femme recula d'un pas.

– Tu es fou, Mac Lir, dit-elle.

Puis, avec, dans la voix, un mépris infini qui rappela à Mac Lir ses rencontres de la nuit :

– Espèce de traître !

Il n'eut pas le loisir de riposter : Heidrun s'approchait, les bras chargés de vêtements.

– Voilà de quoi vous équiper correctement pour aller dans la montagne, dit-elle.

Son arrivée arracha Justin Mac Lir à ses fantômes : elle était si vivante, si présente, qu'il en oublia momentanément ses questions et ses paniques. Elle s'était préparée pour le voyage et portait un pantalon de toile serré dans des chaussures montantes et une large chemise souple. Son regard vert s'attarda un instant sur Mac Lir, attentif.

Puis elle se mit à sourire. Il remarqua qu'elle avait de légères taches de rousseur. Heidrun avisa O'Connor :

– Tenez, dit-elle en lui tendant des vêtements, allez vous équiper, madame O'Connor.

Avec une autorité si naturelle que la jeune pilote se contenta de prendre ce qu'elle lui tendait et de grimper à l'étage pour se changer.

Heidrun revint alors au scientifique. Elle l'observa un moment sans rien dire. Puis, avec à nouveau ce sourire calme :

– Je ne sais pas qui vous êtes, ni d'où vous venez, dit-elle. Mais je suis contente que vous soyez là, Mac Lir. Je suis contente de partir avec vous.

Pris au dépourvu, il rougit jusqu'aux oreilles. Puis à sa propre surprise, il lui demanda ce qu'il adviendrait de Takouhi pendant son absence. Elle eut l'air étonnée :

– Ma fille est en âge de se prendre en charge, dit-elle. Mais c'est gentil de vous faire du souci pour elle.

Et, comme jadis Ereshkigal :

– Vous êtes un homme bon, Mac Lir.

À l'aube, le prince Kaherdin eut une surprise : lorsque, à peine réveillé, et poussé par une urgence dont il ne comprenait pas l'origine, il tenta d'entrer en contact avec le loup blanc, il buta sur l'esprit de Dîyar. Il fut salué, dans ce surprenant langage sans mots, par un murmure d'excuse, quelque chose qui aurait pu se traduire par « Oh, je suis désolée, prince, c'est Dîyar, j'avais senti la présence du loup. » Kaherdin, peu habitué à ce langage subtil, s'agaça légèrement. Aussitôt, il perçut ce qui aurait été de nouvelles excuses, quelque chose comme

« Pardonnez-moi, je m'en vais. » La petite mutante avait perçu ce qu'il pensait. *Ainsi*, songea-t-il, *deux Serviteurs qui ont le don de communiquer avec les animaux peuvent entendre leurs pensées par l'intermédiaire d'un animal ?* À condition, bien sûr, que leur « animal cible » soit le même. Même si Kaherdin avait tout fait, jusqu'à présent, pour en apprendre le moins possible sur les Serviteurs, il était malgré lui mieux renseigné que d'autres. Il savait que les mutants ne disposaient généralement que d'un seul don. Il savait aussi que ceux dont le don consistait à entrer en contact avec le monde animal, dans leur grande majorité, ne pouvaient communiquer vraiment qu'avec une espèce. Pour certains, c'étaient les tigres, pour d'autres les faucons, pour d'autres encore, les chevaux, les abeilles ou les lourds ours-bulles. Pour lui, c'étaient les loups. *Et pour Dîyar ?* se demanda-t-il. La fillette était une multitalente. Était-elle capable de communiquer clairement avec tous les animaux ou seulement avec les loups ? Lorsque, une petite demi-heure plus tard, il croisa l'enfant dans la salle commune de l'auberge, il s'isola un instant avec elle et lui posa la question. La petite fille rougit, visiblement gênée.

– J'entends tous les animaux, dit-elle d'une petite voix hésitante.

Puis, levant sur le prince ses grands yeux bleus :

– Je ne le fais pas exprès, vous savez, monseigneur.

Kaherdin la rassura. *Mon Dieu*, songeait-il, *ça doit être incroyablement éprouvant pour un enfant de posséder tous les dons.* Il se demanda comment on pouvait éduquer une petite fille comme Dîyar. Que pouvait-on faire pour éviter qu'elle ne se blesse ou blesse les autres lorsque, dès ses deux ou trois ans, toutes ses capacités se manifestaient ?

Quand, quelques minutes plus tard, Findchoen débarqua à son tour dans la salle et vint l'embrasser, il remarqua que Dîyar observait la fillette avec vigilance, guettant l'instant où elle pourrait accaparer son attention. La petite mutante avait désespérément envie d'avoir une amie, il le sentait. À ce regard, il devina quelle devait être la solitude de la petite fille. Ému, il se tourna vers elle et lui sourit.

– Vous allez bientôt pouvoir discuter ensemble, dit-il. Mais auparavant, Dîyar, j'ai quelque chose à te dire.

Il prit la fillette par la main et l'emmena hors de l'auberge. Ils tombèrent en pleins préparatifs de marché, et le prince, qui aurait voulu être discret, dut hausser la voix pour se faire entendre dans le brouhaha ambiant. Il expliqua à la petite fille que Findchoen ignorait sa nature de Serviteur, et qu'il souhaitait pouvoir le lui annoncer lui-même quand il estimerait le moment venu. Dîyar hocha la tête.

– Bien, monseigneur, je ne lui dirai rien, réponditelle, terriblement sérieuse pour son âge.

Kaherdin, une fois de plus, eut pitié de la gamine.

– Ne m'appelle pas « monseigneur », dit-il. Entre nous, tu sais, ce n'est vraiment pas nécessaire. Appelle-moi simplement Kaherdin.

La fillette hocha de nouveau la tête. Puis, Kaherdin lui ayant fait signe de rentrer dans l'auberge, elle s'y précipita de toute la vitesse de ses jambes. Un instant, prise dans un rayon de soleil, elle eut l'air d'une petite fille comme les autres, d'une petite fille qui a simplement envie de retrouver sa copine.

Au bout de dix ans d'enquête, Mac Lir connaissait bien la faune de Seis-Keyah. Il avait eu le temps de répertorier la plupart des animaux présents sur la planète, et la surprise de constater que la grande majorité des espèces ressemblait à s'y méprendre à ce qu'on trouvait sur les mondes du Consortium. C'est-à-dire à ce qui avait été apporté de la vieille Terre par les colons d'avant l'Effondrement. Il s'en était étonné et en avait tiré une théorie : la population humaine de Seis-Keyah descendait de colons oubliés là depuis des siècles, depuis des millénaires, peut-être. La planète, comme Enterprise, était une excroissance de la Terre d'origine. Un monde peuplé par des arrivants, hommes et bêtes, venus d'ailleurs. Reste qu'il avait tout de même repéré un certain nombre d'animaux volants – dont ceux qui ressemblaient à des dragons – et de mammifères inusités. Il y avait eu de la vie sur Seis-Keyah avant l'arrivée des hommes, une vie dont il restait quelques vestiges. Le scientifique ne fut donc pas surpris outre mesure, au moment où ceux qui devaient quitter le village se retrouvèrent sur la grand-place pour se mettre en route, de découvrir, au sein de la petite caravane mise en place sous l'autorité d'Idril et de leurs guides, deux exemplaires de ce que, sur Lointaine, il avait appelé des « bœufs-tortues » : d'énormes animaux de bât – ou parfois de monte – qui ressemblaient à de lourds bœufs courts sur pattes, au front bas, et dotés d'une carapace rappelant celle de la tortue. Idril les lui indiqua d'un bref mouvement du menton :

– Voilà des akurmas, Mac Lir, dit-elle. Ce sont des bêtes calmes et solides, qui ont le pied sûr en montagne.

Il hocha la tête. Les « akurmas » attendaient paisiblement qu'on charge tout ce dont on pensait avoir besoin à bord des immenses paniers accrochés sur leurs dos. À voir ce que leurs deux guides empilaient là-dedans, il comprit que le voyage jusqu'à la mystérieuse Arundati tiendrait de l'expédition plutôt que de la promenade. O'Connor déboucha alors sur la place et se figea : la jeune femme n'avait que de très vagues notions des réalités de Seis-Keyah et n'avait sans doute jamais vu de cliché de ces étonnants pachydermes. « Bon sang », murmura-t-elle, avant de se tourner vers Mac Lir :

– C'est quoi, ces trucs ?

Idril lui répondit, lui expliquant dans la langue du Consortium que ces animaux étaient utilisés sur toute la planète. Elle fit la moue.

– J'espère que vous ne m'obligerez pas à grimper sur ces horreurs, dit-elle.

– Non, les akurmas portent nos bagages. Nous, nous irons à cheval.

Irène O'Connor se dirigea immédiatement vers les chevaux qui attendaient un peu plus loin.

– Tu sais monter ? demanda Mac Lir.

La jeune femme ne daigna même pas lui répondre. Mais il vit, à la manière qu'elle avait de s'approcher de leurs montures, de les comparer et de leur parler, qu'elle devait s'y connaître. Il remarqua aussi que leurs guides avaient légèrement ralenti leurs gestes et observaient discrètement la jeune femme. Surveillaient, plutôt. *Bien*, songea-t-il. *Notre escorte a pour tâche de nous protéger, mais aussi de garder l'œil sur nous.* Le plus âgé des deux hommes, Shahin, avait une quarantaine d'années. Râblé, puissant, il offrait pour le moment aux regards un torse pratiquement dénudé, et particulièrement musclé. Austère, il s'activait en silence, ses yeux bridés s'attardant tranquillement, de temps à autre, sur les étrangers. L'autre guide, Arsakes, un garçon plus jeune, portait un bonnet rouge à pointe. Grand et fort, il avait enfilé sur son pantalon bouffant une veste d'un vert très vif et un gilet dont les multiples poches débordaient d'objets surprenants : quelques boules rouges et jaunes à l'usage mystérieux voisinant avec un oliphant doré et, même, un petit animal ressemblant, aux yeux de Mac Lir, à une grosse grenouille pourvue d'ailes duveteuses. Arsakes semblait plus amène que son compagnon : il s'était offert le luxe de sourire à l'étranger, ses yeux en amande se plissant joyeusement.

Neith survint alors, suivie de Heidrun qui guidait un nouvel akurma : sur le dos de l'énorme bête, on avait installé un brancard à haut bord dans lequel reposait Ereshkigal. Les deux jeunes femmes s'activèrent un moment avec les guides tandis qu'Idril s'approchait des étrangers en leur proposant de choisir une monture. O'Connor jeta son dévolu sur un petit cheval aux pattes épaisses. Mac Lir hésita et se vit attribuer d'autorité un grand hongre au long poil gris. Lorsqu'on se mit en route, il eut le sentiment de partir non pas pour un voyage dans l'espace mais pour une expédition dans le temps, dans un passé lointain et oublié.

11

Finalement, ce fut un peu avant d'arriver au palais de Berzbanya que Morven et sa bande se firent repérer. Au fil des jours, le paysage avait changé : les collines boisées et luxuriantes avaient peu à peu laissé la place à la moyenne montagne. Des résineux sombres avaient commencé à se mêler à la riante végétation des basses terres tandis que la Varna, de tranquille et paresseuse, se faisait plus tumultueuse. Kaherdin, qui n'était jamais venu dans l'Atelkosou, s'était étonné du nombre de cascades qui parsemaient le cours du fleuve, ainsi que de la présence d'innombrables lacs, petits ou plus vastes, aux alentours de la rivière. Le prince appréciait le changement : au fur et à mesure que l'on grimpait vers ce qui, à la frontière avec l'Eran, se transformerait en pics enneigés, il respirait plus librement. Certes, la forêt était là, toujours omniprésente, mais le terrain accidenté offrait des perspectives plus vastes. Enfin, il voyait le ciel.

Lorsque, plus tard, la caravane se faufila, deux jours durant, entre d'immenses chutes d'eau qui envahissaient tout le paysage, ne laissant aux voyageurs que d'étroits passages aux flancs d'éminences relativement peu élevées mais souvent abruptes, il ne put que s'émerveiller : ici, il retrouvait la vastitude des hautes terres de Glanis. Certes, l'eau cascadant de toute part dans un bruit de tonnerre semblait, pour un habitué des terres désolées de la grande île, singulièrement exotique, mais il découvrait là une envergure et une sauvagerie qui lui convenaient. Son compagnon invisible, en revanche, n'apprécia guère la traversée de cette zone : lorsqu'il entrait en contact avec le loup blanc, Kaherdin ne sentait plus qu'agacement et hésitation. Louvoyant loin des humains entre cascades et bouillonnements tumultueux, l'animal passait son temps à s'ébrouer pour se sécher, à sautiller de côté pour éviter les brumes humides qui montaient de toute part et à se lécher consciencieusement dans l'espoir de remettre de l'ordre dans son pelage ébouriffé. Kaherdin, qui l'entendait bougonner comme un vieux marin privé de son bateau, s'amusait. Il tentait de l'apaiser, mais en vain : pour toute réponse à ses efforts, il ne recevait que l'écho de crachats fulminants, et quelque chose qui ressemblait à une litanie de jurons.

Le premier soir, loup et humains eurent autant de mal les uns que les autres à trouver où s'installer pour passer la nuit. Les guerriers qui accompagnaient Sandor guettaient le terrain à la recherche du moindre petit bout de terre sèche et plate tandis que le loup, l'échine et le museau bas, espérait une anfractuosité à l'abri des embruns. Il était tard lorsque Sandor, enfin, repéra un endroit relativement sec et proposa à Kaherdin d'y installer le campement. On grimpa jusqu'au méplat, pour y découvrir une nouvelle perspective qui ouvrait sur une autre série de chutes d'eau, au milieu desquelles émergeait un énorme rocher abondamment sculpté. Une immense tête aux yeux clos, semblable à une proue, taillée à même la roche au-dessous de plusieurs plateformes ornées de tourelles, de colonnes et de sculptures baroques, semblait surveiller le paysage. L'ensemble était usé, parsemé de mousses vertes et brunes. Kaherdin s'étonna. Cela fit rire Sandor :

– Nos ancêtres étaient de singuliers bâtisseurs, dit-il. Quelque roi ancien aura voulu, ainsi, poser sa marque dans le paysage.

– Un roi ? intervint Arevig, qui, semblable au loup, n'appréciait guère la traversée de cette région et secouait d'un air furieux sa chevelure brune toute frisottée. Une bande de prêtres allumés, oui, plutôt ! Cette tête, c'est un dieu, non ?

La petite Dîyar, qui chevauchait sagement entre Kaherdin et Findchoen, fronça le nez :

– C'est l'esprit de la montagne qu'on a voulu représenter, dit-elle. Un Gardien. Un grand Gardien.

Tandis qu'Arevig haussait ses ravissantes épaules, la fillette se fit plus précise :

– Ici, dit-elle doctement, ne passent que ceux qui le méritent.

– Et comment on le sait, si on le mérite ? répliqua Mirko.

Hilargi, la prêtresse de l'Atelkosou, fit entendre un petit rire :

– Sonde ton âme, guerrière, et tu le sauras.

Déclaration qui jeta un froid dans la colonne jusqu'au moment où Dorcas, la compagne blonde de Mirko qui venait du Dilmun, ronchonna dans sa barbe que, Gardien ou pas, ce dieu avait décidément une sale gueule.

Au matin suivant, tout le monde était irrémédiablement mouillé. Plus personne ne disposait de vêtements de rechange secs. On se mit en selle en rouspétant avant de passer juste sous l'immense tête aux yeux clos, certains levant un œil inquiet pour l'observer, d'autres, comme Arevig, Findchoen ou Dorcas, gardant la tête prudemment baissée. L'un des guerriers de Sandor, un colosse aux longs cheveux bruns nattés, eut la mauvaise idée de se moquer de Dorcas. La jeune femme lui jeta un regard noir, porta la main au sabre dans son dos et tenta de faire faire demi-tour à sa monture. En vain : l'étroitesse du passage et les huées des autres cavaliers l'en empêchèrent. Mais elle jura abondamment, ce qui fit dire à Mirko qu'il vaudrait mieux, à la prochaine étape, laisser ces deux-là se frotter l'un à l'autre à leur guise.

– Je parie qu'ils finiront emberlificotés sous leurs couvertures. Et heureux, en plus ! riait-elle.

Ce fut à ce moment-là que Dîyar marqua une pause, bloquant tous ceux qui chevauchaient derrière elle.

– Il y a des gens, là-bas, dit-elle.

Elle s'était retournée sur sa selle et pointait le doigt vers l'ouest. Sandor, avec ses yeux d'aigle, fut le premier à repérer la petite colonne qui chevauchait à quelques centaines de mètres en aval. On s'étonna mais personne ne remarqua que les quatre guerrières semblaient moins surprises que les autres : dans le dernier message laissé à l'intention de Morven, Mirko avait laissé entendre qu'il vaudrait peut-être mieux que les deux expéditions se rejoignent. *Ça suffit, ce jeu du chat et de la souris*, avait-elle écrit. *Nous nous éloignons des terres habitées, mieux vaudrait regrouper nos forces.* Message qui avait rencontré un écho immédiat chez Morven : guider sa bande au milieu de ce chaos d'eau et de rochers abrupts lui demandait une vigilance de tous les instants, et ses compagnes en avaient par-dessus la tête de vérifier en permanence qu'aucun des enfants ne s'était cassé la figure dans un trou d'eau.

La caravane de Kaherdin s'arrêta pour attendre ces improbables voyageurs – un peu après, sur la demande expresse d'Arevig et Dorcas, avoir perdu de vue la tête de pierre. Le prince entra un instant en contact avec le loup pour lui faire comprendre qu'on allait prendre du retard. Il perçut le même écœurement furieux, mais l'animal consentit à ralentir sa course vers une zone plus sèche. Bientôt, les arrivants approchant, Kaherdin poussait une exclamation de surprise en découvrant, parmi la singulière équipe qui les rejoignait, le mince visage hautain de sa petite-nièce Merryn.

Les lieux ne se prêtaient guère à de longues explications, mais lorsque Kaherdin comprit qui étaient les enfants qui les rejoignaient, la caravane de Morven eut droit à une puissante bordée d'injures. Les guerrières se firent traiter d'inconscientes, les enfants de petits merdeux stupides. Et Findchoen, par-dessus le marché, de crétine hypocrite. Tandis que Morven, affrontant la colère de Kaherdin, tentait d'expliquer qu'elle avait été dûment engagée par une très jolie dame dans le palais d'Harmanko, et alors que les enfants, devinant que, malgré sa fureur, le prince ne pourrait qu'accepter qu'ils poursuivent le voyage ensemble, échangeaient des regards ravis, Dîyar observait les nouveaux arrivants d'un œil intéressé. Sandor, de son côté, découvrant son fils Zoran et ses petits-neveux Rahel et Branamir parmi la bande humide, s'était lancé dans une diatribe furieuse. Mais la nature avait doté le prince de l'Atelkosou d'un caractère obstinément heureux : au bout d'un quart d'heure de regards fulminants, il finit par éclater d'un rire sonore.

– Bande d'idiots ! s'exclama-t-il. Vous avez l'air malin ! On dirait une poignée de lutins des collines pris dans un orage d'été. Bon, ben on dit que les voyages forment la jeunesse...

Puis, comprenant que, pour quelque obscure raison, Timea avait vraiment chargé les filles de la phalange d'escorter la petite bande où elle souhaitait aller, il se tourna vers Morven et s'inclina légèrement :

– Merci d'avoir veillé à la sécurité de cette équipe, dit-il.

Kaherdin fut plus long à pardonner. Ce fut finalement le petit visage contrit de Findchoen qui, en fin de matinée, parvint à l'arracher à sa colère. Il haussa les épaules, et, de furieux, devint simplement maussade.

Au fil des jours, le voyage dans les montagnes fit oublier ses soucis à Justin Mac Lir : il n'y pouvait rien, la magie de la planète opérait. Le simple fait de se retrouver au grand air, sous les rayons d'un vrai soleil, exposé à un vent frisquet mais revigorant, l'emplissait de béatitude. Sans compter que tout, autour d'eux, était à la mesure de Seis-Keyah : grandiose et harmonieux. Posant les yeux sur une succession de lointains pics enneigés, d'immenses étendues de graminées sauvages qui dansaient dans le soleil avec des airs de cheveux d'or, des bosquets épars de résineux vert sombre, des nuages tout blancs qui flottaient dans le ciel comme d'énormes boules de coton, des ruisseaux bruissant et des cascades étincelantes, il ne se lassait pas de s'émerveiller. *Ce monde est vivant*, songeait-il, devinant obscurément qu'il touchait là au véritable secret de la planète. *Ce monde est plein de beauté parce qu'ici tout vit, les hommes, les bêtes, les plantes, mais aussi les torrents, les montagnes et les nuages. Et surtout la planète elle-même. Tout vit, ici, et tout est en harmonie.* Observant ses compagnons, sentant entre ses cuisses la puissance de son cheval, regardant l'allure régulière des akurmas, le scientifique sentait que quelque chose de subtil les reliait entre eux et à leur monde, aux arbres et aux chutes d'eau, aux rochers et aux buissons, aux fleurs et aux abeilles.

O'Connor, elle-même, malgré sa fureur rentrée, ne parvenait pas à rester insensible. Mac Lir la surprit à plusieurs reprises, immobile près d'un campement improvisé ou campée sur son petit cheval trapu, en train de contempler ce qui l'entourait en tentant de masquer un soupir de contentement. Le jeune Arsakes, qui s'était révélé un compagnon de voyage inventif et rieur, était même parvenu à plusieurs reprises, sans le vouloir sans doute, à sortir la jeune femme de son humeur morose. Un soir, alors que Mac Lir, penché sur Ereshkigal, tentait en vain d'entrer en communication avec la jeune femme toujours plus ou moins comateuse, il avait entendu O'Connor éclater de rire. Arsakes, installé à califourchon sur un rocher, faisait faire des tours à sa bestiole. Un lizard, avait appris Mac Lir au cours d'échanges avec ses compagnons. La petite bête grimpait sur le bonnet rouge du jeune guide et, à son claquement de langue, sautait en l'air et se laissait planer sur ses ailes duveteuses avant de retomber sur le bras d'O'Connor en émettant des couinements qui ressemblaient aux gazouillis ravis d'un bébé. Arsakes se livrait à des commentaires auxquels O'Connor ne comprenait rien, mais elle faisait l'effort d'essayer de lui répondre, échangeant avec lui des signaux complexes qui les amusaient autant l'un que l'autre. Le premier soir, quand Arsakes avait enlevé son bonnet, Mac Lir avait découvert avec étonnement qu'il avait teint ses cheveux dans le même vert vif que son épaisse chemise de voyage. Il avait demandé à Idril si cette teinture avait un sens, question qui avait étonné la grande bergère.

– Non, avait-elle répondu. Il trouve simplement ça joli.

Les relations des étrangers avec l'autre guide étaient plus réservées. Shahin s'était enfermé dès le début du périple dans un silence souverain. Il se mouvait avec une grâce surprenante, y compris lorsqu'il était à cheval et accompagnait avec une fluidité puissante le moindre des mouvements de sa monture. Le soir, installé de l'autre côté des feux de bois qu'Arsakes avait le don de faire en un tour de main quel que soit le terrain et le vent, il restait immobile et observait Mac Lir et O'Connor sans rien dire, son beau visage carré, qui semblait taillé dans la pierre, ne bougeant pas d'un cil. Neith, Idril et Heidrun lui adressaient rarement la parole, se contentant de lui sourire ou, parfois, d'échanger avec lui des signes dont Mac Lir ne comprenait pas la signification.

Lentement, Neith et Idril se transformaient, reprenant un teint hâlé terni lors de leur séjour sur la station spatiale, chaque jour plus en forme et plus joyeuses. Seule Ereshkigal ne parvenait pas à tirer profit des bienfaits de la planète.

– Elle était trop faible quand ce pilote l'a blessée, expliqua un soir Idril.

Elle était isolée avec Mac Lir.

– Le séjour dans votre boîte nous a vidées de nos forces, poursuivit-elle. Sans compter ces choses insipides que vous mangez et qui ne combleraient pas les besoins d'un fantôme.

Mac Lir avait souri.

– Nous ne sommes pas des fantômes, nous, là-haut, avait-il répondu.

– Tu parles, Mac Lir : une bande d'ectoplasmes, voilà ce que vous êtes, dans votre coffre en fer. Mais tu commences à reprendre figure humaine. Sais-tu que tu pourrais presque séduire une femme d'ici ?

Le scientifique ne s'en rendait pas compte, mais en effet, il avait commencé à bronzer, ce qui faisait ressortir le bleu pâle de ses yeux. Ses cheveux avaient retrouvé une brillance depuis longtemps perdue et il s'était légèrement étoffé. Inconsciemment, il se tenait plus droit et portait sur le monde un regard plus clair. La réflexion d'Idril l'avait troublé. Il avait pris conscience du bien-être de son corps, du sentiment de puissance qu'il éprouvait. Mais il avait vite oublié ces impressions pour interroger Idril sur les raisons de son silence concernant Lointaine. La jeune femme avait piqué du nez.

– C'est trop compliqué à t'expliquer, Mac Lir.

Elle avait eu un vague geste d'excuse :

– Je te protège, je nous protège... Et je protège mon monde...

La sentant sur la défensive comme jamais, Mac Lir n'avait pas insisté.

Et puis il y avait Heidrun, que Mac Lir contemplait le plus discrètement possible, avec, à chaque fois, le même contentement au cœur. Il l'avait surprise deux ou trois fois en compagnie d'un faucon. Il s'était interrogé mais n'avait rien dit. Heidrun levait parfois sur lui un regard calme, ses yeux verts brillant d'un éclat étonnant, avant, retenant un vague sourire, de baisser légèrement la tête. Lorsqu'ils abordèrent la zone des hauts cols et commencèrent à patauger dans la neige, Mac Lir ne pouvait que se reconnaître amoureux. Il avait tourné autour du pot tant qu'il pouvait, mais il ne pouvait se mentir sur l'émotion qui le balayait à chaque fois que son regard tombait sur la silhouette fière de la montagnarde. Tout, en elle, l'enchantait : ses silences comme ses brefs sourires, la courbure de ses épaules sous l'épaisse chemise d'homme, ses cuisses puissantes fermement serrées autour des flancs de sa monture, et même le banal foulard couleur terre dans lequel, chaque matin, elle cachait sa chevelure rousse.

Le franchissement des cols leur avait valu quelques jours plus éprouvants. La température avait baissé et un constant vent glacial leur gelait le visage tandis qu'ils longeaient des glaciers abrupts. Mac Lir avait compris, en écoutant ses compagnons discuter, qu'on était au milieu de ce qui, sur Seis-Keyah, correspondait à l'été. *Pendant l'hiver*, avait-il songé, *ces cols doivent être longtemps infranchissables.* Arsakes avait cessé de faire le pitre pour surveiller la piste. Il n'avait retrouvé sa verve qu'une fois franchi le plus haut col. On avait commencé à descendre le flanc est de la chaîne de montagnes, dévalant d'immenses pentes abruptes que constellaient, ici et là, de hauts rochers et des petits lacs nichés au cœur d'un fouillis d'arbres tordus par le vent. Plus tard, on avait débouché dans un paysage un peu moins austère. Heidrun, satisfaite, avait décidé d'établir le campement sur un terrain envahi de hautes herbes vertes au pied d'un à-pic vertigineux.

– Cela te convient-il, Mac Lir ? avait-elle demandé, lui adressant un sourire si éclatant qu'il avait senti son cœur se serrer.

Lorsque, le lendemain soir, ils arrivèrent au bord d'un vaste lac encastré entre une haute falaise et une forêt de sapins, le cœur du scientifique se serra une fois de plus tant la beauté de l'endroit l'émerveillait. *Tu deviens idiot, Mac Lir*, se morigéna-t-il, mais cela ne parvint pas à rompre l'enchantement. Assez loin sur leur droite, une cascade dévalait des montagnes, brillante comme un ruban d'argent dans la lumière du crépuscule. Le soleil bas jouait dans des nuages gris, or et blancs, irisant la surface de l'eau. Une brume légère s'élevait de l'autre côté du lac, chatoyante. En face d'eux, sur une berge en pente douce recouverte d'un tapis de verdure, une dizaine d'animaux s'abreuvaient paisiblement. *Des biches et des cerfs, sans doute*, estima Mac Lir, bien que l'éloignement les rendît difficilement identifiables. Arsakes poussa un grand soupir d'aise.

– Voilà, nous y sommes presque, dit-il.

Mac Lir regarda Idril :

– Nous avons passé la frontière, expliqua-t-elle. Nous sommes dans l'Atelkosou.

Puis, soudainement rieuse :

– Vous êtes en sécurité, ici, non, Mac Lir ?

Ce soir-là, alors qu'après un solide en-cas ils reposaient, les uns et les autres, dans la lumière des deux lunes, Heidrun se leva et vint s'installer près de Mac Lir qui, allongé dans l'herbe, observait rêveusement le ciel nocturne. Les chevaux, laissés en liberté, vaquaient à leurs occupations, broutant et trottant ici et là sous l'œil vigilant de Shahin. Un peu plus loin, les trois mastodontes à la carapace de tortue ruminaient consciencieusement. Mac Lir, qui songeait à la remarque d'Idril et se disait que non, ils n'étaient pas plus en sécurité ici qu'ailleurs, oublia ses réflexions moroses. Il ne savait pas trop quoi dire à la jeune femme qui s'était assise à ses côtés. Il se redressa sur un coude et la regarda, se demandant ce qu'elle avait en tête. Elle resta grave et ne dit rien. Puis, alors qu'il commençait à s'habituer à cette présence paisible :

– Tu aimes les étoiles, n'est-ce pas, Mac Lir ?

12

La chamaillerie avait commencé loin des oreilles du prince Kaherdin, mais lorsque, déambulant dans le palais de Berzbanya le lendemain de leur arrivée, il tomba sur le vibrant petit groupe installé sur l'une des terrasses dominant une vaste perspective de forêts, d'escarpements rocheux et de cascades, il ne put éviter de comprendre ce qui se passait. Findchoen, en larmes, et Merryn, dressée sur ses ergots, faisaient face aux autres gosses, tandis que Dîyar, silencieuse sous sa chevelure presque blanche, triturait le diamant bleuté qu'elle avait au cou d'un air profondément embarrassé.

– Espèces de sales menteurs ! hurlait Merryn, rouge comme un coq.

– Et toi, répliquait Manjusha tout aussi furieuse, tu es la petite-nièce d'un de ces mutants !

Dans la passion de la discussion, les enfants n'avaient pas entendu le prince approcher.

– Oui, ben vous tous, jeta alors Dîyar en émergeant de son silence, vous n'êtes que des racistes.

Toutes les têtes se tournèrent vers elle. L'argument avait porté, réduisant au silence aussi bien les enfants qui accusaient Kaherdin d'être un Serviteur que ses deux petites parentes qui s'en défendaient bec et ongles. Le prince, qui pensait intervenir pour calmer le jeu, attendit un peu avant de se manifester.

– Qu'est-ce que tu veux dire ? demanda Zoran, l'air peu amène.

Dîyar ne se laissa pas démonter. Kaherdin, qui l'observait, vit sa petite main trembler en se serrant autour du diamant, mais ce fut d'une voix qui s'efforçait d'être ferme qu'elle répondit :

– Vous détestez les Serviteurs, voilà ce que je veux dire. Vous deux, vous avez la trouille qu'un de vos parents soit un mutant, et vous autres, vous imaginez plein d'horreurs sur eux. C'est du racisme.

– Ça veut dire quoi, « racisme » ? intervint le petit Paki de son habituelle voix claironnante.

Dîyar reprit son souffle :

– Ça veut dire qu'on déteste des gens parce qu'ils sont différents.

Cela jeta un froid, chacun se rendant compte que la fillette n'avait pas tort.

– Et parce qu'on ne les connaît pas, ajouta Dîyar, sentencieuse.

Avant, à la surprise de tous, de tourner les talons et de s'enfuir à toutes jambes. Pour tomber droit dans les bras de Kaherdin. Onze jeunes têtes se tournèrent vers le prince tandis qu'il s'efforçait de calmer Dîyar qui jouait les anguilles dans l'espoir de lui échapper.

– Bien, dit-il. Je crois que nous devrions avoir une discussion tous ensemble, non ?

Le lendemain de l'étape au bord du lac, Mac Lir se réveilla dans les bras d'Heidrun. Il s'était endormi sans s'en rendre compte à côté de la silhouette paisible de la jeune femme. Elle avait dû discrètement s'allonger près de lui dans la nuit. Il rougit de confusion, mais Heidrun, qui ouvrait les yeux, ne semblait pas le moins du monde gênée. Elle sourit, se leva et tenta, en quelques gestes distraits, de remettre de l'ordre dans sa tenue. Puis, à l'étonnement infini de Mac Lir, elle avait vaguement bougonné quelque chose comme « Bon, ben tu es où, toi ? », avant de tendre le bras pour l'offrir comme perchoir à un superbe faucon au bec acéré qui avait surgi du ciel comme la foudre. Leurs compagnons détournèrent discrètement les regards, tandis qu'Heidrun, silencieuse et vigilante, observait l'oiseau, l'air, comprit Mac Lir, de lui parler. Quelques minutes plus tard, le faucon reprit son envol et piqua droit vers la brèche entre les pics enneigés dans laquelle l'expédition allait, plus tard, s'engager. Tandis que circulait de main en main un pichet rempli d'une espèce de thé tiédasse et qu'on se partageait un pain un peu dur, Mac Lir s'interrogeait. *Je délire, ou quoi ?* songeait-il. Les informations se mettaient en ordre dans son cerveau surchargé de nouveautés : Idril, dans le bourg de l'Eran, lui disant qu'Heidrun avait envoyé un faucon prévenir la famille royale des montagnes du retour de la princesse perdue, Heidrun souvent vue avec des faucons, et enfin, semblant parler, dans le silence, à l'un d'eux : *bon sang,* se disait-il, *ne me dites pas qu'en plus il y a ici des gens qui discutent avec les oiseaux !* Heidrun ne le laissa pas s'attarder : s'approchant de lui, elle lui posa la main sur l'avant-bras. Il eut le temps de s'étonner de la puissance de cette main carrée et un peu sale, de s'étonner aussi, plus fugitivement, de trouver cette main superbe, lui qui, habituellement, appréciait les longs doigts aux ongles soigneusement manucurés, avant que son esprit n'enregistre ce qu'elle venait de lui dire :

– Je ne suis pas toujours si chaste, tu sais, Mac Lir, avait-elle murmuré, une flamme joyeuse dansant dans ses yeux verts.

Il en oublia les faucons et les mystères et balbutia quelques onomatopées privées de sens avant de rougir jusqu'aux oreilles. À sa grande fureur : cela faisait des lustres que les avances des filles ne le bousculaient plus ainsi. Il se retrouvait aussi embarrassé et bégayant que le gamin de quinze ans qu'il avait été. Malheureusement, cela n'échappa pas à Heidrun, qui sourit un peu jaune, avant, à son tour, de s'empourprer.

– Oh, pardon, dit-elle avant de s'éloigner d'un pas vif.

Indifférent aux regards en coin d'Idril et Neith comme au petit sourire mal dissimulé d'Arsakes, il se précipita derrière elle :

– Non, non, balbutia-t-il, ne me demandez pas pardon...

Heidrun s'était réfugiée près du brancard d'Ereshkigal, qu'on avait, la veille au soir, soigneusement installé dans l'herbe. Mac Lir s'approcha d'elle et tenta de réparer sa bévue :

– Pardonnez-moi, Heidrun, j'ai simplement été pris de court...

– Et si tu me tutoyais, Mac Lir, jeta-t-elle, agacée.

Une voix s'éleva alors du brancard, les faisant tous les deux sursauter :

– Alors, Mac Lir, on drague ?

Oubliant leur marivaudage, ils se penchèrent sur Ereshkigal, qui, toute pâle, les regardait avec une lueur d'amusement dans les yeux.

– On est où ? dit-elle en essayant de bouger, ce qui lui arracha un cri de douleur.

Elle fut aussitôt entourée par toute la troupe, à l'exception d'Irène O'Connor qui émergeait à peine de sa couverture et considérait la scène d'un œil encore vague. Neith repoussa ces encombrants avec autorité et entama une longue discussion avec la princesse revenue du pays des songes avant de refaire son pansement.

Plus tard, alors qu'Ereshkigal, à nouveau, somnolait, Neith fit pour Mac Lir le bilan de son état dans la langue de l'Empire :

– Elle est très faible, encore. La blessure semble propre, mais il faudrait qu'elle puisse manger pour retrouver des forces.

O'Connor, bien réveillée cette fois, eut un petit geste agacé du menton :

– Alors, cette expédition pour aller trouver une autre sorcière, c'était inutile, si je comprends bien ?

– Peut-être, répondit Neith. Mais je préférais ne prendre aucun risque. C'est la princesse, tout de même...

Arsakes les regardait avec étonnement :

– Vous parlez dans quelle langue, là ?

Neith sourit :

– Une langue d'au-delà des montagnes où tu crapahutes, beau gosse, dit-elle.

Ce jour-là, Kaherdin s'aperçut qu'il ne suffisait pas d'être un homme, cet homme fût-il prince, et, par-dessus le marché, ami des loups, pour imposer ses quatre volontés à une bande de femmes et d'enfants. Après avoir confirmé aux enfants que, oui, en effet, il était un Serviteur, que son don lui donnait le pouvoir de communiquer avec les animaux et qu'il suivait depuis Ardal-Elve un grand loup blanc qui savait où se cachait l'homme qu'il cherchait, après leur avoir longuement expliqué qu'ils n'avaient rien à craindre des mutants, après, aussi, avoir réconforté sa fille qui le regardait avec de grands yeux dans lesquels l'inquiétude faisait peu à peu place à une admiration étonnée, il avait annoncé à la petite troupe que, désormais, il continuerait sa route sans eux, n'emmenant avec lui que sa fille. Cela provoqua un murmure de consternation, mais Kaherdin était décidé. Il savait pouvoir compter sur Sandor et ses proches pour prendre en charge les gamins.

À son arrivée au palais de Berzbanya, il avait été accueilli par Radka, l'une des sœurs d'Aborjan et de Sandor qui avait décidé de passer l'été dans cette région plus fraîche que les basses terres de l'Atelkosou. Plus tard, lors d'un dîner dont furent exclus tant les enfants que les guerrières, le prince avait rencontré le frère de Krimba, Kalman. Un homme jeune et silencieux, qui portait au cou un médaillon indiquant sa caste : un éclair sur une petite plaque d'ivoire. Les enfants seraient en sécurité ici, et Kaherdin, qui avait pu constater la présence d'une nombreuse et efficace domesticité, en avait conclu que leur présence ne constituerait pas un fardeau pour la famille royale. Sandor saurait organiser le rapatriement de chacun dans sa famille et son royaume.

Il s'imaginait donc avoir réglé le problème lorsque, après avoir mis fin aux protestations qui fusaient de toute part d'un définitif « Ça suffit, taisez-vous et obéissez », il quitta la terrasse où les enfants étaient regroupés. Il n'avait pas descendu deux escaliers qu'il entendit un trottinement à ses basques. Il se retourna juste à temps pour voir Findchoen se faufiler entre deux colonnes d'où elle s'imaginait invisible et, surtout, pour se retrouver face à une Dîyar solidement plantée sur ses jambes. L'enfant était intelligente : elle n'entra pas tout de suite dans le vif du sujet mais amadoua d'abord le prince en le remerciant pour son intervention concernant les Serviteurs, glissant qu'elle lui savait gré de cette puissante solidarité. « Heureusement que vous êtes de mon côté », dit-elle dans son langage d'enfant, ce qui, Kaherdin ne put que comprendre le sous-entendu, les transformait, tous les deux, en complices à la vie à la mort dans le cœur de l'enfant. Dîyar aborda alors les raisons de son voyage. « Maman m'a demandé de vous suivre », dit-elle, et son regard se posait sur le prince, franc comme l'or. Kaherdin commença à se méfier. Cinq minutes plus tard, il était emberlificoté dans un écheveau d'arguments dont il désespérait de s'extirper : « Je dois veiller sur vous, prince Kaherdin, c'est ma mission, et si je ne la remplis pas, ma mère va me massacrer, et vous aussi, d'ailleurs, vous aurez affaire à ma mère » – mère qui, l'enfant s'en rendait-elle compte, était bien l'une des rares personnes sur Seis-Keyah à pouvoir espérer flanquer la frousse au prince. « Oui mais voilà, je ne veux pas quitter mes nouveaux copains, et Findchoen non plus. Si les autres restent ici, on reste toutes les deux avec eux. Et si vous croisez dans les montagnes des gens qui vous veulent du mal, rien ne dit que vos guerrières pourront faire face à toutes les menaces. Il vaudrait mieux que je sois là. Il y a des gens bizarres, dans les montagnes, des gens que même votre loup ne pourra contrer. J'en sais quelque chose. » Et d'appuyer cette déclaration d'un petit regard en coin qui aurait glacé de terreur tout autre que Kaherdin. « Alors, moi, voilà, je me retrouve dans un grand tourment : d'un côté, il serait tout à fait dramatique que je vous abandonne à votre sort, d'autant plus dramatique que Krimba ne nous pardonnera pas. Et de l'autre, comment pourrais-je laisser mes amis derrière moi ? »

Kaherdin finit par hausser le ton. La fillette lui faisait sourdement peur, mais ces arguties ressemblaient trop au fouillis dans lequel, parfois, lorsqu'elle avait une idée en tête, Findchoen tentait de l'emprisonner pour qu'il se laisse avoir.

– Ça suffit, Dîyar, dit-il. Fais ce que tu veux, je ne suis pas responsable de toi, ma petite. Je n'emmène pas les gamins, un point c'est tout.

Findchoen se glissa alors à la rescousse de sa copine : il y eut des larmes, un regard déchirant, puis, comme rien ne marchait, un méprisant :

– C'est pas juste !

Kaherdin se sauva en maudissant les gamines. Il devait retrouver Hilargi, qui avait demandé à le voir. Après avoir mis un long couloir entre lui et les fillettes, il respira, soulagé. C'était aller un peu vite en besogne : une demi-heure plus tard, son entretien avec Hilargi à peine terminé, Mirko lui faisait transmettre un message indiquant que les guerrières, installées dans les communs, souhaitaient le rencontrer d'urgence. Agacé, le prince se rendit au rendez-vous, dans une petite cour encastrée au cœur du palais. Les huit femmes l'attendaient de pied ferme. Morven prit la parole au nom du groupe.

– Les enfants souhaitent poursuivre leur voyage, dit-elle. Et nous, on nous a engagées pour ça.

Kaherdin comprit qu'il avait affaire à une mutinerie : ses guerrières dirigées par Mirko soutenaient les filles chargées d'escorter les enfants sous la houlette de Morven. Il tenta de leur expliquer que, là où il allait, il n'était pas question de trimballer une bande de gosses. En pure perte : Morven le prit à part et, dans un murmure, lui laissa entendre qu'elle savait qui il était :

– Vous ne savez pas où vous allez, prince. Je l'ai compris. Je vous ai vu écouter quelque chose... Un animal, peut-être ?

Puis revenant vers ses compagnes, elle se campa sur ses deux pieds :

– Là où vous allez, monseigneur, rien ne dit qu'il y ait plus de dangers que là d'où nous venons.

– Et puis, enchaîna Barabal en lui lançant un long regard qui se voulait troublant, nous sommes largement de taille à protéger les petits.

Kaherdin soupira : il pouvait, bien sûr, user de son autorité et mettre fin à la discussion d'un définitif « Les enfants restent ici, c'est un ordre. » Mais il lui répugnait de recourir à son statut d'aristocrate pour dicter ses volontés. Sans compter qu'au passage, s'il agissait ainsi, alors qu'il était déjà privé de la vigilance de Dîyar, il perdrait son escorte, ses quatre guerrières semblant bien décidées à démissionner en signe de solidarité avec leurs compagnes.

– Bien, dit-il enfin. Les enfants viennent. Mais vous en êtes responsables, je ne veux pas entendre parler d'eux.

Il pointa un doigt autoritaire en direction de Morven :

– Vous et vos trois copines, débrouillez-vous pour maintenir ces gamins à bonne distance de moi.

La petite troupe retrouva son entrain, Arevig et Barabal rivalisant de sourires que le prince s'efforça d'ignorer.

– Par tous les dieux, qu'est-ce qu'il est beau, ce type ! jeta Barabal alors qu'il s'éloignait, à mi-voix, mais juste assez fort pour espérer qu'il puisse entendre.

Kaherdin se boucha les oreilles. Il avait décidé une fois pour toutes de ne pas céder aux sirènes qui parsemaient sa route, il n'allait pas déroger à la règle. Il retrouva Hilargi dans le hall du palais, prête à partir : avant d'accepter l'encombrante cohorte des enfants, il avait aussi dû se faire à l'idée que la grande prêtresse ne lui lâcherait pas les basques. Coincé par la courtoisie la plus élémentaire et la vague intuition que, s'il écartait la jeune femme, il aurait affaire, à son retour dans l'île, aux foudres de Luken, il n'avait eu d'autre choix que d'accepter sa présence quand elle lui avait annoncé qu'elle souhaitait reprendre la route avec lui. *Bon sang*, songeait-il, *je vais avoir l'air malin : à la poursuite d'un loup avec, en guise d'escorte, neuf femmes et douze enfants !*

Mais au dernier moment, il put se rasséréner quelque

peu en songeant qu'au moins il ne serait pas le seul homme adulte de l'équipée – Sandor avait surgi sous son nez, rayonnant à son habitude :

– Dites-moi, Kaherdin, ça vous ennuie si je fais la route avec vous ?

Ils finirent par arriver devant une énorme colonne rocheuse qui s'élevait, imposante, au centre d'une vallée entourée de monts élevés, semblable à un immense gardien. En plissant les yeux dans le soleil couchant, Mac Lir devina, ici et là, sur les sommets du haut rocher, une dizaine de toits à-demi dissimulés au cœur de la végétation exubérante accrochée à la moindre trace de terre sur les étroites terrasses perchées au-dessus des falaises. La face arrière de la haute masse rocheuse était relativement moins abrupte, et ce fut par là qu'Arsakes et Shahin guidèrent la caravane, poussant les akurmas rétifs à grand renfort de cris rauques dans des défilés parfois dangereusement abrupts. Il leur fallut près d'une heure pour escalader cet improbable promontoire et, lorsqu'ils atteignirent les sommets, le soleil venait de disparaître derrière les montagnes, laissant le paysage environnant dans une lumière tendre. Déjà, dans le ciel pâle, quelques étoiles s'étaient mises à briller. Il leur fallut encore chevaucher à travers un dédale de hautes roches et de bois désordonnés, puis longer un torrent qu'enjambaient, ici et là, des petits ponts de pierre, faire progresser leurs bêtes sur un long escalier plat, passer près d'une gloriette aux piliers ornés de têtes aux yeux clos, avant, enfin, de déboucher devant un petit groupe de maisons nichées autour d'une sorte de place donnant sur le vide. Heidrun et Neith mirent pied à terre et restèrent auprès de leurs chevaux, les tenant par la bride. Tous les imitèrent : on attendait visiblement que les habitants du lieu se présentent. Mac Lir eut le temps de remarquer que le toit rouge des habitations, comme celui de la maison de Heidrun, était orné de dessins jaunes représentant des plantes et des animaux, avant que deux femmes et un homme n'apparaissent sur le seuil de la plus vaste demeure. L'une des femmes s'avança. À l'attitude de ses compagnons, Mac Lir devina qu'il avait devant lui la fameuse Arundati. Il s'agissait d'une assez petite personne qui, toute fluette dans une longue robe moirée au col remontant, se tenait bien droite devant eux. Une petite personne que Mac Lir trouva terriblement impressionnante. Un regard vert en amande dans un mince visage triangulaire, sous une masse de cheveux noirs. Une bouche en cœur, qui s'entrouvrit à peine pour ébaucher un vague sourire d'accueil. Mais, surtout, Mac Lir n'aurait su le dire autrement, une présence, un magnétisme, qui faisait que, petite ou pas, fluette ou pas, on ne voyait qu'elle. Juste au-dessus de ses sourcils, elle avait dessiné deux petites flèches qui se terminaient en spirale sur ses tempes, ce qui accentuait la forme étrange de ses yeux, lui donnant l'air d'un chat. Tout le monde, autour de Mac Lir, s'inclina en silence pour saluer la jeune femme, excepté lui et O'Connor. Il suivit aussitôt le mouvement. Lorsqu'il releva la tête, Arundati l'observait en plissant légèrement les yeux. Cela ne dura que quelques brèves secondes, et il se sentit soulagé lorsque le regard de chat se détourna. Les compagnons d'Arundati s'avancèrent alors à leur tour. L'homme impressionna presque autant le scientifique que la maîtresse des lieux. Un long visage très pâle sous de raides cheveux noirs, une bouche aux lèvres fines, et, là encore, un regard étrange, presque jaune, qui se posait sans ciller sur les visiteurs. Sanglé dans une austère tenue noire, l'homme dominait la maîtresse des lieux de sa haute taille mais il se tenait un demi-pas derrière elle et lui laissait la préséance. Arundati le présenta comme étant Scytharbes. Le troisième personnage était une jeune femme au teint lumineux. Moins surprenante que ses deux compagnons, elle n'en troubla pas moins le scientifique. Par sa beauté, d'abord : sous un court casque de cheveux d'un blond très pâle, son visage d'une grande pureté frisait la perfection. Par son regard, ensuite, d'un bleu très clair, qui, lorsqu'il passa sur lui, lui fit penser à de la glace. Elle avait enveloppé son corps mince dans une toge bleue, mais contrairement à ses deux compagnons, elle allait pieds nus, et Mac Lir remarqua des traces de terre sur ses fines chevilles.

– Setanta, prononça simplement Arundati en la désignant d'un geste gracieux de la main droite.

Pour la première fois depuis leur arrivée sur la planète, Mac Lir éprouva le besoin de se tourner vers Irène O'Connor et de quêter son regard, pour y chercher l'écho du malaise qu'il ressentait, ou, peut-être, une indifférence sereine qui l'aurait rasséréné. Mais O'Connor n'était pas sereine : immobile, figée, plutôt, elle observait leurs hôtes avec, dans son regard vert, une profonde perplexité. Arundati eut un bref sourire :

– Bienvenue à Yaxche, étrangers, dit-elle.

TROISIÈME PARTIE

1

Setanta guida Idril et les transfuges de Lointaine jusqu'à une petite maison située un peu en contrebas, sur la gauche, au bord du vide. Elle marchait pieds nus, sans se soucier des aspérités du sentier. Mac Lir n'osait pas lui adresser la parole. Il se passait quelque chose, ici, qu'il ne comprenait pas. Irène O'Connor semblait aussi mal à l'aise que lui. Elle jetait des regards vigilants autour d'elle, et le scientifique devina qu'elle regrettait amèrement de ne pas être armée. Setanta poussa la porte de la maison, une porte qui, comme celle de la demeure de Heidrun, était ornée de carreaux gris sur lesquels on avait tracé à la peinture blanche ce qui ressemblait à une écriture que Mac Lir, pourtant au fait de la graphie utilisée sur Seis-Keyah, ne parvenait pas à déchiffrer. Ils la suivirent à l'intérieur, où ils découvrirent un personnage qui avait l'attitude d'un domestique, mais qui était si somptueusement vêtu que Mac Lir eut des doutes. Sanglé dans un pantalon bouffant taillé dans un tissu moiré et une veste souple rebrodée d'or, il s'inclina devant les arrivants.

– Voici Ilmarinen, dit Setanta. Il s'occupera de votre confort.

Et le jeune homme s'en occupa si bien que Mac Lir en fut ébahi : après avoir accompagné Idril et O'Connor à l'étage, Ilmarinen redescendit pour l'escorter jusqu'à une petite chambre, au fond d'un couloir du rez-de-chaussée, qui donnait sur une terrasse dominant un à-pic vertigineux. Le lit était fait et un bouquet de fleurs sauvages fraîchement cueillies l'attendait sur le large appui en bois de la fenêtre. Toujours impassible, Ilmarinen poussa une porte ouvrant sur une salle d'eau. Il s'approcha d'un grand baquet en bois, garni, sur sa face intérieure, d'un revêtement en pierre blanche. Il se pencha pour tendre la main dans un geste qui, dans un monde du Consortium, aurait consisté à vérifier la température de l'eau. Mac Lir, curieux, tâta l'eau à son tour : elle était très chaude. Le jeune homme, alors, tourna les talons et disparut. Sur une petite table posée près du baquet, Mac Lir découvrit une pile de serviettes et de peignoirs blancs et un assortiment de produits dans des pots en bois. Il les sentit, devina qu'il s'agissait de savons, d'une pâte destinée à se laver les cheveux, et d'une crème faisant office de dentifrice. À côté, des peignes et des brosses de différentes tailles, et même, une brosse à dents. Une brosse à dents rudimentaire, à ses yeux d'homme spatial habitué aux appareils électroniques, mais une vraie brosse à dents. Il oublia ses inquiétudes pour se dévêtir, se glisser dans l'eau délicieusement chaude, se savonner avec l'un des produits dont il aimait l'odeur, puis se laver vigoureusement la tête. Il avait l'impression de renaître après ces longues journées de voyage durant lesquelles il n'avait été question ni de se changer ni de vraiment se décrasser, les ablutions dans les torrents auxquelles se livraient consciencieusement les montagnards lui ayant semblé un tantinet rudimentaires. Se laver les dents lui fut un régal et ce fut avec un plaisir non dissimulé qu'il enfila un peignoir blanc et revint dans sa chambre, histoire de contempler le paysage. La nuit était tombée et il ne devina pas grand-chose, sinon un vaste ciel étoilé. Il en était à se faire la réflexion que, de toute évidence, ils étaient attendus, lorsque Ilmarinen frappa à sa porte et lui apporta une pile de vêtements propres.

– Vos amis nous ont informés de votre situation, étranger, dit-il dans la huitième langue de la planète. Voilà de quoi vous vêtir. Si certains vêtements vous plaisent, considérez que, désormais, ils vous appartiennent.

Mac Lir déplia les vêtements. Il s'émerveilla, découvrant des tenues de voyage confortables et colorées et quelques vêtements plus raffinés, si raffinés qu'il douta oser les porter. Mais il estima que ce serait faire honneur à leurs hôtes et jeta son dévolu sur la moins somptueuse de ces tenues : un pantalon vert tendre, une chemise rouge, une veste marron rebrodée de vert aux revers de soie rouge, et des bottes de cuir fauve, elles aussi rebrodées de vert et de rouge. Il se demanda en quoi O'Connor avait bien pu se transformer et sortit de sa chambre pour aller la retrouver. Elle attendait, tournant en rond dans la pièce centrale du rez-de-chaussée. Mac Lir faillit rire en la découvrant : vêtue d'une jupe de soie à la taille très basse qui lui découvrait le nombril, la poitrine prise dans un minuscule justaucorps mauve abondamment rebrodé de fils brillants, une écharpe de soie entourant ses épaules, les pieds dans de fines sandales, elle avait l'air d'une naïade, et, il faut dire, d'une fort jolie naïade. Elle lui jeta un regard de défi :

– Ne te moque pas, Mac Lir.

– Je ne me moque pas.

Il se rapprocha d'elle :

– Que penses-tu de cet endroit ?

– Tu t'inquiètes ? C'est un peu tard, non ?

Ils ne revirent aucun de leurs hôtes ce soir-là. Seul Ilmarinen reparut brièvement, traînant un petit chariot de bois couvert, qu'il installa sur le seuil de la maison et d'où il sortit de quoi leur préparer un repas. Les assiettes étaient en porcelaine fine, les plats – quelque chose qui ressemblait à du poulet au curry accompagné d'un légume vert – délicieux et très chauds, et le vin léger et frais. Mac Lir et O'Connor dînèrent avec la seule Idril, qui avait enfilé un bouffant de soie vert vif et soigneusement tressé ses cheveux en y entortillant des rubans rouges. Elle se montra bavarde, laissant à Mac Lir le temps de traduire ce qu'elle disait à l'intention d'O'Connor, mais fort discrète concernant les habitants de Yaxche. Lorsque Mac Lir tenta de lui extorquer des précisions, elle éluda ses questions. Puis, le repas terminé, elle s'étira longuement avant de planter là les fugitifs en annonçant qu'elle allait dormir.

O'Connor la regarda pensivement se diriger vers l'escalier. Mac Lir, qui admirait la tenue de la jeune pilote, eut subitement un moment de vertige : que faisaient-ils là, eux qui venaient de Lointaine, eux qui venaient des mondes civilisés dépendant du Consortium ? Que faisaient-ils, harnachés comme des aristocrates d'un temps de légende, attablés dans cette maison du bout du monde ? Il but une gorgée du vin léger et ferma un instant les yeux. Et une pensée se forma toute seule dans sa tête, une pensée si saugrenue qu'il en ouvrit instantanément les yeux, comme piqué par un insecte : *qu'avons-nous donc fait pour être ainsi hébergés chez les dieux ?* avait-il songé.

Lorsqu'il fut question de constituer une délégation pour représenter le groupe, les discussions allèrent bon train. Merryn n'insista pas pour en faire partie : elle connaissait Kaherdin et l'avait souvent vu se transformer en un roc maussade et infréquentable. Pas question, pour elle, d'aller s'y frotter. Les autres, en revanche, rêvaient de se lancer dans la mission. Sikhanden fit valoir qu'elle était une princesse et que cela pouvait impressionner ; Zoran, Otieno et Branamir affirmèrent que des garçons seraient mieux reçus. Kiziah, Hourig, Rahel et Manjusha tenaient qu'une fille, au contraire, aurait davantage de chance de réussir. Paki, quant à lui, fit remarquer qu'un petit comme lui, ça pourrait marcher. Finalement, on tira au sort. La chance choisit Rahel et Paki. On discuta fiévreusement pour organiser l'affaire, mais en se dépêchant : on s'était un peu éloigné des guerrières qui établissaient le campement dans une petite clairière au bord du chemin surplombant la Varna, et l'on devinait que, d'une minute à l'autre, Morven ou Barabal allaient exiger qu'on vienne les aider.

Le lendemain matin à l'aube, Paki, qui n'avait peur de rien, se faufila jusqu'à Logan, qu'on avait estimée la plus susceptible de céder. Sa crinière blonde tout ébouriffée, le petit garçon parvint à réveiller la jeune guerrière sans donner l'alerte à tout le campement. Il réussit même à chuchoter pour lui expliquer ce qu'il voulait. Logan, mal réveillée, l'écouta sans broncher. Le soleil allait se lever et la forêt environnante bruissait d'un véritable concert de chants d'oiseaux. Paki se fit insistant et attrapa la main de la guerrière pour l'obliger à se lever. Elle se laissa entraîner à l'écart, sans se rendre compte qu'une dizaine de petites têtes dissimulées ici et là sous les couvertures la surveillaient attentivement.

– S'il te plaît, Logan, insistait Paki, qui prenait sur lui pour ne pas claironner, à son habitude. S'il te plaît, on a besoin de toi.

Le gamin avait eu la bonne idée, sans y réfléchir, de s'exprimer non pas dans la huitième langue, que l'on utilisait habituellement au sein du groupe, mais dans le langage du Dilmun, d'où Logan, comme lui, était originaire. Cela établissait une solidarité qui, venant s'ajouter au fait que la jeune fille avait encore un pied au pays des songes, fit pencher la balance de son côté.

– Bon, d'accord, finit par dire la jeune guerrière.

Aussitôt, Rahel surgit de sous sa couverture et les rejoignit. Paki, qui avait, avec les chevaux, une relation particulièrement efficace pour quelqu'un qui ne possédait pas le don de leur parler, fit tenir tranquilles leurs trois montures pendant que Rahel et Logan les sellaient sans faire de bruit. Ils avaient peu de route à faire : Kaherdin et sa troupe les précédaient de peu. Ils avaient dû faire étape un peu en amont du fleuve, mais pas bien loin.

Le prince Kaherdin eut ainsi, ce matin-là, la surprise

de se faire réveiller par un petit garçon blond fort décidé, qui, ne sachant trop comment le tirer du sommeil, lui pinça énergiquement le bras. Il sursauta et se mit sur son séant, observant l'étonnant petit importun avec un regard noir qui n'augurait rien de bon.

– Bon sang, s'exclama-t-il, mais tu sors d'où, toi ?

Paki sauta en arrière – on ne sait jamais, avec les adultes, mieux vaut rester à distance si l'on veut éviter les gifles qu'ils distribuent sans aucune logique – tandis que plusieurs des compagnons de Kaherdin, réveillés par l'exclamation du prince, s'ébrouaient ici et là. Logan, qui prenait, un peu tard, la mesure de l'idiotie à laquelle elle s'était prêtée, tenta de se faire discrète et partit explorer les environs, l'air de se prendre de passion pour un petit sentier qui descendait vers la rivière cascadante. Rahel, elle, fut courageuse : elle s'approcha du prince et n'y alla pas par quatre chemins.

– Voilà, prince Kaherdin, nous estimons qu'il est un peu stupide de cheminer ainsi en groupes séparés.

Paki fut plus explicite :

– On voudrait être avec Dîyar et Findchoen, dit-il.

Et cette fois, il oublia de chuchoter.

Sa petite voix résonnait haut et clair dans le silence de l'aube. Tous ceux qui s'étaient réveillés tournèrent la tête vers lui, et ceux qui dormaient encore commencèrent à s'agiter sous leurs couvertures.

Quelques secondes plus tard, Kaherdin, mal réveillé, faisait face à quatre enfants qui, eux, étaient parfaitement alertes : Findchoen et Dîyar, arrachées au sommeil par la petite voix de Paki, n'avaient pas été longues à retrouver leurs esprits et à sauter sur leurs pieds pour venir soutenir leurs copains. On argumenta sec : un peu en désordre, peut-être, mais sur un rythme soutenu qui finit par arracher au prince, toujours assis dans son fouillis de couvertures, une grimace de découragement. Finalement, ce fut Sandor, une fois de plus, qui vint au secours des enfants. Le grand guerrier s'était approché du groupe. Ses longs cheveux pendant librement sur ses épaules, il avait l'air d'un géant à côté de Paki. Il ébouriffa distraitement la tignasse du petit garçon.

– Les enfants n'ont pas tort, Kaherdin, dit-il. Les obliger à rester à bonne distance de toi n'est peut-être pas la meilleure idée que tu aies eue.

Rahel retenait son souffle : son grand-oncle était bien la seule personne à pouvoir s'adresser ainsi à Kaherdin, mais là, il y allait un peu fort. D'ici que le prince des mers se fâche... Mais, pris de court par la sortie de Sandor, Kaherdin se contenta de pousser un grand soupir.

– Si vous vous liguez tous ainsi...

Paki n'attendit pas la suite : il gambada à toute vitesse jusqu'à leurs chevaux, appelant Logan à grands cris :

– Viens, Logan, viens, on a gagné !

Ce qui, à la surprise de Rahel, dérida soudainement le prince des mers. Observant le petit garçon ravi, il éclata de rire :

– Bande de voyous ! dit-il. Bon, allez récupérer vos copains et vos guerrières. On vous attend pour lever le camp.

2

Au matin, les transfuges de Lointaine furent convoqués par Arundati. Mac Lir ne trouva pas d'autre mot pour qualifier la manière dont l'impassible Ilmarinen, toujours aussi somptueusement vêtu, leur demanda de se rendre dans la grande maison. Sans se concerter, le scientifique et Irène O'Connor avaient pour leur part choisi des vêtements plus passe-partout, à l'échelle de Seis-Keyah, en tout cas, ce qui revenait à dire qu'ils étaient l'un et l'autre habillés avec un raffinement et une débauche de couleurs qui, sur Lointaine, auraient fait se retourner toutes les têtes.

Setanta, qui les attendait sur le seuil de la demeure d'Arundati, les conduisit dans une petite pièce du rez-de-chaussée dans laquelle ils découvrirent, posé sur une table, un globe encastré dans une monture en bois qui, immédiatement, leur fit penser à la représentation d'une planète. Ils s'approchèrent et Mac Lir reconnut Seis-Keyah : ce globe en bois peint était la réplique exacte de l'hologramme du commandant Brian Moore. Mais une réplique plus précise : y figuraient, dans l'écriture complexe de la planète, nombre de cités dont Mac Lir ignorait jusqu'à l'existence. *Ainsi*, songea-t-il, *ils savent parfaitement que leur monde est rond.* Il avait supposé que les habitants de la planète, comme leurs lointains ancêtres de l'ancienne Terre, s'imaginaient vivre sur un monde plat. La présence de ce globe renforça l'impression de malaise qu'il ressentait depuis son arrivée à Yaxche. *Nous sommes peut-être chez les dieux*, pensa-t-il, *mais ces dieux sont beaucoup moins arriérés que je ne le pensais.*

Arundati ne les fit pas attendre : elle apparut au bout de quelques minutes, toujours vêtue de sa longue robe de velours qui, dans la lumière du matin, prenait des reflets pourpres. Elle avait planté dans ses cheveux sombres un diadème se terminant par deux minces cornes d'un rouge sombre. Sur le devant, à la naissance de son front, un cabochon, dans lequel était incrusté ce qui ressemblait à un gros diamant. Ainsi équipée, elle était singulièrement exotique. Elle les salua courtoisement dans la huitième langue et les fit asseoir autour d'une grande table ovale qui, cirée de près, brillait dans un rayon de soleil. Elle entra tout de suite dans le vif du sujet :

– Idril et Neith tiennent à garder le silence sur votre origine, dit-elle. Elles m'ont mise au courant, mais elles souhaitent attendre l'arrivée des émissaires de la reine Daria pour décider s'il faut dévoiler publiquement la vérité.

Puis, avec un sourire qui étira joliment sa bouche en cœur :

– Je comprends leur point de vue.

Elle marqua une pause et ses yeux de chat se posèrent

longuement sur Mac Lir. Le scientifique mit tout à coup le doigt sur l'un des détails qui le gênaient depuis la veille. On leur avait dit qu'Arundati allait seconder Neith dans ses efforts pour guérir Ereshkigal. Il en avait conclu qu'il allait rencontrer une autre de ces aveugles capables de tuer et de guérir. Or, les yeux d'Arundati étaient parfaitement normaux. Pas le moindre voile opaque sur ces iris vert d'eau. Il s'interrogea fugitivement, mais la jeune femme reprenait déjà la parole :

– J'ai tenu à vous rencontrer seule à seuls pour vous préciser que vous êtes les bienvenus chez moi. J'ai confiance en vous, tout comme Neith et Idril.

Mac Lir douta que la guérisseuse et la grande montagnarde aient affirmé avoir confiance en O'Connor. Il admira la diplomatie – ou la prudence – d'Arundati. Tout en se faisant la réflexion qu'accueillir ainsi O'Connor était peut-être l'erreur qui allait leur coûter, à tous, la vie : il ignorait toujours si la jeune pilote n'avait pas conservé un moyen de communiquer avec Lointaine. Arundati aborda elle-même la question de leur sécurité :

– Neith m'a expliqué que vous craignez qu'on vous pourchasse. Elle a laissé entendre que ceux que vous avez fuis pourraient chercher à vous tuer.

Elle se gratta légèrement la gorge.

– Sachez qu'ici, vous ne risquez rien, dit-elle.

Mac Lir décela quelque chose de surprenant dans son ton : un mélange d'orgueil et de vague indifférence. Elle les observait avec l'air souverain de qui se sait maître des événements. *Mon Dieu,* songea-t-il, *mais que pourrais-tu contre une arme à plasma énergétique balancée sur ton piton rocheux ?* Il eut brusquement pitié de cette petite femme barbare qui, avec ses cornes sur la tête, s'imaginait capable de résister aux commandos de Lointaine.

– Je crains, dit-il, que nous ne vous amenions involontairement la destruction. Ceux qui nous poursuivent sont puissants...

– Moi aussi, je suis puissante.

O'Connor laissa échapper un petit rire déplacé. Mac Lir eut envie de la gifler, mais il préféra insister et tenter, sans être trop précis, d'avertir la petite reine de Yaxche.

– Pardonnez-moi, Arundati, dit-il, mais que feriez-vous face à un danger venant du ciel ?

Elle eut un petit sourire amusé :

– Je ne crains rien, Mac Lir. Vos ennemis ne pourront rien contre vous tant que vous serez sous ma protection.

Mac Lir allait continuer à protester, mais son regard tomba sur le globe représentant Seis-Keyah. Il eut une hésitation : leur réservait-on d'autres surprises, sur ce monde ? S'était-il complètement trompé en imaginant ses habitants incapables de réalisations technologiques ? N'y avait-il pas, cachés dans les flancs de ce pic rocheux, des moyens de défense capables de contrer l'Empire ?

– Vous avez des armes ? demanda-t-il, en espérant que sa question n'allait pas surprendre la jeune femme.

Elle ne tiqua pas le moins du monde.

– Oh oui, répondit-elle. J'ai des armes.

Avant de clore le sujet :

– J'attends des visiteurs. Si vous permettez, je vais devoir mettre fin à cet entretien.

Elle se leva, et Mac Lir ne put s'empêcher de remarquer une nouvelle fois à quel point elle était petite. Petite et frêle. Puis, alors qu'elle se retournait avant de passer la porte, il sentit, comme la veille, la puissance secrète qui habitait ce visage de chat.

– Profitez de votre séjour à Yaxche, étrangers, dit-elle. Allez et venez comme bon vous semble. Vous me feriez plaisir en vous considérant ici comme chez vous.

Ce fut en arrivant au bourg de Tizanoïka que Kaherdin perdit le contact avec le loup blanc. La caravane du prince avait rapidement progressé dans les montagnes. La route était plus praticable qu'en aval du fleuve. Certes, on chevauchait désormais dans une vallée encaissée entre de hautes montagnes, mais le chemin, à une dizaine de mètres au-dessus de la Varna, était large et bien entretenu. La végétation changeait. On commençait à voir quelques sapins. La caravane s'était arrêtée à l'approche de Tizanoïka, un gros village qui, accroché à flanc de coteau au pied d'une montagne dont le sommet se perdait dans la brume, dominait un petit lac encastré dans un lit de verdure. La Varna, qui avait désormais des allures de torrent, cascadait à quelques centaines de mètres sur leur droite. Sur leur gauche, surplombant le lac, un château en pierre orné de tourelles blanches faisait office de sentinelle. Sandor l'avait désigné à Kaherdin, lui proposant de faire étape dans cette demeure qui appartenait à l'un de ses amis, un petit noble local. Kaherdin avait acquiescé, puis tenté d'entrer en contact avec le loup pour lui signaler qu'il allait faire étape.

Mais il ne parvint à percevoir qu'un vague agacement, qui semblait venir de très loin, comme si le loup avait pris sur lui une avance considérable. « Plus tard », marmonna l'animal dans son langage sans mots, et son image tremblota dans la conscience de Kaherdin avant, subitement, de s'effacer complètement. Kaherdin imagina la bête, souple et puissante, en train de galoper à des kilomètres en amont, insoucieuse, soudain, de traînailler dans l'attente de son compagnon humain. Le prince, mesurant qu'il ne savait pas comment trouver Oden dans ces montagnes sans l'aide du loup, manqua jurer tout haut.

Quelques secondes plus tard, un rire éclata dans les bois qui les environnaient. Un rire si clair que tous, au sein de la caravane, l'entendirent, malgré les bavardages des uns et des autres et le bruit que faisaient les chevaux qui s'ébrouaient. Kaherdin n'y accorda pas d'attention, mais il entendit bientôt des exclamations s'élever dans son dos : les enfants, ces satanés mômes qui lui pendaient aux basques, échangeaient des commentaires ravis en montrant les arbres sur la gauche du sentier. Bientôt, le rire émanant de la forêt gagna Paki, un rire si contagieux que, peu après, tous les gamins pouffaient et plusieurs, parmi les guerrières, affichaient de larges sourires.

– Qu'est-ce qui se passe, bon sang ? ronchonna Kaherdin en faisant tourner bride à son cheval.

– C'est cette fille, monseigneur ! s'exclama Paki de sa voix claironnante.

Kaherdin regarda dans la direction qu'il indiquait du doigt. Il découvrit une petite fille assise sur la branche d'un arbre, à plus de deux mètres de hauteur. Les pieds nus de la fillette se balançaient au-dessus du vide. Elle portait un pantalon à rayures multicolore, une tunique parsemée d'étoiles dorées et un petit collier de perles rouges. Rien là d'inhabituel, n'étaient les ailes taillées dans un tissu raide et blanc qu'elle avait accrochées dans le dos de sa tunique et qui s'agitaient mollement dans le vent. N'étaient deux chats vigilants qui, assis sur la branche, l'encadraient comme des serre-livres, aussi sérieux qu'elle était rieuse. N'était, enfin, la baguette dorée qu'elle tenait dans la main droite et qu'elle agitait vigoureusement en faisant des grimaces. L'enfant pouvait avoir cinq ou six ans, et Kaherdin se demanda comment elle s'y était prise pour grimper sur cet arbre au tronc lisse.

– Bonjour, prince des mers ! lança-t-elle joyeusement.

Puis, plissant les yeux de toutes ses forces :

– Je suis une fée, tu vois ?

Elle avait un petit visage tout crasseux, sous un casque de cheveux roux clair qui n'avaient pas dû rencontrer un peigne depuis belle lurette. Elle se mit à faire d'horribles grimaces, tordant sa bouche d'une manière ahurissante, ce qui fit redoubler les rires autour du prince. Kaherdin prit sur lui pour garder son sérieux :

– Bonjour, jeune fille, dit-il. Tu me connais ?

– Eh oui, prince Kaherdin, répondit-elle avant de lui tirer la langue et d'agiter les jambes à toute vitesse, ce qui fit déguerpir les deux chats.

Elle était si cocasse que Sandor et les guerrières furent à leur tour gagnés par le rire contagieux des enfants. Kaherdin, même si le spectacle qu'offrait l'enfant lui donnait envie de sourire, tenta de se faire sévère :

– Cesse donc de me tirer la langue et dis-moi qui tu es. Si tu connais mon nom, j'ai le droit de connaître le tien.

L'enfant s'agita sur ses fesses, ce qui fit remuer ses ailes dans son dos.

– Hé ! Je suis Petite Poussière, prince !

Interloqué, Kaherdin ne sut que répondre, ce qui laissa le temps à la fillette de se livrer à des commentaires sur son apparence :

– Tu es bien comme on m'a dit, monseigneur. Sombre, désagréable et mal fagoté.

Cette fois, Hilargi elle-même, qui avait réussi à garder son sérieux, se joignit au rire général. Kaherdin ne put que sourire.

– Bien, dit-il. Je vois que tu as une haute opinion de moi, Petite Poussière.

L'enfant plissa le nez et pointa sa baguette d'or sur lui :

– J'ai quelque chose à te dire.

Et elle en resta là.

– Que dois-tu me dire ?

La fillette se mit à tracer des ronds dans l'air du bout de sa baguette.

– Un, deux, trois, je te dirai tout, quatre, cinq, six, de la part d'un fou, sept, huit, neuf, si tu es gentil, dix, onze, douze, avec les petits, psalmodia-t-elle cérémonieusement.

– Nous serons gentils avec toi, Petite Poussière.

L'enfant se drapa dans sa dignité :

– Ça, j'attends de voir.

– Bien, comme tu veux. Maintenant, dis-moi, comment me connais-tu ? Qui t'a dit que j'étais mal fagoté et désagréable ?

– Ton ami tout propre et tout beau.

– Lequel ? J'ai plein d'amis tout propres et tout beaux, tu sais.

– Celui-là, il aime pas les cascades, même qu'il me l'a dit.

Kaherdin comprit subitement : l'enfant avait été en contact avec le loup blanc. Il la regarda plus attentivement, ce qui provoqua une nouvelle série de grimaces.

– Va ton chemin, prince Kaherdin, déclara-t-elle tout à coup, sans ça je ne te dirai rien.

– Tu veux que je m'en aille ?

– Oui. Il faut que je descende de l'arbre et j'aime pas qu'on me regarde descendre des arbres.

– Mais si je m'en vais, comment vas-tu pouvoir me dire ce que tu dois me dire ?

– Tu verras bien, mon beau seigneur.

Elle agita vivement sa baguette :

– Allez, va-t'en ! Allez-vous-en tous.

Kaherdin insista, bientôt soutenu pas les enfants, mais Petite Poussière ne voulut rien entendre. Elle avait caché son visage dans ses mains, et, aussi immobile qu'elle avait pu, auparavant, se montrer agitée, se contentait de répéter :

– Allez-vous-en !

De guerre lasse, Kaherdin fit signe à ses compagnons de se remettre en route. Paki voulut protester, mais le prince lui adressa un regard noir qui lui coupa le sifflet.

– Voilà, annonça Kaherdin en faisant faire volte-face à sa monture. On s'en va. On va dormir dans le château, ajouta-t-il en espérant que la petite fille reprendrait contact avec lui.

Il se mit au pas et, rejoignant Sandor et Hilargi en tête du cortège, commença à s'éloigner, suivi à contrecœur des enfants et des guerrières. La petite voix de la fillette jaillit alors de la forêt :

– Tu sais ça, au moins, prince : il faut demander trois fois. Là, ça fait une !

Ils venaient de quitter la maison d'Arundati. Mac Lir regarda attentivement O'Connor.

– Tu as pu contacter Lointaine ? demanda-t-il dans la langue du Consortium.

La jeune femme se hérissa. Drapée dans une large veste tissée, elle avait l'air à la fois furieuse et désemparée.

– Tu es un salaud, Mac Lir.

– Ça, je sais. Et toi, je ne sais pas ce que tu fricotes ici alors que tu aurais dû rester près de la navette et attendre les secours. Mais je vais te dire une chose, O'Connor : si tu préviens Lointaine de notre position, tu vas y passer. Ils ne prendront pas de gants. Ils veulent m'avoir, et ils se fichent totalement des dégâts collatéraux. De toi, en l'occurrence. Alors, si tu veux mourir, libre à toi de les alerter.

O'Connor haussa les épaules :

– Il me semble que ça s'appelle une crise de paranoïa...

– Tais-toi. Tais-toi et essaie de te servir de ta cervelle avant qu'il soit trop tard.

– Tu as peur qu'on massacre ta petite sorcière cornue ?

Mac Lir pila, découragé. La jeune pilote continua à marcher vers la maison qu'on leur avait attribuée, se donnant du mal pour avoir l'air décontractée.

– Je n'ai pas l'intention de mourir, Mac Lir, lança-t-elle.

Il eut presque envie de la croire.

3

Mac Lir se dirigea vers le parapet qui bordait l'espèce de petite place au bord du vide entre les maisons aux toits colorés. Le soleil du matin brillait, encore bas au-dessus des montagnes. Il contempla le paysage qui s'offrait, grandiose dans la lumière. La vue portait loin, découvrant les méandres de la large vallée dans laquelle était planté le piton de Yaxche. Ce n'étaient que roches abruptes, nids de verdure, bleu du ciel, pics enneigés. Et, dans le lointain, une brume où terre et ciel se confondaient. Le scientifique respira lentement, aspirant l'air pur à grandes goulées. Il s'efforçait d'oublier les questions qui se bousculaient dans sa tête, questions sur la nature d'Arundati et de ses compagnons, sur l'attitude d'Irène O'Connor, sur Heidrun, aussi. Questions, surtout, sur ce qui se mijotait sur Lointaine. Il connaissait suffisamment les puissants de la station pour savoir qu'ils n'en resteraient pas là. Il se souvenait des discussions auxquelles il avait assisté autour de la table ovale du commandant Moore. Des agacements des uns et des autres devant les mystères de Seis-Keyah. De Jeffrey Williams, lorsqu'il parlait d'intervenir dans les affaires de la planète au risque de la mettre, comme l'avait souligné Moore, à feu et à sang. Il se rendait compte qu'en débarquant sur ce monde, il avait déclenché un engrenage qui pouvait déraper. On voudrait le récupérer, mort ou vivant. On refuserait, là-haut, de laisser circuler sur Seis-Keyah un homme qui en savait autant que lui. On chercherait à le neutraliser, et, dans la foulée, Williams et sa clique pourraient s'imposer, trouvant dans sa fuite les arguments pour convaincre Brian Moore qu'il était temps d'intervenir pour mettre ce monde à leur botte et éviter, ainsi, à l'avenir, d'être à nouveau à la merci d'un scientifique aveuglé par d'absurdes scrupules. En s'échappant de Lointaine, il avait simplement renforcé la position de Jeffrey Williams et affaibli Brian Moore.

Il avait peur de se faire tuer, par un tireur isolé ou un missile. Mais plus encore, il avait peur de ce que Williams allait inventer. Regardant le paysage splendide qui s'étendait devant lui, il eut presque l'impression de voir le ciel s'obscurcir dans les flammes de la guerre. Il secoua la tête pour chasser cette vision et se retourna, décidé à emprunter l'un des sentiers qui tournicotaient autour du rocher.

Mais il ne fit que quelques pas : un petit groupe à cheval émergeait du chemin par lequel ils étaient arrivés. Il vit Arundati sortir de sa demeure, suivie par Heidrun, Neith et Setanta. Tandis que les arrivants, un homme et deux enfants, mettaient pied à terre, Heidrun lui adressa un petit salut de la main. Arundati, à son tour, s'avisa de sa présence. Elle lui fit signe d'approcher et lui présenta les nouveaux venus tandis qu'Ilmarinen, accompagné d'Arsakes et de Shahin, venait prendre en charge les chevaux.

L'homme était grand. Tout de noir vêtu, il portait une longue cape sur une tenue qui pouvait convenir à un montagnard, mais aussi à un guerrier : des plaques de métal argenté protégeaient son torse et ses épaules. Il avait un fourreau au côté, d'où dépassait la poignée d'un sabre. Il portait ses cheveux d'un brun très foncé, presque noir, longs sur les épaules. Ses yeux bleus, dans un visage au teint pâle, fixaient Mac Lir sans ciller. Le scientifique en fut impressionné, sensible à la prestance de ce personnage sévère.

– Oden est un de mes voisins, l'informa Arundati. Il accompagne ici deux de ses enfants, qui vont rester un moment avec nous.

Elle se tourna vers les enfants, un garçon et une fille, qui accompagnaient le visiteur. Le gamin, qui pouvait avoir six ou sept ans, était un petit bonhomme impressionnant, lui aussi : son regard bleu, aussi bleu que celui de son père, brillait dans son visage très bronzé. Vêtu d'une tenue de montagnard d'une vague couleur fauve, il avait crânement planté ses deux mains dans les poches de son pantalon et regardait les adultes autour de lui avec ce qui ressemblait à du défi. « Viens donc t'y frotter, si tu l'oses », eut-il l'air de dire en fixant Mac Lir de ses yeux semblables à deux saphirs.

– Voilà Yarilo, disait Arundati, et sa sœur Kianoush.

La fillette, un peu plus âgée que son frère, avait fait des frais de toilette : elle portait une courte jupe rouge sur un bouffant vert et une épaisse tunique au large col brodé de fleurs de toutes les couleurs. Son regard noisette, sous une touffe de cheveux d'un roux éclatant, observait Mac Lir avec ce qui aurait pu passer pour de l'intérêt. Mais il décela, dans la légère moue de sa bouche, quelque chose d'autre, comme un vague dégoût, ou du mépris.

Un gamin surgit alors en courant d'un des sentiers qui partaient vers le sommet du rocher. Il vint s'incliner devant Oden, qui eut un bref sourire et le serra dans ses bras en l'embrassant.

– Et voilà Ras-Shamra, le fils aîné d'Oden, qui séjourne parmi nous depuis un moment déjà, dit Arundati.

Celui-là, estima Mac Lir, pouvait avoir neuf ou dix ans. Ses cheveux roux foncé étaient longs et il les avait serrés dans un catogan. Son regard, d'un noisette qui tirait légèrement sur le vert, se posa brièvement sur Mac Lir, mais au lieu de lui sourire, il serra la bouche et ne pipa mot. *Ras-Shamra, Kianoush et Yarilo*, se répéta le scientifique. *Eh bien, voilà trois gosses qui n'ont vraiment pas l'air commodes.*

Arundati le présenta au groupe :

– Et voilà Mac Lir, un étranger que nous hébergeons, dit-elle.

Oden tiqua. Il fit mine de se pencher en avant en ravalant sa salive comme s'il avait manqué dire quelque chose qu'il avait décidé, au dernier moment, de garder pour lui. Cela fut si évident que Mac Lir lui-même s'en rendit compte. Mais il n'en comprit pas la raison. Déjà, un bref sourire éclairait le visage du visiteur. Il s'inclina courtoisement devant le scientifique avant de se tourner vers Arundati :

– Je dois te parler en privé, dit-il. Une affaire personnelle qui embêterait ton invité.

– Jendayi va bien, au moins ? s'inquiéta Arundati.

– Elle va bien. Il s'agit d'autre chose.

Et de prendre la maîtresse de Yaxche par le bras pour l'éloigner du groupe. Les trois enfants firent une sorte de bref petit salut et, prenant leur élan, disparurent dans les bosquets, tandis que Setanta tournait silencieusement les talons et disparaissait dans la grande demeure.

– Alors, Mac Lir, lança Neith, soudainement rieuse, tu as avalé ta langue ? Il t'a fait tant d'effet que ça, cet Oden ?

Sandor était devenu l'ami des enfants. À Berzbanya, le rayonnant prince aux cheveux longs avait même réussi à les convaincre que l'initiative de Kaherdin, qui avait décidé de faire prévenir leurs familles respectives de leur présence dans l'Atelkosou, partait d'une bonne intention à leur égard. Le prince des mers avait suggéré à Sandor de dépêcher auprès des cours royales de l'Eran, du Dilmun, du Matsya et de Glanis des messagers chargés d'avertir les proches des petits aventuriers qu'ils étaient en leur compagnie et en sécurité dans le royaume de la forêt. Kaherdin avait en outre demandé aux messagers de prévenir les parents inquiets qu'ils affecteraient aux fugueurs une escorte chargée de les ramener au bercail dès qu'ils en auraient fini avec une mission urgente à mener dans les montagnes proches de Berzbanya. Sandor, diplomate, n'avait pas parlé de cette dernière instruction aux enfants : il ne tenait pas à ce que ces gamins épris d'aventure se débrouillent pour leur échapper de manière à éviter ce rapatriement forcé. Ni, peut-être, à perdre sa réputation d'adulte fréquentable.

Lorsqu'ils arrivèrent au château de l'ami de Sandor, les enfants se regroupèrent donc instinctivement derrière le prince de l'Atelkosou tandis que les guerrières, sans se concerter, se faisaient plus vigilantes : la bâtisse, cernée de hautes murailles mal entretenues, n'inspirait guère la confiance. Lorsqu'ils furent présentés à Dalibor, le maître des lieux, Kaherdin se félicita d'arriver en compagnie de Sandor. À demi dissimulé dans une cape grise, Dalibor ne semblait pas enchanté d'accueillir des visiteurs. Il eut la courtoisie de repousser sa capuche, mais il sourit à peine. Son regard bleu se posait sur les arrivants avec un mélange de lassitude et de méfiance. Son costume couleur sang séché, que l'on entrevoyait sous sa cape, semblait de bonne facture, mais usé et rapiécé. Sandor, à son habitude, sut arrondir les angles : Dalibor leur offrit l'hospitalité. Mais Kaherdin devina que, si l'homme se montrait loyal envers son prince, cette cohue de femmes et d'enfants débarquant chez lui le perturbait. Perturbait sa solitude, plutôt, songea Kaherdin, en observant le dur visage de ce grand guerrier sur qui semblait rôder l'ombre de la mort. Dalibor fit appeler sa femme pour la présenter au prince Sandor, et, là encore, Kaherdin sentit peser le poids du tourment. Brune et mince, Aranka était très pâle et, si elle s'inclinait devant les arrivants, elle parvenait difficilement à sourire. Ses grands yeux clairs dégageaient une impression de tristesse en écho avec sa demeure, belle mais comme laissée à l'abandon. Lorsque les châtelains les confièrent à des domestiques chargés de leur attribuer des chambres, Kaherdin se porta à la hauteur de Sandor, qui bavardait avec Hilargi :

– Que se passe-t-il, ici ? demanda-t-il.

Sandor haussa les épaules :

– Ne te laisse pas impressionner par l'attitude de Dalibor et d'Aranka. Ce sont des gens bien. Dalibor a été, en son temps, un de mes meilleurs guerriers. Mais ils ont eu du malheur. Leur fils cadet a tué leur aîné dans une querelle absurde et a ensuite mis fin à ses jours. Depuis, ils se sont enfermés dans leur château et ne voient plus personne.

Et, avec son habituel optimisme :

– Ça va leur faire du bien de voir du monde.

Mais, pour une fois, Sandor se montrait trop confiant. Dalibor et son épouse firent l'honneur de leur table à Hilargi et aux deux princes pendant que les enfants et les guerrières dînaient dans les cuisines, mais la chape de plomb qui pesait sur le château ne se laissa pas dissiper. Les plats étaient mal présentés et de médiocre qualité – chose rare, Kaherdin avait pu le constater, dans le royaume d'Aborjan – et la conversation se traînait. La dernière bouchée avalée, Aranka disparut par une porte que masquait un lourd rideau de velours à l'ourlet effiloché. Dalibor eut un sourire triste, comme pour l'excuser, mais il ne tarda pas à suivre son exemple, plantant là ses hôtes sur une excuse maladroite. Sandor, son verre de mauvais vin à la main, fit la grimace :

– Que les dieux aient pitié d'eux, dit-il.

Le prince des forêts semblait tout déconfit. Hilargi, silencieuse, les yeux baissés, triturait son pendentif en forme d'étoile à cinq branches. Kaherdin croisa le regard de Sandor et y lut le désarroi. Expert dans l'art de régler les situations les plus complexes grâce à son statut de prince et grâce, aussi, à son heureux caractère, Sandor se trouvait impuissant, ce qui le déstabilisait. Il regardait tristement son ami, quêtant, sans s'en rendre compte peut-être, du réconfort.

– La vie, parfois, n'est pas tendre, Sandor, mais nous n'y pouvons rien, dit Kaherdin. Venez, allons plutôt rejoindre les enfants.

L'idée était bonne : dans les cuisines, l'ambiance était nettement moins morose. *Mettez huit femmes et douze enfants autour d'une table*, songea le prince des mers, *et vous êtes sûr d'avoir votre compte de rires et de chamailleries*. Les arrivants tombaient en plein débat : on se demandait si Petite Poussière était une vraie fée. Les avis fusaient, contradictoires. Et les plus crédules n'étaient pas les plus jeunes. Si Merryn, le nez hautain, claironnait que les fées, ça n'existait pas, Arevig tenait, qu'après tout, on ne savait jamais.

– Moi, disait-elle, luttant pour se faire entendre dans le brouhaha de voix, on m'a dit que, parfois, dans les bois, on en voit des vraies. Même qu'il paraît que les Serviteurs eux-mêmes, ils n'osent pas s'y frotter.

Hourig avisa le prince des mers qui venait d'entrer :

– C'est vrai, ça, monseigneur Kaherdin ? jeta-t-elle. Vous en avez peur ?

La petite rouquine porta aussitôt la main à sa bouche, se rendant compte que, dans le feu de la discussion, elle avait posé une question plus qu'indiscrète. On ne s'adresse pas comme ça à un mutant, en insistant sur sa nature. Et encore moins à un prince mutant ! Mais Kaherdin lui fit un grand sourire. Espérant dérider Sandor, il saisit la balle au bond et se lança à son tour dans la controverse.

– Je n'en sais rien, petite, répondit-il. Tout ce que je peux te dire, c'est que moi, je n'ai pas la frousse des fées. Mais il faut dire que je n'en ai jamais rencontré.

Un rire cristallin jaillit du côté de la porte.

– Que tu crois, prince de pierre, que tu crois ! claironna une petite voix qui rivalisait sans peine avec celle de Paki.

Dans un de ces silences fragiles qui surgissent parfois au cœur des discussions les plus enfiévrées, tous se tournèrent vers la porte : Petite Poussière, flanquée de ses deux chats, qui étaient si ébouriffés que Kaherdin se demanda si la fillette ne venait pas de tenter de leur donner un bain, avait réussi son entrée. Elle fit une pirouette et darda sur Kaherdin un regard aussi bleu que le ciel.

– Que tu crois, mon beau prince, répéta-t-elle.

En deux temps trois mouvements, elle était debout sur la table, provoquant affolement et fous rires chez les enfants. Rahel s'empara vivement d'une cruche d'eau dangereusement placée tandis que Kiziah poussait des cris, jurant que si cette folle de fée prenait une nouvelle fois ses genoux pour un escalier, elle allait voir de quel bois on se chauffait dans le Dilmun. Les chats, décidés à ne pas laisser leur amie humaine seule en mauvaise posture, sautèrent à leur tour sur la table et dérapèrent dans les assiettes. Kaherdin eut la satisfaction d'entendre le rire sonore de Sandor, mais l'arrivante ne lui laissa guère de répit. Louvoyant sur la pointe des pieds entre les verres et ses chats, elle se plaça au centre de la table, et, avisant le prince des mers, planta ses poings sur ses hanches :

– Et tu n'as pas peur, dis-tu ? lança-t-elle de sa petite voix haut perchée.

Sikhanden évita à Kaherdin de répliquer :

– Ben, qu'est-ce que tu as fait de tes ailes ? disait-elle.

Petite Poussière, en effet, avait perdu sa voilure. Oubliant un instant Kaherdin, elle se tourna vers l'importune :

– Je les ai repliées, vilaine bête aux cheveux roux ! jeta-t-elle.

– Montre, montre ! crièrent en chœur Paki, Zoran et Branamir.

Petite Poussière ne se démonta pas :

– Je ne montre qu'à ceux qui le méritent, dit-elle d'un air pincé. Et vous, vous ne le méritez pas.

Ce qui déclencha un concert de huées et de grimaces. Kaherdin, pour sa part, tenait à garder l'enfant à portée de main. Craignant qu'elle ne s'enfuie sous les quolibets, il prit sa plus grosse voix pour couvrir le brouhaha :

– Silence ! tonna-t-il. Ici, on est gentil avec Petite Poussière !

Le chahut fit place à un silence soudain. Le prince de Glanis observait la fillette, qui, pas le moins surprise du monde par cet éclat, s'occupait de ses chats : accroupie entre les plats, elle chapardait les restes ici et là et les leur tendait d'une main délicate.

– Et moi, Petite Poussière, je le mérite ? reprit Kaherdin un ton plus bas.

Elle ne le regarda même pas.

– De voir mes ailes ? Et quoi encore !

Elle se redressa et fit une grimace à Paki, qui riposta par un pied de nez.

– D'abord, dit-elle à Kaherdin, il faudrait le demander.

– Je te le demande, enfant : puis-je voir tes ailes ?

– Erreur, prince des mers : je ne suis pas une enfant. La réponse est non.

Puis, sautant à bas de la table et courant se planter devant Kaherdin :

– Mais tu as demandé, c'est bien. Ça fait deux fois. Tu progresses.

Et, avant que le prince ne puisse réagir, elle se faufila entre lui et la porte et s'enfuit à toute vitesse, suivie par deux pelotes de poils ébouriffés emportant des reliefs de poulet.

4

Mac Lir avait passé la journée à se promener sur le domaine d'Arundati. Il avait découvert des points de vue sur le paysage environnant plus splendides les uns que les autres. Le rocher de Yaxche dominait toute la région. Mac Lir s'était gavé de beauté, mais il s'était aussi fait la réflexion que l'endroit était on ne peut mieux choisi pour surveiller une vaste portion de territoire. Les petites maisons aux toits rouge et jaune qui se dissimulaient dans les bois des sommets avaient l'air de maisons de poupées plutôt que de châteaux défensifs, mais on était bien, là, dans une position stratégique en cas de guerre ou de conflit. Amer, Mac Lir avait songé que la seule manière d'attaquer Yaxche était d'emprunter la voie des airs : ce que l'Empire pouvait aisément faire.

Il avait croisé des inconnus, une petite dizaine d'hommes et de femmes qui l'avaient salué courtoisement mais avaient évité d'engager la conversation. Et puis, aussi, quelques gamins parmi lesquels il reconnut les enfants d'Oden, qui, à sa vue, se transformèrent en statues.

Vers midi, il avait entendu sonner des cloches un peu partout : on donnait le ralliement pour la collation de la mi-journée. Il avait rejoint la maison où il avait dormi, et y avait retrouvé Idril et Irène O'Connor, ainsi que l'impassible Ilmarinen et ses plats chauds. Lorsque, impatient de mieux connaître Arundati, et aussi de retrouver Heidrun, il avait demandé à Idril s'ils avaient une chance de déjeuner avec les occupants de la grande demeure, elle avait haussé les épaules. Nous verrons bien, avait-elle dit avec une vague indifférence.

En fin d'après-midi, après avoir une fois de plus tournicoté dans les sous-bois, il commençait à bouillir d'impatience. Partagé entre la crainte de rester à Yaxche en faisant une bonne cible pour l'Empire et celle de reprendre l'errance sur Seis-Keyah au risque d'ignorer ce qu'Idril et Neith révéleraient de leur aventure et, aussi, de perdre Heidrun, il n'arrivait plus à mettre de l'ordre dans ses pensées. Il revint lentement vers la petite place au-dessus du vide tandis qu'un crépuscule rose illuminait tout autour de lui.

Il se rendit rapidement compte que la question de partir ne se posait pas : Idril, qui sortait de leur petite maison, pila en le voyant.

– Ah, dit-elle, te voilà, Mac Lir ! Tu étais où ?

Intrigué par son air inquiet, il s'approcha :

– Je me promenais.

– On ne disparaît pas comme ça sans prévenir, répliqua la montagnarde.

Aussitôt en alerte, le scientifique l'observa plus attentivement.

– Je ne vais pas me sauver, dit-il en affectant de plaisanter. Je serais perdu, seul sur ton monde...

– Te sauver ? J'espère bien que tu ne vas pas te sauver ! Ne fais jamais ça, Mac Lir !

Bien, se dit-il. *Libre de circuler sur ce rocher, mais prisonnier ici, en quelque sorte. Évidemment, Idril et Neith veulent me remettre aux autorités. À leur reine, Daria.* Sentant la montagnarde sur la défensive, il détourna la conversation et demanda des nouvelles d'Ereshkigal. Idril retrouva son sourire :

– Elle va mieux. Elle a repris conscience et sa blessure est en voie de guérison.

Lorsqu'il émergea de la petite chambre sans grand confort où il avait passé la nuit dans le château de Dalibor, Kaherdin tomba sur Dîyar : l'enfant l'attendait dans le couloir, toute sérieuse dans sa tenue de voyage qui lui donnait l'air, si l'on oubliait sa chevelure presque blanche, d'une petite paysanne. Elle se mit à tanguer sur ses pieds, intimidée, mais décidée à aller au bout de sa démarche :

– Monseigneur Kaherdin, je voudrais vous parler, dit-elle.

– Va.

– Eh bien, c'est Petite Poussière, monseigneur. Elle sait où est le loup.

– Je l'avais compris, Dîyar. Elle va me dire où je dois aller.

– Oui mais... Il faudrait vous méfier... Petite Poussière...

Embarrassée, la fillette se mit à entortiller son doigt dans sa chaîne de cou, faisant bouger le diamant bleu qui brillait dans la lumière du matin.

– Nous ne savons pas tout..., dit-elle, cherchant ses mots.

Kaherdin lui posa une main sur l'épaule. Était-ce sa qualité de Serviteur qui le rendait sensible à l'énergie qui émanait de l'enfant ? Toujours est-il qu'il ressentit quelque chose qui ressemblait à l'écho d'un bruissement, porteur d'une puissance sourde.

– Ne t'inquiète pas, Dîyar. Cette petite ne présente aucun danger. Tu as perdu le contact avec mon loup, toi aussi, n'est-ce pas ?

– Oui, monseigneur, juste avant que cette étrangère ne se mette à rire.

La fillette était visiblement inquiète. Kaherdin n'avait rien décelé de menaçant chez Petite Poussière, sinon un don exceptionnel pour les grimaces et un respect un peu trop scrupuleux de l'idée qu'on se faisait du comportement de certaines fées. Mais il savait Dîyar capable de perceptions subtiles : de tous ceux qui l'accompagnaient, la petite multitalente était la mieux placée pour déceler un danger.

– Explique-moi pourquoi tu te méfies de cette petite fée, dit-il, cherchant à plaisanter pour détendre l'atmosphère.

Cela eut l'effet inverse : Dîyar devint livide.

– Ne dites pas que c'est une fée, monseigneur, murmura-t-elle.

Puis, offrant à Kaherdin un regard où se mêlaient crainte et confiance, elle se jeta à l'eau :

– Les Veilleurs, monseigneur, dit-elle d'une petite voix à peine audible. Vous savez ça, vous, vous savez qui ils sont...

Le prince des mers fronça les sourcils. De quoi parlait l'enfant ?

– Ces gens-là, poursuivait Dîyar en triturant de plus belle son diamant bleu, personne ne sait qui ils sont vraiment, personne ne sait où ils sont... La seule chose qu'on sait, c'est que ce ne sont pas des Serviteurs...

– Oui ? l'encouragea Kaherdin, qui ne comprenait rien à ce qu'elle racontait.

La petite fille baissa un instant les yeux.

– Eh bien, dit-elle dans un souffle, cette fille, celle que vous appelez une fée, je crois qu'elle est comme nous, c'est une mutante, mais elle possède aussi d'autres dons...

– Les dons des Veilleurs ? tenta Kaherdin au hasard.

À ces mots, Dîyar sembla se tasser sur elle-même. Elle se mordit les lèvres, et lorsqu'elle regarda enfin le prince, il vit qu'elle avait les yeux pleins de larmes.

– Ma maman m'a dit qu'il y en avait très peu, de ces gens-là, dit-elle en cherchant à maîtriser le tremblement de sa voix. Des gens qui sont à la fois des Serviteurs et des Veilleurs. Elle dit que ça fait des siècles qu'il n'y en a pas eu. Vous savez, c'est interdit, c'est complètement interdit... Une fille comme ça, on appelle ça... Oh, mon Dieu...

Kaherdin ne savait que dire. Il ne comprenait rien à ce dont Dîyar parlait, mais la détresse évidente de la petite fille le touchait. Sans réfléchir plus avant, il se pencha pour la prendre dans ses bras. Il la souleva du sol et la serra contre lui en prononçant de vagues paroles de réconfort. Dîyar n'avait, à cet instant, plus rien de l'impressionnante petite mutante multitalente qu'il avait rencontrée à Ardal-Elve. Elle s'accrocha à son cou, comme n'importe quel enfant terrifié.

– Je crois que Petite Poussière est une Mat'Syra Zemlia, souffla-t-elle alors dans son oreille.

Déclaration qui plongea Kaherdin dans la perplexité. *Mon Dieu*, songea-t-il en se reprochant une fois de plus d'avoir tant tardé à accepter son statut de Serviteur, *j'ignore tant de choses. Qui sont ces Veilleurs dont parle l'enfant ? Qu'est-ce qui est interdit ? Qu'est-ce qu'une Mat' Syra...* Qu'avait dit exactement Dîyar ?

– Une quoi ? demanda-t-il doucement

– Une Mat'Syra Zemlia, répéta la fillette à mi-voix.

Kaherdin réfléchit : ces trois mots avaient chacun un sens, dans la huitième langue. Traduite littéralement, l'expression qu'employait Dîyar aurait pu vouloir dire « Terre-Mère-Humide ». Une Terre Mère Humide ? Voilà qui ne l'éclairait guère. Il embrassa la petite mutante sur le haut de la tête.

– Tu t'inquiètes trop, Dîyar. Tu n'as aucune certitude, n'est-ce pas ? Tu ne sais pas qui est Petite Poussière. Cette gamine sort quelque peu de l'ordinaire, mais rien ne prouve qu'elle est... ce que tu dis.

La petite mutante se détendit dans ses bras. *Comme tous les enfants quand un adulte qui comprend prend le relais*, songea le prince, *même si, en l'occurrence, l'adulte n'y comprend rien, ce qu'heureusement elle ignore.*

– C'est vrai, dit la fillette d'une voix plus claire. Au fond, je n'en sais rien. Mais elle est si bizarre...

– Je te promets une chose : je vais surveiller cette enfant de plus près. Et s'il y a quoi que ce soit d'inquiétant, c'est moi qui m'en chargerai.

Cette déclaration acheva de rasséréner Dîyar. Le prince la reposa à terre et la prit par la main.

– Passons à des choses plus sérieuses, dit-il. Allons chercher de quoi nous restaurer.

La fillette lui adressa un grand sourire. *Mon Dieu*, songea Kaherdin en l'entraînant vers les cuisines, *dans quoi ai-je donc mis les pieds ? Qu'est-ce que c'est que cette histoire de terre humide ?*

Dans les cuisines, ils découvrirent une petite femme maigre qui s'activait autour des fourneaux. Kaherdin s'installa à la grande table et fit signe à Dîyar de s'asseoir en face de lui pendant que la femme leur apportait des bols de lait chaud et des petits pains grillés. Au moment où il allait poursuivre sa conversation avec la jeune mutante dans l'espoir d'en apprendre, mine de rien, un peu plus, une cavalcade résonna dans le couloir et Petite Poussière fit son entrée, les pieds pris dans de hautes bottes à talons ferrés qui sonnaient clair sur les pavés. Ses chats se faufilèrent dans la pièce avec davantage de discrétion et allèrent s'installer sur un appui de fenêtre où ils entreprirent une toilette méticuleuse. Petite Poussière se lécha les babines en regardant le bol de lait de Kaherdin, mais la cuisinière agita un torchon dans sa direction :

– Va-t'en de là, engeance crasseuse ! s'exclama-t-elle. Laisse nos invités tranquilles.

– Ce beau seigneur est mon ami, contra l'enfant.

Kaherdin confirma et la fillette s'installa près de Dîyar, l'air d'attendre qu'on lui serve à manger.

– Vous pouvez lui donner un peu de lait ? demanda Kaherdin à la femme.

Les yeux de Petite Poussière se mirent à briller et elle attendit sagement qu'on la serve. Ce ne fut qu'une fois le lait bu jusqu'à la dernière goutte qu'elle releva le nez de son bol. Elle avisa alors Dîyar :

– Toi, tu es une fille bien, dit-elle, très sérieuse. J'ai vu, hier, tu ne te moquais pas de moi.

Dîyar ne savait que répondre : toute à ses interrogations, elle observait la petite rouquine en fronçant les sourcils, partagée entre ses soupçons et les déclarations rassurantes du prince des mers.

– Tu as parlé au loup ? demanda-t-elle enfin, précautionneuse.

– Il n'est pas loin, répliqua Petite Poussière sans se démonter. Mais il en avait assez d'attendre ce prince qui traîne.

– Le prince Kaherdin ne traîne pas, bougonna Dîyar, prompte à défendre celui qui l'avait prise sous son aile.

– Tu es un loup, toi ? Tu sais combien ça va vite, un loup ?

Dîyar haussa les épaules sans oser répliquer.

– Même si tu ne m'aimes pas, il faudra bien que tu m'aimes, et bientôt, encore, lança tout à coup Petite Poussière en fronçant le nez.

Kaherdin décida d'intervenir.

– Vous êtes toutes les deux des petites filles exceptionnelles, chacune à votre manière. Alors, vous allez me faire le plaisir de ne pas vous disputer comme des gamines mal élevées...

– Moi, je suis mal élevée, s'insurgea Petite Poussière. Je suis même très mal élevée, et c'est exprès.

Kaherdin eut subitement envie d'attraper la fillette, pour la serrer dans ses bras et la réconforter ou pour lui botter les fesses, il ne savait trop. *Terre humide ou pas,* songea-t-il, *cette petite est vraiment insupportable.*

– Bon sang, dit-il, tu es exaspérante ! Tais-toi une minute, tu veux bien ?

La fillette plissa un seul œil. Aussitôt, les chats quittèrent leur appui de fenêtre et sautèrent sur la table. Ils vinrent se poser en face de Kaherdin, sagement assis, leur queue bien enroulée autour de leurs pattes.

– Et ne me fais pas de tours avec tes chats, tu ne m'impressionnes pas, fillette.

– Tu as tort, répliqua Petite Poussière. Je devrais t'impressionner...

– Dis-moi où est mon loup, coupa Kaherdin.

– C'est un « s'il te plaît », ça ?

– Oui. C'est un « s'il te plaît ».

La fillette eut un grand sourire. Un joli sourire. Quand elle cessait de faire des grimaces, elle apparaissait pour ce qu'elle était : une adorable petite fille, au teint frais et aux grands yeux clairs, qui, si elle avait plus souvent lavé sa tignasse rousse et sa frimousse, aurait été ravissante.

– Tu as gagné, prince Kaherdin ! s'exclama-t-elle, ravie. Je le savais, je savais que tu allais gagner !

– Bien, alors, tu peux me dire où est le loup ?

– Ah ben non, ça je ne sais pas. Mais je sais où tu dois aller.

– Où ça ? questionna patiemment Kaherdin.

La convoitise brilla dans les yeux clairs :

– Je vais te le dire, prince Kaherdin, mais s'il te plaît, est-ce que je peux avoir du pain, et aussi de la confiture de groseilles qu'elle fait, celle-là ?

Elle désignait du doigt la femme maigre qui s'activait ici et là et qui darda sur elle un regard furieux :

– Mais qu'est-ce qu'elle va inventer, cette peste au museau sale !

– Elle est dans l'armoire avec des vieux festons blancs bien plus sales que mon museau, riposta Petite Poussière.

– S'il vous plaît, apportez-nous du pain et cette confiture, intervint Kaherdin sans s'attarder, sûr d'être obéi. Maintenant, dis-moi où je dois aller, fillette.

– Là où je vais moi, pardi ! s'exclama l'enfant avant de se jeter sur le pot de confiture.

En allant dans sa chambre pour se rafraîchir, Mac Lir tomba sur un miroir en pied que quelqu'un – Ilmarinen, peut-être –, avait installé au bout du couloir. Il y vit un homme de haute taille aux cheveux blonds mi-longs et aux yeux clairs dans un visage hâlé, dont la barbe était assez mal taillée. Un homme vêtu d'un pantalon bleu-gris et de bottes lacées, d'une tunique bronze retenue par une large ceinture, et d'une veste souple un peu élimée. Un homme qui semblait en forme, un homme qui dégageait une impression de force. *Bon sang*, songea-t-il, *c'est moi, ça ?* Il n'en revenait pas. Le Justin Mac Lir qu'il croisait dans son miroir de Lointaine était maigre et pâle, il avait l'air soucieux et marchait avec les épaules légèrement tassées. Celui-là rayonnait de vitalité et de confiance. L'un avait une tête de scientifique du Consortium, l'autre aurait pu être un montagnard, un guerrier ou un paysan de Seis-Keyah. Il sourit spontanément, sans mesurer le charme qui se dégageait de son reflet, avant de gagner sa chambre.

Lorsqu'il en ressortit, des bruits de voix provenant de la terrasse située à l'arrière de la maison attirèrent son attention. Il reconnut le timbre chantant de Neith et le débit plus sec d'Irène O'Connor. Surpris, il se demanda ce que ces deux-là pouvaient bien avoir à se dire. Il ralentit le pas et se fit attentif. Neith riait. « Je ne vous tuerai pas, madame O'Connor », disait-elle. Elle s'exprimait dans la huitième langue, que la pilote maîtrisait.

– Je ne vous tuerai que si vous menacez ma vie ou celle de mes compagnons. Comme le faisait celui qui pilotait la navette avec vous. Mais vous ne m'attaquerez pas, n'est-ce pas ?

O'Connor bougonna quelque chose.

– Non, vous n'attaquerez pas, parce que vous n'êtes pas complètement idiote. Vous avez l'air idiote, mais vous ne l'êtes pas.

Il y eut un silence. Puis O'Connor posa une question, une question que Mac Lir avait déjà posée et qui était restée sans réponse.

– Pourquoi n'avez-vous jamais attaqué personne quand vous étiez prisonnière, Neith ?

– On ne m'a pas fait de mal, répondit la jeune aveugle.

– Votre vie était en jeu, et celle de votre princesse. Vous auriez tout risqué pour la sauver de ce mauvais pas. Vous étiez la seule à pouvoir tenter quelque chose. Pourquoi diable n'avez-vous rien fait ?

Neith bafouilla quelques mots maladroits.

– Vous ne pouviez pas ? jeta alors O'Connor. Sur la station, vous ne pouviez rien faire ?

Puis, avec, dans la voix, une lueur de triomphe :

– C'est ça que vous cherchez à nous cacher ! Vous êtes dangereux tant que vous êtes sur votre monde. Mais quand on vous en éloigne, vous perdez vos pouvoirs. C'est ça, Neith, n'est-ce pas ? Loin de Bérénice, vous n'êtes pas plus dangereux que des enfants !

Mac Lir tiqua. La jeune pilote avait peut-être raison. C'était la seule explication possible au fait que Neith n'ait rien tenté pour attaquer ses geôliers. *Loin de* Seis-Keyah, *pas de* Bérénice, corrigea-t-il instinctivement, tandis que son esprit s'emparait fiévreusement de la découverte d'Irène O'Connor.

Petite Poussière avait pris les choses en main. Elle n'avait eu aucun mal à convaincre Kaherdin de la suivre. Malgré les révélations confuses de Dîyar, son instinct lui soufflait une entière confiance dans la petite fée. Ce n'était le cas ni des autres enfants, ni des guerrières. Sandor, quant à lui, avait tendance à se fier à Kaherdin. Les deux princes firent donc front, mais face aux doutes de leurs troupes, ils n'eurent d'autre solution que d'user de leur autorité :

– Nous partons avec Petite Poussière, trancha Kaherdin.

– Au pire, si cette gamine cherche à nous entraîner dans un piège, nous sommes de taille à nous défendre, ajouta Sandor.

La petite sauvageonne, qui n'avait pas quitté le prince d'un pouce depuis qu'elle lui avait annoncé qu'il retrouverait son loup en la suivant, avait écouté ces débats sans piper mot. Elle en avait oublié de faire des grimaces et se contentait de se tortiller auprès de Kaherdin, comme si quelque chose la grattait. Ce qui était sans doute le cas, avait songé le prince en la regardant s'agiter : *cette petite doit être pleine de puces*. Lorsque la décision de partir fut enfin prise, la fillette commença à rouspéter.

– Il faut se dépêcher. La route est longue.

Et de s'accrocher aux basques de Kaherdin, tirant sur la manche de sa chemise noire pour l'inciter à accélérer le rythme.

– Dis-leur, toi, dis-leur que s'ils continuent à traîner, on va se retrouver coincés dans la montagne !

– On pourra camper dans ta montagne, fillette, répliqua Kaherdin dans l'espoir de calmer son impatience.

En vain. Cette déclaration plongea l'enfant dans la consternation :

– Mais moi, je dois vite rentrer chez moi ! Sinon, je vais me faire gronder !

– Par qui ? demanda Kaherdin.

– Mais par Oden ! Tu ne comprends donc rien, prince des mers !

– Oden est ton père ?

– Ah non, Oden c'est juste mon faux père, répliqua la fillette. Et quand il est pas content, même toi, tu préférerais te transformer en poussière !

5

Mac Lir passa une nouvelle journée à tourner en rond sur le rocher de Yaxche. Et à tourner en rond dans sa tête. La veille au soir, O'Connor et lui s'étaient retrouvés en tête à tête devant le dîner apporté par Ilmarinen. Lorsqu'il avait vaguement bougonné quelque chose à propos de leur mise en quarantaine, O'Connor avait sauté sur l'occasion :

– Qu'est-ce que tu crois ? Que les gens de ce fichu monde vont te mettre dans leurs petits papiers parce que tu as trahi l'Empire ?

La lassitude aidant, et aussi le vin ambré qu'il avait consommé en quantité, il avait oublié ses défenses. Il avait regardé la jeune pilote sans chercher à cacher ses angoisses.

– J'ai trahi, oui. Est-ce si impardonnable ? J'ai voulu sauver quatre prisonnières innocentes du traitement qui les menaçait. Sauver cette planète du désastre qui la menace.

– Quelles menaces ? Qu'est-ce qui menaçait les rouquines ? Qu'est-ce qui menace la planète ? Nous ?

– Oui. Nous. Williams allait faire torturer les filles. Et donner l'ordre de provoquer une guerre sur Seis-Keyah.

Elle s'était récriée. « Tu es fou, Mac Lir, nous ne nous comportons pas ainsi ! ». *Toujours la même rengaine*, avait songé l'ethnologue en l'écoutant lui expliquer que le Consortium représentait la civilisation et la démocratie, et qu'on ne se conduisait pas comme des barbares.

– Provoquer une guerre ? C'est contraire à toutes nos règles, et tu le sais bien.

La jeune pilote n'avait jamais été en contact avec les puissants. Contrairement à lui, elle ignorait ce qui se tramait dans les hautes sphères. Ses informations ne reposaient que sur ce qu'elle voyait sur le réseau et sur les rumeurs souvent erronées qui circulaient dans les coursives de Lointaine. Elle ignorait tout, et confiante, ou plutôt, subtilement manipulée, elle croyait à ce que la propagande voulait lui faire croire. Alors, il lui avait parlé. Il lui avait raconté ce dont il avait été témoin dans le bureau de Brian Moore, il lui avait expliqué l'importance des minéraux rares cachés sur la planète, dont elle ignorait jusqu'à l'existence. « C'est ça, le but de la mission, exploiter ces minéraux, et non pas apporter généreusement aux habitants de ce monde la civilisation ou je ne sais quelle avance technologique soi-disant indispensable. » La jeune femme avait bataillé, mais quelque chose, dans son regard, s'était troublé. Ses belles certitudes commençaient à vaciller. Pour finir, elle s'était mise à bouder et était partie se coucher sans même lui dire bonsoir.

Au matin, il ne croisa aucun des habitants de Yaxche. Il se mit à la recherche de leurs guides, comptant sur le joyeux Arsakes pour se comporter décemment avec lui.

Il ne les trouva nulle part. Idril, qu'il croisa vers midi, alors que, désœuvré et découragé, il revenait dans la petite maison, lui expliqua qu'ils étaient repartis dans les montagnes, à la rencontre des envoyés de la reine Daria qui ne devaient pas tarder à passer la frontière. La jeune femme tourna aussitôt les talons et le laissa à lui-même. O'Connor boudait toujours. Lorsqu'ils partagèrent leur déjeuner en tête à tête, elle l'attaqua avec colère. « Tu mens, disait-elle. Tu as inventé tout ce que tu m'as raconté hier soir. » Il tint bon. Avec, pour résultat, de la voir tout à coup déserter la table. *Puisses-tu me croire, O'Connor*, songeait-il. *Par tous les dieux, puisses-tu me croire.*

Il espérait avoir enfin l'occasion de rencontrer les habitants de Yaxche, mais en vain : il n'eut aucune nouvelle d'Arundati et de ses compagnons, ni ce soir-là ni le lendemain. Il croisa Heidrun à deux ou trois reprises. Elle lui souriait, échangeait quelques mots avec lui, et comme les autres, s'éclipsait au bout de quelques minutes. Sans doute y avait-il, ici, des choses qu'on ne voulait pas lui dévoiler avant d'avoir décidé quel traitement on lui réserverait. Pensif, il errait sur le rocher, au milieu de la beauté, et songeait aux paroles d'Ereshkigal avant qu'ils ne quittent la station : « On ne trahit pas les siens, Mac Lir », avait dit la princesse.

Ce ne fut pas une journée qu'il leur fallut pour atteindre l'objectif de Petite Poussière, ni même deux, mais trois. La longue caravane de cavaliers avait du mal à se faufiler par les passages qu'indiquait la fillette, sentiers à demi disparus, failles trop étroites entre deux falaises, gués impraticables : ils durent à plusieurs reprises faire des détours importants, ce qui mettait leur jeune guide en ébullition. Kaherdin observait l'enfant qui, crânement plantée sur un étalon fauve, rouspétait dans sa barbe en prenant les oiseaux à témoin. Il se demandait par quel moyen elle avait rallié le village de Tizanoïka pour s'imaginer qu'une seule journée suffirait à ce voyage. Lorsqu'il lui posa la question, elle se fit évasive : elle eut recours à une séance de grimaces et lui affirma, dans l'ordre, qu'elle était venue à dos d'araignée, à dos de lézard, puis, jugeant sans doute qu'elle n'était pas convaincante, à dos de tigre. Elle se montrait insupportable, houspillant aussi bien les guerrières que Sandor, accusés « de traînailler sur leurs vilains canassons et d'avoir peur des branches ». Quant à Kaherdin, il se vit jeter à la figure que, décidément, elle plaignait bien son pauvre loup d'être obligé de se transformer en escargot. Finalement, ce fut Findchoen qui, rouge de colère, tenta de la remettre à sa place. En vain, Petite Poussière se contentant de la traiter de princesse trop gâtée. Mais Kaherdin, qui observait sa fille tandis qu'elle bataillait pied à pied avec la gamine, se fit la réflexion que Findchoen avait précisément de moins en moins l'air d'une petite aristocrate habituée au luxe. Le long périple depuis Tillia Tepe l'avait transformée. Le teint hâlé, ses longs cheveux noirs accrochés à la diable dans une barrette de fortune, elle avait l'œil plus vif et ne se plaignait pas le moins du monde des longues étapes, du manque de confort, ou de l'état nettement défraîchi de sa tenue de voyage constellée de taches de boue. Surtout, remarqua Kaherdin, elle avait la repartie beaucoup plus facile. Sa timidité ne s'était pas complètement effacée, et elle refaisait surface lorsqu'elle s'adressait à Sandor ou à Hilargi. Mais avec les guerrières et les autres enfants, Findchoen était parfaitement à l'aise, bavardant, riant, et se chamaillant le plus normalement du monde. Kaherdin s'en félicita : *au moins*, songeait-il, *cette équipée passablement absurde aura servi à quelque chose. Ma trop douce petite fille s'est aguerrie et affirmée.*

Reste que Findchoen n'arriva à rien avec Petite Poussière : elle s'attaquait là à un trop gros morceau. La vagabonde des montagnes, fée ou mutante, était une dure à cuire. Entre grimaces, sarcasmes, et surtout réponses parfaitement illogiques, elle n'eut aucun mal à ridiculiser son adversaire et continua, de sentes au sein d'un fouillis d'épineux en pentes abruptes menant à des cols venteux, à harceler sans désemparer toute la caravane. Sandor finit par prendre sa grosse voix. Petite Poussière lui jeta un regard torve avant de lui sortir une obscénité qui fit rougir le rayonnant prince de l'Atelkosou jusqu'aux oreilles. Kaherdin ne put se retenir : au risque de vexer son ami, il éclata de rire, bientôt suivi par les guerrières. Barabal se trémoussait sur sa selle, tandis que même la sage Gazni riait à gorge déployée. Ce fou rire calma Petite Poussière beaucoup plus efficacement que les remontrances. Toute fière de son coup, elle consentit à chevaucher pendant une heure ou deux sans trop râler.

Au soir, on installa un campement rudimentaire près d'un torrent qui descendait des hautes montagnes en cascadant. La petite rouquine entreprit aussitôt de trépigner. « Impossible de s'arrêter là, il faut avancer », scandait-elle en tournant comme un moustique autour des guerrières. Kaherdin tenta d'intervenir. L'enfant fit une pirouette et s'éloigna du campement de toute la vitesse de ses petites jambes.

– Cette sotte va avoir des ennuis, à courir toute seule ainsi la nuit, observa Sandor.

Au bout d'une demi-heure, Hilargi et Kaherdin se mirent à la recherche de la fillette. Ils la découvrirent pelotonnée contre un rocher à une centaine de mètres du campement. Elle dormait paisiblement, apparemment insensible à la dureté de la terre sur laquelle elle reposait et au froid dont, pourtant, sa tenue la protégeait à peine. Un écureuil posté à quelques mètres, comme décidé à la surveiller, décampa sans demander son reste. Kaherdin s'approcha et secoua doucement l'enfant.

– Viens, petite, dit-il. Je crois que tu seras mieux dans mes bras que contre ce vilain rocher.

La fillette ouvrit les yeux et lui offrit un sourire. Pour, un souffle plus tard, reprendre ses récriminations. Kaherdin la serra contre lui.

– Je te promets une chose, Petite Poussière, dit-il. Si jamais Oden ou quelqu'un d'autre te gronde parce que tu es en retard, je te défendrai. Je dirai que c'est notre faute.

Elle leva vers lui un regard plein de doutes.

– Tu promets, vraiment ? Par le feu et par l'eau, et par l'air et par la terre ?

– Oui, je promets. Par le feu et par l'eau, et par l'air et par la terre.

La fillette lui fit une grimace, accompagnée d'un clin d'œil complice. S'étonnant de sa légèreté, Kaherdin la souleva de terre et la porta jusqu'au campement, où elle se comporta avec une surprenante correction, proposant même à une Dîyar passablement surprise de partager avec elle un peu de son pâté.

La journée du lendemain n'apporta guère de changement, sinon que les montagnes se faisaient plus escarpées et Petite Poussière moins agaçante. Ce soir-là, alors que Kaherdin rêvassait en regardant le feu qu'avait allumé Mirko, une grande discussion agita le groupe des enfants. Une fois de plus, la nature de fée de Petite Poussière était en question. Cette fois, la principale intéressée était là : elle répondit aux questions par une série d'énigmes qui mirent tout le monde mal à l'aise, y compris les guerrières qui s'étaient rapprochées du groupe. Lorsque Barabal, qui même en voyage se débrouillait pour être parfaitement propre et joliment harnachée, s'approcha de Kaherdin en faisant la moue, le prince lui fit un vague sourire, s'efforçant de se montrer poli tout en évitant que la guerrière ne prenne sa courtoisie pour une invite. Mais pour une fois, Barabal ne songeait pas à la bagatelle :

– Elle me fiche la trouille, cette petite, dit-elle. Elle me fiche vraiment la trouille.

Kaherdin s'étonna. Il n'arrivait pas à croire que cette femme de feu, capable de jouer efficacement du sabre ou du fouet, soit impressionnée par une petite fille. Mais Barabal était sérieuse. Il haussa les épaules.

– Rassure-toi, guerrière, dit-il. Cette enfant est innocente, plus innocente sans doute que bien d'autres. Elle ne ferait pas de mal à une mouche.

– Oui, répliqua Barabal, mais si c'est une fée... Vous savez, les fées, elles jouent parfois de vilains tours. Et si elle était en train de nous perdre dans les montagnes ?

Kaherdin réfléchit. *Terre humide. Les Veilleurs... Non,* décida-t-il. *Petite Poussière est digne de confiance. Elle m'emmène là où je dois aller*, songeait-il, sans savoir pourquoi il en était à ce point convaincu. Il fit toutefois discrètement signe à Hilargi, lui faisant comprendre qu'il souhaitait s'entretenir en privé avec elle. La prêtresse de l'Atelkosou le rejoignit à la lisière de la clairière, hors de portée d'oreille. Il ne s'embarrassa pas de préambules :

– Qui sont les Veilleurs, Hilargi ?

La jeune femme ne répondit pas tout de suite. Elle l'observa un moment attentivement avant de se lancer.

– Les Veilleurs ? Une légende, mon prince. On raconte que certains naissent avec le don de voir ce qui est invisible aux yeux de tous. On raconte qu'ils peuvent percevoir les... comment dire ? Disons, les esprits cachés qui habitent ce monde. Des esprits qu'ils appellent les Gardiens, ou parfois les Bâtisseurs. On raconte que ces gens veillent à ce que le monde des hommes et le monde des Gardiens cohabitent en paix. Mais, croyez-moi, il s'agit de rumeurs sans fondement. Si de tels Veilleurs existent, personne ne les a jamais rencontrés.

Le prince des mers insista :

– Et ce qu'on appelle une « Mat'Syra Zemlia », vous en avez entendu parler ?

Hilargi se ferma. La bouche serrée, elle réprima une grimace.

– Une légende au sein de la légende, monseigneur. Une sornette.

– Que dit cette légende ?

Surmontant sa réticence, Hilargi se fit plus précise :

– On dit que de temps à autre un enfant né d'un Serviteur et d'un de ces Veilleurs vient au monde, dit-elle. On affirme qu'une telle union est interdite...

Elle haussa les épaules :

– N'attachez pas d'importance à de telles fables, mon prince. Personne, jamais, n'a croisé un tel enfant. Certains colportent ce mythe, mais on répète cette histoire comme on raconte aux gamins qu'un diable se cache dans le puits pour éviter qu'ils s'en approchent. Du folklore, rien de plus.

Et, au mépris de toutes les conventions, la prêtresse se détourna abruptement du prince et le quitta sans un mot. *Elle ment*, songea Kaherdin. *Cette fable comporte une part de vérité.* Les esprits cachés qui habitent ce monde ? Il en avait, comme tous, entendu parler. Enfant, il avait cru à leur réalité. Fées, elfes, sirènes, farfadets ou lutins, il s'amusait, avec ses petits camarades, à les imaginer. À les guetter, aussi, au creux des vallons isolés, dans les sous-bois sombres, près des fontaines. En vain. À sept ans, il en avait conclu qu'ils n'existaient pas. Pour, aujourd'hui, à sa grande surprise, se demander si les légendes ne comportaient pas une part de vérité.

Finalement, Heidrun vint vers lui.

Mac Lir était sur la terrasse de la petite maison au toit rouge et jaune. Le soir tombait. Accoudé à la balustrade, il contemplait le vaste panorama qui s'offrait à lui. Irène O'Connor n'avait plus remis sur le tapis la question de ce qu'elle s'obstinait à appeler sa « trahison », et, inquiet, il se demandait si la jeune femme consentirait au moins à tenir compte de ses arguments. Un grand oiseau aux ailes bleues, qui aurait pu être un rapace, planait à l'aplomb de la terrasse, juste en face de lui. Il vira d'un coup d'aile et lança un appel longuement modulé. Mac Lir se mit à sourire. La grâce de l'oiseau, la splendeur du soir, l'emportaient sur les fantômes. Il rejeta un instant la tête en arrière et se laissa aller à la sérénité qui régnait tout autour de lui, dans l'air qu'il respirait, dans le vent léger, dans le ciel immense, dans les nuages à l'horizon, dans la lumière rose et dorée sur les montagnes. *Mon Dieu,* songeait-il, *que ce monde est beau. Nous avons oublié. J'avais oublié comme le monde est beau, parfois.*

Un léger bruit dans son dos le fit se retourner. Heidrun était là. La femme rude et douce, la femme rousse qu'il avait un jour vue apparaître avec un faucon sur le bras. Elle ne souriait pas. Elle l'observait, simplement, et son regard était aussi clair, aussi vaste, que les montagnes.

– La reine Daria arrivera dans deux ou trois jours, dit-elle.

Mac Lir, qui, oublieux de tout, la regardait avec une totale concentration, mit quelques secondes à entendre ses mots. Il se ressaisit.

– La reine ? dit-il. Elle vient en personne ?

– Oui. Je l'imagine impatiente de revoir sa fille perdue.

Il avait envie de lui poser plein de questions. Envie de savoir si elle était bien la tendresse qu'il devinait. Envie de lui demander comment elle savait que la reine arrivait. Envie de lui parler de son faucon. Et il ne disait rien. Il secoua la tête.

– Pardonne-moi, Heidrun, souffla-t-il.

Puis, sans qu'il ait eu le temps de réfléchir à ce qu'il allait dire, les mots furent là.

– Je ne suis pas très malin, tu sais. Je ne suis pas malin et je viens de loin. Mais je voudrais juste te dire une chose. Je crois que je suis amoureux de toi.

Il se mordit aussitôt les lèvres, consterné.

– Oh mon Dieu, pardonne-moi. Je ne voulais pas...

Elle fit un pas vers lui.

– Tais-toi, homme des étoiles, dit-elle. Tu as parlé, et c'est bien. Maintenant, tais-toi.

Petite Poussière les avait bien guidés jusqu'à la demeure d'Oden. Mais ils trouvèrent le nid vide. Seul un très vieil homme tenant par la main une minuscule petite fille aux yeux d'un bleu intense les avait accueillis.

– Ils sont tous partis ? avait demandé Petite Poussière.

Et le vieillard d'expliquer qu'Oden avait conduit deux de ses enfants au rocher de Yaxche, puis que, deux jours plus tard, un messager était arrivé, demandant à la maîtresse de maison de « rejoindre de toute urgence » son époux dans le repaire d'Arundati.

Le vieil homme, dont le regard usé avait perdu ses couleurs, avait souri à Kaherdin et à Sandor :

– Je suis désolé, avait-il dit avant d'inviter les visiteurs à entrer dans la demeure.

Une demeure vaste, composée d'un ensemble de bâtisses en pierre, visiblement agencées de manière à héberger régulièrement des voyageurs. Kaherdin et sa caravane avaient eu du mal à atteindre ce sanctuaire éloigné : Petite Poussière les avait fait passer par une série de défilés étroits, véritables failles, invisibles de loin, qui serpentaient entre de hauts rochers et dans lesquelles un homme à cheval pouvait tout juste se glisser. Puis, au débouché dans une zone montagneuse boisée, elle les avait obligés à passer sur une passerelle de corde tendue au-dessus d'un torrent impétueux. Sandor s'était récrié.

– Je ne ferai pas passer les enfants sur ce truc branlant, avait-il clamé, tandis que Kaherdin se penchait sur le col de sa monture pour jauger le danger et découvrait un gouffre impressionnant au fond duquel la rivière tourbillonnait furieusement entre des rochers chaotiques.

– Il n'y a pas d'autre chemin, avait riposté Petite Poussière, qui avait talonné son cheval pour le faire avancer sur la passerelle, indifférente au vent qui secouait la fragile structure.

Elle s'était retournée et avait levé le menton :

– Bande de poules mouillées, avait-elle jeté, souverainement méprisante. Ici ne tombent que ceux qui portent trop de fautes sur leurs épaules.

Sandor et Kaherdin avaient envoyé les guerrières sonder les environs à la recherche d'un passage tandis que Petite Poussière, fièrement campée sur l'autre rive, les considérait d'un œil apitoyé. Mirko et ses compagnes étaient revenues bredouilles.

– Pas de chemin, même pas de sentier, avait expliqué Arevig. Rien que la forêt et des monceaux de buissons piquants.

On s'était résolu à emprunter la passerelle. Paki lui-même avait perdu toute verve en suivant Kaherdin sur cet édifice menaçant ruine. Un quart d'heure plus tard, il avait fallu repasser la rivière sur un pont suspendu tout aussi délabré. Kaherdin avait commencé à soupçonner Petite Poussière de leur jouer un de ces tours de fée que redoutait Barabal. Lorsque, ce deuxième obstacle franchi, leur petite guide leur indiqua un sentier qui cascadait au flanc d'une pente pratiquement à pic en affirmant qu'il fallait descendre par là, Kaherdin avait protesté.

– Qu'est-ce que tu crois, prince de pacotille, avait riposté la petite fille. Les froussards n'arrivent pas chez Oden !

Le prince avait finalement suivi l'enfant, demandant aux autres d'attendre qu'il ait franchi ce passage dangereux avant de s'y risquer. Lorsqu'enfin tout le monde eut dégringolé sans casse cette pente vertigineuse, le terrain s'était fait plus facile : ils étaient dans une large vallée verdoyante encaissée entre des falaises presque verticales. Petite Poussière les avait fait chevaucher pendant encore une bonne heure avant de pointer le doigt sur une petite éminence au sommet plat qui s'avançait à l'aplomb de la falaise de droite. On était en fin d'après-midi et le soleil, prêt à disparaître derrière les hauteurs, illuminait les lieux, révélant une série de bâtiments de pierre campés sur l'éminence.

Il avait encore fallu grimper par une sente escarpée avant de déboucher sur cette espèce de vaste terrasse en hauteur, et d'y découvrir, à la suprise des voyageurs, un immense potager qui entourait les bâtiments. Fleurs et légumes y cohabitaient en désordre, d'énormes potirons d'un orange vif côtoyant des marguerites mauves, des ipomées bleues et des plants de tomates chargés de fruits.

– Hum, voilà une bonne terre, avait commenté Sandor.

– Eh oui, prince de la Terre Féconde, avait riposté Petite Poussière, l'air de donner un titre particulièrement honorifique au grand guerrier.

Sandor avait souri, content du compliment, mais son nez s'était allongé lorsqu'ils avaient découvert la maison vide de ses maîtres.

– Flûte, Kaherdin ! Jusqu'où va-t-il donc nous faire cavaler, ton Oden !

Le vieil homme avait eu un sourire doux :

– Le mieux serait de vous reposer ici cette nuit et de partir demain pour Yaxche, monseigneur. D'après ce que j'ai cru comprendre, il y a un problème, là-bas, et je crains que nos maîtres ne rentrent pas avant plusieurs jours.

La toute petite fille avait attrapé Petite Poussière par la main et l'avait tirée dans la maison :

– Su-ya, doudou dong ! avait-elle gazouillé.

Plus tard, Sandor, Kaherdin et Hilargi dînèrent avec le vieillard. Le vieil homme, qui avait annoncé s'appeler Utana, avait installé les visiteurs dans différents bâtiments avant de faire surgir d'un claquement de doigts, deux adolescents qu'il avait chargés d'organiser un repas pour les guerrières et les enfants. Il avait ensuite emmené ses trois hôtes de marque dans une toute petite maison située à l'arrière du promontoire, sa maison personnelle, avait-il précisé.

En réponse aux questions de Kaherdin, il expliqua que la petite fille aux yeux si bleus était la dernière-née d'Oden, Jendayi. Il s'activait autour d'un fourneau à bois, touillant une mixture qui sentait bon.

– Vous nous attendiez, n'est-ce pas ? demanda Kaherdin.

Le vieil homme sourit.

– J'ai mis ces légumes à mijoter il y a quelques heures, en effet, répondit-il.

Il jeta un regard d'excuse à Sandor et Hilargi :

– Le passage de votre caravane dans les montagnes manquait de discrétion, précisa-t-il. Oiseaux, mouffettes et léopards ont eu vite fait de transmettre la nouvelle...

Sandor éclata de rire :

– Allons bon, encore un mutant ?

Utana ne s'offusqua pas :

– Je suis ravi de vous voir prendre la chose avec autant de gaieté, répondit-il.

Puis, comme Sandor lui demandait des précisions concernant Petite Poussière, il leva les yeux au ciel :

– Ah, celle-là ! dit-il. Une mauvaise graine, peut-être. Ou une fleur prometteuse... Allez savoir.

À l'entendre, l'enfant avait débarqué quelques mois auparavant, venant d'on ne savait où, seule, sale, maigre, et parfaitement décidée, malgré son jeune âge, à s'installer chez Oden.

– Nous avons alerté toute la région pour tenter de retrouver ses parents. En vain. On a alors décidé de prendre soin d'elle : un enfant de plus ou de moins, ici, ce n'est pas un problème. Mais la fillette est étrange, et Oden lui-même a du mal à la contrôler. Quant à la comprendre...

Il tendit ses mains vers le ciel, paumes ouvertes, en un signe d'impuissance.

– Elle s'appelle donc Su-ya ? demanda Kaherdin.

– Surya, corrigea Utana. Jendayi bataille avec les « R »... C'est Oden qui l'a ainsi nommée. Nous ignorons son vrai nom. Quant à elle, elle s'obstine à en changer régulièrement. Il y a quelques semaines, elle était Sourire du Vent. Auparavant, elle se présentait comme Pépin de

Courge. Elle a aussi été Pet de Lapin pendant un temps. Et aujourd'hui, c'est Petite Poussière...

– Une bien curieuse petite fille, commenta Hilargi.

Utana souffla sur une cuillère pleine de sauce avant de la porter à sa bouche pour en jauger le degré de cuisson.

– Une curieuse petite fille, en effet, dit-il.

Le regard en coin que le vieil homme jeta à Kaherdin le dissuada de l'interroger plus avant. Le prince détourna discrètement la conversation vers des sujets moins sensibles, et le dîner se déroula sans accroc, jusqu'au moment où une vibration subtile, comme si l'air avait retrouvé la voix, faisant sourdre une musique impalpable, avertit Kaherdin que son loup blanc avait daigné reprendre contact avec lui. Il perçut quelque chose qui ressemblait à de la joie, mais aussi comme une sourde inquiétude. La puissante bête sauvage se faisait du souci pour Oden et ses proches. « Vite, vite, répétait-il, dans son langage sans mot, vite, mon prince et mon ami : ton frère a besoin de toi. » « Mon frère ? » s'étonna Kaherdin. La réplique fusa dans son esprit, nette comme une flèche se fichant en pleine cible : « Ton frère, oui, ton frère par l'âme et par le sang, prince au cœur solitaire. »

6

Le lendemain matin, Mac Lir émergea mollement du sommeil, réveillé par la lumière du jour. Il s'était couché tôt, après une soirée tristounette passée en compagnie d'Irène O'Connor. La jeune pilote n'avait pas cherché à lui cacher son désarroi. Pâle, la mine sombre, elle l'avait longuement interrogé sur les dirigeants de Lointaine, protestant lorsque ce qu'il lui confiait allait à l'encontre de ses certitudes. Mais le cœur n'y était plus. Sans qu'elle veuille l'avouer, les doutes, désormais, la rongeaient. Mac Lir n'avait pas insisté : la pousser dans ses retranchements n'aurait servi à rien. Si elle travaillait toujours pour Lointaine et communiquait des informations à la station, la provoquer de front l'aurait simplement incitée à mentir. Son seul espoir de la voir prendre franchement parti pour lui et pour Seis-Keyah était de la convaincre, d'entraîner son adhésion. Elle avait fini par lui adresser un pauvre sourire en se levant de table.

– Tu es amoureux de cette Heidrun, n'est-ce pas, Mac Lir ? La montagnarde au faucon...

Puis, avant de se diriger vers l'escalier :

– Peut-être as-tu raison, avait-elle murmuré.

Mac Lir s'était couché peu après, et, pour une fois, il avait dormi du sommeil du juste. Au réveil, il avait songé à Heidrun, et il s'était mis à sourire tout seul.

Il dégustait paisiblement le petit déjeuner que lui avait servi Ilmarinen, seul dans la pièce commune, O'Connor ne s'étant pas encore réveillée, lorsque Oden pénétra dans la maison, suivi par une femme qu'il présenta brièvement comme étant sa compagne. Mac Lir regarda un instant son visiteur, avant de s'intéresser à la femme. Il mit quelques secondes à comprendre, et ses yeux s'écarquillèrent : il avait devant lui une femme de Seis-Keyah, une montagnarde enveloppée dans un long sarouel bleu et une veste souple au col rebrodé. Une femme rousse, comme tant de femmes l'étaient sur ces hauteurs. Une femme qu'il connaissait : celle qui l'observait, silencieuse et attentive, avait jadis été son amie.

– Tara, souffla-t-il, se demandant s'il n'était pas toujours dans son lit, en train de rêver.

Dès l'aube, le vieil Utana confia les visiteurs à Petite Poussière.

– Surya saura vous conduire jusqu'à Yaxche, dit-il. Vous y serez dans l'après-midi.

Il fit un petit sourire à Kaherdin qui se mettait en selle, un sourire qui reconnaissait un de ses pairs dans le prince des mers. Puis il s'inclina devant Dîyar : l'enfant porta un instant la main au diamant bleuté qui brillait dans l'échancrure de sa cape et inclina la tête sans rien dire. Le vieil homme salua ensuite le reste de la troupe d'un grand signe de la main. La petite Jendayi surgit alors en cahotant de la maison et se planta à ses côtés. Elle agita sa menotte et gazouilla un discours incompréhensible, pointant le doigt successivement sur Dîyar et Kaherdin.

– Que dit-elle ? demanda Sandor.

– Oh, rien d'important, éluda le vieil homme.

Mais Kaherdin avait compris : dans son langage balbutiant, Jendayi venait de souhaiter bonne chance à ceux qu'elle considérait comme ses amis : les Serviteurs. Le prince se gratta la gorge. Plus que tout le reste, plus que l'attitude à son égard de Vidar ou de Krimba, plus, même, que la présence du loup à la limite de sa conscience, ce discours babillé par une petite fille qui n'avait pas encore deux ans lui faisait enfin comprendre à quel point il était différent. Avec la simplicité de l'enfance, Jendayi traçait clairement la frontière. D'un côté, il y avait les mutants. De l'autre, le reste de l'humanité. Dont faisait partie Findchoen : il regarda sa fille, fièrement campée sur son hongre chocolat, et lui fit un petit signe de connivence, tout en comprenant que, désormais, ses liens d'allégeance étaient devenus plus complexes. Il se devait à sa fille, à sa famille, à sa sœur Angharad et au roi de Glanis, à son peuple des mers. Mais il se devait aussi à Vidar, à Krimba, à Utana, à Dîyar. À cette toute petite fille au regard trop bleu qui lui souhaitait bon voyage. Et, surtout, plus que tout, il se devait à Seis-Keyah : à son monde, à ce monde qui les hébergeait, eux, les Serviteurs, qui hébergeait les hommes et les bêtes, qui hébergeait les plantes et les diamants, et aussi, peut-être, ces forces subtiles dont on ne parlait jamais, ces forces qu'Hilargi avait évoquées du bout des lèvres. Il se devait à Seis-Keyah, dont l'immense puissance silencieuse, désormais, s'imposait. « Vous êtes le fils d'une reine chez les hommes, et le fils de celui qui, chez nous, était aussi un grand roi », lui avait dit Krimba, soulignant que ses responsabilités n'en n'étaient que plus grandes. Il comprenait enfin ce qu'elle avait voulu dire. Il ferma un instant les yeux, proche du vertige, avant de se reprendre : tous l'attendaient. Il adressa une petite grimace à Jendayi, qui se tordit de rire, demanda à Petite Poussière de se mettre en tête de la caravane, et donna le signal du départ.

– Saperlipopette, saperlopipette ! s'écria la fillette en éperonnant sa monture. Qu'on me change en citrouille si vous jouez encore tous aux limaçons !

Le prince de Glanis s'engagea à sa suite sur le sentier qui dégringolait vers le fond de la vallée. Il attendit que tous, adultes et enfants, aient pris leur place dans la longue colonne de cavaliers avant de tenter d'entrer en contact avec le loup blanc. Il perçut aussitôt quelque chose d'inhabituel, l'écho de ce qui aurait pu être un rire joyeux. Le loup s'amusait. Il n'était pas seul : Petite Poussière lui tenait compagnie. Kaherdin eut la sensation de les voir gambader ensemble, l'enfant taquinant le loup, lui tirant les poils des pattes arrière et lui chuchotant des secrets qui l'enchantaient. Le prince regarda un instant le dos de la fillette qui, solidement campée sur son étalon, chevauchait juste devant lui. Puis il revint à sa perception intérieure. Il entendait le loup qui, dans son langage sans mots, racontait à Petite Poussière qu'il avait croisé à l'aube une de ces bêtes rayées aux crocs acérés qu'il évitait habituellement de provoquer. Il y eut des images : un grand tigre blanc des montagnes qui adoptait une allure prudente en signe de paix, stationnait quelques secondes face au loup, avant, en deux bonds, de disparaître dans un taillis. Puis, il y eut la voix claire de l'enfant : « C'est mon copain. C'est Kalija ». Étonnement du loup. « Kalija, ça veut dire *Promenade Silencieuse* », expliqua la fillette. Kaherdin se fit discret. Ce qu'il percevait de l'échange entre l'enfant et le loup blanc confirmait la nature de mutante de la fillette. Il y eut alors une discussion très vive, dont une partie lui échappa. Le loup semblait agacé, mais l'enfant insistait : « J'ai entendu, c'est Hohni-Ho-Kaiyohos, j'en suis sûre. » « C'est un secret, protestait le loup dans son langage sans mots. Tu ne dois pas le dire, c'est à lui de le dire. » « Oh, riposta la fillette, méprisante, avec celui-là, tu peux attendre longtemps avant qu'il trouve ton nom. Il ne sait pas entendre. Il ne sait même pas écouter. » Kaherdin comprit que la fillette parlait de lui. Agacé, il tenta de répéter intérieurement le nom qu'elle avait prononcé : il buta dès la deuxième syllabe, mais cela suffit à alerter le loup et l'enfant de sa présence. À nouveau, il eut la sensation d'entendre un fou rire, rire clair de la fillette, rire musical et grave du loup. « Hohni, Hohni, répétait la petite fille, te voilà bien, maintenant, avec ce petit bout de nom ! » Le loup salua Kaherdin, qui, oubliant de se sentir vexé, salua à son tour l'animal et l'enfant. Petite Poussière s'ébroua vivement. « Je m'en vais », fit-elle comprendre. Devant le prince, la fillette à cheval remua les épaules avant de se retourner et de lui adresser un sourire radieux.

– Débrouille-toi tout seul, prince morose ! s'exclama-t-elle.

Un long dialogue s'établit alors entre le prince et le loup blanc. Oubliant ses préventions, oubliant la gêne qu'il éprouvait lorsqu'il usait de ce mode de communication qu'il ne maîtrisait pas, Kaherdin se laissait aller. Il se rendit compte qu'il se faisait parfaitement comprendre de l'animal et qu'il percevait clairement ses réponses. Son cerveau traduisait immédiatement en langage humain ce qui se disait avec des sensations et des images. « Apprends à écouter », disait le loup. Kaherdin sursauta sur sa selle : il avait fugitivement eu l'impression d'avoir de grandes oreilles dressées, des oreilles de loup, fines et sensibles, capables de s'orienter à la recherche des sons. Il entendit l'amusement de l'animal. « Oui, c'est comme ça », disait-il. Il se mit à murmurer quelque chose, quelque chose que Kaherdin avait du mal à percevoir. Puis, le prince comprit que le loup tentait de lui faire entendre son nom. Son nom secret. Il s'appliqua à écouter, répétant intérieurement les sons qu'il devinait. « Hohni-Ho-Kaiyohos, finit-il par ânonner, ce qui amusa son compagnon. Ça veut dire quelque chose, ton nom ? » demanda Kaherdin. « Ça signifie *Grand Loup*, répondit l'animal, mais tu dis ça très mal. » « Hohni-Ho-Kaiyohos, Hohni-Ho-Kaiyohos, se répéta maladroitement Kaherdin. Puis, subitement rieur : bon, si je raccourcis ton nom, c'est grave ? » Il perçut un froncement de nez. « Pas Hohni, en tout cas. » « D'accord, dit le prince. Alors, Kaiyohos, ça te va ? » Un vague reniflement de mépris lui apprit que l'animal acceptait. « Mais, fit ensuite comprendre le loup, sache qu'il faut que je t'aime vraiment beaucoup pour accepter cette mutilation ! » Kaherdin fit un effort : « J'essaierai de penser Hohni-ho-kaiyohos », dit-il.

Plus tard, Kaherdin apprit que Hohni-Ho-Kaiyohos avait une compagne. Et qu'il avait engendré tout un tas de petits. Le loup refusa de lui dire comment s'appelait sa femelle. « Je ne te connais pas assez bien, expliqua-t-il. Plus tard. Dire les noms à qui ne doit pas les entendre peut arrêter le monde sans temps. » Kaherdin buta sur ce concept. « Le monde sans temps ? » s'étonna-t-il. « Nous sommes dans le monde sans temps », répliqua le loup, avec un air hautain de vieux professeur agacé par un mauvais élève. Il lui fit percevoir des images, images du vent dans les feuilles, images du ciel bleu, du ciel nuageux, du ciel de nuit. Images de troncs d'arbres défilant à toute vitesse, à toute la vitesse de la course folle d'un loup dans une vaste forêt. Image d'une meute dormant au fond d'un vallon, sous une lune paisible.

« Le monde sans temps », répétait le loup. « L'infini ? » proposa Kaherdin. Hohni-Ho-Kaiyohos émit l'équivalent d'un haussement d'épaules. « L'infini du temps, si tu veux », fit-il comprendre. Kaherdin pensa avoir saisi : l'animal considérait sa vie dans cet univers qu'il appelait le monde sans temps comme une éternité. Pour lui, la mort ne voulait rien dire. Alors qu'il se faisait cette réflexion, il entendit un gloussement moqueur : « Un jour, un rocher tombe sur un petit, et le monde sans temps s'arrête », dit-il. « Et prononcer le nom secret de quelqu'un peut arrêter le monde sans temps », enchaîna Kaherdin, qui comprenait enfin. Le loup s'estima satisfait. « Ma compagne, c'est ma compagne du monde sans temps, commenta-t-il, alors je ne te révèle pas encore son nom. Il faudra que tu le mérites. » « Mais alors, s'étonna Kaherdin, quand tu m'as dit ton nom ? » « Je t'ai fait confiance, homme. Je t'ai fait une très grande confiance. »

Kaherdin s'inclina intérieurement devant cet acte courageux, mais le loup ne lui laissa pas le temps de s'attendrir. « Et cette folle de fillette a deviné mon nom », ronchonna-t-il. « C'est grave ? » demanda prudemment Kaherdin. La réponse du loup le laissa pantois : « Non, ce n'est pas grave. Celle-là, elle est l'âme du monde sans temps. Elle ne peut pas l'arrêter. » Le prince tenta d'amener Hohni-Ho-Kaiyohos à s'expliquer. « Elle est une mutante, comme moi ? » Il perçut un « Non » hésitant, puis une succession d'images qui, à ses yeux, n'avaient aucun sens. Un bébé hurlant, ses poings minuscules fermement serrés, une flamme bleue s'élevant au centre d'un cirque au cœur des montagnes, une mouette planant au-dessus d'une falaise, les plants de tomates d'Utana, une ourse-bulle mettant bas, une silhouette de femme immobile dans la forêt, les mains en avant, paumes vers le ciel. Puis, quelque chose ressemblant à de la brume virevoltant auprès d'un arbre. De la poussière d'or s'enroulant paresseusement autour d'une fleur bleue. Une onde, comme une vibration de l'air, au-dessus d'une fontaine. Le loup fit brusquement cesser les images, laissant régner une sorte de blanc silencieux. Silencieux et inquiétant.

« Qui est Petite Poussière ? » demanda enfin Kaherdin, le plus doucement possible, comme on avance sur la pointe des pieds. « Elle est le monde sans temps », répliqua le loup, agacé, l'air de considérer que son ami le prince était parfois prodigieusement bête. Avant de changer brusquement de sujet : « Tu as remarqué, prince,

Kaherdin et Kaiyohos, ça se ressemble, non ? Alors, finalement, tu peux m'appeler Kaiyohos. »

Justin Mac Lir n'avait jamais été un homme bavard. Peu communicatif par nature, il se souciait en outre fort peu de respecter les règles de la convenance : il pouvait rester silencieux au milieu d'un cocktail donné en l'honneur d'un collègue de l'université Gateshall ou dans le brouhaha des coursives de Lointaine lors d'un exercice de sécurité. Lorsqu'il était de bonne composition, il faisait l'effort de participer aux bavardages en cours, ce qu'intérieurement, il appelait « faire du bruit avec sa bouche ». Pour le reste, il parlait lorsque c'était utile, dans le cadre de son travail d'ethnologue, par exemple. Mais il ne se confiait pas. Même celles qui avaient, un temps, partagé sa vie, en savaient très peu sur lui. Non qu'il éprouvât le besoin d'avancer masqué : il ne pensait pas à disserter sur lui-même, tout simplement.

Il fut donc surpris par le flot de mots qui se bousculèrent dans sa bouche face à Tara Castaneda. La jeune femme lui avait sauté au cou, balbutiant des « Justin, oh, Justin, d'où est-ce que tu sors ? » tout en retenant ses larmes. Oden, silencieux derrière elle, la contempla avec un vague petit sourire avant de s'éclipser. Mac Lir eut le temps de s'étonner fugitivement : il s'était attendu à un interrogatoire en règle. Mais il oublia aussitôt cette surprise, et entraînant Tara sur la petite terrasse à l'arrière de la maison, se lança dans une série de questions auxquelles la jeune femme n'avait même pas le temps de répondre. Plus tard, les premiers moments d'émoi passés, chacun raconta à l'autre le périple qui l'avait amené ici, sur le rocher de Yaxche, au cœur de Seis-Keyah. Tara s'était sauvée. Lorsque Mac Lir lui raconta qu'on l'avait crue mangée par une bête sauvage ou enlevée par des paysans de Glanis, elle eut un joli sourire. « Des animaux ont dû se bagarrer au bord du torrent après mon départ », dit-elle. Elle avait simplement décidé de ne pas revenir sur Lointaine.

– La planète m'appelait, dit-elle, avant de rougir légèrement. Je voulais connaître ce monde, reprit-elle aussitôt, comme de rien. Je voulais vivre ici, pas remonter dans cette vilaine boîte en fer.

Et elle se lança dans une critique en règle de l'attitude du Consortium.

– Ce projet de colonisation est une vraie saloperie, dit-elle, avant de lui lancer un regard en coin.

Il sourit :

– Oui, je sais. J'ai mis dix ans à comprendre là où tu as vu clair dès le début.

Il allait enchaîner, lui demander comment elle avait fait pour survivre, pour s'intégrer à la planète, lorsqu'il réalisa qu'elle ne savait plus rien de lui. Elle n'avait aucune raison de lui faire confiance. Il devint sérieux, s'étonna qu'elle lui ait dit la vérité sur sa disparition.

– Je pourrais être ici pour espionner.

Tara souriait.

– Il paraît que des gens te poursuivent, qu'on veut te tuer. C'est ce qu'Oden a appris ici, dit-elle. À mon avis, si Lointaine veut t'éliminer, ce n'est pas parce que tu travailles pour eux. Et puis toi, Mac Lir, tu ne feras jamais de mal à Seis-Keyah, ajouta-t-elle.

Le scientifique se sentit ému aux larmes. C'était la première fois que quelqu'un lui faisait ainsi confiance. La première fois, plutôt, qu'on lui faisait confiance sans se tromper sur son compte, qu'on lui faisait confiance à juste titre. Oubliant les fantômes de doutes ou de culpabilités qui auraient pu le hanter, il abattit toutes ses cartes, racontant par le menu à Tara comment il en était venu à haïr les projets du Consortium, comment il était « tombé amoureux » des quatre filles du royaume des montagnes, comment il avait décidé de les sauver et brûlé tous ses vaisseaux pour les faire évader de la station.

– Tu es parti à la poursuite du cristal, commenta Tara, retrouvant spontanément la connivence qui les avait unis lorsqu'ils exploraient, ensemble, les subtilités des langues de la planète.

Plus tard, elle lui expliqua comment elle avait réussi à se faire passer pour une domestique dans un petit bourg de Glanis, avant de sympathiser avec une fille qui, un beau jour, était arrivée en compagnie d'Oden dans l'auberge où elles se retrouvaient.

– Je l'ai aimé, Mac Lir. Je l'ai aimé tout de suite, et je l'ai aimé complètement.

– Je sais, répondit-il, pensant à Heidrun.

– Je lui ai souvent parlé de toi, dit-elle. De mon ami perdu. En arrivant ici, Oden a reconnu ton nom. Il m'a envoyé un message, me demandant de le rejoindre d'urgence. Il voulait savoir si tu étais bien le Mac Lir dont je lui avais parlé.

Ils prirent des chemins de traverse, Tara contant l'émerveillement d'aimer un homme qui l'aimait, celui de la naissance de leurs quatre enfants, celui de vivre, heureuse, sur ce monde dans lequel, elle qui s'était toujours sentie en exil, elle avait trouvé sa place. « Ce monde dans lequel, ajouta-t-elle, chacun trouve sa place ».

Mac Lir lui racontait ses doutes, ses peurs. Il lui parla des inquiétudes qui le taraudaient. Il lui expliqua qui était Irène O'Connor, et à quel point il se méfiait d'elle. Puis, alors que Tara, songeuse, l'observait avec tendresse, il lui parla de Heidrun.

– Sais-tu qui est Heidrun ?

Il ne sut que répondre.

– Elle est bizarre, dit-il enfin. Il y a des gens bizarres, ici.

Et, parce qu'avec Tara, il se sentait enfin en confiance, il lui parla de Neith, de la manière dont elle avait tué Jayden Hall. Tara l'observait attentivement.

– Je ne peux pas prendre l'initiative de te dire exactement ce qu'il en est, dit-elle. Je dois avoir l'accord de mes compagnons. C'est à eux de décider s'ils te font confiance. Pas à moi.

Elle marqua une pause.

– Mais sache que je défendrai ta cause, Justin. Et je pense que, désormais, tes questions ne vont plus rester longtemps sans réponses.

7

Le soleil était au zénith lorsque Petite Poussière entraîna la caravane dans un labyrinthe de hauts rochers. Kaherdin entendit Sandor, dans son dos, qui protestait. « Idéal pour nous tendre une embuscade », ronchonnait le prince de l'Atelkosou. Les guerrières s'étaient crispées, la main prête à s'emparer de leurs armes. Petite Poussière se retourna sur sa selle.

– Il n'y a personne, par ici, prince de la Belle Terre, lança-t-elle en direction de Sandor.

– Vite dit, gamine. Tu n'en sais rien. Et puis je ne crains pas que les hommes. Des tigres des neiges pourraient aisément nous sauter sur le poil, ici.

La petite fille haussa les épaules. Elle lança un clin d'œil appuyé à Kaherdin.

– Les tigres sont mes copains.

Sandor fit une petite grimace.

– Sorcière, murmura-t-il entre ses dents.

Mais il accepta de suivre Kaherdin et la fillette sans

trop faire d'histoires, se contentant d'intimer aux guerrières l'ordre de garder l'œil ouvert. Morven riait :

– Où donc nous emmènes-tu, petite fée ? demanda-t-elle.

– Dans un joli endroit où tu pourras manger tout ton soûl, fille de feu.

Au bout d'un quart d'heure de chevauchée, ils débouchèrent dans une petite vallée encastrée au cœur des montagnes que Petite Poussière, toute fière, les pria d'admirer. En contrebas d'une vaste prairie envahie de hautes fleurs qui dansaient dans la brise légère, un petit lac niché dans un écrin de verdure brillait dans la lumière de midi. Sur son pourtour, quelques gros rochers avaient été sculptés, offrant au regard de gigantesques têtes de pierre qui semblaient veiller sur la sérénité du lieu.

– Un bel endroit, en effet, concéda Sandor.

– Nous sommes toujours dans ton royaume ? lui demanda Kaherdin.

– Je crois. Tu sais, la limite entre l'Atelkosou et l'Eran est assez vague dans ces confins inhabités. De mémoire humaine, il n'y a jamais eu de guerre entre nous et nos voisins.

– Normal, commenta sentencieusement Petite Poussière. Vous êtes comme un frère et une sœur, ceux de la forêt et ceux de la montagne.

Hilargi souriait.

– Tu n'as pas tort, fillette, dit-elle. Mais qui est la femme et qui est l'homme, là-dedans ?

Petite Poussière se mit à réfléchir. Quelque chose, dans son expression, alerta Kaherdin. Elle avait fermé les yeux, et son petit visage sembla soudainement perdre les rondeurs de l'enfance. Kaherdin eut la sensation fugitive de regarder un être sans âge. Mais cela ne dura qu'une infime petite seconde. Déjà, la fillette avait rouvert les yeux et adressait à Hilargi une grimace cocasse.

– C'est comme tu veux, dame de Bonté, dit-elle. Il y a un roi dans la forêt et une reine dans les montagnes. Mais il y a peut-être un roi caché dans la montagne. Réfléchis : es-tu la reine cachée de la forêt ?

Sur cette déclaration énigmatique, elle éperonna son cheval et se remit en route. Kaherdin et Sandor échangèrent un bref coup d'œil avant de la suivre. Hilargi fut un peu plus longue à se mettre en route. En passant devant elle, Gazni, qui était originaire du royaume de la forêt, lui jeta un long regard perplexe. Hilargi haussa les épaules avant d'éperonner sa monture.

La grande prêtresse de l'Atelkosou resta silencieuse pendant que l'on mettait pied à terre au bord du lac transparent et que les guerrières, qui avaient spontanément pris en charge l'intendance durant ce long périple dans les montagnes, extirpaient de leurs fontes de quoi se restaurer. Les enfants s'égayèrent au bord du lac. Paki, annonçant de sa petite voix claironnante qu'il allait se jeter dans cette eau trop belle, entreprit d'enlever ses bottes. Logan s'accroupit à côté de lui et tâta la surface du lac du bout de la main droite.

– Je ne sais pas si c'est vraiment prudent..., commença-t-elle.

Mais c'était trop tard : d'un geste vif, le petit garçon s'était débarrassé de sa culotte de lin et des deux chemises épaisses dans lesquelles il était enveloppé et, pratiquement nu, s'était jeté dans l'eau, éclaboussant la guerrière qui se releva d'un bond effarouché.

– C'est froid ! hurla Paki dès que sa tête trempée émergea de l'eau.

Dès lors, les avertissements ou remontrances des adultes n'y purent rien : tous les enfants se déshabillèrent à la hâte avant d'aller, qui tâter l'eau du bout du pied, qui s'y plonger d'un coup. Kaherdin, qui savait sa fille apte à se débrouiller, s'approcha de la rive pour vérifier si les imprudents venus du désert ou des montagnes savaient nager. Il se rassura vite : les malhabiles restaient sagement au bord, se contentant de s'accroupir et de s'asperger les uns les autres. Rahel, Branamir, Zoran et Manjusha, plus sûrs d'eux, avaient de l'eau jusqu'aux épaules et dansaient sur place en riant aux éclats. Findchoen, toute fière de pouvoir faire étalage de sa supériorité, se jeta vers le large en nageant vigoureusement, suivie par une Dîyar tout aussi habile. Kaherdin était heureux de voir sa fille s'affirmer ainsi. La petite princesse timide de Tillia Tepe s'était peu à peu transformée en une gamine rayonnante qui explorait enfin sans crainte sa vitalité et ses aptitudes. Le prince entendit alors un bruit de chat furieux dans son dos. Il se retourna et découvrit Petite Poussière en proie à une vive agitation : dressée sur la pointe des pieds, les bras étendus à l'horizontale, la fillette oscillait de droite et de gauche en fronçant férocement le nez et en émettant des crachouillis rageurs.

– Vous les embêtez ! hurlait-elle.

Kaherdin ne put s'empêcher de sourire, ce qui lui attira une grimace épouvantable et un « Traître ! » venimeux. Dîyar, qui était revenue vers le rivage, secouait vigoureusement ses cheveux pâles.

– Ne t'inquiète pas, dit-elle à l'adresse de Petite Poussière. Ils se sont éloignés. Et puis, je leur ai présenté mes excuses.

Sandor, qui ne comprenait rien à cet échange, voulut s'informer.

– Les poissons ! répondirent en chœur Dîyar et Petite Poussière. Ils embêtent les poissons.

– Ah oui, bien sûr, les poissons ! s'exclama Sandor dans un grand rire.

Kaherdin, quant à lui, se félicita du regard complice qu'échangèrent les fillettes : Dîyar et Petite Poussière venaient de trouver un terrain d'entente. Il espéra que, désormais, au lieu d'entrer en rivalité, la sauvageonne de la montagne et la petite aristocrate mutante sauraient développer leur complicité. Petite Poussière, en tout cas, gratifia Dîyar d'une légère révérence.

– Merci, fille du Diamant, dit-elle cérémonieusement.

Tara avait disparu pendant une heure ou deux, mais elle revint dans la petite maison au toit rouge pour déjeuner avec Mac Lir et Irène O'Connor. Lorsqu'elle pénétra en coup de vent dans la salle commune, le scientifique s'étonna de son air radieux : la jeune femme timide et empruntée de Lointaine s'était transformée en une femme sereine et lumineuse. Les traits de son visage s'étaient affirmés, ses yeux noisette pétillaient, son corps s'était légèrement alourdi, mais, surtout, fait plus souple : elle semblait habiter le monde avec une aisance souveraine, elle qui dix ans plus tôt avait tendance à trébucher dans les coursives. Magie de l'amour ou magie de la planète ? Les deux, sans doute, estima Mac Lir en se souvenant de son reflet, entrevu deux jours auparavant dans le miroir : il n'avait pu alors que constater que lui aussi, comme Tara, avait retrouvé une vitalité rayonnante.

Irène O'Connor répondit du bout des lèvres au salut courtois de la nouvelle venue. Mac Lir avait un instant songé à lui dissimuler l'identité de Tara, mais il renonça à cette ruse : Irène n'était pas idiote, et la complicité qui le liait à Tara lui sauterait aux yeux quelles que soient leurs précautions. Il expliqua donc à la jeune pilote que leur visiteuse venait de Lointaine.

– Tara Castaneda était ma collègue dans les débuts de la station, précisa-t-il. Elle a disparu lors d'une des toutes premières missions sur la planète. Nous la pensions morte.

Il hésita un instant avant de poursuivre, se demandant s'il devait préciser que Tara était partie de son plein gré. Son ancienne collaboratrice ne lui laissa pas le temps de tergiverser.

– Dès que j'ai mis le pied sur Seis-Keyah, j'ai su que je ne rallierais pas Lointaine. J'ai choisi de rester sur la planète, précisa-t-elle.

O'Connor fronça les sourcils.

– Oui, jeta Tara avant qu'elle n'ait eu le temps de prendre la parole. J'ai trahi le Consortium, comme Mac Lir.

Elle se débarrassa de sa veste d'un geste fluide.

– Réfléchissez, jeune femme : est-ce trahir que de quitter un monde que l'on n'aime pas pour un monde que l'on aime ? Ou plutôt : est-ce trahir que de quitter un monde qui n'en est plus un pour un monde qui rayonne de vie ?

– Vous leur avez tout révélé, je suppose, répliqua O'Connor. Ici, tout le monde sait que l'Empire surveille la planète ?

– Non. Je n'ai rien révélé. J'ai parlé à celui que j'aime, mais lui seul est au courant. Lui, et une unique personne en qui il a une confiance absolue.

– C'est ce qu'il vous a dit, bien entendu. Et vous, vous le croyez ! Comment peut-on être à ce point naïve ?

– En effet, je lui fais confiance. Il m'a donné sa parole, et, sur ce monde, donner sa parole a encore du poids. Oden s'est éloigné de beaucoup de gens pour respecter cette parole.

Tara marqua une légère pause.

– Celui que j'aime a fait des sacrifices pour protéger le secret que je lui ai confié, dit-elle. Mais peut-être êtes-vous à ce point abîmée par les mensonges du Consortium que vous ne pouvez même plus imaginer une telle droiture. Si c'est le cas, sachez que ce que j'éprouve pour vous, c'est de la tristesse.

– De la tristesse ? Du mépris, plutôt ! Je suis quoi, pour vous, et pour Mac Lir ? Juste la petite crétine qui croit que l'Empire veut apporter la civilisation à une planète arriérée, la naïve qui, comme le dit Mac Lir, s'est fait avoir par la propagande. Une tarée, même pas fichue de voir la vérité.

– Vous êtes en train de la découvrir, la vérité. Et cela vous fait mal. Mais ça ne fait pas de vous une crétine, cela fait simplement de vous une femme qui a été trahie par les siens. Comme je l'ai été, comme Mac Lir l'a été.

Après avoir avalé les galettes de blé et les fruits qui leur tenaient lieu d'en-cas, les filles de la phalange eurent envie d'imiter les enfants. Ce fut Barabal qui donna le signal : en deux temps trois mouvements, les huit guerrières se débarrassèrent de leurs armes et de leurs vêtements pour plonger dans l'eau.

– Et toi, tu ne vas pas te mouiller les fesses ? demanda une petite voix dans le dos de Kaherdin.

Le prince se retourna : Petite Poussière lui adressa une de ses plus belles grimaces.

– Non, répondit Kaherdin. J'aimerais bien, mais j'ai quelques questions à te poser.

La fillette fronça le nez et se sauva illico.

– Je te trouve un peu lâche, cria Kaherdin.

Elle s'arrêta pile, et revint lentement sur ses pas. Elle se planta devant le prince et lui jeta un long regard avant de s'asseoir en tailleur face à lui.

– Qui sont tes parents, Surya ? attaqua le prince.

Pour aussitôt prendre conscience de la brutalité de sa question. Mais la fillette ne broncha pas. Elle afficha au contraire une mine plutôt réjouie.

– Bonne question, homme. Bonne question.

Elle observa un instant le prince avec, il en aurait juré, ce qui chez un adulte serait passé pour de la sévérité. La sévérité d'un juge.

– Je t'aime bien, prince ronchon, dit-elle. Tu mérites peut-être la vérité. Mais je ne peux pas dire qui sont mes parents. Même pas à toi.

Et de se lancer dans une de ces séances de grimaces dont elle avait le secret. Kaherdin sourit.

– Tu es une mutante, n'est-ce pas, fillette. Tu parles aux animaux...

L'enfant haussa les épaules.

– Ce que tu es bête ! Ce sont les animaux qui me parlent.

Puis elle s'enfonça dans le silence. Kaherdin, usant de toutes ses ressources de diplomatie, tenta de la faire parler : en vain. Au bout d'un moment, elle sauta sur ses pieds et se mit à tournicoter sur place. Puis, comme le prince continuait à la questionner, elle entreprit de l'insulter. Kaherdin se vit traité de grenouille puante, d'éléphant aux oreilles bouchées, de lampion sans lumière. Puis, inopinément, de crétin amoureux d'une droguée. Kaherdin tiqua, et Petite Poussière se rendit compte qu'elle venait, dans le feu de l'action, de faire une bévue. Elle tourna vivement les talons et s'enfuit à toutes jambes. Le prince ne chercha pas à la rattraper. Il resta assis sous son arbre, pensif. Personne, dans la caravane, ne savait que Liadan avait parfois recours à des substances dangereuses pour oublier ses tourments. Personne, sinon Findchoen, qui se serait fait hacher menu plutôt que d'avouer les travers de sa mère. Comment Petite Poussière avait-elle eu vent de cette information ? Kaherdin savait quels étaient les talents des mutants : personne, jamais, n'avait évoqué le don de deviner des informations cachées. Les pouvoirs des Serviteurs de Seis-Keyah étaient liés au monde qui les environnait : aux animaux et aux microbes, à l'air, à l'eau et au feu, aux plantes, à la force électrique. Pas aux subtilités du cerveau et de la pensée. Aucun devin, parmi les mutants de la planète, aucun télépathe. Petite Poussière venait de révéler qu'elle était différente. D'où sortait cette incroyable petite fille ? Kaherdin se passa une main lasse sur le front : il n'était pas plus avancé sur son compte qu'après les soupçons mal formulés de Dîyar et les obscures explications du loup blanc.

8

Tara Castaneda avait entraîné Mac Lir sur les sentiers qui sillonnaient le haut de Yaxche. Après le déjeuner, elle avait disparu une heure ou deux. Lorsqu'elle était revenue dans la petite maison, elle avait trouvé Mac Lir et Irène O'Connor en grande discussion. Une fois de plus, la jeune pilote avait tenté de démontrer à son ancien amant qu'il avait tort de soupçonner l'Empire de nourrir d'obscurs desseins à propos de la planète.

– Nous leur apportons la démocratie et la civilisation, Mac Lir. C'est tout.

Le scientifique avait haussé les épaules, découragé. Là-dessus, Tara avait déboulé en coup de vent.

– Viens, Justin, s'était-elle écriée en le tirant par la manche pour l'obliger à la suivre.

Elle l'avait éloigné au pas de charge de la petite maison avant de ralentir et de lui annoncer, ravie, qu'Arundati avait décidé de lui faire confiance et accepté qu'on lui parle de Neith et de son don.

– Tu vas enfin comprendre ce monde, dit-elle.

Elle lui révéla alors la présence sur la planète d'une caste de mutants, lui expliquant par le menu qui étaient ces mutants et quelles étaient leurs relations avec les autres humains. Mac Lir l'écoutait attentivement. Tout se mettait en place : la fuite des anciens conquérants qui, avant l'Effondrement, avaient sans doute eu vent de la présence de ces mutants dotés de pouvoirs impressionnants. L'assurance de la reine de Yaxche lorsqu'elle avait tranquillement affirmé qu'elle disposait d'armes capables de protéger son rocher.

– Ceux qui maîtrisent le feu et l'électricité ou d'autres qui peuvent faire s'envoler des pierres, par exemple, n'ont qu'à tendre le doigt pour abattre un missile ou semer la débandade chez leurs éventuels ennemis, expliquait Tara. Les mutants de Seis-Keyah n'ont pas besoin d'armes : ils sont des armes.

Le scientifique retenait son souffle :

– Bon sang, dit-il, c'est effrayant...

– Ces gens ne sont pas dangereux, contra Tara. Ils sont très utiles, au contraire. Chaque catégorie de mutants contribue à sa manière au bien-être de ce monde, Justin.

Elle hésita un instant, cherchant ses mots.

– Ici, on les appelle les Serviteurs, dit-elle. Ils parlent aux forces de la nature, aux forces de la planète. Ils demandent à l'eau, au feu, aux plantes, de collaborer avec les hommes. Ils demandent aux microbes de cesser leur œuvre destructrice, aux animaux de communiquer des informations au loin. Le rôle véritable des mutants, ce n'est pas de détruire : c'est d'être un pont entre la nature et les hommes. De les aider à collaborer.

Mac Lir saisit tout à coup quelque chose qui lui avait toujours échappé lorsqu'il essayait de comprendre le fonctionnement de Seis-Keyah.

– Les peuples, dit-il. Ce sont eux, ces « peuples » qui ont des représentants au grand conseil permanent de la planète.

– En effet. Chaque groupe de mutants se considère comme un peuple. Ils sont sept en tout. Les Serviteurs de l'eau, du feu, des plantes, des animaux, des microbes, de l'air, et de l'électricité.

– Mais où vivent-ils ? Ils n'ont pas de pays ?

– Ils vivent partout. Dans les sept royaumes. Ils ont leur langue, une langue qui, avec le temps, est devenue le dialecte de communication pour tous...

– La huitième langue, coupa Justin. Cette fameuse huitième langue dont je ne comprenais pas l'origine...

– C'est la langue des Serviteurs, la langue des nomades, de ceux qui se déplacent tout le temps. Ils bougent au gré des nécessités, quand on a besoin d'eux quelque part, ou quand ils estiment d'eux-mêmes qu'ils seront plus utiles ici que là. Ainsi, Oden, quand je l'ai rencontré, vivait sur l'île de Glanis...

– Oden est un mutant ?

Tara eut un petit sourire amusé.

– Quel est son don ? demanda Mac Lir.

– Les animaux. Il entre en contact avec les corbeaux. Comme son frère jumeau, Vidar, qui est l'un des deux dirigeants élus des Serviteurs en contact avec le monde animal.

Mac Lir rougit brusquement.

– Heidrun, dit-il. Heidrun et ses faucons...

Tara remarqua son trouble.

– Ta belle montagnarde est en effet une mutante, Justin, dit-elle.

Le scientifique secoua la tête. Le déluge d'informations que lui communiquait Tara se bousculait dans sa tête, provoquant étonnements, compréhensions, mais aussi une multitude d'autres questions. *Heidrun peut-elle aimer un homme normal, comme moi ? Et moi, suis-je capable d'aimer une femme si différente ?* Mais ce ne fut pas cela qu'il demanda à Tara.

– Ils sont très nombreux, ces mutants. Je n'arrête pas d'en rencontrer...

– Non, rectifia Tara. Ils ne sont pas nombreux. Cent mille peut-être, sur toute la planète. Ils bougent tout le temps, je te l'ai dit, ce qui fait qu'eux-mêmes ne savent pas très bien combien ils sont. Ce sont des nomades. Ils sont attachés à la nature, pas à un territoire particulier, et les pister peut s'avérer très difficile. Mais ils ne sont pas nombreux. Il y a quelques centaines de millions d'habitants sur Seis-Keyah, les mutants y sont extrêmement minoritaires. C'est le hasard qui t'a mis d'abord face à Neith, puis à Heidrun. Et ici... ici, à Yaxche, c'est différent. Tu es dans un des lieux les plus importants de la planète pour les Serviteurs, Justin. Un des sept lieux où ils se retrouvent. Un lieu d'enseignement, aussi, pour leurs enfants, un lieu où l'on apprend aux plus jeunes à maîtriser leur don et à en faire bon usage.

Les jeunes... Mac Lir pila net : il revoyait les images de la vidéo qu'il avait montrées aux prisonnières rousses. Il raconta l'incident de Tillia Tepe à Tara.

– C'est bien la fillette au casque orné de plumes qui

a tué vos espions, commenta la jeune femme. Elle est comme Neith. Ici, on les appelle les Guérisseurs : ils guérissent parce qu'ils entrent en communication avec les microbes, les virus ou tout ce qui peut semer le désordre dans les corps. Ce sont des Guérisseurs, oui, mais il suffit qu'ils donnent un ordre inverse, et ils tuent. Les Serviteurs communiquent avec les forces de leur monde, Mac Lir, avec les forces de la nature. Ils sont tout-puissants.

– Ils sont horriblement dangereux !

– Si on ne les attaque pas, ils ne sont pas plus dangereux que toi et moi. Leur don s'éteint dans l'instant s'ils l'utilisent à mauvais escient, s'ils s'en servent pour détruire alors qu'ils ne sont pas, eux ou leurs proches, en danger de mort.

Le scientifique revit les images de Tillia Tepe, cette bande vidéo qu'il avait étudiée sous toutes les coutures.

– La petite blonde, c'est ce qu'elle craignait, quand elle répétait que sa copine allait tout perdre ? Elle pensait que la gamine qui a tué nos espions allait perdre ses pouvoirs ?

Puis, sceptique :

– Les envoyés de Lointaine n'auraient jamais tué deux petites filles croisées par hasard dans une forêt, dit-il. L'Empire est sans pitié, mais il est malin : pas d'incidents lorsqu'on peut les éviter... La petite mutante n'était pas en danger. Elle aurait dû tout perdre, en effet.

– L'Empire menace son monde, rétorqua Tara.

Mac Lir tapa distraitement du pied dans un petit caillou.

– Si je comprends bien, le fait que cette petite mutante ait conservé ses pouvoirs confirme ce que je crains : les nôtres sont vraiment en passe d'attaquer la planète.

Il baissa la tête :

– Ça va être un massacre, Tara...

La jeune femme ne répondit rien.

– Que feraient tes mutants si on attaquait leur monde ? demanda Mac Lir.

– Ils sont leur monde, Justin. Oden dit qu'il appartient à sa Terre comme elle lui appartient. Je suis Seis-Keyah. Voilà ce qu'il dit. Nous sommes Seis-Keyah.

Elle marqua une nouvelle pause.

– Oui, reprit-elle. Pour répondre à ta question, si l'on attaquait leur monde, les Serviteurs seraient très dangereux.

– C'est ce qui a dû se passer lors de ce premier contact oublié, avant l'Effondrement. Les nôtres ont dû débarquer ici et se heurter à ces mutants...

– Peut-être. Mais on ne m'en a jamais parlé. J'ai questionné Oden. Il affirme que rien, dans leur histoire, ne semble correspondre à un tel épisode.

Mac Lir hésita.

– Peut-être te ment-il, Tara, dit-il enfin.

– Je ne crois pas. Je crois vraiment qu'il ne sait rien. Mais d'autres savent, peut-être.

La jeune femme lui expliqua alors que certains, parmi les Serviteurs, cumulaient tous les dons.

– Ce sont des super-mutants, si tu veux. Ceux-là, les multitalents, comme ils s'appellent eux-mêmes, sont extrêmement rares. Cent, peut-être, au maximum, sur tout Seis-Keyah. Ils dirigent le monde des mutants. C'est une caste très fermée et très puissante à laquelle tous les autres doivent obéissance et respect. Ils forment un conseil dirigeant, composé de sept hommes et de sept femmes, tous multitalents. À mon avis, c'est ça, le vrai gouvernement de Seis-Keyah. Et ici, à Yaxche, tu es dans l'un de leurs centres.

Mac Lir ouvrait des yeux ronds.

– Arundati est une multitalente, Justin. Et membre de ce conseil dirigeant. Tu es chez l'une des femmes les plus puissantes de la planète.

– La petite reine de Yaxche...

– La petite reine de Yaxche est une des grandes reines de Seis-Keyah.

– Et elle m'a accordé sa confiance ?

– Oh, cela n'a pas été sans mal. Ça fait des jours qu'Ereshkigal, Neith et Idril défendent ta cause. Quand je suis venue à mon tour me porter garante de ta fiabilité, elle a éclaté de rire. « Eh bien, a-t-elle dit, voilà quelqu'un qui ne manque pas d'avocats. »

– Sait-elle qui nous sommes ? Sait-elle que je viens d'un autre monde ?

– Oui. Les rescapées de Lointaine l'en ont informée. Mais pour l'instant, seule Arundati est au courant. Et Oden, bien sûr. Il a immédiatement compris que tu venais, comme moi, de la station, quand il a reconnu ton nom. Je pense que l'on en informera la reine de l'Eran, la mère d'Ereshkigal, lorsqu'elle arrivera.

Mac Lir fit quelques pas avant de penser à un autre détail.

– Neith n'a pas fait usage de son don lorsqu'elle était sur la station. Tu sais pourquoi ?

– Je l'ignore. Mais je suppose que leurs dons ne sont efficaces que sur la planète. Oden affirme qu'il tire son don de son monde. « Tout vient de la Terre. Mon don, c'est la puissance de Seis-Keyah », voilà ce qu'il répète. Sans doute se retrouvent-ils démunis lorsqu'on les éloigne de la planète. Pour eux, Mac Lir, ce monde est vivant. Oden en parle comme il parlerait d'un être vivant.

– Tu l'aimes vraiment, n'est-ce pas ?

Tara eut un beau sourire.

– Oui, dit-elle simplement. Je l'aime.

– Et tes enfants ? Sont-ils… sont-ils comme leur père ?

La jeune femme ne se troubla pas.

– Tous mes enfants sont des Serviteurs, Justin, dit-elle doucement. Mieux : tous les quatre sont des multitalents…

Depuis son arrivée sur Seis-Keyah, Mac Lir avait déjà rencontré bien des personnages hauts en couleur et s'était souvent étonné. Mais personne ne l'avait encore impressionné comme l'homme qui se tenait en avant du nombreux groupe de cavaliers rassemblés sur la petite place devant la maison d'Arundati. Tara et lui avaient été attirés par un brouhaha inhabituel. Ils avaient dégringolé le sentier sur lequel ils cheminaient pour revenir sur leurs pas et s'étaient retrouvés face à ces nombreux arrivants. L'homme qui était à leur tête venait de mettre pied à terre et s'inclinait devant Arundati et ses compagnons, sortis pour les accueillir. Mac Lir n'avait jamais croisé un homme aussi beau. Personne, sur les mondes du Consortium, malgré la chirurgie esthétique et les raffinements de la civilisation, ne lui avait paru à ce point séduisant.

L'inconnu avait une quarantaine d'années. Il observait la reine de Yaxche avec déférence mais, aussi, avec une espèce de tranquillité souveraine. Mac Lir chercha à deviner de qui il s'agissait. Nu-tête, le visiteur portait assez court ses cheveux très bruns. Son regard bleu, d'un bleu soutenu, presque sombre, ne cillait pas. Une épée dont le pommeau émergeait d'un fourreau accroché à sa selle pouvait en faire un guerrier, mais son accoutrement passe-partout, pantalon noir rentré dans les bottes et veste de voyage sur laquelle il avait jeté une cape, également noire, ne renseignait guère sur son statut. Mac Lir n'eut pas à s'interroger longtemps : l'homme se présenta.

– Je suis Kaherdin, prince de Glanis, dit-il. Je suis à la recherche d'un nommé Oden. On m'a dit qu'il était ici.

Arundati s'inclina brièvement.

– Bienvenue à Yaxche, prince Kaherdin. Vous êtes lié à la reine Angharad ?

– Je suis son plus jeune frère.

Arundati eut un mince sourire amusé. Mac Lir n'en devina pas la raison, mais Kaherdin comprit immédiatement que la reine de Yaxche avait entendu la rumeur qui faisait de lui le demi-frère des jumeaux.

– Oden est ici, en effet, précisa Arundati.

Elle marqua une légère pause durant laquelle Mac Lir entendit Tara, à ses côtés, murmurer : « Bon sang, qu'est-ce qu'il ressemble à Oden ! » Il remarqua alors à son tour la ressemblance entre l'arrivant et le compagnon de Tara. Mais, pour Mac Lir, le prince de Glanis l'emportait sur celui qui était presque son sosie : son ossature un peu plus large, ses pommettes légèrement plus marquées, ses yeux un peu plus écartés, le dotaient d'un charme plus puissant, comme d'une sauvagerie maîtrisée. *Une sauvagerie civilisée*, songea le scientifique.

– Vous êtes en bien curieuse compagnie, prince Kaherdin, poursuivit la reine de Yaxche en désignant d'un geste les cavaliers qui attendaient sagement derrière le prince.

Mac Lir remarqua alors que, en effet, ceux qui accompagnaient le visiteur avaient de quoi surprendre : il vit une quantité d'enfants et une petite dizaine de femmes équipées en va-t-en-guerre. Un seul homme parmi ces nombreux arrivants : un superbe guerrier aux longs cheveux châtains, qui était toujours en selle à côté du cheval du prince de Glanis, un sourire aux lèvres.

– Tu as quelque chose à lui reprocher, à cette compagnie, reine de tous les dangers ? claironna alors une petite voix.

Mac Lir se tordit le cou pour voir qui avait lancé cette apostrophe insolente. Il découvrit une petite fille campée sur un étalon, une petite fille dont les cheveux roux clair semblaient n'avoir pas été coiffés depuis longtemps.

– Ah, Surya, répliqua Arundati. Tu es là, toi aussi ? Toujours présente quand il se passe quelque chose d'intéressant, n'est-ce pas, fillette... Eh bien, bonjour, belle enfant.

– Bonjour Petite Poussière, corrigea la fillette.

– Tu n'es plus Cœur du Cristal ou Sucette au Melon ?

– Je suis poussière, reine de Yaxche. Je suis poussière et cendre, je suis ce qui ne compte pas, poussière qui redeviendra poussière.

Arundati eut un petit rire :

– Te voilà bien philosophe, ma jolie.

Mac Lir, qui observait attentivement la fillette, se fit la réflexion qu'il avait droit, là, à l'un des spécimens les plus étranges qu'il ait croisés depuis son arrivée sur Seis-Keyah. Quel âge pouvait avoir cette petite poupée crasseuse et insolente ? Cinq ans ? Six ans ? Le scientifique ne connaissait pas grand-chose aux enfants, mais il savait qu'aucun des gamins de cet âge croisés sur les mondes du Consortium n'aurait parlé comme elle. Sa surprise monta d'un cran lorsque la fillette, se tortillant sur sa selle, se décrocha le cou pour aviser Tara :

– Bonjour, Ma'Tara, lança-t-elle à l'adresse de l'ancienne collègue de Mac Lir. Regarde : je t'amène un prince au cœur de pierre. Pas moyen de le corrompre, celui-là, il est aussi dur que les rochers de son île du Nord.

Tara sourit :

– Bonjour, ma fille, dit-elle gentiment tandis que le prince de Glanis retenait un sourire et que Mac Lir se demandait quels liens unissaient cette enfant à « Ma'Tara ».

– Tiens ta langue, fillette, intervint Arundati, ce qui eut pour effet d'inciter l'enfant à lui adresser les grimaces les plus horribles que Mac Lir ait jamais vues.

La petite fille, visiblement, ne se laissait pas impressionner par cette multitalente redoutable qu'était la reine de Yaxche. Elle n'avait pas tort, semblait-il, car Arundati prit la chose à la légère :

– Bien, je vois que tu retrouves tes bonnes habitudes, ma merveilleuse petite amie.

Puis, s'adressant à Kaherdin :

– Pardonnez cette enfant, monseigneur. Présentez-moi plutôt ceux qui vous accompagnent.

Le prince s'excusa aussitôt d'arriver en aussi nombreuse compagnie.

– Mes compagnons redescendront dans la vallée pour installer leur campement...

– Pas question, coupa Arundati. Nous avons ici de quoi accueillir de nombreux visiteurs, ne vous inquiétez pas.

Kaherdin présenta d'abord Sandor, prince de l'Atelkosou, et Hilargi, grande prêtresse du royaume des forêts. Mac Lir n'en perdit pas une miette, ravi de voir enfin de près deux personnages appartenant à ce pays des forêts qui, sur Lointaine, lui était resté si mystérieux. Il remarqua les yeux verts du prince et supposa qu'il avait affaire à l'un des frères du roi Aborjan. Lorsque Kaherdin passa aux femmes habillées en guerrières, Mac Lir ouvrit des yeux ronds en observant cette collection de filles impressionnantes, harnachées avec un panache qui ne dissimulait ni leurs armes, ni leur fonction. Il apprenait dans la foulée sur Seis-Keyah quelque chose qu'il avait toujours ignoré : la présence de cette milice féminine destinée à préserver la paix. Puis, quand le prince passa aux enfants, le scientifique put reconnaître les noms des familles royales qu'il avait, du haut de la station, appris à identifier. Il avait donc, devant lui, une belle brochette de petits aristocrates de la planète. Il reconnut parmi eux plusieurs des enfants qui étaient présents dans la forêt de Tillia Tepe lors de l'incident qui avait coûté la vie aux envoyés de Lointaine et se demanda si leur arrivée à Yaxche avait quelque chose à voir avec ce qui s'était passé alors. Lorsque le prince, désignant une petite rousse emberlificotée dans une épaisse cape rouge, nomma Sikhanden, fille de la reine Daria, Mac Lir fronça les sourcils. *Mon Dieu*, songea-t-il, *c'est la petite sœur d'Ereshkigal.* Arundati, elle aussi, avait fait le rapprochement.

– Eh bien, fillette, dit-elle, j'ai deux nouvelles pour toi : on a retrouvé ta sœur Ereshkigal, et demain, ta mère sera là.

La gamine dégringola d'un bloc de son cheval :

– Ereshkigal ? Ereshkigal est en vie ? Oh mon Dieu ! s'écria-t-elle.

Arundati se tourna vers Mac Lir :

– Et voilà Mac Lir, celui qui nous l'a ramenée, dit-elle.

La fillette hésita un instant avant, oubliant de se montrer cérémonieuse, de se ruer sur Mac Lir et de lui sauter au cou en le couvrant de mercis éperdus. L'homme de Lointaine fut enfin récompensé de ce qu'il s'obstinait à appeler intérieurement sa trahison : la joie de l'enfant, ses larmes de reconnaissance, lui faisaient oublier tous ses doutes.

Petite Poussière sauta alors à terre, et, après avoir exécuté une petite révérence devant Arundati, vint se planter devant Mac Lir :

– Eh bien, claironna-t-elle, en voilà un qui vient à peine de retrouver la vie !

Elle se tourna vers le prince de Glanis et la maîtresse de Yaxche :

– Là où il était, je vous le dis, c'était un monde pas vivant. Il n'y avait pas de terre !

Elle marqua une pause, l'air de réfléchir, tandis que Sikhanden, tout sourire, s'éloignait de quelques pas et que Mac Lir se sentait devenir livide de stupéfaction – ou de terreur, il n'aurait su le dire.

– Je sais, poursuivit la fillette dans un silence soudain, ça a l'air idiot, ce que je dis, mais c'est vrai. Il n'y avait pas de terre. Et pas de vent, et pas de nuages. Pas de ciel. Pas de bêtes, pas de pierres.

Elle se tut à nouveau quelques secondes, puis, pensive, murmura à mi-voix :

– Et pas d'arbres. Il n'y avait pas d'arbres...

Kaherdin et sa suite observaient l'enfant avec l'air de se demander si elle n'était pas tombée sur la tête, mais Mac Lir, malgré son trouble, remarqua que Tara, à ses côtés, ne semblait pas décontenancée par les déclarations de la fillette, pas plus qu'Arundati. Tara se contenta d'intervenir d'un tendre :

– Ma chérie, peut-être pourrais-tu venir avec moi chercher Oden et les enfants ?

– Oui, Ma'Tara, répondit sagement Petite Poussière.

Mac Lir expira discrètement de soulagement. Mais il n'en avait pas fini avec cette surprenante enfant.

– C'est l'enfer, hein, dis-moi, l'endroit d'où tu t'es échappé ? Tout y est séparé !

9

Tandis que, à la suite de quelques ordres brefs donnés par Arundati, une escouade d'adolescents prenait en charge le prince Kaherdin et sa suite, Tara présenta plus formellement Petite Poussière à son ancien supérieur de Lointaine.

– Voici Surya, dit-elle en posant une main sur l'épaule de l'enfant. Ma fille adoptive.

La fillette protesta :

– Petite Poussière !

Mac Lir observait l'enfant avec attention.

– Ne fais pas cette tête, lança la fillette. Je ne vais pas te manger !

Elle marqua une petite pause.

– Tu as besoin de nous, n'est-ce pas, étranger, tu as besoin d'amour, dit-elle doucement. Tu as tellement besoin d'amour...

Elle fronça un instant les sourcils :

– Comment vous avez fait pour perdre à ce point l'amour ?

Pris de court, Mac Lir ne savait que répondre. Mais l'enfant n'insista pas. Retrouvant sa vivacité, elle se mit à sauter d'un pied sur l'autre :

– Il est où, Yarilo ? demanda-t-elle à Tara.

La jeune femme sourit et se tourna vers Mac Lir.

– Tu viens avec nous ? Nous allons retrouver Oden et mes enfants.

Elle s'engagea sur l'un des sentiers qui montaient vers le sommet du rocher, tenant la petite fille par la main. Mac Lir la suivit, se sentant quelque peu hébété. « Tu as besoin d'amour. » En quelques mots, l'enfant avait tout résumé. *C'est pour ça que j'ai quitté Lointaine*, songeait-il. *C'est pour ça que j'ai déserté l'Empire. C'est pour ça que j'ai volé une navette et sauvé les rouquines, que j'ai pris tous ces risques. Parce que j'ai besoin d'amour. Mais*, se demandait-il, *comment cette petite fille a-t-elle ainsi deviné le cœur de mon histoire* ? La fillette était-elle une mutante ? Sa description surprenante de Lointaine, de ce lieu sans vie, sans terre et sans arbres, l'avait stupéfié. Comment l'enfant avait-elle pu deviner la nature de la station avec une telle justesse ? Il repensait à tout ce que Tara lui avait révélé : la jeune femme n'avait aucunement mentionné des pouvoirs de télépathie ou de divination quand elle avait parlé des Serviteurs. « Ils sont en contact avec les forces de la nature », avait-elle dit. Tandis qu'il se creusait la cervelle pour essayer d'y voir clair, Tara tourna dans un sentier qui menait à une petite maison au toit rouge, semblable à celle où on l'avait installé, mais à demi encastrée dans le tronc d'un arbre gigantesque au feuillage d'un vert soutenu.

– Voilà notre logis, dit Tara. C'est ici que nous nous installons lorsque nous venons à Yaxche.

Mac Lir avait pilé et observait la demeure avec un étonnement qui n'échappa pas à Petite Poussière.

– C'est beau, hein, étranger, commenta-t-elle.

Elle se fit sentencieuse :

– Tu vois, les endroits où il y a des arbres comme ça, c'est vivant. C'est quand même mieux que ton monde.

Mac Lir ne pouvait qu'en convenir. La maison semblait avoir été façonnée par la nature elle-même. On n'avait qu'une envie en la contemplant : celle d'entrer dans ce lieu paisible, d'y poser son bagage, d'enlever ses chaussures, et de s'autoriser, enfin, à souffler.

Petite Poussière se mit à courir vers la maison en poussant de hauts cris.

– Yarilo ! Yarilo, j'arrive ! hurlait-elle avec enthousiasme.

– Yarilo est mon plus jeune fils, commenta Tara. Surya l'adore.

Mac Lir se retrouva bientôt face aux enfants de Tara : ils n'étaient guère plus souriants que lors de leur première rencontre, quand Mac Lir les avait vus débarquer à Yaxche, mais quelque chose, dans leur regard, une attention nouvelle, comme une attente, adoucissait ce que leur sévérité aurait pu avoir d'inquiétant.

Kianoush, la petite fille, avait huit ans, précisa Tara. Elle ressemblait à sa mère venue de l'espace, avec son teint pâle, sa tignasse frisée d'un roux flamboyant coupée assez court et ses yeux noisette pétillant de vitalité. Un peu plus affable que ses frères, elle dardait sur le nouvel arrivant un regard intrigué.

– Mac Lir est un de mes amis, expliqua Tara. Mon

premier grand ami, plutôt : cela fait très longtemps que nous nous connaissons.

Kianoush opina du chef avant, dans un geste étonnant, de s'approcher de Mac Lir et de poser une main légère sur sa poitrine.

– Bienvenue, Mac Lir, dit-elle sans sourire.

Les deux garçons se montrèrent plus circonspects. L'aîné, Ras-Shamra, observait le nouveau venu sans sourire. Yarilo, avec ses yeux turquoise que son teint bronzé mettait en valeur, dévisageait l'étranger en plissant le nez. On avait coupé court ses cheveux bruns, et Mac Lir se demanda quelle main malhabile avait pu réussir une coupe aussi désordonnée. *Certainement pas Tara*, songea-t-il, tandis que Petite Poussière dansait autour du garçonnet en essayant d'attirer son attention. Mais Yarilo ne détachait pas les yeux de Mac Lir.

– C'est un gentil, lança Petite Poussière, à la surprise tant de Mac Lir que de Tara.

Yarilo se tourna vers sa compagne :

– Tu es sûre ? demanda-t-il.

– Il me semble que tu pourrais me faire confiance, Yarilo, intervint Tara.

Elle considéra un instant ses trois enfants :

– Je me porte garante pour Mac Lir, dit-elle.

Le scientifique lui jeta un regard étonné. Il avait l'impression d'être un morceau de viande à l'étalage, soumis au jugement des acheteurs : « Suffisamment frais ou pas ? » semblait se demander la famille de Tara. Puis, il se souvint de ce que la jeune femme lui avait dit : « Mes enfants sont des Serviteurs, avait-elle précisé, des multitalents. » Une vague de peur sournoise le menaça. De quoi étaient capables ces trois gamins méfiants ? Il se força à mettre un grand sourire sur son visage.

– Tes enfants sont très beaux, Tara, dit-il.

La jeune femme lui jeta un bref regard en biais, l'air de se demander s'il se moquait d'elle. Mais elle comprit que son ancien collègue n'avait aucune expérience des enfants et elle lui pardonna sa maladresse.

– J'ai une autre fille, expliqua-t-elle à Mac Lir. Elle s'appelle Jendayi, et elle a deux ans. Elle est restée chez nous, à quelques heures de cheval d'ici, en compagnie d'un vieil ami. Ras-Shamra réside chez Arundati depuis six mois. Kianoush et Yarilo viennent tout juste d'arriver à Yaxche.

Elle cherchait visiblement à détendre l'atmosphère.

– C'est une sorte d'école, ici, précisa-t-elle.

– Et moi, bien sûr, je n'ai pas le droit d'aller à l'école, commenta Petite Poussière d'un ton définitif.

Mac Lir remercia intérieurement la fillette pour ses interventions intempestives : Yarilo et Kianoush se désintéressèrent de lui pour se tourner vers la petite fille.

– Hé ! C'est toi qui n'as pas voulu ! s'exclama Yarilo.

– Tu disais que tu savais déjà tout, enchaîna Kianoush.

Petite Poussière prit un air hautain.

– Il y a ce que je dis, et ce que je dis, il ne faut pas confondre, répliqua-t-elle.

– Et comment savoir si l'on doit croire ce que tu dis ou ce que tu dis ? commenta une voix grave et rieuse.

Oden sortait à son tour de la petite maison. Mac Lir ne put que constater à quel point, en effet, le compagnon de Tara ressemblait au prince des mers qui venait d'arriver. *Ce sont des frères*, songea-t-il. Mais Tara ne lui laissa pas le temps de s'attarder à ses réflexions. Le prenant par le bras, elle s'approcha d'Oden.

– Je suis si contente d'avoir retrouvé Mac Lir, lui dit-elle.

Au ton qu'elle avait employé, le scientifique se souvint que son ancienne collègue avait souvent parlé de lui à celui qui partageait sa vie. Il remarqua le sourire légèrement amusé de l'homme et la complicité paisible qui brilla un instant dans le regard qu'il adressa à Tara. Puis, Oden s'inclina courtoisement devant lui.

– Je suis ravi de faire votre connaissance, Justin Mac Lir.

Dix minutes plus tard, Tara avait installé de grandes chaises en osier dans l'herbe haute parsemée de fleurs sauvages, juste devant la maison, et envoyé Yarilo et Petite Poussière chercher des rafraîchissements qu'elle avait posés entre eux, à même la terre. Tandis que les enfants dévalaient le sentier pour aller vaquer à de mystérieuses occupations, Tara laissa Oden mener la conversation. Mac Lir ne put que s'en féliciter : la franchise tranquille du mutant le mit rapidement à l'aise et, bientôt, tous les trois devisaient sereinement de sujets que le scientifique, une journée à peine auparavant, n'aurait jamais imaginé pouvoir aborder aussi directement.

– Jusqu'à présent, précisa Oden, j'étais le seul habitant de Seis-Keyah au courant de la présence d'étrangers venus d'ailleurs dans le ciel de notre monde, d'ennemis cachés derrière nos lunes. Je n'en avais parlé qu'à mon frère Vidar.

Il hésita un instant. Mac Lir, sensible au charisme tranquille du mutant, hochait la tête.

– J'avais juré le silence à Tara, précisa Oden.

Puis, avec une pointe de sécheresse dans sa voix grave :

– À condition, bien sûr, que ceux de votre monde ne se montrent pas plus menaçants.

– Oden savait que Lointaine envoyait des espions sur la planète, expliqua Tara. Je lui en avais parlé. Mais nous avions décidé d'un commun accord de garder le secret tant que ces incursions restaient marginales.

– Ce qui risque de changer, n'est-ce pas, répliqua Mac Lir. C'est ce que vous craignez.

Oden acquiesça.

– Moi aussi, c'est ce que je crains, enchaîna Mac Lir.

Il étendit ses jambes devant lui.

– Depuis mon arrivée sur la planète, vous n'êtes plus les seuls au courant. L'information, désormais, va circuler.

Oden et Tara hochèrent la tête sans rien dire. Mais derrière leur silence, Mac Lir devina ce qu'il en avait coûté au couple, pendant des années, de conserver le secret, Tara craignant que ceux de Lointaine, dont elle refusait le monde mais qui restaient tout de même ses compatriotes, ne se heurtent aux pouvoirs des Serviteurs si Oden parlait, et Oden craignant que ces visiteurs venus du ciel n'attaquent son monde avant qu'il n'ait pu en avertir les responsables. Cela avait dû leur demander, à l'un comme à l'autre, un immense amour et une immense confiance, un total abandon. Observant la jeune femme, le scientifique se sentit envahi par une joie soudaine :

celle que tous croyaient morte avait su trouver ce qu'il y a de plus précieux, un compagnon digne d'elle. Tara sentit son regard et leva les yeux sur lui. Elle se contenta de sourire, sereine.

– Les accidents qui ont frappé tant d'espions envoyés sur Seis-Keyah il y a quelques années..., commença Mac Lir.

Tara l'interrompit :

– Nous avons eu vent de quelques incidents qui nous ont en effet semblé étranges. Nous n'y sommes pour rien.

Puis, rieuse :

– Tu ne connais pas les Serviteurs. Je gage que certains d'entre eux, tombant sur une équipe de Lointaine, ont simplement senti que quelque chose ne collait pas...

– Nous sommes cette terre, intervint Oden. Nous sommes ce monde, Mac Lir. Face à vous, face à ceux qui viennent d'un autre monde, nous sentons l'étrangeté. Je la sens, là, en vous regardant...

C'était dit d'un ton si calme que Mac Lir ne put s'en formaliser. Mais un petit frisson glacé lui courut dans le dos. Avant qu'il n'ait eu le temps de formuler une réponse, Oden fit un grand sourire.

– Vous êtes ceux des étoiles, dit-il. Tara et vous portez la mémoire du grand voyage.

Il étendit les bras devant lui pour se détendre les épaules.

– Nous, poursuivit-il, nous sommes ceux de la terre. Nous portons la mémoire de la longue patience.

– Deux mondes, commenta Tara. Deux mondes qui peuvent se rencontrer. Mais deux mondes qui risquent de s'affronter.

Mac Lir approuva de la tête.

– Ils sont prêts à agir, là-haut. La faction dure va l'emporter, ce n'est qu'une question de semaines, de jours, peut-être.

– Vous connaissez leur plan ? demanda Oden.

– Je le devine : ils vont provoquer une guerre entre les royaumes. Une opération de provocation des plus classiques : tuer des dirigeants, faire porter le chapeau à un autre royaume, attiser les flammes. Puis, entretenir l'incendie, jusqu'à ce que toute la planète soit en feu. Et quand vous serez suffisamment affaiblis par ce conflit, débarquer. Ils n'hésiteront pas.

Oden baissa la tête, visiblement impressionné.

– Si nos ennemis parviennent, de leur station spatiale, à faire participer les Serviteurs à ce conflit, nous risquons de nous autodétruire, dit-il lentement.

– En effet, commenta Mac Lir.

Oden resta un moment silencieux. Puis, abruptement, il se leva et s'inclina devant le scientifique.

– Je dois vous quitter, dit-il. Arundati m'attend pour me présenter à ce prince qui me cherche.

Il descendit le sentier en quelques longues enjambées. Avant qu'il ne disparaisse au bas de la pente, Mac Lir vit un grand oiseau noir fondre du ciel et venir se poser sur son épaule. *Un corbeau*, songea-t-il tandis que Tara, silencieuse, l'observait les yeux mi-clos. Ni Mac Lir, ni son ancienne subordonnée ne virent le chat tigré qui, après s'être discrètement étiré sous la chaise que venait de quitter Oden, se faufilait prudemment dans l'herbe haute avant de démarrer au galop dès qu'il fut sous le couvert des arbres.

Kaherdin avait pris un bain dans la demeure où Arundati l'avait fait installer en compagnie de Sandor et d'Hilargi. Alors que, propre et rasé de près, il revenait dans la pièce commune, il tomba sur un des compagnons d'Arundati qui se proposa de le mener à la rencontre d'Oden.

Suivant son guide, un tout jeune homme aux longues jambes prises dans un sarouel fluide, Kaherdin tenta de se préparer à la rencontre. Ce que le loup blanc lui avait fait comprendre, dans son langage sans mots, résonnait dans sa mémoire. « Oden est ton frère, ton frère par l'âme et par le sang, prince au cœur solitaire », avait dit Hohniho-kaiyohos. Kaherdin avait beau laisser la part intellectuelle de son cerveau affirmer qu'un loup blanc ne pouvait avoir aucune certitude quant à l'identité de son père biologique, il ne pouvait s'empêcher de se fier à cette information. *Je suis le frère des jumeaux*, songeait-il. *Le frère par le sang*. L'affirmation de Kaiyohos n'avait fait que confirmer ce qu'il savait déjà, ce qu'il avait perçu quand il avait rencontré Vidar. Désireux d'entendre une voix amie, il tenta d'entrer en contact avec le loup, qui devait se promener quelque part sur les pentes du rocher. Mais il ne perçut qu'un vague murmure, quelque chose comme « Fiche-moi la paix et apprends la patience », qui le laissa sur sa faim. Il s'appliqua alors à imaginer quelle attitude adopter face à cet Oden qui était son frère. Son guide le mena jusqu'à une petite gloriette isolée, construite au milieu d'une clairière en contrebas de la demeure d'Arundati. Oden l'y attendait. Mais ce qui déstabilisa Kaherdin ne fut pas le regard du mutant : sagement assis auprès de l'homme, il y avait un grand loup blanc. Le prince pila. *Kaiyohos*, songea-t-il, tandis que son guide disparaissait discrètement et que l'animal, un puissant mâle dans la force de l'âge, se contentait de poser sur lui son regard d'or. *Est-ce lui que j'ai rencontré chez Vidar ?* songea Kaherdin. *Oui, c'est moi*, murmura la musique du monde qui vibrait, calme et douce, dans son esprit. *Oh mon Dieu*, songea le prince qui, oublieux de la présence d'Oden, s'agenouilla spontanément devant le loup. L'animal se dressa et fit deux pas dans sa direction. Kaherdin tendit une main précautionneuse, hésitant à toucher ce compagnon qu'il avait appris à connaître mais qu'il avait si peu côtoyé physiquement.

– Hohni-Ho-Kaiyohos, dit-il alors, à voix basse.

Le loup donna un petit coup de tête à sa main tendue. Quelque chose passa entre eux, comme un sourire. Un sourire et des mots qui étaient des images : « On joue ensemble, prince, on joue ensemble dans les feuilles et dans la neige, on chahute, et je roule sur toi, tu roules sur moi, regarde, prince, tu es le prince des loups, tu es mon ami et je suis le grand loup. » Kaherdin souriait tandis que la bête ouvrait tout grand la gueule et bayait aux corneilles, l'air de rire. « Et ton frère, alors, tu l'oublies ? » murmura la voix de la forêt. Kaherdin reprit conscience de ce qui l'entourait et son regard passa du loup à l'homme. Oden le regardait sans rien dire. Le prince se gratta la gorge, gêné, et ouvrit la bouche pour s'excuser.

– Chut, coupa Oden. Pas de ça entre nous.

« Celui-là ne te veut que du bien, prince des loups », chantait en même temps la voix du monde. Kaherdin se sentit pris entre deux univers et secoua les épaules en tentant de reprendre ses esprits.

– Ce n'est rien, monseigneur, disait Oden. Vous vous habituerez aisément à ces décalages.

Et Hohni-Ho-Kaiyohos le bombardait d'images rieuses, image d'un louveteau tout juste né qui tanguait sur ses pattes malhabiles, image d'un oisillon observant le ciel immense dans lequel il faudrait bien, un jour, se jeter, image, aussi, curieusement, d'un très vieil homme souriant paisiblement devant une bougie en train de s'éteindre.

– Oui, murmura le prince. Je vais apprendre. Mais s'il vous plaît, laissez-moi le temps.

La présence du loup se fit plus discrète. Le grand animal au pelage de neige recula de quelques pas et se réinstalla sur son postérieur. Oden eut un sourire tranquille. *Merci*, songea intérieurement Kaherdin. Retrouvant son équilibre, il considéra un moment en silence le jumeau de Vidar. Leur ressemblance était telle que Kaherdin avait l'impression de retrouver Vidar après une longue balade dans l'Atelkosou, au point qu'il eut envie de reprendre avec Oden la conversation là où il l'avait laissée avec Vidar. Mais quand l'homme décida de lui parler, Kaherdin comprit que les jumeaux, s'ils se ressemblaient comme deux gouttes d'eau, n'avaient sans doute pas tout à fait le même caractère : là où Vidar s'était montré précautionneux, Oden n'y alla pas par quatre chemins.

– Eh bien, petit frère, je suis heureux d'enfin te rencontrer, dit-il.

Puis, à retardement :

– Oh, pardonnez-moi, monseigneur...

Kaherdin leva une main.

– Je vous en prie, dit-il. Ainsi, nous sommes frères, n'est-ce pas ? Ce n'est pas une rumeur sans fondement...

– Regardez-vous et regardez-moi, prince. Bien sûr que nous sommes frères.

Il retenait un sourire.

– Ça vous en fait, des frères, n'est-ce pas ? À Glanis, vous faites déjà partie d'une famille nombreuse...

– Oui. J'ai déjà deux frères. Feren et Amorgen.

– Et quelques sœurs, dont la célèbre reine Angharad...

– Feren est l'aîné. Il doit être plus âgé que vous. Viennent ensuite Angharad, puis Amorgen, et mon autre sœur, Eithne.

– Et vous, né plus tard, n'est-ce pas ?

– J'ai deux ans de moins qu'Eithne...

– La reine Danu était une femme de parole. Elle ne mélangeait pas les hommes. Lorsqu'elle vous a conçu, elle ne partageait plus la couche du père d'Angharad.

Insoucieux de l'étrangeté de la conversation, Kaherdin s'étonna :

– Comment le savez-vous ? Personne ne connaît les secrets d'alcôve de ma mère.

– Les humains les ignorent, répliqua calmement Oden. Mais le monde sait.

D'un geste large de la main, il désigna le vaste panorama de montagnes et de forêts que dominait la gloriette.

– Le monde sait tous les secrets, petit frère, il suffit de savoir les écouter, ce que, j'en suis sûr, tu sauras très vite faire.

Il rougit soudain comme un enfant pris en faute :

– Mais le monde ne juge jamais, prince Kaherdin.

Il désigna une nouvelle fois du menton ce qui les entourait.

– On ne juge pas, ici. Les pierres et les loups, les tigres et les rivières, les arbres et les oiseaux, ne jugent pas. Vous êtes le fils d'un amour, comme vos frères Feren et Amorgen étaient les fils d'un amour.

Il se tut un instant avant, confus, d'ajouter :

– Danu était une femme de foi et de vie, monseigneur. N'imaginez pas que je mets en doute sa moralité.

Kaherdin balaya ses excuses d'un geste de la main. S'interroger sur les mœurs de sa mère disparue ou s'en offusquer était, à cet instant, le cadet de ses soucis. Il eut un sourire amusé.

– Monseigneur ? Je préfère quand tu me tutoies, Oden.

Le chant du monde alors, dans son esprit, se fit joyeux. « Ah, bien joué, commentait Hohni-Ho-Kaiyohos. Enfin, tu laisses tomber ces salamalecs insupportables ! »

10

Dès qu'elle vit le chat tigré courir vers elle, Petite Poussière perçut l'anxiété de l'animal, qui pila à ses pieds et la regarda fixement sans s'autoriser à ronronner. Ras-Shamra, Kianoush et Yarilo, à leur tour, sentirent la sourde angoisse du petit félin. Les quatre gamins, qui musardaient dans les sous-bois nichés sur les hauteurs de Yaxche, cessèrent dans l'instant leurs jeux. Les enfants d'Oden et de Tara se tournèrent vers la sauvageonne des montagnes, lui laissant spontanément l'initiative : plus lucides que les adultes – et aidés par les capacités que leur conférait leur statut de Serviteurs multitalents – ils avaient deviné depuis longtemps que la petite rouquine qui s'était un jour présentée à la porte de leur demeure n'était pas une vagabonde comme les autres. En cas de pépin, c'était à elle, plus qu'à tout autre, qu'ils faisaient confiance. Et des pépins, à en croire le chat qui, les oreilles couchées, délivrait un message silencieux qu'ils étaient tous capables d'entendre, on n'allait pas tarder à en avoir. Une discussion fiévreuse s'ensuivit aussitôt, tandis que l'animal, ayant rempli son rôle de messager, entreprenait de se lécher consciencieusement le poitrail.

– Une station spatiale ? attaqua Yarilo, ses yeux de saphir s'assombrissant d'inquiétude.

– Un engin qui vole derrière nos lunes, expliqua Ras-Shamra, qui s'était rapidement fait une idée de la situation. Avec des ennemis dedans.

– Ils vont mettre le feu à notre monde, enchaîna Kianoush, c'est ça qu'a entendu le chat.

Yarilo avisa Petite Poussière :

– C'est toi qui l'as envoyé écouter ?

– Oui. Il y a des gens ici qui ne sont pas de ce monde. Ce grand bonhomme que Ma'Tara aime bien, ce Mac Lir, il est pas normal.

– Tu as dit que c'était un gentil, quand on était avec lui et les parents, tout à l'heure, intervint Ras-Shamra.

– Oui, lui, c'est un gentil, mais il vient d'un monde pas gentil. Il vient d'un monde mort, d'un monde qui a perdu l'amour. Je voulais en savoir plus.

– Ce monde, c'est ce que le chat appelle une station spatiale ? demanda Kianoush.

– C'est Mac Lir qui a dit ça, le chat ne fait que répéter, rectifia Yarilo.

– Il a dit que les gens qui sont là-haut vont provoquer une guerre. Et puis « débarquer », ça veut dire quoi « débarquer » ? demanda Kianoush.

– Ça veut dire que ces gens qui sont dans un monde sans amour vont venir ici, et qu'ils vont tout détruire, asséna Petite Poussière, peu soucieuse de prendre des gants

Les autres la dévisagèrent avec un sérieux qui aurait surpris les adultes. Tous les trois le savaient : quand la fillette cessait de faire le pitre, elle disait toujours vrai. « Mon Dieu », murmura Kianoush, qui devint toute pâle sous ses cheveux de feu. Petite Poussière haussa ses maigres épaules.

– L'ennui, ajouta-t-elle, c'est que, avant que les adultes comprennent qu'il y a un vrai gros danger, il sera trop tard.

– Et alors, jeta Ras-Shamra, qu'est-ce qu'on peut faire ?

La sauvageonne des montagnes hésita à peine. Elle regarda un à un ses compagnons avant de lancer :

– Vous allez prévenir tous les enfants qui sont à Yaxche de se retrouver... Vous voyez la petite gloriette avec des têtes bizarres dessus, quand on monte sur le rocher, un peu plus bas qu'ici ? Vous allez leur dire de venir là tard ce soir, après le dîner.

La fillette réfléchit un instant.

– Très tard. Je dois aller quelque part, avant.

Arundati décida d'inviter ceux qui étaient arrivés sur le rocher depuis quelques jours à dîner dans sa maison personnelle. On annonçait la famille royale de l'Eran pour le lendemain, et la maîtresse de Yaxche tenait à réunir ceux qui étaient déjà présents de manière à se faire l'idée la plus précise possible de la situation. Après avoir chargé Setanta de veiller à ce que les enfants et les guerrières de la suite du prince Kaherdin puissent se restaurer de leur côté, elle envoya Ilmarinen récupérer ici et là ceux qui, à ses yeux, comptaient. À l'heure dite, tous convergèrent vers la salle commune de sa demeure, dans laquelle on avait installé une vaste table ronde. Courtoise, Arundati accueillait chaque arrivant d'une petite phrase destinée à détendre l'atmosphère. Mais elle scrutait attentivement les uns et les autres, secondée par Scytharbes, le mutant aux yeux jaunes, qui se tenait à quelques pas derrière elle et enregistrait, lui aussi, le maximum d'informations. Setanta et Ilmarinen, revenus de leurs missions, se chargèrent d'offrir un vin très rouge aux invités de manière à les faire patienter avant de passer à table. De manière, aussi, à ce qu'Arundati et ses proches puissent observer les uns et les autres. Les deux étrangers, ce Mac Lir en qui tout le monde avait confiance et cette O'Connor dont tout le monde se méfiait, étaient les cibles d'une attention particulière, mais on ne quittait pas non plus des yeux le prince Sandor et la grande prêtresse de l'Atelkosou. Oden et Tara semblaient à l'aise, mais Arundati ne fut pas longue à deviner qu'ils étaient plus bousculés qu'ils ne voulaient bien le montrer par les récents événements. Avant le dîner, Tara avait révélé à Arundati d'où elle venait. La reine de Yaxche n'avait fait aucun commentaire. Elle avait deviné depuis longtemps que la compagne d'Oden n'était pas la montagnarde qu'elle prétendait être. Elle avait un jour interrogé Oden, mais le mutant s'était dérobé. « J'ai promis le silence à Tara », avait-il dit, ce qui avait clos la discussion : on ne trahit pas une promesse. Mais l'arrivée de Mac Lir et de sa boudeuse compagne avait changé la donne. Après qu'Arundati lui eut, l'air de rien, affirmé qu'elle savait d'où venait l'étranger, Tara avait tout raconté : son origine, la présence de la station – dont Arundati avait déjà connaissance grâce aux confidences d'Ereshkigal –, la menace diffuse qui pesait depuis des années sur leur monde, et son inquiétude à l'idée que l'arrivée de Mac Lir ne déclenche une cascade d'événements incontrôlables. Comme Tara s'excusait de son silence, de son « trop long silence », Arundati avait légèrement haussé le ton.

– Ce qui est fait est fait, avait-elle dit. Les excuses, Tara, ne servent jamais à rien, vous le savez.

Mais en observant l'attitude un peu trop fébrile de la compagne d'Oden tandis que ses invités dégustaient leur apéritif, Arundati se fit la réflexion que la jeune femme doutait sûrement beaucoup plus qu'elle ne l'avait avoué de la capacité de Seis-Keyah à se défendre contre d'éventuels envahisseurs venus du ciel. Oden semblait perdu dans ses pensées. Arundati savait qu'il venait de rencontrer Kaherdin, et elle se demandait ce qui liait ces deux hommes que la rumeur prétendait frères. Quant au prince de Glanis, il brillait par son absence. Utilisant discrètement un de ses dons, Arundati se mit à l'écoute des rumeurs furtives qui, en permanence, habitaient le monde. Elle détecta très vite, à la lisière de sa conscience, l'écho d'un échange : le prince des mers était avec le grand loup blanc qui l'avait conduit jusqu'ici. Arundati fit un signe discret à Setanta et lui demanda à mi-voix d'aller récupérer le prince. En attendant son arrivée, elle concentra son attention sur les hauts personnages venus de l'Atelkosou. Elle apprécia sans réserve la droiture du prince Sandor, dont Krimba, qui faisait comme elle partie du haut conseil des multitalents, lui avait souvent parlé : le frère cadet du roi Aborjan offrait au monde un physique et un sourire en parfaite adéquation avec son âme. Le prince aux yeux verts, dans sa vitalité rayonnante, son intelligence et sa candeur, brillait comme une flamme. Il avait sympathisé avec Heidrun qui, vêtue d'une djellaba des montagnes taillée dans un tissu rouge sombre, l'écoutait raconter une anecdote ponctuée de rires. La grande prêtresse était plus difficile à cerner. Hilargi était sur la réserve : elle ne manquait pas une miette de ce qui se passait, mais elle semblait avoir du mal à se faire une idée précise de la situation. Arundati se promit d'interroger Sandor et de se fier à la perception qu'il avait de la prêtresse.

Idril et Neith apparurent alors, descendant de l'étage, suivies par une Ereshkigal encore très pâle mais souriante. L'épaule prise dans un bandage, la princesse portait une robe bleue dont le bustier rappelait le plumage d'un oiseau. Lorsqu'elle pénétra dans la pièce, Mac Lir la contempla avec ce qui, Arundati en aurait juré, était de la joie. La jeune femme lui adressa un grand sourire, et il s'approcha, hésitant visiblement à la prendre dans ses bras pour l'embrasser. Quelque chose, dans l'attitude d'Ereshkigal, avait subtilement changé : la prisonnière de Lointaine qui tâchait de masquer son identité s'était effacée pour laisser place à la princesse. Impossible, cette fois, de prendre la longue fille aux yeux clairs pour une bergère. Mac Lir y fut sensible : reconnaissant son statut, il s'inclina légèrement devant elle. Le sourire de la princesse s'élargit et ses yeux pétillèrent. Elle lui adressa quelques mots à mi-voix avant, oubliant les conventions, de s'approcher et de lui poser les mains sur les épaules.

– Mac Lir, mon ami, je suis si contente de te voir parmi nous, dit-elle à haute et intelligible voix.

Idril et Neith, à leur tour, saluèrent Mac Lir, moins cérémonieusement. Scytharbes présenta alors les derniers arrivés aux survivantes de Lointaine. Au moment où Arundati se faisait la réflexion que le hasard allait rassembler chez elle le lendemain, outre de nombreux Serviteurs et ces étrangers venus d'un autre monde, des représentants de trois des sept royaumes de Seis-Keyah en la personne de la reine Daria, du prince Sandor, frère du roi de l'Atelkosou, et de Kaherdin, frère de la reine de Glanis, la porte s'ouvrit sur Setanta et le prince des mers. Oden eut un petit sourire discret en observant Kaherdin qui, la mèche noire rebelle, l'œil oscillant entre vigilance et méfiance, toisait l'assemblée sans sourire.

Le prince des mers songeait à l'entretien qu'il avait eu en fin d'après-midi avec Oden. Lorsque, résumant l'incident de Tillia Tepe et le rêve de Luken, il avait expliqué à son frère pourquoi il s'était mis à sa recherche, Oden s'était dérobé.

– L'intuition de Luken était juste, avait-il concédé. J'étais en effet le seul, sur tout Seis-Keyah, à pouvoir te donner une explication cohérente. J'étais le seul à savoir qui étaient les trois morts de Tillia Tepe et à comprendre pourquoi la petite Sieglinde n'avait pas perdu son don après les avoir tués. Mais les choses ont changé. Il y a trois jours, je t'aurais donné toutes les informations dont je dispose, mais aujourd'hui, je ne peux prendre sur moi de te faire de telles révélations.

Et de lui expliquer que des événements imprévus avaient poussé Arundati à prier la reine de l'Eran de venir à Yaxche. « Je ne peux pas décider de ce qu'Arundati et la reine Daria choisiront de rendre public », avait-il précisé. Kaherdin avait réfléchi. « Qui est Arundati ? » avait-il finalement demandé.

– Arundati fait partie du conseil dirigeant des multitalents, avait répondu Oden. Je lui dois obéissance. Tout comme toi, prince des mers.

– Mon allégeance va aussi à mon royaume, avait répliqué Kaherdin, agacé.

Cela n'avait pas troublé Oden :

– C'est pourquoi Arundati te confiera sans doute tous les éléments dont elle dispose. Parce que tu représentes le royaume de Glanis.

Kaherdin s'était reculé d'un pas :

– Tu sembles laisser entendre que nous sommes face à une affaire d'État. Quelque chose qui concerne à la fois les Serviteurs et les royaumes...

– Oui. Ce qui se passe concerne notre monde, Kaherdin.

Oden avait hésité une seconde.

– Notre monde est en danger, avait-il précisé. La décision, désormais, est entre les mains des plus hauts responsables, du conseil multitalent et des dirigeants des sept royaumes.

Et, avec un léger haussement d'épaules :

– Je ne suis qu'un Serviteur parmi les autres, prince. Je ne peux rien te confier sans l'accord des puissants. Tu t'es mis en route pour comprendre ce qui s'était passé à Tillia Tepe. Je ne te demande qu'un jour supplémentaire de patience : est-ce si difficile ?

Et, comme Kaherdin haussait vaguement les épaules, Oden avait eu un bref sourire :

– Car c'était bien cela, l'objet de ta quête, n'est-ce pas, prince des mers ?

Le regard de Kaherdin s'était aussitôt assombri. *Il sait*, avait songé Oden. *Il sait que la quête qui l'a poussé sur les routes n'avait pas simplement pour objectif de démêler le vrai du faux dans l'affaire de la clairière.*

Tout en tenant son rôle avec une vague courtoisie due à son éducation princière, Kaherdin tentait de concentrer son attention sur la petite reine de Yaxche. Mais il avait du mal à contrôler son esprit, qui se promenait obstinément sur des chemins de traverse. *Oden a raison*, songeait-il. *Si je me suis mis en route, ce n'est pas seulement pour faire la lumière sur l'incident de la forêt. C'est aussi, c'est surtout, pour aller à la rencontre de moi-même. Pour retrouver mes frères. Et pour accepter ma nature.* Faisant le bilan de son voyage, il savait que l'essentiel s'était joué chez Vidar, sous la petite lune ronde. À l'instant où les loups avaient entamé leur chant d'accueil, sa vie avait basculé. Toutes les barrières qu'il avait érigées pour se séparer du monde auquel, qu'il le veuille ou non, il appartenait, s'étaient alors effondrées. La rencontre avec Krimba, la longue chevauchée aux côtés de Dîyar, les surprenants dialogues avec le grand loup blanc, les zézaiements complices de la petite Jendayi, le sourire du vieil Utana, et, enfin, la tendresse exigeante d'Oden, n'avaient ensuite été que des étapes sur un chemin déjà tout tracé. Un chemin qui l'avait mené là où il était, au cœur du pouvoir mutant, et au cœur, il l'avait compris, d'une affaire qui concernait l'avenir de

Seis-Keyah. D'une affaire qui menaçait son monde. Et, à sa propre surprise, la seule chose qui émergeait en cet instant, alors qu'il saluait ceux qu'Arundati lui présentait, était un appel irrépressible, un appel au combat. *Je me battrai*, songeait-il. *Je lutterai pour mon monde, je lutterai jusqu'à la mort s'il le faut, et j'userai de tous les moyens à ma disposition*. Plus question, désormais, de refuser son don. Plus question de se cantonner à son rôle de prince soucieux du seul bien-être de sa famille. Il ne lui vint même pas à l'esprit de douter : une lente sauvagerie se réveillait en lui, une sauvagerie qui participait du puissant loup blanc et des tempêtes de Glanis, des forêts de l'Atelkosou et des cascades de la Varna, du potager d'Utana et du sourire de chat d'Arundati. Une sauvagerie qui lui dictait la loi profonde, la loi à laquelle il ne pouvait, désormais, plus échapper. *Je protégerai ce monde. Pas seulement ma fille. Pas seulement ma sœur et son royaume. Pas seulement les hommes et les femmes. Pas seulement les Serviteurs. Je les protégerai mais je protégerai aussi, surtout peut-être, les loups et les arbres, le printemps et les nuits, le lent murmure des bêtes et des choses que j'ai appris à entendre, je protégerai la vie, cette vie qui est mienne et que je partage avec tout, ici*. L'aristocrate rompu à l'usage de l'épée se doublait désormais d'un animal, d'un animal relié à l'âme de son monde, d'un animal sur le qui-vive, décidé à se donner sans réserve, s'il le fallait, pour sauvegarder cette Terre dont le cœur battait à l'unisson de son cœur. *Je suis un prince*, pensait-il. *Mais je suis aussi un loup*.

Lorsqu'on lui présenta Irène O'Connor, Kaherdin ne lui accorda guère d'intérêt. Ce ne fut qu'à l'issue du dîner que la jeune femme blonde vint au premier plan de ses préoccupations. Après une soirée passée à deviser de sujets sans importance qui, le prince le sentait, ne servaient qu'à masquer les tracas de ceux qui savaient ce qu'il ignorait encore, les invités d'Arundati finirent par saluer leur hôtesse et quitter sa demeure. La jeune femme blonde et l'étranger qu'on appelait Mac Lir s'attardèrent un instant devant la maison pour souhaiter une bonne nuit à la princesse Ereshkigal et à ses compagnes rousses tandis que Sandor, Heidrun et Hilargi, échangeant de vagues plaisanteries, escortaient Kaherdin à quelques pas de l'autre groupe. Un grand loup blanc surgit alors, rampant hors des buissons, aussi rapide et imprévisible qu'une soudaine tempête, et vint se camper, babines retroussées et modulant un sourd grognement, face à l'étrangère blonde. Hohni-Ho-Kaiyohos s'immobilisa à quelques mètres de la jeune femme, le dos raide, les oreilles plaquées sur le crâne, et Kaherdin eut le temps, au moment où il reconnaissait celui qui l'avait guidé jusqu'ici, de sentir un frisson de terreur glacée lui parcourir l'échine : plus rien, dans la bête sauvage qui leur faisait face, du compagnon amène qu'il avait cru découvrir. Ils étaient devant un fauve puissant, prêt à attaquer, un fauve dont les crocs dénudés et le grondement venu du fond des âges promettaient la violence et la mort. Kaherdin eut le réflexe de tendre son esprit et d'interroger. La réponse fusa, rouge, dans son esprit. *Cette femme. Tuer. Tout de suite.* Le prince supplia, mettant toute sa force de persuasion dans le message qu'il envoyait. « Attends, attends, disait-il en silence. Attends. Explique. » Le loup ne bougea pas d'un pouce. Rien ne changea dans son attitude.

Kaherdin sentit que Sandor cherchait comment protéger l'étrangère.

– Ne bouge pas, Sandor, siffla-t-il à mi-voix.

Puis, tandis que le prince de l'Atelkosou, le souffle court, parfaitement immobile, n'osait même pas lui répondre : « Explique, Kaiyohos ! Je t'en prie, explique. » De nouveau ce chant de guerre rouge : *elle nous menace, elle nous menace tous. Tuer. Tuer tout de suite.* Kaherdin reprit son souffle, qu'il retenait sans s'en rendre compte. « S'il faut tuer, je la tuerai », répliqua-t-il. Des images se bousculèrent dans son esprit, images du grand fauve blanc se jetant sur la femme, lui déchiquetant la gorge et la secouant comme une poupée brisée, images et odeur de sang. Mais le loup ne bougea pas. Kaherdin entendit une question, une question comme en arrière-plan, dans ce langage sans mot : *Tu t'en occupes ?* Il fit immédiatement parvenir le message : « Je m'en occupe. S'il faut tuer, c'est moi qui tuerai. » La riposte jaillit, impérieuse, sans appel. *Il faut la tuer. La tuer, là, dans ce moment du temps. Elle est mensonge, menace et mort.* Kaherdin continuait à répéter qu'il la tuerait s'il le fallait, mais que c'était à lui de le faire. À lui, l'humain, d'éliminer l'humaine, pas au loup, pas au grand loup blanc. De longues secondes s'éternisèrent, tandis que la puissante bête feulait devant l'étrangère, tandis qu'Ereshkigal, Idril et Neith n'osaient bouger un cil, tandis que Sandor, la main immobile à son côté, était prêt à s'emparer du poignard qui ne le quittait jamais, tandis qu'Hilargi, les pupilles dilatées, cherchait à contrôler le tremblement de sa bouche et que Heidrun, les joues pâles, scrutait attentivement la bête, tandis que Mac Lir, planté à côté de la jeune femme blonde, semblait se demander s'il allait prendre le risque de se jeter sur le fauve avant qu'il n'attaque. De longues secondes qui leur semblèrent à tous une éternité, puis, sans crier gare, le grand loup blanc cessa abruptement de menacer et fit demi-tour sur lui-même pour se couler dans les buissons, disparaissant aussi soudainement qu'il était apparu, aussi fluide et silencieux que la nuit.

Petite Poussière s'était donné du mal : après avoir quitté les enfants de Tara, elle avait cheminé pendant une petite heure, un lourd sac sur le dos, laissant derrière elle le rocher de Yaxche, courant sur des chemins oubliés, escaladant des pentes abruptes, jusqu'à trouver la faille, presque invisible, dans laquelle se faufiler pour accéder au sentier ignoré menant à un lac caché au cœur des montagnes. Elle s'était glissée dans les ruines d'un ancien palais au bord du lac, cheminant entre de hautes colonnes muettes, courbant l'échine pour passer sous des arcades à demi écroulées et des rosaces de pierres brisées, sautillant de droite et de gauche pour éviter les blocs de marbre et les grands chandeliers d'argent tombés à terre pour, enfin, déboucher sur une vaste terrasse de pierre abandonnée de tous. Elle avait marqué une pause et observé le soleil dont les derniers rayons illuminaient la haute chute d'eau qui, en face d'elle, alimentait le petit lac. Tout autour, la forêt ancienne cascadait sur les pentes, silencieuse et immobile dans le crépuscule, à peine troublée par l'appel rare d'un rapace. L'enfant avait alors sorti quatre petits lampions de verre de son sac, qu'elle avait soigneusement disposés sur la terrasse. Elle avait allumé les bougies encastrées dans les lampions et observé avec satisfaction le résultat de ses efforts. Puis, elle avait vivement improvisé, avec une vieille casserole chipée à Yaxche et deux morceaux de bois qui traînaient sur la terrasse, un tambour de fortune sur lequel elle s'était mise à taper en rythme avec une intense concentration. Les lampions diffusaient une chiche lumière dorée dans la douceur du soir. Puis, les lunes s'étaient levées, l'une après l'autre, nimbant l'antique palais de pierre, dans son dos, et les larges escaliers qui dégringolaient de la terrasse vers le lac de cette lumière mauve qui annonçait leur prochaine conjonction. L'enfant, alors, abandonnant son tambour, s'était mise à danser dans le petit cercle de lumière jaune qu'elle s'était ménagé en psalmodiant d'obscures paroles rythmées. Elle avait ensuite adopté une attitude curieuse : elle tenait une de ses mains à la hauteur de sa poitrine et la faisait doucement aller et venir à une dizaine de centimètres de son corps. Elle tendait l'autre main droit devant elle, en direction du lac, paume en avant. Le regard attentif, elle sondait l'invisible.

L'enfant avait bientôt eu un petit sourire. « Bien », avait-elle dit à mi-voix. Puis elle avait fermé les yeux. Elle était restée un long moment ainsi, parfaitement immobile sur la terrasse de pierre, dans le grand silence. La lueur tremblante de ses petits lampions nimbait sa chevelure d'une aura d'or.

Au bout de plusieurs longues minutes, la fillette avait rouvert les yeux et s'était inclinée devant le vide, minuscule silhouette dans la splendeur nocturne de son monde.

11

Le lendemain matin, Petite Poussière se sentait toute bizarre. Sa tête était trop légère, et de petites mèches rousses lui chatouillaient la nuque et les joues. Tard la veille au soir, quand elle était revenue, en compagnie des autres enfants, de leur mystérieuse réunion, Barabal avait réussi le tour de force de la plonger dans un bain d'eau chaude, de la décrasser des pieds à la tête, et, pire, de laver sa tignasse et de la peigner soigneusement. Pour prix de son obéissance, la guerrière lui avait offert un de ces diadèmes dorés qu'elle avait pour habitude d'arborer. La fillette s'était couchée en surveillant du coin de l'œil le bijou qu'elle avait posé près de son lit et, dès son réveil, peu avant l'aube, l'avait planté sur sa tête. Elle avait silencieusement chipé quelques frusques ici et là aux autres enfants qui dormaient encore dans la vaste pièce où on les avait installés – un pantalon de cuir à Paki, une chemise de soie à Sikhanden, un petit caraco vert à Rahel et une longue écharpe de lin blanc à Kiziah – pour remplacer les vêtements que Barabal lui avait confisqués afin de les laver, et chaussé à la hâte ses grossiers godillots avant de filer discrètement dehors.

Le soleil se levait à peine, illuminant les montagnes environnantes. La petite fille dressa les bras, dans un salut joyeux à la lumière. Puis elle dévala le sentier qui menait vers la maison d'Arundati, traversa comme une flèche la petite place au bord de la falaise et continua à descendre le long du rocher de Yaxche. Le tigre la rejoignit au moment où elle arrivait en vue de la gloriette ornée de ces vilaines têtes de gorgones, où, la veille, de retour de son escapade au bord du lac, elle avait ordonné aux enfants réunis de se procurer dès le lendemain le maximum d'instruments de musique. La fillette pila et attendit que le fauve s'approche. Tandis qu'il lui donnait un grand coup de langue sur le visage et humait précautionneusement sa surprenante odeur de savon, elle entoura de ses deux bras la puissante encolure de l'animal. Puis, la fillette et le grand tigre s'assirent l'un à côté de l'autre au pied de la gloriette et eurent une longue conversation. Ils avaient beaucoup de choses à se dire.

Sikhanden était si inquiète qu'elle ne songea même pas à s'étonner de la disparition de sa chemise. Tandis que Paki claironnait qu'il n'avait plus de culotte et que Kiziah bousculait édredons et oreillers à la recherche de son foulard de lin, la petite princesse rousse se glissa dans son sarouel beige et enfila vivement un caraco rebrodé d'or à même la peau avant de quitter subrepticement la pièce avant les autres enfants. La fillette ne l'aurait pas avoué pour tout l'or du monde, mais elle était terrifiée : dans quelques heures, sa mère serait là, et elle aurait droit à la pire réprimande de sa vie. On la ferait peut-être même fouetter, songeait-elle en dévalant le sentier de toute la vitesse de ses jambes. La solution ? Convaincre Ereshkigal de prendre sa défense. Sa grande sœur revenue du royaume des morts saurait calmer la colère de Daria. Mais en approchant de la petite place au bord du vide, Sikhanden découvrit qu'elle n'aurait aucun recours : une longue caravane de cavaliers débouchait sur la place avec, à sa tête, la reine de l'Eran. Sikhanden pila, chercha un buisson où se cacher, bifurqua sur sa gauche. Trop tard. Une voix autoritaire, dominant le brouhaha des hommes et des chevaux, l'apostropha :

– Eh bien, te voilà, toi !

La petite princesse s'immobilisa. Plantée sur son étalon blanc, Daria dardait sur elle un regard glacial. Sikhanden se sentit s'empourprer de terreur, et aussi de honte : non seulement elle se retrouvait en fort mauvaise posture, mais un nombreux public allait être témoin de sa déconfiture. La fillette supplia intérieurement le ciel et tous les dieux qu'elle connaissait : « Je vous en prie, faites que je disparaisse dans la terre ! » Peine perdue. Elle ne put que s'incliner pour saluer sa mère. Daria s'était immobilisée. Tous, derrière elle, guerriers, nobles ou domestiques, regardaient la princesse qui tentait d'empêcher sa lèvre inférieure de trembler. Tandis que, sur un signe de Daria, un homme mettait pied à terre et s'approchait de la maison d'Arundati, Sikhanden luttait de toutes ses forces pour ne pas pleurer. La reine ne disait rien, mais quand elle ouvrirait la bouche, cela serait épouvantable. Daria avait belle allure : vêtue comme elle l'aimait en montagnarde sous une cape d'un bleu intense, la tête prise dans un turban pâle orné de perles d'argent, elle observa un moment sa cadette. Puis, comme son messager ressortait de la demeure d'Arundati en compagnie de la maîtresse de Yaxche, elle se désintéressa de l'enfant. Sikhanden eut l'impression d'être une marionnette dont on aurait lâché les ficelles : elle manqua s'effondrer à terre et ne dut qu'à un effort de volonté de rester debout. Droite comme un I, elle s'efforça de faire bonne figure et assista sans bouger d'un pouce à l'échange de civilités entre la reine de l'Eran et la souveraine des mutants. Soudain, à la suite d'un mouvement des chevaux derrière Daria, elle aperçut son père : Roshan, en pourpoint de cuir sur une épaisse chemise rouge, lui jeta un regard sévère avant de lui adresser un discret sourire en coin. La fillette s'autorisa un petit soupir de soulagement : si Roshan prenait sa défense, elle ne serait peut-être pas trop sauvagement réprimandée. Son répit fut de courte durée. Une heure plus tard, alors que, profitant de l'inattention momentanée de Daria, tout occupée à retrouver Ereshkigal qui avait surgi, pâle et rayonnante, de la maison d'Arundati, elle avait réussi à s'éclipser discrètement et à se réfugier auprès des autres enfants dans les hauteurs du rocher, on vint la chercher : la reine Daria voulait la voir.

En descendant le sentier derrière le messager, Sikhanden n'en menait pas large lorsqu'un soutien inattendu se présenta : Petite Poussière surgit des sous-bois pour se planter devant eux. Sikhanden manqua ne pas la reconnaître : la petite fille qui lui faisait face, avec ses jolis vêtements propres, ce diadème doré disciplinant ses cheveux roux qui dansaient dans la lumière, et ce teint clair qui mettait en valeur son regard couleur du ciel, n'avait pas grand-chose à voir avec la sauvageonne crasseuse et dépenaillée qui les accompagnait depuis l'étape à Tizanoïka. Puis, la ravissante poupée fit une épouvantable grimace, et Sikhanden sut à qui elle avait affaire.

– Alors, princesse de feu, tu ne fais pas la fière, hein, ce matin ? lança la petite fille.

Sikhanden tenta de hausser les épaules, mais le fou rire de Petite Poussière cassa son effet. Le messager qui accompagnait la princesse voulut avancer. Mal lui en prit : Petite Poussière retroussa les lèvres et lui adressa un feulement de chat en colère :

– Toi, dit-elle, tu me laisses parler à cette fille.

Médusé par l'audace de la fillette, l'homme s'immobilisa.

– Si tu veux, poursuivit Petite Poussière à l'adresse de Sikhanden, je viens avec toi. J'ai quelque chose à dire à la reine, et si je le dis, elle ne te punira pas.

La princesse envisagea un instant de se moquer de la prétention de son interlocutrice. Puis elle se souvint de la première apparition de la sauvageonne. De ces ailes de fées que personne, depuis, n'avait revues. Et si Petite Poussière était vraiment une fée ? Peut-être pourrait-elle intercéder efficacement en sa faveur. Sikhanden acquiesça d'un bref :

– D'accord. Tu viens avec moi.

Le messager conduisit les deux fillettes vers une vaste demeure cachée derrière les arbres. Des colonnes de marbre flanquaient la porte taillée dans un bloc sombre qui luisait doucement dans la lumière. Sikhanden et

Petite Poussière se retrouvèrent dans un hall qu'éclairait une coupole de verre, où deux domestiques les prirent en charge et les menèrent dans une pièce où Daria et Roshan les attendaient. Avec un aplomb qui stupéfia Sikhanden, Petite Poussière s'adressa sans hésiter à la reine :

– Bonjour, fille d'Astaroth, dit-elle d'une petite voix ferme. J'espère pour toi que tu es digne de ta lignée : on ne trahit pas impunément celle qui a vaincu les enfers, tu le sais.

Sikhanden n'avait jamais vu personne s'adresser ainsi à la souveraine de l'Eran, lui adressant tout de go un avertissement sans même prendre la peine de s'incliner et de la saluer. Elle manqua s'étouffer de surprise et remarqua que Roshan, lui aussi, avait sursauté. Daria, quant à elle, leva un sourcil étonné. *Au moins*, songea Sikhanden, *cette folle a réussi à détourner l'attention de ma mère.* Petite Poussière ne laissa pas le temps à la reine de lui répondre. Solidement plantée sur ses pieds, elle lui fit un petit sourire.

– Nous savons toi et moi ce qui s'est passé à Bab-Ilani, dit-elle.

Daria se décomposa. C'était la première fois que Sikhanden voyait sa mère arborer une telle expression : les lèvres serrées, les pupilles légèrement dilatées, la reine observait sans rien dire l'étrange petite visiteuse. Sikhanden osait à peine respirer. Que Petite Poussière détourne la colère de Daria sur sa personne, c'était une bonne idée, mais là, la fillette était allée trop loin : elle allait se faire carboniser ! Il n'en fut rien. Daria finit par pousser un petit soupir.

– Bien. Que veux-tu de moi, enfant ?

Ce qui stupéfia plus encore Sikhanden. À quoi Petite Poussière avait donc fait allusion pour que ces quelques mots suffisent à désarmer la puissante reine des montagnes ? La petite princesse aurait donné cher pour le savoir. Puis, un frisson glacial la faisant trembler intérieurement, elle réalisa ce qui se passait : Petite Poussière savait sur la reine quelque chose que tout le monde ignorait, y compris, semblait-il, Roshan, qui regardait son épouse d'un air ahuri. Comment cela était-il possible ? Petite Poussière était-elle vraiment une fée ? Sikhanden n'eut pas le temps de s'interroger : déjà, la sauvageonne des montagnes répondait tranquillement à la reine.

– Je veux que tu épargnes ta fille Sikhanden. Il fallait qu'elle voyage avec le prince Kaherdin. Il fallait qu'elle vive cette quête. Il fallait qu'elle devienne la compagne des autres enfants, qu'elle connaisse bien Paki, Rahel et tous les autres. Tu comprends, reine Daria, ta fille a fait une grosse bêtise et tu as raison d'être en colère contre elle. Mais en faisant cette bêtise, elle a fait ce qui devait être fait. En réalité, ce n'est pas une bêtise du tout. Alors, tu vas oublier ta colère et, au lieu de la gronder, tu vas la féliciter.

Le tout exprimé d'une petite voix claire qui ne tremblait pas le moins du monde. Daria avait haussé un sourcil. Sikhanden se demanda comment elle allait réagir à ce tissu d'absurdités.

– Ce qui devait être fait ? demanda-t-elle enfin.

Petite Poussière opina du bonnet.

– Je sais ce qui doit être fait comme je sais pour cette affaire de Naram-Sin, dit-elle.

Encore une mystérieuse allusion, songea Sikhanden. Mais une allusion qui fit mouche.

– Je te crois, répliqua Daria après un moment de silence.

Sur quoi Petite Poussière tourna abruptement les talons et se dirigea vers la porte. Juste avant de quitter la pièce, elle se retourna et considéra gravement la souveraine.

– N'oublie pas ce qui compte, reine Daria. Les dieux de ce monde, mais aussi les arbres et les cristaux, et puis les tigres, et les enfants. Ne l'oublie pas.

Daria, stupéfaite, regarda l'enfant disparaître sans mot dire. Elle soupira et se tourna enfin vers Sikhanden :

– Ainsi, en faisant mal, tu as donc bien fait ?

La petite princesse ne sut que répondre. Immobile, elle ne parvenait pas à cacher son inquiétude. Daria eut soudain un grand sourire.

– Oh mon Dieu, ma petite fille, dit-elle, j'ai eu si peur pour toi. Et tu m'as tellement manqué !

Cela cassa les défenses de la fillette. Ne cherchant plus à retenir ses larmes, elle se jeta dans les bras de sa mère et se laissa serrer par ces mains puissantes, ces mains si chaudes, ces mains qui, pour l'enfant qu'elle était encore, représentaient toute la sagesse et la sécurité du monde. Roshan les regardait avec tendresse :

– Merci quand même d'avoir expliqué à Dilshad ce que tu mijotais, jeta-t-il en riant pour cacher son émotion.

En sortant de la grotte, Vetchorka s'était allongée dans l'herbe rase, au pied d'un rocher qui l'abritait du vent. Elle avait regardé les deux lunes, hautes, désormais, dans le ciel sans nuage, réfléchissant à ce qu'elle avait appris. Puis, se recroquevillant sur le côté, glissant un bras sous sa tête, elle s'était endormie. Un voyageur de passage ne l'aurait sans doute pas vue avant de buter sur elle : le long corps couleur de terre de la jeune fille prenait naturellement sa place dans le décor sauvage encaissé entre les parois rocheuses. La fine étoffe rouge sombre enroulée autour de ses hanches, seule, apportait une discrète tache de couleur qu'un observateur attentif aurait pu repérer. Une tache qui attira l'attention d'un rapace nocturne en maraude. Au milieu de la nuit, l'oiseau vint planer à la verticale de ce petit tas endormi, de cette boule de chaleur doucement palpitante. Le rapace piqua et fit du sur-place juste au-dessus de cette intruse, ses grandes ailes battant l'air dans un lourd froufroutement avant, décidant qu'il ne s'agissait pas d'une intruse, de s'élever dans la nuit et, virant sur l'aile, de s'éloigner, indifférent, ou, peut-être, bienveillant.

L'aube avait réveillé la jeune fille. Elle avait ouvert les yeux, ses grands yeux vert d'eau, elle s'était levée et étirée et avait regardé les hautes montagnes, dans le lointain, sur sa gauche. En contrebas coulait la Maharin, scintillant dans le matin clair, descendant de ces montagnes éloignées dont les sommets étaient couverts de neiges éternelles. La rivière cascadait entre les hautes parois rocheuses qui, sur ses deux rives, rappelaient sa puissance ancienne. En aval, au-delà de la forteresse de Jarkand, qui marquait l'entrée sur le territoire du Matsya, elle allait devenir un fleuve puissant, le grand fleuve nourricier, le plus grand fleuve de ce monde.

Vetchorka descendit vers le cours d'eau et le longea en direction de l'aval. Sur l'autre rive, de hautes falaises descendaient abruptement vers la rivière. Juste au-delà, vers le nord, se cachait le territoire de Tillia Tepe, l'enclave qui n'appartenait à aucun royaume, l'enclave de la paix. La jeune fille eut un petit sourire. *Au fond,* songeait-elle, *notre vallée encaissée forme elle aussi, à sa manière, une enclave sacrée. Mais ce n'est pas officiel. C'est la nature qui a formé ce sanctuaire, pas les hommes.* Sa foulée s'allongea. Elle en avait pour une petite demi-heure de marche pour atteindre le village d'Aghardam où l'attendaient Simargle aux cheveux de paille et les siens.

Simargle réunit rapidement toute la communauté. Une petite communauté : les Veilleurs, sur la planète, se comptaient par dizaines plutôt que par centaines. Debout à côté de son père, Vetchorka observait ses compagnons, membres de sa famille biologique ou pas, membres de sa véritable famille, tous, bien au-delà des liens du sang. Ils étaient une petite trentaine. Ils écoutèrent attentivement Simargle transmettre le message reçu par Vetchorka dans la grotte. « Nous allons avoir besoin d'eux », conclut Simargle.

Simargle les appelait les Bâtisseurs, voire, parfois, les Bâtisseurs de la forme. Pour Vetchorka, ils étaient les Gardiens. Il y avait les petits Gardiens et les grands Gardiens, ceux qui accompagnaient les fleurs et les arbres, les nichées d'oisillons et les ruches sauvages, les sources jaillissantes et les lacs silencieux, et ceux, plus rares, qui, porteurs d'un savoir immuable, préservaient l'ordre des choses. Il y avait les Gardiens des lieux secrets et les Gardiens des anciens ponts de pierre. Les Gardiens rieurs et farceurs et les Gardiens sages et brillants. Les Gardiens qui aimaient le miel et ceux qui prisaient le lait. Mais pour la jeune fille, tous, dans leur diversité, étaient des Gardiens.

Certains, dans le village d'Aghardam, leur donnaient d'autres noms. Le vieux Zlatan les appelait les Bons Voisins, ou, parfois, les Bienveillants. Timour, lui, parlait du Peuple des Autres. Béloïara était imbattable lorsqu'il s'agissait de nommer les membres du royaume des mousses : elle parlait des Ramasseurs et des Gardenets, des Vert-Capuches ou des Pieds Fourrés, qu'elle rencontrait une fois franchies ce qu'elle appelait les Barricades Mystérieuses. Maribor, le frère adoptif de Vetchorka, parlait des Dames Bleues, des Fils du vent et des Vieilles Mères. Lorsqu'on était inventif, comme les jumelles Gaïna et Golitsa, on trouvait tous les jours ou presque de nouvelles expressions : Vetchorka les avait entendues évoquer les Floriales et les Lumineuses, les Blanches-Biches et les Toujours-nés, les Danseurs de brume et les Bonnets rouges. Lorsqu'on était moins fantaisiste, on se contentait d'un nom générique : Zaria-Zarénitsa, ainsi, parlait invariablement des Êtres Blancs. Makoche, la fille à la peau noire, la sérieuse et belle Makoche, évoquait quant à elle les Enfants-du-monde. Ailleurs, parmi les hommes ordinaires, on avait oublié qui ils étaient. Des légendes couraient, des récits pour les enfants dans lesquels on parlait des fées et des lutins, des sirènes et des gnomes, des trolls et des ondines, des elfes et des naïades. Des récits auxquels, lorsqu'on devenait adulte, on n'accordait plus foi.

Lorsque Simargle avait expliqué ce que le grand

Gardien rencontré dans la grotte avait révélé à Vetchorka, il y avait eu un long silence.

– Nous nous réunirons lorsque le soleil sera à son zénith, dit-il enfin, et nous déciderons alors de la conduite à tenir.

Ce matin-là, tandis que Sikhanden retrouvait sa mère et qu'à quelques centaines de kilomètres de là une jeune fille nommée Vetchorka écoutait son père, Mac Lir se mit à la recherche de Tara. Il avait une question à poser à la jeune femme. Elle le fit entrer dans la maison nichée contre le grand arbre et lui servit un bol de lait avant de l'écouter avec attention. Mac Lir fut direct :

– Peuvent-ils attaquer la station ? demanda-t-il.

– Les Serviteurs ?

– Oui. Leurs pouvoirs leur permettent-ils d'atteindre Lointaine ?

Tara eut un petit rire :

– Non, bien sûr que non. Les mutants de ce monde ne peuvent agir que sur leur monde. La station spatiale est trop loin, au-delà de l'atmosphère.

Mac Lir se mordit les lèvres.

– Pardonne-moi, Tara, dit-il. Mais, tu vois, autant je crains que l'Empire attaque cette planète, autant je redoute, aussi, que les habitants de Seis-Keyah ne détruisent Lointaine.

– Tu es un homme de paix, Mac Lir, commenta Tara.

12

Les compagnons de Simargle avaient bâti Aghardam avec les matériaux qu'offrait la nature : du bois, des pierres, un chaume constitué de paille de seigle et de roseaux. On avait beaucoup travaillé, pour construire ce sanctuaire. Mais on avait travaillé d'une manière telle qu'un voyageur, débarquant là au hasard de sa marche, aurait mis un certain temps à discerner qu'il était devant des constructions faites de main d'homme. Le village semblait avoir émané de lui-même de la terre.

Il y faisait bon vivre, et chacun, ce matin-là, retournant à ses occupations après les révélations de Simargle, avait longuement pesé le pour et le contre : fallait-il quitter ce refuge ? Kovan et Morena, qui avaient rallié le grand potager dans lequel ils faisaient pousser les légumes dont la communauté avait besoin, se parlaient à peine. Mais chacun sentait à quel point l'autre était préoccupé. Svarog, qui était descendu jusqu'à la Maharin où il souhaitait puiser de l'eau pure, cheminait en observant pensivement les pierres moussues sur lesquelles il mettait le pied. Pourrait-il s'éloigner de ce lieu protégé ? Il cessa rapidement de s'interroger : comme les autres, comme le vieux Zlatan, qui s'était retiré dans sa petite maison, comme Timour et Dennitsa, qui avaient disparu pour observer les papillons et, peut-être, s'offrir un peu d'amour, Svarog devinait qu'ils n'avaient pas vraiment le choix : sept d'entre eux devraient partir.

Vetchorka passa la matinée à se promener dans les hauteurs au-dessus du village. Son regard d'eau, dans son visage bruni aux traits réguliers, se posait sur tout ce qui l'entourait, arbres, herbes, pierres, nuages et contreforts abrupts, avec une attention nouvelle. Ses cheveux bruns, coupés si court que la brise légère les dérangeait à peine, lui faisaient comme un petit casque bien ajusté. Elle était décidée à se mettre en route si l'on choisissait d'obéir à la demande reçue dans la grotte et d'envoyer des représentants à Yaxche. À l'instant même où elle avait compris ce qui se passait dans leur monde, l'évidence s'était imposée : ce n'était plus l'heure de jouer, comme elle le faisait parfois, avec ces petits Gardiens farceurs dont les réactions, si souvent, la surprenaient. Ce n'était plus l'heure de négocier avec les présences silencieuses de la planète quel arbre on pouvait couper quand on avait besoin de réparer une charpente ou de fabriquer une barque. Ce n'était plus l'heure de veiller, discrètement, à ce que les forces de Seis-Keyah restent en équilibre. L'équilibre était mort : ces gens, dans le ciel, l'avaient perturbé et menaçaient, si on les laissait faire, de le détruire complètement.

En revenant vers Aghardam, Vetchorka fit un détour : il y avait un endroit qu'elle chérissait entre tous, un endroit qu'elle voulait saluer. Il s'agissait d'une clairière au bord de laquelle avait poussé un arbre immense que Svarog appelait un fayard. Son tronc tortueux était si épais qu'il fallait se mettre à quatre pour en faire le tour en se donnant la main. Lorsque le vieux Silan était mort, c'était là qu'on l'avait enterré, de l'autre côté de la clairière. Timour avait décidé de sculpter une statue dans un rocher proche de la sépulture : il avait travaillé tout un été pour faire surgir de la pierre brute la silhouette d'un homme vêtu d'une longue cape qui, l'épée au côté et un genou à terre, inclinait la tête devant on ne sait quel monarque invisible. Des herbes sauvages avaient envahi le piédestal de la statue qui veillait, éternelle, face au fayard centenaire. Et là, près de l'arbre, ou peut-être dans l'arbre, habitait, invisible, un Gardien que Vetchorka connaissait. Elle l'avait surnommé le Dormeur. À chaque fois qu'elle l'avait appelé – et, respectant ce qu'elle imaginait être son grand âge, elle l'avait rarement fait – le Gardien avait répondu. Mais elle avait toujours eu l'impression qu'il arrivait de loin, d'un drôle de loin, comme s'il émergeait des songes anciens qui somnolent, discrets, dans le cœur caché de la réalité. Elle se souviendrait toujours de sa première rencontre avec le Dormeur. C'était quatre ans auparavant. Elle avait douze ans et traversait l'une de ces périodes de tristesse sourde qui s'emparaient parfois d'elle. Elle était venue près de l'arbre et avait silencieusement demandé si un Gardien, là, veillait. Elle avait senti l'air vibrer et, bientôt, elle avait deviné une haute silhouette qui aurait été, elle le savait, invisible aux yeux ordinaires, mais qui pour elle était presque perceptible, comme un miroitement subtil, à la limite de la vision, écho impalpable d'une présence translucide. Immédiatement envahie par un sentiment de respect infini, la Vetchorka de douze ans s'était spontanément agenouillée devant cette silhouette diaphane. Elle avait balbutié quelques mots d'étonnement un peu effrayés avant de se ressaisir et de se concentrer. Elle avait senti comme une caresse rassurante et l'écho d'un rire, aussi, d'un rire ancien, sans aucune méchanceté. Puis une voix grave avait fait parvenir des mots à son esprit : « Ne sois pas triste, jeune humaine. Car dans ce monde, personne, jamais, n'est seul. » Vetchorka avait senti sa bouche trembler d'une émotion si profonde qu'elle lui sembla ne pas venir d'elle-même, mais surgir d'ailleurs, de ce qui habitait la forêt et les montagnes, le ciel et la terre, d'une émotion beaucoup trop puissante pour être née dans le corps souple et bronzé d'une fille de douze ans. Elle avait prononcé à haute voix un merci qui ne rencontra que l'écho du vide : le Dormeur, déjà, avait disparu. Mais Vetchorka avait précautionneusement conservé la mémoire de ces quelques mots. Seraitelle triste, parfois, à l'avenir ? s'était-elle demandé. *Oui, sans doute, je serai triste. Mais jamais* vraiment *triste. Jamais plus.*

Lorsqu'elle arriva dans la clairière silencieuse, Vetchorka ne chercha pas à appeler le Dormeur. Elle se contenta de s'arrêter devant le grand arbre et de l'observer attentivement, comme pour en enregistrer l'image le plus parfaitement possible. Au bout de quelques minutes, elle se tourna vers la statue qui surplombait la sépulture du vieux Silan et lui adressa un signe de tête accompagné d'un petit sourire amical. Le chevalier de pierre ne broncha pas, mais Vetchorka se sentit satisfaite : maintenant, elle pouvait rejoindre les siens à Aghardam. Maintenant, elle pouvait se mettre, si nécessaire, en route.

Personne ne s'étonna quand Simargle déclara qu'il fallait répondre à la demande transmise dans la grotte.

– Nous savons tous que les Gardiens, depuis des lustres, refusent de se mêler des affaires des hommes, dit-il. Ils protègent les bêtes, les plantes, les pierres, ils protègent tout ce qui vit sur ce monde, mais plus nous, les humains, car ils savent que, désormais, nous devons grandir et prendre nous-mêmes en charge notre destin. Mais l'enfant qui est à Yaxche dit que face à la menace actuelle, nous devons réunir nos forces. Que les hommes, seuls, n'arriveront à rien. Si elle a raison, les Gardiens accepteront de nous aider.

Il marqua une pause :

– Seuls des volontaires se mettront en route, ajouta-t-il.

Maribor le premier leva la main droite :

– Je pars, dit-il en rejetant en arrière d'un mouvement sec de la tête sa lourde chevelure d'un blond presque blanc.

Il s'avança d'un pas et se campa devant Simargle, bien droit dans sa souple tenue bleue retenue par une large ceinture dorée. Iassouna et Odiaka, qui n'avaient pas encore dix ans, s'avancèrent à leur tour, main dans la main à leur habitude, comme un couple miniature.

– On y va.

Kazi, la fillette qui aimait se peindre les lèvres en bleu, et Makoche, la jeune fille à la peau noire, s'avancèrent à leur tour.

– Elle a demandé sept Veilleurs, commenta Simargle. Qui d'autre ?

Vetchorka leva une main, bientôt suivie par le petit Pasmour.

– Bien, enchaîna Simargle. Les oiseaux envoyés par l'enfant ne vont pas tarder à arriver. Préparez-vous à partir.

À Yaxche, on avait des affaires graves à régler. Arundati, toutefois, courtoise à son habitude, laissa le temps à la reine Daria de se restaurer à la mi-journée avant de l'inviter, en compagnie des princes Kaherdin et Sandor, à rencontrer les prisonnières échappées de la station spatiale pour les mettre au courant de la situation. De longues discussions s'ensuivirent entre ces hauts responsables : qui fallait-il informer ? Allait-on convoquer une réunion de tous les dirigeants de Seis-Keyah, familles royales et élus des Serviteurs, à Tillia Tepe ? Et que pouvait-on faire pour parer au danger que semblaient présenter ces étrangers installés dans le ciel ? On finit par décider de convoquer Mac Lir, Irène O'Connor et Tara Castaneda, et de les interroger pour se faire une idée plus précise des événements.

Les enfants, pendant ce temps-là, discrets comme ils savent l'être quand il y a urgence, n'avaient pas été longs à se faufiler jusqu'à la gloriette dont ils avaient fait leur quartier général. Tandis que chez Arundati, on réfléchissait à l'avenir, un peu plus bas sur le rocher, on se montra plus efficace : respectant les instructions de Petite Poussière, chacun était arrivé avec de quoi faire de la musique, certains, comme Zoran, Kianoush ou Findchoen, ayant réussi à dénicher de vrais instruments, qui une trompette, qui un clairon, qui, encore, un tambourin, la plupart, comme Paki et Petite Poussière elle-même, ayant rassemblé bidons, casseroles cabossées et autres marmites aptes à faire du bruit en cadence. La sauvageonne des montagnes observa un instant son monde avant d'arborer un grand sourire.

– Bien, dit-elle. On répète.

Au bout d'un petit quart d'heure de cafouillage, les enfants parvinrent à se mettre à l'unisson. Les instruments de percussion, de luxe ou improvisés, sonnant grave ou plus aigu, marquaient la cadence, tandis que cloches, clochettes, carillons et flûtes plus ou moins élaborés marquaient le contrepoint. Ils étaient une quinzaine et parvenaient à faire un bruit conséquent : on vit bientôt surgir une Setanta inquiète, venue vérifier ce qu'ils fabriquaient. On lui expliqua qu'on répétait dans l'intention de faire une fête le lendemain. Rassurée, elle remonta vers la demeure d'Arundati, où elle prévint les adultes de ne pas s'en faire. Le résultat fut qu'une petite heure plus tard, quand une nuée de grands rapaces transportant trois nacelles de paille atterrirent un peu en contrebas de la gloriette, déposant leur chargement sur d'étroites bandes de terre à l'aplomb du vide, personne, dans les hauteurs du rocher, n'y accorda d'attention : on était trop occupé à discuter de la situation – et à se boucher les oreilles.

Dès que les passagers des nacelles eurent rejoint les

enfants, Petite Poussière fit signe d'arrêter la fanfare improvisée. Sérieuse comme un pape, elle fit les présentations, expliquant qui étaient ces sept nouveaux venus et nommant sans se tromper, à l'intention de Vetchorka et de son groupe, tous les enfants présents.

– Maintenant, dit-elle, voilà ce qu'on va faire.

Ses explications provoquèrent un certain brouhaha. Paki menait les sceptiques : « De vraies fées ? claironnait-il. Tu te moques de nous ! » D'autres, comme Findchoen, ne savaient trop que penser et écoutaient les débats sans intervenir. Le groupe de Vetchorka observait l'agitation avec amusement. Finalement, la jeune fille décida de calmer le jeu :

– La fillette a raison, dit-elle. Les Gardiens existent, je les connais, je leur parle.

Et comme Paki faisait mine de se moquer, elle pointa un doigt impérieux :

– Tais-toi, petit bonhomme. Tu es trop jeune pour connaître tout ce qui habite ton monde, alors écoute ceux qui en savent plus, et apprends.

Ainsi mouché, le gamin se tint coi. Petite Poussière attendit que tous soient calmés. Puis elle entreprit de tracer un cercle dans la terre devant la gloriette.

– Voilà, dit-elle. Maintenant, on va prêter serment. Bon, je commence.

Elle retint un instant sa respiration puis fit un pas en avant et se plaça au centre du cercle. Son petit visage, si propre qu'il en était méconnaissable, sembla un instant se transformer, révélant une sagesse qui n'était pas de son âge. Elle ferma les yeux et attendit quelques instants avant de reprendre la parole d'une petite voix claire :

– Moi, dit-elle, moi qui suis en ce moment Petite Poussière, fille adoptive d'Oden et de Tara, je prends l'engagement de coopérer avec les cinq forces de mon monde, les humains, les plantes, les pierres, les animaux et les Gardiens, pour défendre Seis-Keyah. Sur mon esprit, sur mon âme et sur mon corps, je jure de respecter ce serment.

Elle rouvrit les yeux et sortit du cercle dans un grand silence. Elle fit signe à Dîyar, qui, obéissante, pénétra à son tour dans le cercle. La petite multitalente se tint un instant immobile, puis elle porta la main à son diamant et prononça lentement les paroles magiques. « Moi, Dîyar, fille de Krimba et de Nurzhan, je jure de défendre Seis-Keyah. » Vetchorka, spontanément, lui succéda. « Moi, dit-elle, fille de Simargle et de Siana, moi, membre de la communauté des Veilleurs, je jure de coopérer avec les cinq forces de mon monde. » En sortant du cercle, elle fit signe à Sikhanden de prendre la suite. La petite princesse rousse releva le menton. « Moi, dit-elle, fille de la reine Daria et de Roshan, du clan des Roxolani, moi, je jure. » Les uns après les autres, les enfants et les Veilleurs pénétrèrent ainsi dans le cercle et engagèrent leur parole.

Kaherdin en avait par-dessus la tête : cela faisait des heures qu'on discutait, sans grand résultat. Le soleil, déjà, baissait sur l'horizon, et tout ce qu'on avait réussi à décider avait été de lui confier la garde de la fille blonde que son loup avait, la veille, attaquée. L'étranger que l'on appelait Mac Lir avait expliqué qu'il soupçonnait la femme d'être en contact avec les occupants du monde de fer qui menaçait Seis-Keyah. Daria et Arundati, alors, comme la veille le loup blanc, avaient chargé le prince des mers de la surveiller de près. Mac Lir, ensuite, avait eu beau dépenser sa salive pour répéter qu'il fallait d'urgence se préparer au pire, personne ne l'avait vraiment pris au sérieux : « Nous avons les moyens de nous défendre », disait Arundati tandis que Roshan, le compagnon de la reine Daria, retenait un sourire, l'air de se préparer à guerroyer avec enthousiasme. *Ils se trompent*, songeait Kaherdin. *Cet étranger sait que nous ne pourrons pas grand-chose si les ennemis cachés derrière nos lunes décident d'attaquer.* Mais il avait eu beau jouer les oiseaux de mauvaise augure, on ne prenait pas la menace au sérieux. Lorsqu'enfin, alors que le crépuscule, déjà, nimbait le rocher d'une lueur dorée, on se sépara, le prince des mers poussa un grand soupir de soulagement, mais aussi d'inquiétude.

Dix minutes plus tard, alors qu'il remontait vers les bâtiments attribués à ses guerrières, décidé à aller dîner avec les filles de la phalange pour se changer les idées, il vit surgir la petite sauvageonne des montagnes. L'enfant se planta devant lui, impérieuse.

– Ton loup t'a dit qui je suis, mon beau prince, attaqua-t-elle aussitôt.

Kaherdin fronça les sourcils.

– Il m'a dit une absurdité, répondit-il. Que tu étais le monde sans temps.

– Il a raison, répliqua la fillette.

D'un ton qui, abruptement, fit froid dans le dos au prince des mers. D'un ton qui alerta quelque chose, en lui, une vigilance aiguë. *Elle dit vrai*, songea-t-il. *Elle, la Mat'Syra Zemlia, la Terre-Mère-Humide.* C'était comme une évidence : Kaherdin sut que tout était vrai, ce qu'avait dit le loup, ce qu'avait affirmé Dîyar. Tout était vrai, même s'il n'y comprenait rien. La petite fille ne lui laissa pas le temps de réfléchir.

– Viens avec moi, prince, dit-elle.

Et il obéit.

Tandis qu'il la suivait sur le sentier qui descendait vers la gloriette, Kaherdin l'écouta lui expliquer qu'elle avait besoin de lui parce qu'il était adulte, et qu'il y avait très peu d'adultes, là, en bas, juste le jeune homme qu'était le Veilleur Maribor, qui avait vingt-deux ans.

– Tu comprends, prince, il nous faut un témoin, quelqu'un qui pourra expliquer à tous les vieux ce qui s'est passé.

Kaherdin n'eut pas le temps de se vexer d'être ainsi rangé dans la catégorie des vieux : ils arrivaient à la gloriette, où il eut la surprise de découvrir une assemblée insolite. Assis en cercle autour du petit édifice se tenaient une bonne vingtaine d'enfants et d'adolescents, parmi lesquels il discerna en effet un jeune homme un peu plus âgé, qui devait être le fameux Maribor. Chacun, dans le cercle, avait posé devant lui un instrument de musique. Tout autour d'eux, les animaux. Un grand tigre blanc (« C'est Kalija, mon copain », jeta distraitement Petite Poussière) dominait une petite foule : quelques lapins et des tortues, un renard, des campagnols et deux belettes, une imposante équipe de chats, un grand chien, deux chevreuils, quelques singes étonnamment immobiles, deux ours-bulles, un mouton, et même un fennec et un guépard, se tenaient côte à côte dans une vertigineuse cohabitation tandis qu'une dizaine d'oiseaux planaient au-dessus d'eux et que des serpents, insectes et grenouilles se faufilaient là où ils pouvaient trouver de la place. Kaherdin repéra aussi son loup blanc, sagement assis entre deux vautours. *C'est une soirée de paix*, fit comprendre le grand loup, comme dans un sourire. *Toi aussi, prince au cœur tendre, viens, et participe.*

Kaherdin prit conscience de la présence discrète, sous les pattes, pieds ou fesses de tout ce monde, mais aussi au-delà du cercle, des herbes et plantes innombrables, des arbres et des buissons, des fleurs et des baies sauvages. *Oui*, expliqua silencieusement le loup blanc, dans ce sourire patient, *et les pierres, aussi, et la terre sur laquelle nous reposons, ce granit, ce sable et ces minéraux cachés, ces cristaux et ces grains d'or pur, eux aussi, ils sont là, ces lents compagnons que, si souvent, nous oublions*. Le prince des mers se sentit tanguer sur ses pieds, saisi par un vertige soudain. Petite Poussière le fit asseoir près de sa fille Findchoen avant de pénétrer dans la gloriette et de s'y camper, debout et bien droite, en plein centre.

– Voilà, annonça-t-elle. Nous sommes tous là, désormais. Manquent ces Autres, ces grands et petits Autres que connaissent les Veilleurs, qui sont venus pour nous aider à les faire venir. Nous allons les appeler. Alors, musique !

Plus tard, Kaherdin se demanderait s'il n'avait pas rêvé : la cohabitation sereine des animaux, la candeur des enfants qui acceptaient ce qui se passait en toute confiance, la vigilance des plus âgés, de ce Maribor, doyen de l'assemblée, ou de la fille à la peau noire qui, armée d'un petit tambourin agrémenté de clochettes, marquait un rythme compliqué, l'enthousiasme de sa fille, Findchoen, qui tapait vigoureusement sur un bidon cabossé, le ronronnement discret, dans son esprit, du loup, qui, à l'unisson de tous, appelait, lui aussi, ceux qu'on nommait les Gardiens, tout cela le médusait. Nous demandons votre aide, pas pour nous, pas chacun d'entre nous, nous demandons votre aide ensemble, unis, pour ce monde, psalmodiait le grand loup blanc. Puis, prenant conscience de l'étonnement de Kaherdin, dans une brève interruption mi-amusée mi-agacée : *Ce n'est plus l'heure de s'occuper chacun de son petit destin, prince des mers. Même toi, même Dîyar, la multitalente, vous ne pouvez rien, isolés. Même elle, la Terre humide, seule, ne peut rien. Écoute et apprends, homme : pour que ce monde vive et survive, personne, seul, ne peut rien. C'est ensemble que nous le créons, jour après jour, ce monde, ensemble, hommes et bêtes, Serviteurs et Veilleurs, plantes et pierres, grands et petits Gardiens. Tous, unis, avec Elle.* « Elle ? » demanda Kaherdin. *Elle,* répondit le loup avant de se désintéresser de lui, *Elle, Seis Keyah, cette grande Vie, avec qui, tous, nous collaborons.*

Le prince baissa un instant le nez avant, pris par la magie de la musique, par le rythme et la puissance, de relever la tête et de laisser son regard errer autour de lui, sur les grands arbres qui, dans le crépuscule, prenaient des teintes roses et dorées. *Oui*, songea-t-il abruptement. *Oui, ils sont là. Ils viennent*. Quelque chose vibrait, tout autour de lui, quelque chose dont il sut, comme s'il l'avait toujours su, que c'étaient des présences. Présences invisibles, présences puissantes et patientes. *Ils arrivent*, devinait le prince, qui, déjà, oubliait de s'étonner. *Ils viennent, attirés par le rythme.*

Un quart d'heure plus tard, Petite Poussière, toute droite au centre de la gloriette, fit signe d'arrêter la musique, obtenant le silence immédiatement. L'enfant ferma un instant les yeux. Puis – Kaherdin eut l'impression absurde qu'elle grandissait – elle prit la parole.

– Voilà. Maintenant, nous sommes tous ensemble. Nous sommes l'alliance. Merci d'être venus, vous, les sages et les farceurs, les Bâtisseurs de la forme. Vous savez, comme nous, ce qui menace. Mais là où nous ne pouvons rien, là où les hommes, les bêtes, les plantes et les pierres ne peuvent rien, vous, vous pouvez. Nous vous demandons d'éloigner la menace. Vous êtes les alliés du soleil et des lunes, vous pouvez agir, là-haut.

Elle marqua une pause.

– Épargnez les vies, si vous le pouvez, ajouta-t-elle.

Elle jeta un bref regard au prince, qui se sentit jaugé, jugé.

– Voilà mes paroles de pouvoir, êtres de lumière, reprit-elle : « Ensemble, nous protégeons Seis-Keyah. »

Elle fit un petit signe. Les enfants et les adolescents, dans un ensemble parfait, répétèrent ces mots : « Ensemble, nous protégeons Seis-Keyah. » Une fois, deux fois, trois fois. À la troisième reprise, Kaherdin, sans vraiment se rendre compte de ce qu'il faisait, porté par la puissance qui se dégageait du groupe, prononça lui aussi les paroles magiques. « Ensemble, nous protégeons Seis-Keyah. »

Il ne se passa rien. Le temps s'écoulait. Une minute, deux minutes. Un quart d'heure. Personne ne bronchait.

Enfants et bêtes restaient immobiles et silencieux, comme figés dans une prière muette tandis que Petite Poussière, les yeux fermés, semblait écouter un écho venu de loin. La nuit tombait. On commença à voir les étoiles. Kaherdin observait discrètement la scène, devinant qu'il se passait bien quelque chose, mais quelque chose que ses sens ne pouvaient percevoir. Effrayé et fasciné, il se sentit petit à petit comme glisser hors de lui-même. Le Kaherdin adulte, l'aristocrate maussade, le Serviteur inquiet, lentement, s'effaçaient, laissant la place à une présence plus jeune et plus vieille à la fois, à un Kaherdin enfant et un Kaherdin très âgé, à un Kaherdin débarrassé de lui-même, de tout ce qui l'encombrait et l'isolait du monde. Alors, dans un grand soupir, simplement, il se laissa aller. Et il sentit.

Épilogue

Le prince Kaherdin n'eut aucune hésitation. Lorsque les enfants et les animaux, obéissant à un signal subtil, se dispersèrent en s'ébrouant, lorsque Petite Poussière, redevenue la petite fille rieuse rencontrée un jour dans une forêt, lui fit un clin d'œil accompagné d'un « À toi de jouer, mon beau Seigneur », il se dirigea droit vers la petite maison dans laquelle Arundati avait hébergé les transfuges de Lointaine.

Il ouvrit grand la porte, sans frapper, et pénétra dans la demeure, appelant les étrangers. Ils arrivèrent ensemble, Mac Lir soutenant la jeune femme blonde qui semblait sur le point de s'évanouir. Le prince ferma un instant les yeux : l'attitude de celle que son loup avait voulu tuer constituait déjà une réponse. Justin Mac Lir, cet homme à la fois calme et inquiet, cet homme qui – Kaherdin, désormais, le comprenait – avait fait preuve d'un courage exceptionnel, cet homme qui avait osé quitter un monde, un univers, pour répondre à l'appel d'un autre monde dont il ignorait pourtant presque tout, Mac Lir s'inclina spontanément devant son visiteur. Avant même que Kaherdin ne prenne la parole, le scientifique comprit, devina, plutôt : ce prince austère, cet aristocrate presque trop beau, savait ce qui s'était passé. Lui, et lui seul, pourrait expliquer ce que venait de lui raconter Irène O'Connor.

Il était en train de se reposer sur son lit, rêvant vaguement à Heidrun, ressassant, aussi, ce qui s'était passé dans l'après-midi, ces discussions sans fin avec les puissants de la planète présents sur le rocher, songeant avec inquiétude à l'incapacité où ils semblaient être de mesurer l'ampleur du danger qui les menaçait, lorsque la jeune pilote avait brusquement fait irruption dans sa chambre, le visage défait. « La station, répétait-elle, la station, ils sont en danger. » Et d'avouer à son compagnon qu'en effet, depuis leur arrivée sur la planète, elle était en contact avec le commandant Moore.

– Il m'a confié une mission, Mac Lir, il voulait que je te suive si tu quittais Lointaine. Il avait senti que tu étais proche de la rupture, que tu risquais de déserter avec les prisonnières rousses. Il voulait que je reste près de toi, il pensait qu'en t'accompagnant j'en apprendrais plus sur la planète que toutes nos missions d'infiltration réunies. Quand Jayden Hall a tenté de te tuer, j'ai cru qu'il obéissait aux ordres de Moore, j'étais évidemment effrayée et furieuse. Mais il m'a expliqué, depuis, il m'a dit qu'il s'opposait à Jeffrey Williams. C'est ce Williams qui a ordonné votre mise à mort. Moore, lui, te voulait vivant. Tu étais à ses yeux une carte maîtresse, celui qui aurait pu permettre à l'Empire de nouer des relations avec la planète et d'éviter la guerre de conquête que projetait Jeffrey Williams.

Elle avait soupiré, tandis que Mac Lir l'écoutait en silence, sans s'étonner.

– Mais ça ne s'est pas passé comme il l'espérait. Ta fuite a renforcé la position de Williams et affaibli le commandant Moore. Williams a pris le pouvoir sur Lointaine, Mac Lir. Il projetait une opération d'envergure. Moore en ignorait les détails, mais il m'a avertie, hier, que c'était pour bientôt. Et puis, ce soir...

Elle s'était interrompue et avait tangué sur ses pieds. Mac Lir l'avait guidée jusqu'à un fauteuil, l'aidant à s'asseoir tandis qu'elle levait sur lui un regard effrayé.

– Il y a eu quelque chose, là-haut. Moore vient de m'en avertir, et puis la communication a été coupée. Il ne savait pas ce qui se passait vraiment. Il parlait d'une espèce d'orage magnétique d'une violence exceptionnelle. Il bafouillait, Mac Lir, il était mort de peur. Il disait que la station s'était déplacée, pas beaucoup, il parlait d'un « décrochage ». « Quelque chose a modifié notre orbite. » Voilà ce qu'il disait. Et c'est impensable, n'est-ce pas, Justin ? Il disait des choses impossibles, que c'était comme si une grande main avait saisi Lointaine et l'avait bougée. Et en plus, il disait qu'on avait saisi la station « avec délicatesse ». Pas de casse, à l'intérieur, pas un seul blessé... J'ai eu l'impression qu'il délirait. Et puis ce Williams l'a remplacé. Il s'est mis à m'insulter, il criait, il était en pleine panique, lui aussi. J'ai entendu Moore, derrière lui, qui ordonnait l'évacuation de Lointaine. Williams hurlait des contre-ordres dans mon oreille, et Moore répétait qu'ils avaient eu droit à un avertissement courtois, mais que, la prochaine fois, Lointaine exploserait purement et simplement. Williams s'énervait, je l'ai entendu crier des ordres, puis se mettre en colère parce qu'on ne lui obéissait pas : les gens, là-haut, suivaient Moore. Ils voulaient évacuer Lointaine. Et là...

Elle avait ravalé sa salive avant de poursuivre.

– Là, avait-elle repris un ton plus bas, j'ai cru entendre quelque chose... Quelque chose d'impossible, comme une voix, Justin, mais une voix... C'était grave et aigu en même temps, voilà, une voix impossible. Une voix qui a prononcé un seul mot : « Partez. » Et puis la communication a été coupée.

Là-dessus, elle avait légèrement basculé dans son fauteuil, prise de vertige, répétant, comme un automate : « Une voix impossible, Mac Lir. Une voix impossible ».

Quand il entendit le prince Kaherdin les appeler, Justin aida Irène O'Connor à se mettre debout avant de l'entraîner en la soutenant vers la pièce centrale de la maison. Lorsqu'il rencontra le regard de leur visiteur, Mac Lir comprit que le prince savait ce qui s'était passé, qu'il détenait la clé. Il ne s'embarrassa pas de préambules. Il fit asseoir la jeune pilote, qui ne parvenait pas à émerger de sa terreur, sur une chaise à haut dossier, avant de se tourner vers Kaherdin.

– Qu'avez-vous fait ? demanda-t-il.

Le prince ouvrit les deux mains devant lui, l'air impuissant.

– Je n'en sais rien. Quelqu'un, ici, quelqu'un que je croyais connaître et dont j'ignore tout, a fait un choix, quelqu'un a décidé de protéger ce monde. Mais...

Il hésita.

– J'ai été témoin d'une scène à laquelle je n'ai rien compris. Vous savez ce qui s'est passé, là-haut, n'est-ce pas ?

Justin Mac Lir opina.

– Eh bien moi, je l'ignore. Racontez-moi.

Mac Lir lui répéta ce qu'avait dit Irène O'Connor. Il ne tarda pas à s'emberlificoter dans ses explications. Ce que lui avait confié la jeune pilote défiait la logique. Une station spatiale ne change pas d'orbite ainsi. Mais comment transmettre une telle donnée à ce prince ignorant les principes de la physique ? Il se contenta de dire qu'il s'était passé une chose impossible. Que les gens, là-haut, ces représentants du Consortium, avaient, semblait-il, décidé d'abandonner la mission.

– Ils s'en vont ? demanda Kaherdin. Ils partent ?

Mac Lir hésita. « *Partez* ».

– Oui, finit-il par répondre. Apparemment, ils partent.

Il eut ensuite beau interroger encore et encore son visiteur, il ne parvint à en tirer aucune information cohérente. Le prince parlait de forces secrètes, d'alliance, mais il ne parvenait pas à décrire par des mots que le scientifique aurait pu assimiler ce qui s'était réellement déroulé.

– Il y a des choses, sur notre monde, qui dépassent la compréhension, finit par jeter Kaherdin, agacé à la fois par son impuissance à traduire ce qu'il avait perçu et par l'incapacité de l'étranger à saisir ce dont il parlait.

Il tenta enfin un sourire, que Mac Lir ne remarqua même pas.

– Je dois vous laisser, étranger, je dois voir les responsables de ce monde et leur rendre compte de la situation, déclara-t-il.

Il eut une légère hésitation.

– Sachez que vous êtes les bienvenus ici, Justin Mac Lir, dit-il. Vous, et votre compagne. Je pense que vous n'êtes pas près de quitter ce monde...

Ce soir-là, au cœur de Seis-Keyah, une petite fille dansait dans une clairière secrète, en contrebas du rocher de Yaxche. Une petite fille qui s'appelait Petite Poussière, mais qui portait aussi d'autres noms. Une petite fille qui était Surya, la fille du soleil. Une petite fille qui était Cœur du Cristal et Sucette au Melon, Sourire du Vent, Pet de Lapin ou Pépin de Courge. Une petite fille qui dansait en souriant : « Je suis le vent, le lapin et le melon, je suis le soleil et la courge, je suis le cristal, je suis la poussière », scandait-elle en virevoltant, les bras ouverts. « Je suis le silence et le rire, la patience et la crasse, la sagesse et les grimaces. » Elle s'arrêta net de tourner sur elle-même et inclina la tête, avant de s'agenouiller sur la terre. « Je suis cette terre », prononça-t-elle lentement avant de s'étendre de tout son long. « Je suis ce monde », répéta-t-elle à mi-voix avant de froncer le nez : quelques hautes herbes lui chatouillaient les jambes. Elle se redressa d'un bond et observa ce qui l'entourait. Elle avait dévalé le sentier qui descendait de la gloriette et menait à ce petit sanctuaire caché. Aucun des enfants et des adolescents qu'elle avait réunis n'avait osé la suivre. Elle était seule. Enfin, pas vraiment. Assis au bord de la clairière, il y avait ce grand tigre des montagnes qu'elle appelait Kalija, qui l'écoutait et qui apprenait. Et puis un petit Gardien rieur, qui gambadait autour d'elle en faisant des cabrioles. Et ce grand Gardien silencieux et lumineux, qui ressemblait à celui qu'une autre fille avait surnommé le Dormeur. Il y avait un arbre dont les feuilles bruissaient doucement, et les herbes qui lui caressaient les mollets, et la terre, chaude sous ses pieds. Elle renversa la tête en arrière et contempla les étoiles.

– Tu te rends compte, Kalija, dit-elle, ils sont idiots, ces gens des étoiles ! Ceux qui sont dans la boîte en fer, ils viennent de mondes semblables au nôtre. Eh bien, figure-toi, ils croient que leurs mondes sont morts. Ils croient qu'ils sont seuls. Ils croient que rien n'existe, sinon eux, les humains, et qu'ils ont le droit de prendre et de prendre et de prendre, et de tout saccager, les forêts et les nichées d'oiseaux, les océans et les tanières des ours, les rivières et les pierres. Ils croient que tout est mort et muet autour d'eux, tu te rends compte comme ils sont bêtes ? Ils n'entendent rien, ni le rire des fourmis, ni le chant des diamants, ni le murmure des chênes, ni la patience des Gardiens. Et ils font un de ces bruits, si tu savais ! Ils ont tellement peur, il faut dire, tellement peur dans ces mondes dont ils n'entendent pas la musique, alors s'ils font du bruit, c'est juste pour se rassurer.

L'enfant fit une grimace avant de sauter une ou deux fois en l'air.

– Mais tu sais, Kalija, ces idiots se trompent : ils ne sont pas seuls. Jamais, sur aucun de ces mondes qu'ils croient dépeuplés. Ils ne sont jamais seuls.

Elle haussa les épaules.

– Bah, dit-elle, j'espère qu'un jour, ils s'en rendront compte. Peut-être que, du coup, ils guériront, va savoir !

D'autres livres

wiz
Albin Michel

Artur BALDER, *Le Secret de la pierre occulte*
Clive BARKER, *Abarat, tome 1*
Clive BARKER, *Abarat, tome 2 Jours de lumière, nuits de guerre*
Fabrice COLIN, *La Malédiction d'Old Haven*
Fabrice COLIN, *Le Maître des dragons*
Fabrice COLIN, *Bal de Givre à New York*
Neil GAIMAN, *Coraline*
Neil GAIMAN, *L'Étrange Vie de Nobody Owens*
Neil GAIMAN, *Odd et les géants de glace*
Silvana DE MARI, *Le Dernier Elfe*
Silvana DE MARI, *Le Dernier Orc*
Rick RIORDAN, *Percy Jackson, Le Voleur de foudre*
Rick RIORDAN, *Percy Jackson, La Mer des Monstres*
Rick RIORDAN, *Percy Jackson, Le Sort du Titan*
Rick RIORDAN, *Percy Jackson, La Bataille du Labyrinthe*
Rick RIORDAN, *Percy Jackson, Le Dernier Olympien*
Jonathan STROUD, *La Trilogie de Bartiméus I. L'Amulette de Samarcande*
Jonathan STROUD, *La Trilogie de Bartiméus II. L'Œil du golem*
Jonathan STROUD, *La Trilogie de Bartiméus III. La Porte de Ptolémée*
Jonathan STROUD, *Les Héros de la vallée*

www.wiz.fr
Logo Wiz : Cédric Gatillon

Composition Nord Compo
Impression CPI Bussière en février 2011
à Saint-Amand-Montrond (Cher)
Éditions Albin Michel
22, rue Huyghens, 75014 Paris
ISBN : 978-2-226-19552-4
ISSN : 1637-0236
N° d'édition : 18410/01. – N° d'impression : 110209/4.
Dépôt légal : mars 2011.
Loi n° 49-956 du 16 juillet 1949 sur les publications destinées à la jeunesse.
Imprimé en France.